本书受到

宁波大学科学技术学院重点学科（翻译专业硕士学位点）培育项目的资助

致我的
外公和外婆

A Study on Mentality of

Italian Travel

Writings by British

People in 19th Century

19世纪英国的意大利游记心态

何杨 著

浙江大学出版社
ZHEJIANG UNIVERSITY PRESS

·杭州·

图书在版编目（CIP）数据

19世纪英国的意大利游记心态 / 何杨著. -- 杭州：
浙江大学出版社，2024.6
　ISBN 978-7-308-25059-7

　Ⅰ. ①1… Ⅱ. ①何… Ⅲ. ①游记－文学研究－英国
－近代 Ⅳ. ①I561.076

　中国国家版本馆CIP数据核字(2024)第111606号

19世纪英国的意大利游记心态

19 SHIJI YINGGUO DE YIDALI YOUJI XINTAI

何杨　著

策划编辑	吴伟伟
责任编辑	陈　翩
责任校对	丁沛岚
封面设计	米　兰
出版发行	浙江大学出版社
	（杭州市天目山路148号　　邮政编码　310007）
	（网址：http://www.zjupress.com）
排　　版	杭州林智广告有限公司
印　　刷	杭州捷派印务有限公司
开　　本	710mm×1000mm　1/16
印　　张	21.5
字　　数	364千
版 印 次	2024年6月第1版　2024年6月第1次印刷
书　　号	ISBN 978-7-308-25059-7
定　　价	98.00元

序

PREFACE

本书以 19 世纪英国的意大利游记为研究对象，且以心态史为研究视角，旨在揭示 19 世纪英国的旅行群体在意大利游记中呈现的心态因素。英国人酷爱旅行，他们的旅游文化可追溯至中世纪。自文艺复兴时期以来，意大利是英国人重要的旅行目的地。在"大旅行"时期，英国贵族精英更是将意大利视为文化宝地。到了 19 世纪，英国依旧有一股意大利旅行热，来自不同背景的英国旅行者还以旅行记叙、日记、信件、诗歌等形式创作了意大利游记。故此，19 世纪英国出版界的意大利游记层出不穷。

游记研究自 20 世纪 70 年代以来不断吸引着国内外学者的目光，他们从文化批评的视角、文学的视角等展开研究。尤其是西方文化批评界，该领域的学者热衷于研究游记与殖民地话语的关系，从而窥探游记的文化价值。然而在史学领域，游记往往作为历史文献来辅助历史研究，并非史学研究的主要对象与内容。笔者跳出了对游记的文化价值分析、文本分析，也不单是把游记作为史料加以运用，而是从心态史的视角来认识 19 世纪这一历史时期英国旅行者透过游记所表达的思想、情感和态度，以此反观他们对意大利以及对英国的社会、文化、历史等诸多因素的思考。从史学的角度看，自然引申出几个问题：英国旅行者在意大利游历的当下或者游记文本创作之时的心态是什么？他们在看待意大利的过往时又隐藏着怎样的历史心态？ 19 世纪不同阶段不同群体的意大利游记创作在心态上有何差异？这些游记反映出怎样的时代和文化特点？

本书在梳理 19 世纪英国人的意大利旅行盛况与出版界的意大利游记的基础上，结合时代背景分析不同旅行群体的心态因素。本书共选取了 12 位具有不同社会背景的旅行者，以他们的意大利游记文本作为研究对象，充分结合 19 世纪的时代背景、社会思潮来挖掘游记背后的心态。从人类文明的进程来看，战争时期的心态与旅游时期的心态是人性的两种极端表现形式。分析可见，游记刻画出轻松、祥和、审美的心态，而意大利游记又将特定时期、特定地点生发的心态展示出来。总的来说，在19 世纪，英国人历经手工业向机器大生产转变的工业革命，从农业文明走向工业文明，呈现出了进步与怀旧交织的复杂心态。一方面，对于当时的一代人来说，工业革命似乎让他们看到了一个新的文明的曙光，朝气蓬勃的景象使人类对光明未来十分憧憬。另一方面，在这样的心态之下，一些进步人士产生了疑虑：文明走得太快了，人类何去何从？事实上，在19 世纪的英国，工业革命虽取得了丰硕的成果，但带来的环境污染日益严重，人们饱受熏人的浓烟。在浪漫主义思潮的影响之下，人们最直接的心态就是怀古，向往中世纪的宁静生活，而意大利浓厚的中世纪韵味满足了人们的心理需求。到了19 世纪中后期，英国国内各种矛盾突出，物欲、功利主义思想的冲击，使大众的精神萎靡不振。为了把握人类的当下以及未来发展趋势，英国的有识之士试图寻找工业革命的源头，试图寻求新的精神，于是有了在意大利追溯文艺复兴近代源流的历史心态。当然，也有一批有钱有闲的旅行者以游览名胜、消遣为目的，不同的文化身份，造就了他们在意大利旅行和进行游记书写时不同的文化消遣心态。

总结来看，在时代转型期，人们的心态十分复杂，他们将工业文明确立时期的复杂心态通过游记呈现出来，以此说明那时的人们总体而言对西方文明的未来充满自信，认为未来是由西方文明引领世界，但又对文明的前景感到忧虑。这种矛盾的心境或心态的积淀成型时期就是19 世纪，而英国旅行群体的意大利游记就是上述复杂心态的集中体现。由此看出，一个时期的社会文化发展不只是体现在各种成果的物质层面，还通过各种内在的心态呈现出来。从某种意义上讲，心态因素更能反映一个时代社会文化的本质，帮助人们认识一个时代的统一性，以及这个时代的个体与社会环境之间的辩证关系。本书以心态史为研究视角，开辟心态史与游记的耦合研究，突破历史事件、历史信息的平铺直叙模式，通过对游记心态进行深入的解读，揭示不同人群在特定时期的整体思考。本书把游记作为史学研究的主要对象与内容，为游记成为独特的史学门类做了奠基。

目 录
CONTENTS

导　论

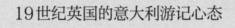

19世纪英国的意大利游记心态

有两个意大利：一个，是由绿色的大地、透明的海洋、宏伟的古代遗址、高耸入云的山峰和渗透一切的温暖而明亮的气氛所构成的；另一个，由今日的意大利人和他们的行为和生活方式构成。一个是人类的想象力所能想象的最庄严最美好的观照物，另一个却卑劣、可憎、恶俗到无以复加。[1]

19 世纪的英国有一个重要的历史现象，即大批英国人前往意大利旅行，与"大旅行"[2]这一欧洲历史上重要的文化现象有着巧妙的连接。与此同时，这部分旅行者中还有不少人士热衷于记录意大利旅程的点点滴滴，皆以旅行记叙、日记、书信、诗歌等形式的游记来呈现。因此，19 世纪英国出版界的意大利游记层出不穷。作为史学研究者，笔者在 19 世纪英国庞杂的意大利游记作品中发现了心态史的机理，这些游记来自不同的创作群体且分布在 19 世纪各个阶段，其背后的心态因素值得做深入的研究。

---

[1] 江枫主编：《雪莱全集》第七卷，书信（下），江枫、章燕、黄宗达、杨志达等译，石家庄：河北教育出版社，2000 年，第 173 页。

[2] "大旅行"一词始于法语"le grand tour"，由理查德·拉塞尔斯（Richard Lassels）在其作品《意大利旅行》中首次使用，表示年轻绅士赴法国旅行再周转意大利的旅行活动与旅行现象。参见 Richard Lassels, *An Italian Voyage, or, a Compleat Journey Through Italy*, London: Richard Wellington and B. Barnard Lintott, 1697. 之后该词传入英国，英国人将它译为"grand tour"。

一、研究缘起及意义

（一）研究缘起

欧洲历史上"大旅行"可谓风行一时。然而，这股文化与旅行热潮因法国大革命和拿破仑战争而受阻。19 世纪之初，随着战争的结束，欧陆旅行再次盛行，掀起了近代旅游业的发展热潮。19 世纪英国文坛领袖塞缪尔·罗杰斯（Samuel Rogers）曾在其旅行日志中指出，此时英国人仍是欧陆旅行的主体。[①]而在欧陆国家中，享有古典文明的摇篮、文艺复兴故乡之称的意大利尤其吸引着英国游客。

英国的文化与旅游有着深厚的历史渊源。不列颠及其殖民帝国的文化环境是促成旅行的重要原因。正如保罗·福赛尔（Paul Fussell）所说："英国作为岛国，其地理位置和语言上的褊狭性是异域旅行特别吸引国民的一个原因，而另一个原因在于两个多世纪以来疯狂又持续性的殖民主义所带来的国家势力。"[②]此外，从国民文化心态上看，英国人崇尚经验主义哲学，对实践情有独钟，渴望通过游学增长见识。他们认为人的意识原本是一块白板，知识通过感官的印象而产生。

确切来说，英国人的意大利旅行风潮始于文艺复兴时期，他们来到意大利旅行并师从意大利人文主义者。例如，杰弗雷·乔叟（Geoffrey Chaucer）于1373 年首次赴意大利朝圣。而在同期，意大利的学者、商人和外交官也来到英格兰传播新的知识，包括各种礼仪、贸易、学术、文学、音乐、艺术等等。17 世纪以降，大陆旅行越发流行于英国精英阶层，他们的旅游活动成为一种文化现象，学界称之为"大旅行"。因此，英国人对意大利越来越熟悉，意大利的历史与文化对英国的影响也愈发强烈。有关意大利的城市、艺术以及古典遗产的书籍等印刷品在英国不断涌现，深受英国国民喜爱。谈及意大利的艺术，诗人塞缪尔·泰勒·柯勒律治（Samuel Talor Coleridge）曾感慨道："就我对罗马最精良的艺术之观察，并将它们同最负盛誉的艺术家相联系，我在这短短三个月

[①] John Rigby Hale, eds., *The Italian Journal of Samuel Rogers*, London: Faber and Faber, 1956, p. 56.
[②] Paul Fussell, *Abroad: British Literary Traveling Between the Wars*, New York and Oxford: Oxford University Press, 1979, pp. 74-76.

所获知的真正艺术远远超过我在英格兰的 20 年。"①而从意大利返回的旅行者也热衷于传播意大利的艺术和音乐，还以意大利的建筑风格重新装扮自己的房子和花园，将旅途中收集的意大利艺术品与古董陈列在家中。

意大利以其廉价的生活开支和舒适的气候持续地吸引着英国旅行者。事实上，到了 19 世纪初，英国社会形成了一股意大利旅行的狂热与风尚。大文豪塞缪尔·约翰逊（Samuel Johnson）曾因自己从未踏足意大利而悔恨不已，自嘲道："我们的宗教、法律、艺术，一切使我们开化的东西，皆源自地中海沿岸。一个人如果没到过意大利，总会有一种自卑感，因为还未见识到一个人应当见识过的东西。"②在意大利旅行风潮之下，旅行者以不同的方式记录了他们的意大利旅行经历，因此有关意大利旅行的指南、诗歌和文章等不同形式的游记相继问世。游记研究学者查尔斯·布兰德（Charles P. Brand）曾嘲笑说："从没听说过从意大利旅行回来却不写一本书的吧？"③意大利的许多地方也成了游记作者笔下呈现出来的欧洲最与众不同、最具异域风情的景观。在整个 19 世纪，英国旅行作家、小说家、艺术评论家、审美学家等不同的群体创作了大量有关意大利的旅行指南、散文、回忆录、小说等等。几乎每一个前往意大利的旅行者都会阅读这些游记文本中有关意大利的艺术与文化的阐述。

正因为有如此多的英国旅行者到过意大利并记录他们的旅程，其作品问世之后，帮助了我们追踪作者对于异域的认知。20 世纪 70 年代，游记研究开始升温，学界从文化的视角、从旅行概念中"他者"的视角以及文化间性（interculturality）等角度展开研究。④有学者指出："20 世纪后期西方游记研究达到了高潮，取得了大量研究成果，是当代文化研究成果最为丰富的一个领域。文学家、史学家及社会科学家对西方游记的特点、起源、重要性进行了深入的探讨。"⑤然而，史学领域对游记的研究仍是相对滞后的，游记在史学研究中只是

①　James Dykes Campbell, *Samuel Taylor Coleridge: A Narrative of the Events of His Life*, London: Macmillan and Company, 1896, p. 150.
②　Samuel Johnson, "The Idler, Essay No.97, 23 February 1760," in Walter J. Bate et al. eds., *The Idler and the Adventurer*, New Haven and London: Yale University Press, 1963, pp. 298-300. 转引自：Barbara Korte, *English Travel Writing: From Pilgrimages to Postcolonial Explorations*, trans. by Catherine Matthias, New York: St. Martin's Press, 2000, p. 41.
③　Charles P. Brand, *Italy and the English Romantics*, Cambridge: Cambridge University Press, 1957, p. 16.
④　Barbara Korte, *English Travel Writing: From Pilgrimages to Postcolonial Explorations*, p. 2.
⑤　王小伦：《文化批评与西方游记研究》，《国外文学》2007 年第 2 期。

一种文献资料，如大众熟知的《马可·波罗游记》①，史学研究者以它来考究中西方的文化交流史等。总之，游记难以在史学领域占有一席之地。游记内容包罗万象，既包含了景观、逸事的记录，也提供了所到之地的各类信息。然而游记研究不应只拘泥于这些所见所闻和杂记，而应进一步关注文本中丰富的历史图景。

19 世纪英国的意大利旅行记述传递出旅行者在欧洲社会转型、国内时局风云变幻之时游历古罗马发源地、文艺复兴故乡意大利的情感体验和思想波澜。他们感悟意大利的现状与历史，更思考着当下的英国。透过他们的种种思考，游记又是社会、文化、历史的镜像，折射出一个国家或一座城市的政治与社会生活等方面的历史演变。因此，游记不仅是旅行者所创作的文学作品，还代表着一段文化历史，揭示着旅行者作为"自我"的思想、情感与观念。史学家弗雷德里克·柯克帕特里克（Frederick Kirkpatrick）认为游记文本中"作者的个性和文学的力量比游记的主题重要得多"②。这就需要心态史的介入。有学者曾言："游记是展示心态史（history of mentalities）的最佳史学舞台之一……正是历史研究者心态的介入，使历史图像变得生动有趣。"③从心态史的视角出发，自然引申出几个问题：英国旅行者在意大利游历的当下或者游记文本创作之时的心态是什么？他们在看待意大利的过往时又隐藏着怎样的历史心态？19 世纪不同阶段不同群体的意大利游记创作有何心态的差异？这些游记反映出怎样的时代和文化特点？

（二）研究意义

旅游者既带着当下的各种心态，也有思古之幽情的历史心态，因此其游记所呈现的是即时的和历史的复杂心态画面。在史学领域，这些心态是对历史更具主观色彩的理解和解释。因此，以心态史为视角，可以使学人看到其他游记研究难以勾勒的心态画面。约翰·戈特弗里德·赫尔德（Johann Gottfried Herder）认为："历史是一个不断变化的过程，在这一漫长的历程中充斥着个

---

① 马可·波罗：《马可·波罗游记》，苏桂梅译，北京：中译出版社，2019 年。
② Barbara Korte, *English Travel Writing: From Pilgrimages to Postcolonial Explorations*, p. 14.
③ 周春生：《心态史比较视野下的文艺复兴虚影与实景——以罗杰斯、罗斯科、西蒙兹意大利游记诗文为线索》，《上海师范大学学报（哲学社会科学版）》2021 年第 1 期。

体性、特定时代的人。"①特定时代的人所代表的个体或群体的心理和意识状态，正是心态史研究的重心。而 19 世纪英国的意大利游记内容包罗万象，意大利的自然风光、宗教礼俗、文学、绘画、建筑等等，皆被纳入笔端。解读这些游记，梳理这个时代不同阶段不同群体的意大利游记书写所特有的心态，从而了解人们与当时的社会背景之间的辩证关系，并借以探讨游记与历史的关联、游记作为独特史学门类的建构，不仅是具有开拓性意义的话题，而且具有非常重要的理论意义和现实价值。

1.理论意义

其一，开辟心态史与游记的耦合研究。游记作为一种独特的文学体裁，更直接地反映了作者对某一国家、某一地区的情感态度。而心态史本身就是对历史时期群体思想与情感等方面的研究。因此，心态史的介入，能更好地挖掘 19 世纪不同阶段不同群体的意大利游历心态。心态史与旅游、游记的结合，充分扩展了其研究视域，从而为游记研究增添了精彩的一笔。通过宏观把握 19 世纪英国的意大利游记，有效地挖掘游记作者对当时的意大利社会及意大利历史的看法，透视他们对当时的英国社会的思考，从而窥探这一时期英国、意大利的社会文化与历史演变，揭示物质基础、社会环境等对心态的影响，有助于丰富历史研究的主题。

其二，进一步拓展史学领域游记研究的空间。游记内容博杂，涉猎广泛，因而是文学、地理学、人类学等多个学科的重要研究材料。然而从史学的角度看，游记研究尚待拓展。事实上，游记能折射出其他历史文献所无法呈现的心态画面。意大利特定的地理和历史环境使 19 世纪相应的游记创作传达出不同的心态，凝聚了文学性与历史性。可以说，游记是历史的另一种书写方式。因此，游记与历史的关联大可深究，心态史介入游记研究为游记史学的建构起了先导作用。

其三，为意大利文艺复兴史研究提供新的视角和素材。从心态史、史学史、社会文化史等上位的学术层面看，19 世纪英国的意大利游记作品折射出处于工业革命或第一次科技革命完成时期的英国人的复杂心态，简言之是进步与怀旧

---

① 张广智：《西方史学史》，上海：复旦大学出版社，2019 年，第 249 页。

交织的心态。工业革命发展如此迅速，19 世纪的英国文人为了把握人类当下以及未来发展的趋势，试图寻找发展的源头——事实上就是在意大利及其文艺复兴历史中寻找近代的源流，这为文艺复兴史研究提供了新的视角与素材。

2. 现实价值

19 世纪的英国风云变幻，历经法国大革命、拿破仑战争、工业革命以及维多利亚时代的强盛与衰落，社会时刻处在动荡与转型中。借助历史研究的视角，尤其是以心态史为切入口，可管窥人们在这个历史时期心态的变化。前文提及的进步与怀旧交织的心态是社会转型期都会呈现的心态，只不过在不同历史阶段呈现的内容和形式有所不同。当今世界正处于大数据时代，又历经新冠疫情的肆虐，可谓进步与灾难并存，人类对于未来无疑是迷茫的，部分人士甚至是消极的。理解、把握 19 世纪英国人这种复杂的社会文化心态，对于我们认识当今大变局时期中国和世界的文化心路历程、处理好各种具体的社会矛盾，均有现实的借鉴意义。

总体来看，借 19 世纪英国的意大利游记来还原彼时英国人的意大利旅行踪迹，通过借鉴心态史的研究范式，对游记进行解读和剖析，将隐含在文本内部的各种信息具象化，力图揭示以古罗马帝国为主阵地的意大利形象在 19 世纪英国旅行者心中的建构过程，同时勾勒 19 世纪不同阶段不同群体游历意大利的即时与历史的心态，为游记研究提供了全新的史学视角。这使我们更加直观地了解，在历史的变迁中，旅行作为最直接的交流形式与游记一同发挥的重要作用，从而为游记史学的建构铺开了一条道路。

二、国内外研究现状

（一）国外研究现状

西方学界自 20 世纪以来对游记进行了大量的研究，通过相关文献的梳理，本部分将从几个类别来论述西方游记研究，尤其关注 19 世纪英国的意大利游记研究。

1.跨学科游记研究

作为一种特殊的文学体裁，游记理应成为诸多学科展开研究的重要素材。跨学科研究拓宽了研究视域，赋予意大利游记更加深入的研究价值。与旅游密切相关的要素如城市、景观、人物等，为游记的研究提供了广阔的空间，因此有更多学者结合其他学科理论进行游记研究。

肯尼斯·丘吉尔（Kenneth Churchill）的游记研究代表作《意大利和英国文学：1764—1930》①从文学的角度对近代以来英国的意大利游记文本展开了研究。作者详细叙述并着重突出几个人物如乔治·戈登·拜伦（George Gordan Byron）、约翰·拉斯金（John Ruskin）、罗伯特·布朗宁（Robert Browning）等的游记作品。丘吉尔认为法国大革命改变了英国游记作者对现实的感知——尤其是当他们面对意大利一片废墟的景象时。这种透过游记文本剖析游记作者内心世界的研究视角逐渐被后来的游记研究学者采纳。詹姆斯·布扎德（James Buzard）的《寻常的轨迹：欧洲旅游业、文学和通向"文化"之路》②主要讲述了近代旅游业的形成，并结合文学、文化的视角探索旅行者的身份，尤其聚焦在"反游客者"（anti-tourist）角色的演变。布扎德引用了福赛尔关于"旅行者"和"游客"的概念区分，认为"反游客者"是一种文化现象，在欧洲国家的工业化和民主化进程中有着历史的源头。该著通过描述一些旅行作者，如威廉·华兹华斯（William Wordsworth）、拉斯金、拜伦、弗朗西斯·特罗洛普（Frances Trollope）等人的游记来展现旅行者透过其作品所传达的文化意义。

而米歇尔·利弗西奇（Michael J. H. Liversidge）和凯瑟琳·爱德华兹（Catherine Edwards）合编的《想象罗马》③融合城市、艺术和文学研究，对19世纪英国艺术家的罗马游记进行探讨。她们着重探索英国人对罗马的认知，从而挖掘19世纪到罗马旅行的英国艺术家如何受到罗马古典文化的启发以及他们的艺术作品如何反映和表达这种情结。该著为游记研究与城市史的研究提供了明晰的方向。曼弗雷德·菲斯特（Manfred Pfister）的《美的致命天赋：英国旅

① Kenneth Churchill, *Italy and English Literature 1764-1930*, London and Basing Stoke: The Macmillan Press, 1980.
② James Buzard, *The Beaten Track: European Tourism, Literature and the Ways to "Culture", 1800-1918*, Oxford: Clarendon Press, 1993.
③ Michael J. H. Liversidge and Catherine Edwards, *Imagining Rome: British Artists and Rome in the Nineteenth Century*, London: Merrell Holberton, 1996.

行者的意大利》①则是结合文化、城市、政治研究的多维视角所编撰的英国的意大利游记选集，其中囊括了 16—20 世纪的游记文本。编者根据艺术、宗教、政治、文化习俗、城市等主题将各个游记文本的片段分类呈现，兼顾了纵向的发展历史与横向主题的探讨，更直观地传达了旅行者对意大利的完整思考。

由此可见，游记本身就牵涉多层面、跨学科的研究，学界的研究范围也并不局限于游记本身，而是从不同的角度对英国的意大利游记展开专题性研究，以及结合文化、城市、政治等领域进行多维度研究，这为未来的游记研究取得进一步突破提供了借鉴。

2. "大旅行"在 19 世纪不同阶段的游记研究

纵观 19 世纪英国人的意大利旅行，其经历了几个不同的时期，早期的大陆旅行因法国大革命和拿破仑战争而中断，英国旅行者在战争时期纷纷放弃了前往欧洲大陆的计划。而随着滑铁卢战役的结束，欧洲的大门再次向英国旅行者开放，大批英国人涌向大陆。与此同时，在这一时期，传统的"大旅行"依旧得到了开展，有学者在研究"大旅行"时，明确地将时间延伸至 19 世纪，其中也涵盖了"大旅行"在 19 世纪蔓延阶段的意大利游记研究。

西方学界对"大旅行"的研究已数不胜数，其中最具代表性的是威廉·爱德华·米德（William Edward Mead）的《18 世纪大旅行》②。在彼得·休姆（Peter Hulme）和蒂姆·扬斯（Tim Youngs）合编的《剑桥旅行指南》一书中，布扎德的撰文《大旅行以及之后（1660—1840）》明确地将 17—19 世纪的欧洲大陆旅行分为两个时间段：1660 年英国封建王朝的复辟到 1837 年维多利亚女皇登基，标志着这一时期的旅行范式——"大旅行"（grand tour）的形成；随后紧接着的是另一种旅行热潮——大众旅行。③也就是说，尽管 19 世纪早期英国人的旅行模式发生了诸多变化，但传统的"大旅行"也依旧在开展，这也是学界基本达成的一个共识。然而多数学者同米德一样，将"大旅行"研究主要聚焦在 18 世纪，而很少有学者专门针对 19 世纪的"大旅行"做一番研究。

---

① Manfred Pfister, eds., *The Fatal Gift of Beauty: The Italies of British Travllers: An Annotated Anthology*, Amsterdam-Atlanta: Brill Rodopi, 1996.
② William Edward Mead, *The Grand Tour in the Eighteenth Century*, Boston and New York: Houghton Mifflin Company, 1914.
③ James Buzard, "The Grand Tour and After (1660–1840)," in Peter Hulme and Tim Youngs, eds., *The Cambridge Companion to Travel Writing*, Cambridge: Cambridge University Press, 2002, pp. 37-52.

　　布扎德的《大旅行以及之后（1660—1840）》一文涵盖了 19 世纪前 40 年"大旅行"仍继续开展时期的游记阐述。他首先指出了英国人崇尚旅行的原因，认为以约翰·洛克（John Locke）为首的经验主义哲学是其思想源泉。在这一过程中，1790 年至 1815 年拿破仑战争的结束更是进一步刺激了大陆旅行。而 1825 年至 1840 年火车的发明和新的贸易再次促进了休闲旅游。但在布扎德看来，这一时期大量的有关欧洲旅行的文本问世，很多文字都只是以私人书信手稿的形式存在，或是关于旅行价值的讨论，而不是真正意义上的游记。[①]而随着旅行越来越深入英国人心中，人们旅行的真正期待与目的是什么，以及"大旅行"的观念、形态何以存在，是作者抛给我们的值得进一步探究的问题。

　　莱斯特大学研究城市史的学者罗斯玛丽·斯威特（Rosemary Sweet）的《城市与"大旅行"：英国人在意大利，1690—1820》[②]涵盖了 19 世纪前 20 年英国人所撰写的意大利游记。她以"大旅行"为研究对象，从城市和城市化的视角出发，利用旅行文学作为原始资料，其中包括旅行指南、旅行日记、报道等等，来剖析游记作者如何通过游记文本来塑造并保存意大利城市的形象、不同的城市所包含的不同内涵以及游记作者对意大利城市的各种想象，由此深刻反映出"大旅行"时期的旅行者对于城市化的态度。这扭转了大多数学者在"大旅行"研究中惯有的对于意大利中世纪与古典文化的关注与研究。

　　如此来看，意大利作为"大旅行"的重要目的地，不少游记研究都关注到了其与"大旅行"之间的关联。斯威特也在书中罗列了相关的著作，如杰里米·布莱克（Jeremy Black）的《意大利与大旅行》、克里斯托弗·希伯特（Christopher Hibbert）的《大旅行》、克莱尔·霍恩斯比（Claire Hornsby）的《意大利的影响：大旅行及之外》等等[③]。可见，19 世纪英国人的大陆旅行势头有增无减，在 19 世纪上半叶依旧保持着"大旅行"的旅行风尚，而学界对于"大旅行"在 19 世纪阶段的意大利游记研究仍是一片空白，有待我们进一步研究。

---

①　Jeremy Black, *The British Abroad: The Grand Tour in the Eighteenth Century*, London: Macmillan, 1992, pp. xi-xiii.

②　Rosemary Sweet, *Cities and the Grand Tour: The British in Italy, c. 1690-1820*, Cambridge: Cambridge University Press, 2012.

③　Jeremy Black, *The British Abroad: The Grand Tour in the Eighteenth Century*, London: Macmillan, 1992; Christopher Hibbert, *The Grand Tour*, New York: Putnam, 1969; Claire Hornsby, eds., *The Impact of Italy: The Grand Tour and Beyond*, Rome: British School at Rome, 2000.

3.对浪漫主义时期、维多利亚时代游记的焦点研究

西方学者也抓住了时代特征,置于历史环境中展开对浪漫主义时期、维多利亚时代游记的焦点研究。

意大利与英国浪漫主义的联结是显而易见的:浪漫主义文人代表华兹华斯曾三次到访意大利,拜伦和珀西·毕希·雪莱(Percy Bysshe Shelley)在主要创作时期都生活于意大利,沃尔特·司各特(Walter Scott)和约翰·济慈(John Keats)因身体欠佳去意大利养病,而柯勒律治在南意大利待了很长一段时间。这些文人的作品中也时常出现意大利的身影。可以说,在 19 世纪的早期,浪漫主义"邂逅"了意大利。因此,不少游记研究学者对此进行了专题研究。剑桥学者布兰德的《意大利和英国浪漫主义者》①重点描述了 19 世纪早期英国的"意大利风尚",侧重意大利与英国浪漫主义之间的互动,具体阐述意大利的文学、艺术、历史等方面对英国社会所产生的影响。他描述了自文艺复兴时期至 19 世纪早期英国人的意大利旅行概况并重点分析意大利成为理想旅行之地的原因。英国胡弗汉顿大学的本杰明·科尔伯特(Benjamin Colbert)的研究著作《雪莱的视野:旅行写作和审美视野》②以雪莱为聚焦点,强调 19 世纪早期的意大利旅行同 18 世纪"大旅行"之间的连续性。科尔伯特认为,拿破仑战争结束后和平到来,欧洲处于新的政治和经济形势之下,新的局面势必影响了人们的文化观念和旅行方式。科尔伯特着重叙述了雪莱的意大利旅行及其旅行记录。但总体来看,他过分展现雪莱的审美视野,而并未花笔墨来展现当时的社会、政治背景之下雪莱自身对于意大利的思考与感悟。

卡尔·汤普森(Carl Thompson)也关注到了几位浪漫主义代表人物在旅行方式及旅行写作上体现出来的独特精神。在《遭罪的旅行者和浪漫主义的想象》③一书中,汤普森认为华兹华斯、拜伦、雪莱等浪漫主义代表人物反对当时主流的旅行方式。他指出,为了彰显自身的独特性以回应正在蓬勃发展的旅游业,这些浪漫主义旅行者在旅行方式和旅行写作上独树一帜,在旅行中追求冒险,从而反对传统"大旅行"方式的古典旅行。同时,他们还反对日渐增加的

---

① Charles P. Brand, *Italy and the English Romantics. The Italianate Fashion in Early Nineteenth-Century England*, Cambridge: Cambridge University Press, 1957.

② Benjamin Colbert, *Shelley's Eye: Travel Writing and Aesthetic Vision*, Aldershot: Ashgate, 2005.

③ Carl Thompson, *The Suffering Traveller and the Romantics Imagination*, Oxford: Clarendon Press, 2007.

女性旅行者开展旅行活动。作者重点叙述了华兹华斯和拜伦的旅行文本，生动地反映出几位浪漫主义旅行者的内心世界。然而汤普森将这些代表人物"反旅行主义"的旅行理念限定在追求冒险之中，因而取名为"遭罪的旅行者"，不免有些片面和狭隘。

也有将游记放在维多利亚时代背景中进行透视的研究。海迪·利德克（Heidi Liedke）的《维多利亚时代游记文本中闲散的经历，1850—1901》[①]创新性地指明了维多利亚时代文学的主体特征在于对"闲散"（idleness）的关注，由此进一步揭示"闲散"是维多利亚时代旅行和空间行为的重要特征。利德克以5篇游记作为案例，梳理了游记中"闲散"的表现形式。约翰·佩波尔（John Pemble）的《地中海激情》[②]则聚焦在维多利亚时代和爱德华时期的南部旅行概况与游记作品。此书更像是布兰德《意大利和英国浪漫主义者》的续篇。佩波尔主要交代了这样几个问题：英国旅行者如何去南方；他们去了哪些地方；他们为何热衷于这些地方；他们的经历如何塑造了他们的看法，以及他们的看法又是如何影响了他们的经历。作者认为如不了解这些问题，就无法真正理解维多利亚时期的旅行阶层。其通过探索他们的旅行文学，深入了解游记作者的精神世界，有效地阐析了维多利亚时代旅行者共通的价值观，甚至详细到他们的消费观等。佩波尔广泛使用了旅行文学的种类，包括旅行指南、信件和叙述等，甚至还包括一些游记小说，使读者一览旅行阶层的价值观。若要细细研究19世纪维多利亚时代英国人的意大利游记，佩波尔的这本著作是当之无愧的参考范本。

另外还有亚历山德罗·韦斯科维（Alessandro Vescovi）等三位意大利学者编撰的《维多利亚人和意大利：文学、旅行、政治和艺术》[③]，其分主题展现了不同学者对于维多利亚时期英国作家有关意大利文学创作的研究。如：维多利亚时代的游记作者对意大利和意大利文化的构想；维多利亚人对意大利复兴运动的回应；等等。亚历山德罗认为维多利亚时代英国人普遍都带有殖民主义和帝

①　Heidi Liedke, *The Experience of Idling in Victorian Travel Texts, 1850–1901*, Cham: Plagrave Macmillan, 2018.
②　John Pemble, *The Mediterranean Passion: Victorians and Edwardians in the South*, Oxford and New York: Clarendon Press, 1987.
③　Alessandro Vescovi, Luisa Villa and Paul Vita, eds., *The Victorians and Italy: Literature, Travel, Politics and Art*, Milano: Polimetrica, 2009.

国主义的思想，而维多利亚时代的意大利游记作者恰恰是对这种思想发出挑战，他们对意大利的同情和情感打破了南部与北部、新教与天主教、政治稳定与政治压迫等维度二元对立的思维模式。这一层面的阐述对于后续挖掘维多利亚人的意大利旅行心态有着重要的启示作用。

总体来看，19 世纪英国的意大利游记研究皆离不开"大旅行""浪漫主义""维多利亚"这几个穿插着历史感的主题。

4. 其他方面的研究

除了以上几个研究模块之外，针对英国的意大利游记研究还涉及其他几个方面，为史学领域的游记研究提供了可参考的视角。

首先，随着游记研究的深入发展，学者越发重视原始的游记档案资料。因此，学者投入了大量的精力挖掘相关游记的原始资料并进行了整理，编撰出了特定时期英国的意大利游记目录。

爱德华·考克斯（Edward G. Cox）的《旅行文学的参考指南》①仍是现有最完整的游记目录。考克斯提供了相当一部分自印刷术发展以来，用英语出版的旅行相关的书籍及文本注释，然而他的目录止于 1800 年且在一定程度上缺乏全面性。罗伯特·派因-科芬（Robert S. Pine-Coffin）的《至 1860 年英国、美国的意大利旅行参考目录》②亦无法展示 19 世纪有关意大利旅行写作的全景。亨利·内维尔·毛姆的《意大利旅行书籍（1590—1900）》③囊括了近 3 个世纪的游记，其内容相对客观且传递出意大利城镇最典型的艺术与特征。科尔伯特主持了一个目录项目，题为《英国游记目录，1780—1840》，而已发表的目录《英国游记目录，1780—1840：欧洲旅行，1814—1818》④包含了 1814—1818 年在英国出版的关于欧洲旅行的书籍目录，主要聚焦于非小说类的游记散文。同时，科尔伯特使用了一套自己的游记筛定标准：

---

① Edward G. Cox, *A Reference Guide to the Literature of Travel; Including Voyages, Geographical Descriptions, Adventures, Shipwrecks and Expenditures*, Seattle: University of Washington, 1935.

② Robert S. Pine-Coffin, "Bibliography of British and American Travel in Italy to 1860," *La Bibliofilia*, vol. 83, no. 3 (1981), pp. 237-261.

③ Henry N. Maugham, *The Book of Italian Travel (1580–1900)*, London: Grant Richards, 1903.

④ Benjamin Colbert, "Bibliography of British Travel Writing, 1780–1840: The European Tour, 1814–1818 (Excluding Britain and Ireland)," *Cardiff Corvey: Reading the Romantic Text*, vol. 13 (2004), pp. 1-43.

1. 亲身旅行或是旅居海外的一手记录；

2. 旅行辅助，包括游记、指南、手册、指路手册、区域描述；

3. 合集、选集、汇编、概略、游记和探索历史；

4. 视图手册；

5. 有全景的画卷和出展的"虚拟"（virtual）旅行书籍。[①]

该目录中大部分题目属于个人叙述类，占了 75%，包括信件、刊物以及旅行记录。排位第二的是旅行辅助类，占了 15%。而视图手册展示了水彩画、雕刻花，约占 6%。约有 2% 的旅行建议手册及 2% 的内容专为儿童而作。就游记的语言而论，该目录主要包含 26 本译著（法语 18 本，德语 6 本，意大利语、俄语各 1 本）。科尔伯特的这份目录为我们提供了大量有关 19 世纪早期英国人在意大利旅行的游记资料和信息，尤其为学界研究拿破仑战争后英国的大陆旅行盛况以及剖析该时期的游记提供了宝贵的参考资料。

布兰德的《1800—1850 年英国出版的意大利旅行书籍目录》[②]主要罗列了 19 世纪上半叶的旅行记述，但不包含小说、回忆录、信件等游记形式。他所选取的游记作品着重展现了意大利的艺术、古迹、公共机构等。该目录将研究范围缩小为英国与意大利两个维度，可谓最接近本书所要述评的研究范畴。尽管目录忽略了不少经典的信件等形式的游记作品，也为学人进一步研究 19 世纪英国的意大利游记提供了搜索的便利。总之，随着游记目录的问世，不同时间段、不同地域的游记作品一目了然，为游记研究的深入开展提供了便利。

其次，西方学界还开辟了女性的游记研究。在 18 世纪，英国的大陆旅行群体中还很少有女性旅行者。而到了 19 世纪，英国的意大利旅行主体不仅打破了社会阶层的界限，甚至还冲破了性别的限制。越来越多的女性加入旅行队伍并创作了不少颇具影响力的游记，而这些游记也同样吸引了学界的关注。

艾莉森·查普曼（Alison Chapman）和简·斯特布勒（Jane Stabler）合编的

---

① Benjamin Colbert, "Bibliography of British Travel Writing, 1780–1840: The European Tour, 1814–1818 (Excluding Britain and Ireland)," p. 9.

② Charles P. Brand, "A Bibliography of Travel-Books Describing Italy Published in England 1800–1850," *Italian Studies*, vol. 11, no. 1 (2013), pp. 108-117.

《开启南部：19 世纪意大利的英国女性作家和艺术家》①虽未专门针对游记开展研究，但采用的 11 篇文章皆以跨学科的视角充分展示了 19 世纪英国女性在政治、艺术以及个人角色上与意大利的联结。然而，19 世纪的文学市场还是有诸多的限制，能进入主流市场的作家往往来自上层社会，性别也是重要的限制因素。对此，凯瑟琳·沃彻斯特（Kathryn Walchester）的《我们美丽的意大利：19世纪女性游记与意大利》②鲜明地指出了这种情形。作者坚持认为"女性所阐述的意大利基本上是与男性作者相类似的"③，旨在说明游记作品本身不应该就性别而论，试图展示女性作品在创作中运用修辞等手法所达到的成就。此书选取了玛丽安娜·斯托克斯（Marianne Stokes）、夏洛特·伊顿（Charlotte A. Eaton）、西德尼·摩根（Sydney O. Morgan，笔名"摩根夫人"），安娜·詹姆森（Anna B. Jameson）以及玛丽·雪莱（Mary Shelley）的旅行经历及游记作品作为代表，分章节进行了阐述，揭示女性作者在作品中传递的女性独特心声，还阐析了女性所关注的政治问题。

（二）国内研究现状

国内学术界对此相关的研究主要还是集中在文学的研究视角。西安外国语大学王小伦的《文化批评与西方游记研究》④结合游记的发展脉络梳理了 20 世纪 70 年代以来西方的游记研究，提出文化批评是西方游记研究的主要内涵。浙江大学张德明针对英国旅行文学做了深入的研究。《英国旅行文学与现代性的展开》一文界定了英国旅行文学在西方旅行文学中的重要意义与研究价值，主张"旅行是现代性的产物"，由此以现代性发展的视角来透析英国旅行文学所包含的主客体关系等。⑤但作者所划分的英国旅行文学三个发展阶段，在笔者看来并无多大说服力，不仅只字未提"大旅行"期间的游记，其论断"1824 年拜伦

---

① Alison Chapman and Jane Stabler, *Unfolding the South: Nineteenth-Century British Women Writers and Artists in Italy*, Manchester and New York: Manchester University Press, 2003.
② Kathryn Walchester, *"Our Own Fair Italy": Nineteenth Century Women's Travel Writing and Italy 1800–1844*, Oxford and New York: Peter Lang AG, 2007.
③ Kathryn Walchester, *"Our Own Fair Italy": Nineteenth Century Women's Travel Writing and Italy 1800–1844*, p. 10.
④ 王小伦：《文化批评与西方游记研究》《国外文学》2007 年第 2 期。
⑤ 张德明：《英国旅行文学与现代性的展开》，《汉语言文学研究》2012 年第 2 期。

的逝世标志着近现代英国旅行文学进入衰落期"①也缺乏依据。《英国旅行文学与"现代情感"结构的形成》②则是运用当代英国马克思文化理论家雷蒙·威廉斯（Raymond Williams）的"情感结构说"作为研究路径来剖析18世纪英国旅行文学，从而分析得出，在这些旅行文学中，从美学角度透露着对崇高、如画的体验，而在情感上又流露着感伤主义的追寻与情感体验。这对笔者从历史学心态史视角进行分析有着重要的启示，只是文学研究者看不到这背后其实是游记作者心态的转变。另一文《"帝国的怀旧"与罗曼司的复兴——论维多利亚时代"新浪漫主义"的创作倾向》③探讨了维多利亚时代英国旅行文学中的怀旧与新浪漫主义思想倾向，是很有深度的解读，也为探索19世纪维多利亚时代英国游记中的心态指明了方向。

在史学领域，旅游史、游记研究也受到了史学家的瞩目。但相对于国外较为丰富的文献，国内史学界与之相关的研究较少，国内对旅游史、游记的研究侧重于"大旅行"时期欧陆游学的探讨。阎照祥最早在其著作《英国贵族史》④中简要提及了欧陆游学，但并未详细分析其来龙去脉。后来阎照祥又发表《17—19世纪初英国贵族欧陆游学探要》⑤一文，对此进行了详细的补充，界定了"大旅行"的起点与起因，全面分析了其主要功能和影响。西华师范大学付有强教授围绕"大旅行"展开了专题研究，成果斐然。他首先对"大旅行"这一词的起源之作《意大利之旅》⑥展开了研究，从而揭示"大旅行"这一概念形成的历史背景。后又以20世纪80年代为界对西方的"大旅行"研究展开述评。⑦此外又着重分析了英国人开展"大旅行"的特征，包括参与的社会阶层、出行的季节以及具体的旅行安排等。⑧最后又探析了"大旅行"作为一种教育旅行的传统渊源。⑨

就旅游史、游记史而言，目前国内史学界仍是一个薄弱环节，对于"大旅

① 张德明：《英国旅行文学与现代性的展开》，《汉语言文学研究》2012年第2期。
② 张德明：《英国旅行文学与"现代情感"结构的形成》，《浙江大学学报（人文社会科学版）》2011年第2期。
③ 张德明：《"帝国的怀旧"与罗曼司的复兴——论维多利亚时代"新浪漫主义"的创作倾向》，《绍兴文理学院学报（哲学社会科学版）》2012年第4期。
④ 阎照祥：《英国贵族史》，北京：人民出版社，2000年，第269—271页。
⑤ 阎照祥：《17—19世纪初英国贵族欧陆游学探要》，《世界历史》2012年第6期。
⑥ 付有强：《"大旅行"观念的起源——理查德·拉塞尔斯的〈意大利之旅〉评介》，《史学理论研究》2009年第2期。
⑦ 付有强：《"大旅行"研究述评》，《西华师范大学学报（哲学社会科学版）》2010年第4期。
⑧ 付有强：《17—19世纪英国人"大旅行"的特征分析》，《贵州社会科学》2012年第3期。
⑨ 付有强：《英格兰教育旅行传统探析》，《贵州文史丛刊》2013年第4期。

行"的研究也仍停留在其起源、特征、影响等方面的阐述，这一时期英国旅行者的游记是有待开发的研究方向。

（三）小结

上述对 20 世纪末以来国内外游记研究相关文献的述评，展示了学界关于英国的意大利游记的研究成果。旅游活动的开展促进了旅行文学的繁荣，其研究的学术和实践意义，吸引了不少学者的关注，因此游记研究正逐渐成为一门重要的交叉学科。学者从跨学科、分时期的宏观研究，再发展到微观专题研究，为游记在史学领域的研究奠定了坚实的基础。尽管游记研究取得了一定的成果，但在未来的研究探索中仍有一些方面值得我们重视。

首先，需拓展 19 世纪英国的游记创作群体研究。在 19 世纪的英国文坛，游记创作群体涉及面广阔，海事人员、政客、职业作家、艺术家等皆创作了彰显自身特色的意大利游记。不同的社会文化背景造就了他们在游历意大利时看待各种问题的不同视角，因此他们的游记书写在风格与内容上各具特点。西方学界在研究对象上仍过于狭窄，大多集中在拜伦、雪莱等几位浪漫主义诗人身上，在未来的研究当中，应拓展来自不同背景的旅行群体的游记作品。

其次，仍需拓展史学领域的游记研究。尽管学者的研究视域已从当代游记向古代游记拓展，但是仍没有真正以史学的视角去挖掘游记背后的历史因素。笔者认为，除非将游记研究真正地融入历史学研究，否则游记就只是一种史料，其史学价值也仅在于辅助其他史学研究。在史学领域，游记研究值得史学研究者关注。而在具体研究当中，仍需要搜集大量不同时期、不同文本形式的游记资料，包括早期的报纸、信件、日记，甚至是与旅行相伴的绘画、照片等记录材料，而不仅仅是出版界的游记。

最后，作为史学领域的游记研究，应更加注重对游记创作主体的研究，这需要心态史的介入。历史时期的游记是旅行者在游历过程之中，或是旅行结束之后针对旅游活动的一种记录，充分体现了创作者的思想意识。游记研究归根结底是要研究人的思想，将游记置于历史学的研究范畴，这就需要心态史的介入。雅克·勒高夫（Jacques Le Goff，也译作勒戈夫）指出："心态史是指一定时代一定社会领域里人们所表达的思想体系。"①心态史赋予了游记史料新的解读，有助于剖析游记文本所折射出的创作主体的心态。以 19 世纪早期的旅行者为例，拜伦和雪莱这两位浪漫主义诗人是以流放者的身份辗转于意大利各个地方，触景生情，在游记中表达出一种伤感的情绪，而银行家兼诗人罗杰斯更多的是想逃离复杂的社交生活，享受宁静与自然，不同的游历心态皆反映在他们的游记创作中。因此，心态史的研究视角能较好地挖掘 19 世纪英国人的意大利游记中的不同心态，拓展史学领域的游记研究路径。

三、研究思路、方法与基本框架

（一）研究思路与方法

本书的研究对象是 19 世纪英国的意大利游记。游记不仅呈现了创作者对异域世界在各个层面的记叙，也深刻展现了游记创作主体对异域自然与人文景观、异域文化与历史的感知，这势必也影响着他们对自己所属国家和地区的现状反思。在本书中，游记不单纯是文学文本，也不是边缘史料，而是史学研究的主体对象。本书欲将心态史作为研究视角，从丰富的意大利游记中解析 19 世纪不同阶段不同群体的游记心态，展现他们对意大利及其历史的思考、对英国现状的反思，从而审视心态与社会现状、文化、历史等方面的关联。本书力图从史学的视角来研究游记，以打开广阔的史学研究视域，透过历史时期的游记来考察游记心态，揭示心态所折射出的社会文化与历史的演变。

在研究方法上，本书首先扎根心态史的理论与运用。全面、精准地把握心态史的概念及研究方法是做好此项研究的第一步。在此基础上，本书利用"文献搜集法"全面搜集 19 世纪英国的意大利游记，并梳理 19 世纪英国的意大利旅行盛况与游记概况。之后通过"文本精读法"和"比较分析法"来解读 19 世纪不同时期、不同群体的游记心态，再进行比较、归纳、总结，进而完成撰写。

---

① 雅克·勒戈夫：《心态：一种模糊史学》，雅克·勒戈夫、皮埃尔·诺拉主编：《史学研究的新问题新方法新对象》，郝名玮译，北京：社会科学文献出版社，1988 年，第 280 页。

在游记选材方面，笔者也需要做几点说明。游记本身就包含了多样的形式，如日记、调查报告、指南、个人回忆录、记述以及抒情散文等。[①]当然，除此之外，游记还包括私人信件、诗歌等形式。本书主要将游记限定在非小说游记体裁。在笔者看来，游记小说在文学界已经得到了足够多的重视，而非小说的游记，尤其是作家根据亲身游历所撰写的游记文本往往没有得到重视。与此同时，本书也排除了 19 世纪英国出版商为了满足大众旅行的需要所编的旅行指南。总的来说，19 世纪英国的意大利游记著述繁多，笔者花了不少精力去查阅资料，最终在本书中呈现一些最具代表性的著作而述之。

（二）基本框架

本书除导论、结语外，共包括五章。各章内容介绍如下。

第一章主要介绍心态史的来龙去脉和 19 世纪英国人的意大利旅行盛况，并对英国出版界的意大利游记做一概述。鉴于 19 世纪英国的意大利旅行与"大旅行"有着重要的联系，本章从"大旅行"开始说起，并对 19 世纪的旅行盛况进行分期梳理。对游记的系统梳理，有助于后续的心态分析。

第二章至第四章分别从三个不同的心态视角对不同的游记文本展开分析。第二章着眼于文化消遣心态下的游记研究。笔者选取牧师约翰·切特沃德·尤斯特斯（John Chetwode Eustace）、考古学家理查德·科尔特·霍尔（Richard Colt Hoare）、文学家查尔斯·狄更斯（Charles John Huffam Dickens）和玛格丽特·西蒙兹（Margaret Symonds）这几位不同社会背景人物的游记文本展开文化消遣心态的分析。第三章是浪漫主义游历心态下的游记研究。浪漫主义作为 19 世纪重要的社会思潮，在工业革命时代的英国扮演着重要的意识形态角色。笔者试图挖掘游记文本背后的浪漫主义心态，尤其是游记作者对中世纪的浪漫想象与意大利之间千丝万缕的联系以及浪漫主义诗人笔下的意大利情感抒发。第四章专门对西蒙兹等 19 世纪文人墨客的意大利游记进行考察，通过剖析自由主义思潮影响下人们的思想变化，对这些意大利游记中追溯文艺复兴近代源流的历史心态因素进行分析。

---

① Carl Thompson, *The Routledge Companion to Travel Writing,* London and New York: Routledge, 2016, p. xvi.

　　第五章主要从史学领域对意大利游记研究进行再思考。一方面是心态分析介入游记研究的史学价值思考，还包括游记心态的进一步挖掘，以期扩大心态史在游记研究方面的视域，如女性的游历心态、不同城市的游历心态等；另一方面是建构游记史学的思考。

第一章

心态史与 19 世纪英国的
意大利游记概述

19 世纪英国的意大利游记心态

我们的民族是旅行者的民族……没有人需要找个借口才去旅行。有钱人，是去挥霍；穷人是去过节省的日子；病人是去疗养；好学的人是去学习；学者，则是去施展他们的学识。[1]

回溯两百年前，英国虽历经战乱，但在经济上发展迅速。工业革命的成功使英国斩获"世界工厂"的称号，但同时也引发了一系列的政治变革、社会动荡等不安定因素。总的来说，19世纪的英国社会可谓跌宕起伏。一批有识之士对现状产生了不满与忧虑，他们视意大利为理想之地。意大利既是艺术的焦点，也拥有古老的文化、古典的教育和舒适的气候，吸引了不同职业领域、不同阶层的人士前往观光旅行。本章将细致介绍19世纪英国人的意大利旅行盛况，并在此基础上介绍19世纪英国出版界的意大利游记热。同时，本书运用心态史的视角来探索这些游记作品所表达的特定心态因素。在19世纪不同的发展阶段，旅行群体的心态无疑是有所区别的，即便在相同的形势之下，不同社会群体的旅行心态也存在差异。这就充分反映了心态研究的与众不同之处，它以一段时期内群体的心态作为考量。因此，本章也将对心态史的概念与发展做一简要介绍。

---

① Samuel Rogers, *Italy, a Poem*, London: T. Cadell & E. Moxon, 1830, p. 170.

一、心态史刍议

论及心态史，首先得从史学界的一股潮流"新史学"[①]说起。挥别 19 世纪史学辉煌的战绩，在 20 世纪伊始，史学家又投入新的史学革命。他们试图冲破实证主义等传统史学的藩篱，开拓史学新天地。

新史学与法国的年鉴学派有着千丝万缕的联系。1929 年，法国史学的后起之秀年鉴学派诞生了。据史学家菲利普·阿里埃斯（Philippe Ariès）介绍，"年鉴学派"的名称来源于当时的一个学术团体所创办的杂志《经济、社会史年鉴》，该团体成员包括"法国的吕西安·费弗尔和马克·布洛赫、比利时史学家亨利·皮雷纳、地理学家 A. 德芒戎、社会学家 L. 列维-布津尔、M. 阿尔伯瓦克等"[②]。法国的年鉴学派掀起了新史学的潮流。对此，勒高夫也曾写道："新史学主要是围绕《年鉴》杂志的一批史学家和本身主持杂志的史学家所创立的。"[③]

年鉴学派作为新史学的先驱，还衍生出了一些新的史学流派，其中独特而又耐人寻味的心态史学便应运而生。诚如勒高夫所言，"在史学中的集体心理和精神现象的吸引下，费弗尔和布洛赫为新史学开辟了一个新的研究领域——心态史学"[④]。吕西安·费弗尔（Lucien Febvre）和马克·布洛赫（Marc Bloch）作为心态史的开拓性史学家，还在接下来的几十年当中发展和影响了一大波心态史家，包括米歇尔·伏维尔（Michel Vovelle）、阿里埃斯、皮埃尔·肖努（Pierre Chaunu）、乔治·杜比（George Duby）、罗贝尔·芒德鲁（Robert Mandrou）、勒高夫等几代人。他们对心态史学的发展发挥了推动作用，也为心态史学研究注入了新鲜的血液。

---

① 勒高夫曾指出新史学这一用语"在 1930 年就已为它的创始人之一亨利·贝尔所使用"，还进一步指出"贝尔使用这一修饰词时参照了 1912 年在美国所发动的新史学运动（new history），还特别参照了 H. E. 巴恩斯发表于 1919 年的文章《心理学和历史学》"。参见：雅克·勒高夫：《新史学》，J. 勒高夫、P. 诺拉、R. 夏蒂埃、J. 勒韦尔主编：《新史学》，姚蒙编译，上海：上海译文出版社，1989 年，第 35 页。
② 菲利普·阿里埃斯：《心态史学》，J. 勒高夫、P. 诺拉、R. 夏蒂埃、J. 勒韦尔主编：《新史学》，第 171 页。
③ 雅克·勒高夫：《新史学》，J. 勒高夫、P. 诺拉、R. 夏蒂埃、J. 勒韦尔主编：《新史学》，第 35 页。
④ 雅克·勒高夫：《新史学》，J. 勒高夫、P. 诺拉、R. 夏蒂埃、J. 勒韦尔主编：《新史学》，第 31 页。

（一）心态史的发展

在以费弗尔和布洛赫为核心的第一代年鉴学派时期，尽管经济史和社会史是年鉴学派研究的重点，但两位创始人始终有着这样的信念："长期以来，我们共同致力于拓宽历史学的领域，为了使历史学更富有人性而并肩努力。"[1]他们主张历史是人的历史，人是历史的生命。而所指的人是一定时空范围内的具体的人，既不是抽象的，也不是个别与孤立的人，而是社会的、有组织的人群。他们认为历史学对人的研究应该基于把人作为一个群体、一个整体的视角，包括与人相关的一切错综复杂的关系。因此，随着经济史、社会史研究的推广，从前被忽略的普通社会群体也受到了史学研究者的关注，这些新的研究领域开始关注群体性的各种现象，如经济现象、心理状态等等。在历史研究中，年鉴学派不仅注重物质因素，更通过精神心理因素来研究人。费弗尔的《马丁·路德的时运》[2]就是专注于人类精神的研究，运用集体心理方法考察人们的观念，从而揭示人们在这一时期的精神状态。其另一著作《十六世纪的无信仰问题》[3]以婚礼、葬礼等文化习俗为切入口来考察弗朗索瓦·拉伯雷（François Rabelais）所处时代人们的心态从而论证无神论的问题。此外，布洛赫也认为"我们已经认识到在一个社会里，不管这是一个什么样的社会，政治和社会结构、经济、信仰乃至心态的最基本和最细微的表现，这一切都是相互联系和相互制约的"[4]。其心态史代表作《国王神迹》[5]就考察了民众的集体心态。但总体来看，这一时期的心态研究仍依附于经济、社会研究领域。

20世纪40年代至60年代后期是年鉴学派发展的第二阶段，受二战后经济迅速发展的影响，经济史依旧是他们关注的重点。费弗尔去世后，费尔南·布罗代尔（Fernand Braudel）成为第二代年鉴学派的领军人物。布罗代尔有着传奇式的人生经历，在二战时曾被囚禁于德国纳粹集中营，即便身处囹圄，他依旧以历史学家的身份进行着历史的思考。其代表作《菲利普二世时代的地中海和地中海世界》率先提出了历史时间划分的新标准，即自然史时间、社会史时

---

① 张广智：《西方史学史》，第 250 页。
② 吕西安·费弗尔：《马丁·路德的时运》，王永环、肖华锋译，上海：上海三联书店，2014 年。
③ 吕西安·费弗尔：《十六世纪的无信仰问题》，闫素伟译，北京：商务印书馆，2012 年。
④ 程伟礼：《唯物史观与心态史学》，《探索与争鸣》1990 年第 5 期。
⑤ 马克·布洛赫：《国王神迹》，张绪山译，北京：商务印书馆，2018 年。

间和事件史时间。① 基于这种划分方式，他随后提出了"长时段"的史学概念，认为一段历史是"人口结构、社会结构、文化结构、心态结构等发生变迁的历史"②，这为心态史的兴盛埋下了伏笔。但阿里埃斯在谈及第二代年鉴学派时指出："布洛赫和费弗尔当时研究领域中一个相当大的部分，即从想象、群体的心理学和文化角度出发对社会所作的研究，在第二代中已黯然失色，这个属于心态的领域已留待少数探险者去继续开拓了。"③ 这一时期心态史的研究仍未得到拓展。

随后，人口史的兴盛恰恰刺激了心态史的进一步发展。经济史的研究者很快关注到了人口的研究，发展了人口史学。历史学家在研究家庭和人口变迁时，也催生了一系列心态范畴的问题，如人的生育观念的变化、家庭观念的变化等等。人口学的研究也隐秘地揭示了人们对"生命、年龄、疾病、死亡等现实的态度"④，这就是心态史的研究内容。因此，阿里埃斯认为"人口史不仅复活了年鉴学派创始人的那部分已经冻结了的遗产，还使一种新的心态史从文学传统的逸闻趣事般的印象主义脱颖而出，并使其具有统计资料的基础，最后还使心态史能对各种现象作非经济学的更为广泛的解释"⑤。由此可见，心态史在第二代年鉴学派后期得到了新的发展。以社会—经济为中心的传统方法论已不再适应新史学的浪潮，首先就面临着克洛德·列维-斯特劳斯（Claude Lévi-Strauss）倡导的社会人类学的挑战。史学家认为，社会中的心态，这些非物质的东西形成了世界的表征，而且会随着时间的变化而变化，因此有必要对心态——精神世界中有意识或无意识的事物进行研究。在这一时期，有两位重要的心态史学大师做出了重要的贡献，分别是杜比和芒德鲁。国内学者吕一民曾总结认为，正是他们两人共同倡导心态史学，使得"心态这一当时在法语中略含贬义的词逐渐被史学所接纳"⑥。总之，至 20 世纪 60 年代后期，心态史真正登上了法国史学的舞台。

20 世纪 60 年代末至 80 年代，心态史进入了一个蓬勃发展的新阶段，以勒

---

① 费尔南·布罗代尔：《菲利普二世时代的地中海和地中海世界》，（上）唐家龙、曾培耿译，（下）吴模信译，北京：商务印书馆，1996 年。
② 姚蒙：《法国的新史学范型——读〈新史学〉》，《读书》1989 年第 6 期。
③ 菲利普·阿里埃斯：《心态史学》，第 174 页。
④ 菲利普·阿里埃斯：《心态史学》，第 176 页。
⑤ 菲利普·阿里埃斯：《心态史学》，第 176 页。
⑥ 吕一民：《法国心态史学述评》，《史学理论研究》1992 年第 3 期。

高夫为核心的年鉴学派第三代史学家重新将重心转移到了人类的精神研究。70年代伊始，心态史涉猎范围不断拓宽，阿里埃斯举例说："经济史学家研究的遗嘱材料，成了研究宗教心态的资料，M. 伏维尔、P. 肖努等对此作了大量研究。"①伏维尔的《意识形态与精神形态》②就充分表达了他对心态史较为全面的看法。阿里埃斯自身在心态史研究上也颇具影响力。法国著名学者埃马纽埃尔·勒华拉杜里（Emmanuel Le Roy Ladurie）的《蒙塔尤：1294—1324 年奥克西塔尼的一个山村》③是心态史的一部经典之作。正如勒华拉杜里所言，在这部作品中其"目的依然是通过伦理和信仰，研究村民们的内心世界和社会学对象"④。

　　然而，值得一提的是，年鉴学派并不是唯一热衷于心态史的史学流派。汉学家马赛尔·格拉内（Marcel Granet）和研究法国大革命的史学家乔治·勒费弗尔（George Lefebvre）就曾在 20 世纪 30 年代写过类似心态史的文章。除了法国之外，荷兰文化史学家约翰·赫伊津哈（Johan Huizinga）也在其 1919 年出版的《中世纪的没落》⑤一书中描述了集体的态度。总的来说，心态史逐渐得到了史学界的重视。

　　近年，心态史关注的议题又发生了变化。学者赖国栋指出："随着对动物权利、科技发展、自然环境认知的加深，欧洲中世纪以来那种以人的价值、需求和观念为至高目标的人文主义逐渐让位于后人文主义，这种后人文主义有助于反观人类的行为和心态。"⑥因此，受"后人文主义"的影响，心态史研究不仅关注人的思想、情感，还探讨人与自然环境之间的关系。对此，赖教授继而写道："这种新的心态史融合了地质、生物、文化维度，将人类看作是生物形态中的一个特殊种类，有助于心态概念摆脱人类中心主义的束缚。"⑦可见，心态史的研究视域在不断地拓宽。

---

① 菲利普·阿里埃斯：《心态史学》，第 178 页。
② 吴建华：《从伏维尔看法国心态史研究动向》，《国外社会科学情况》1989 年第 9 期。
③ 埃马纽埃尔·勒华拉杜里：《蒙塔尤：1294—1324 年奥克西坦尼的一个山村》，许明龙、马胜利译，北京：商务印书馆，2007 年。
④ 周启琳：《模糊而又清晰的心态史》，《世界文化》2006 年第 9 期。
⑤ Peter Burke,"Strengths and Weakness of the History of Mentalities," *History of European Ideas*, vol. 7, no. 5 (1986), pp. 439-440.
⑥ 赖国栋：《心态史的发展及其时代意蕴》，《光明日报》2020 年 11 月 16 日，第 14 版。
⑦ 赖国栋：《心态史的发展及其时代意蕴》，《光明日报》2020 年 11 月 16 日，第 14 版。

（二）何谓"心态史"？

心态史的概念在史学界一直备受争议。对心态史学极具发言权的史学家勒高夫曾在《心态史和科学史》一文中陈述了科学史学派对心态史学派的指责："他们认为心态史概念含糊不清，违背了自然和历史科学的客观性。"[①]顾名思义，心态史首先来源于"心态"一词，是指人所持有的态度和思维方式。谈到心态，相关研究学者不约而同地用到"模糊""说不清"等词语，勒高夫直接以"一种模糊史学"[②]来作为标题，阿里埃斯也提到"应用了心态这个难以说明的概念……"[③]，但笔者认为还是有必要追溯心态这个词的来源。

法语中的"心态"（mentalité）一词若要追根溯源的话，其真正的源头是拉丁语"心理"（mens）。之后便出现了形容词"心态的"（mental），为中世纪经院哲学所用。到了 17 世纪，产生了英语的"心态"（mentality）一词，是"17世纪英国哲学的产物，指集体心理学"[④]。法语的心态一词就由此转译过来，并得到了广泛的应用，逐渐应用到心理学、史学研究当中。心态的概念，已有学人归纳："心态涵盖人的思想、观点和行为、态度两个层面的要素，具体包含：思想、观点是什么及其如何产生；行为、态度是什么及其如何产生；思想、观点与行为、态度如何关联。"[⑤]而勒高夫进一步阐释："心态是指个人或人群无意识的精神内涵和不由自主的心理行为。史学家发现，每个人身上都贮存着一些既成的观念，人的很大一部分思维和行动的习惯便由这些既成的观念所构成。"[⑥]针对"集体无意识"这个概念，阿里埃斯作出如下解释：

> 集体的，是指某个时刻整个社会人人都有的。没有意识，是说有的东西很少或丝毫未曾被当时的人们所意识，因为这些东西是理所当然的，是自然的永恒内容的一部分，是被人接受了的或虚无缥缈的观

---

① 雅克·勒戈夫：《心态史和科学史》，张雷译，《国外社会科学情况》1987 年第 2 期。
② 雅克·勒戈夫：《心态：一种模糊史学》，雅克·勒戈夫、皮埃尔·诺拉主编：《史学研究的新问题新方法新对象》，第 265—286 页。
③ 菲利普·阿里埃斯：《心态史学》，第 169 页。
④ 雅克·勒戈夫：《心态：一种模糊史学》，雅克·勒戈夫、皮埃尔·诺拉主编：《史学研究的新问题新方法新对象》，第 272—273 页。
⑤ 冯永刚、李良方：《论心态史视角下的教育史研究》，《山西大学学报（哲学社会科学版）》2018 年第 3 期。
⑥ 雅克·勒高夫：《〈年鉴〉运动及西方史学的回归》，刘文立译，《史学理论研究》1999 年第 1 期。

念，是一些老生常谈，礼仪和道德规范，要遵循的惯例或禁条，公认的必须采用的或不准使用的感情和幻想的表达方式。[1]

心态更强调集体无意识的状态，作为一定时期"公共"的心态，支配着人的活动与判断，使该时期人们的思想、行为、价值观等具有整体性。在阿里埃斯看来，心态还关联着一种变化、差异的概念。他引用了费弗尔叙述过的故事——关于法王法兰西斯一世上了情妇的床之后又进入教堂进行虔诚祷告的故事，还提到了法王的姐姐玛格丽特"既写了《七日谈》这本放荡的故事集，又写了《罪人灵魂的镜子》"[2]。阿里埃斯认为这看似矛盾的情感实则是"他们和我们之间发生了心态的变化"[3]，在不同的时代、不同的文化中，对于同样的事情，人们的理解发生了截然不同的变化。此外，他还用了"税收的例子""时间的例子""魔鬼观念的例子""避孕的例子"来展现心态的动态发展，体现不同时代人们心态的差异性。[4]

勒高夫在《心态：含糊的历史》一书中指出："的确，心态概念暧昧，研究领域界限不明，但这些恰好是心态史出现和发展的前提。我们知道，在历史现象和客观事实后面，总存在着一些不能解释清楚的东西，心态史学派就是通过剖析历史上个人和集体无意识的动机，开拓了历史学的新领域。"[5]新一代的史学家已经认识到其他主流的学科无法解释一切历史现象，经济史、社会史过分注重物质文明，却发现客观历史终究绕不开人的问题，不得不挖掘人自身的精神世界。20 世纪 60 年代的结构主义进一步强调历史研究中整体的重要性以及整体和部分的相互作用，因此心态史已经渗透到各个研究领域。在一个史料面前，在各种史观争相取走自己的素材之后，反而留了一片净土给心态史，其恰恰是心态史所研究的对象，如平民、妇女等等。这很好地契合了勒高夫的观点，他认为心态史最吸引人的地方恰恰是"可用于研究他人置之不顾的资料，即史学研究分析中由于难以阐明含义而置之不顾的资料"[6]。因此，一个特定时期社

---

① 菲利普·阿里埃斯：《心态史学》，第 195 页。
② 菲利普·阿里埃斯：《心态史学》，第 170 页。
③ 菲利普·阿里埃斯：《心态史学》，第 170 页。
④ 菲利普·阿里埃斯：《心态史学》，第 181—188 页。
⑤ 雅克·勒戈夫：《心态史和科学史》，张雷译，《国外社会科学情况》1987 年第 2 期。
⑥ 张广智：《西方史学史》，第 250 页。

会群体的全方位的思想体系和行为方式与特定历史背景下物质文明的碰撞，皆是心态史研究的对象和内容。如勒高夫所言："心态史也是各种对立因素的交切点，各种对立因素是指个人与集体、长时段与当天、无意识与有意识、结构与时局、个别与一般：当代史学研究的能动性使这些对立因素交切到一起。"①也正因为其研究对象的独特性，历史诸要素皆由此汇合，如信仰、风俗习惯、记事本、雕刻等微观社会的方方面面，使心态史的研究汇聚着多学科或跨学科的相互渗透。

心态史研究视角的独特性，无疑为史学的发展注入了新的活力，成为研究历史、分析历史的新工具、新方法。心态史带领历史学家从历史最厚重的沉淀中开掘人的历史。

（三）国内心态史研究现状

20 世纪 80 年代后期心态史开始进入我国史学领域，学界通过法国年鉴学派的著述了解到心态史学这一新的史学倾向，尤其是第三代年鉴学派代表人物勒高夫、阿里埃斯等人关于心态史的著述为国内史学研究者提供了窗口。

中国史学界首先对心态史展开了述评。史学家姚蒙是国内最早介绍心态史学的学者之一，不仅编译了勒高夫等人合著的《新史学》②，还创作了有关法国年鉴学派、新史学、心态史学的著述，使国人一探心态史之究竟。《文化·心态·长时段——当代法国文化史研究一瞥》③一文介绍了心态史丰富的内涵及其广阔的研究领域，指出了法国当代史学研究当中文化、心态与长时段这三个特色，认为文化史的研究离不开长时段的研究范式，更离不开心态的窥探。彭卫也是同期研究心态史的专家之一，其《心态史学研究方法评析》④一文以更加宏观的视角来论述心态史学研究的发展与成熟，特别提到了心态史在奥地利与美国的基本风貌。彭卫主要评析了欧美这些地区的心态史研究方法，指出了其中存在的一些缺陷，针对国内的心态史研究提出了几点想法。彭卫还著有《历史

① 雅克·勒戈夫：《心态史和科学史》，张雷译，《国外社会科学情况》1987 年第 2 期。
② J. 勒高夫、P. 诺拉、R. 夏蒂埃、J. 勒韦尔主编：《新史学》，姚蒙编译，上海：上海译文出版社，1989 年。
③ 姚蒙：《文化·心态·长时段——当代法国文化史研究一瞥》，《读书》1986 年第 8 期。
④ 彭卫：《心态史学研究方法评析》，《西北大学学报（哲学社会科学版）》1986 年第 2 期。

的心境——心态史学》①，该书结合历史学和心理学来研究历史人物，但遗憾的是仅注重个体的心理分析，并没有指向群体的心态分析。吴建华从心态史家伏维尔关于心态史的著述出发来探究法国心态史的研究动向。②

20 世纪 90 年代涌现了不少心态史学的研究作品。浙江大学历史学教授吕一民对心态史做了深入的研究。他先后发表过《法国"新史学"述评》《法国心态史学述评》《从地窖到顶楼——法国心态史学探析》③，皆详细地介绍了心态史学，包括心态概念的界定及其发展的各个阶段。其中《法国心态史学述评》一文富有创建性地指出了心态史研究存在的问题，尤其批判一些心态史家过分抬高心态史的地位，为国人拓展心态史的研究提供了重要的借鉴。程伟礼《唯物史观与心态史学》④追溯了心态史学的历史渊源，并从剖析两种史观的关系入手，回应了学界对于两者关系的错误认识与偏见。中国人民大学历史学者徐浩在《探索"深层"结构的历史——年鉴学派对心态史和历史人类学研究述评》⑤一文中对年鉴学派的两个重要领域——心态史和历史人类学展开述评，还特别针对这两个领域所研究的实例进行分析，充分展现了心态研究究竟如何开展。

到了 21 世纪，心态史也得到了学界的持续关注。复旦大学学者周兵在《心理与心态——论西方心理历史学两大主要流派》⑥一文中对心理史学和心态史学做了比较。河南师范大学教授苏全有等主要考察了近代以来中国的心态史研究，重点指出心态史研究中存在的问题与不足。⑦近年来浙江大学法国史学者张驰也专注于心态史研究，尤其介绍了早期奠基者勒费弗尔的心态史。⑧

尽管国内对心态史学的了解还远远不够，但心态史学给中国学者带来了重要的启迪，自 20 世纪 90 年代以来，国内也展开了心态史的运用。心态史率先在史学领域扩展开来，主要用于研究个体的心态，尤其针对曾国藩、李鸿章等大人物的心态研究，作品有如江秀平的《李鸿章的心态与洋务运动的得失》、

---

① 彭卫：《历史的心境——心态史学》，郑州：河南人民出版社，1992 年。
② 吴建华：《从伏维尔看法国心态史研究动向》，《国外社会科学情况》1989 年第 9 期。
③ 吕一民：《法国"新史学"述评》，《浙江社会科学》1992 年第 5 期；吕一民：《法国心态史学述评》，《史学理论研究》1992 年第 3 期；吕一民：《从地窖到顶楼——法国心态史学探析》，《学术研究》1993 年第 1 期。
④ 程伟礼：《唯物史观与心态史学》，《探索与争鸣》1990 年第 5 期。
⑤ 徐浩：《探索"深层"结构的历史——年鉴学派对心态史和历史人类学研究述评》，《学习与探索》1992 年第 2 期。
⑥ 周兵：《心理与心态——论西方心理历史学两大主要流派》，《复旦学报（社会科学版）》2001 年第 6 期。
⑦ 苏全有、陈岩：《对近代中国心态史研究的回顾与反思》，《洛阳师范学院学报》2013 年第 10 期。
⑧ 张驰：《心态、社会结构与社会变迁——乔治·勒费弗尔的心态史》，《史学史研究》2021 年第 3 期。

黄长义的《儒家心态与近代追求——曾国藩经世思想简论》[1]等等。也用于研究一定时期民众的心态，形成了社会—文化—心态史研究范式，包含社会心态、政治心态、文化心态等，如黄庆林的《论 19 世纪末年的社会心态》、岑红的《1909 年中国社会各阶层的政治心态》、苏全有的《从自是到崇洋：近代中国社会文化心态的转型》[2]，等等。心态史不仅在史学研究领域广泛使用，还逐渐影响到文学、教育学、经济学等多个领域，涌现出诸多心态史研究成果。李先军、陈琪的《心态史学及其对教育史学方法论的启示》[3]以教育学的视角，不仅结合纵向与横向的角度介绍了心态史学的运用，还指明了心态史对于教育史学研究方向的启示。南开大学教授宁宗一从文学的角度探讨了心态史在文学史建构中的重要贡献。[4]闵凡祥观察到了心态史与西欧资本主义兴起的渊源，认为当时社会心态的变革对于社会的转型有着至关重要的影响。[5]

　　总体而言，心态史在其发展过程中得到了中国学界的重视。学者对心态史展开了研究，为国人深入了解心态史开启了明窗。也有不少研究以心态史为视角，进行相关学科的探究，成果斐然。然而，心态史研究也存在着明显的问题与不足，在笔者看来，最大的问题仍在于对心态史这一史观的把握。一方面，现有的研究多流于总结性的概念梳理；另一方面，在具体的研究中表现出理论的匮乏，因而出现只研究"某一时段的心态"或"某个人的心态"，以及没有把握动态的方向，缺乏不同社会结构下心态差异性的呈现等相关的问题。此外，跨学科的研究范围比较狭窄，目前只考虑到了心态史与文学、教育、经济相关的碰撞，而旅游史、游记史也都不失为心态研究的重要领地，值得挖掘与开拓。当然，心态的史料也值得进一步挖掘。除了出版的著作外，相关的私人信件、日记、笔记等皆展露着作者的心态，可作为研究中重要的史料进行剖析。19 世纪英国的意大利游记就可作为心态研究的重要对象。

---

① 江秀平：《李鸿章的心态与洋务运动的得失》，《中国社会科学院研究生院学报》1994 年第 6 期；黄长义：《儒家心态与近代追求——曾国藩经世思想简论》，《求索》1996 年第 3 期。
② 黄庆林：《论 19 世纪末年的社会心态》，《燕山大学学报（哲学社会科学版）》2007 年第 4 期；岑红：《1909 年中国社会各阶层的政治心态》，《江海学刊》1994 年第 6 期；苏全有：《从自是到崇洋：近代国人社会文化心态的转型》，《河南师范大学学报（哲学社会科学版）》2003 年第 6 期。
③ 李先军、陈琪：《心态史学及其对教育史学方法论的启示》，《宁波大学学报（教育科学版）》2017 年第 6 期。
④ 宁宗一：《心态史研究与文学史建构——一个层面的考察》，《东方丛刊》2006 年第 2 期。
⑤ 闵凡祥：《心态史视野下的西欧资本主义文明的兴起》，《学海》2013 年第 1 期。

二、"大旅行"与 19 世纪英国人的意大利旅行

论及 19 世纪英国人的欧陆旅行，不得不联想到欧洲历史上重要的文化现象——"大旅行"。前文已提及，游记研究学者如汤普森、科尔伯特、布扎德等一致认为"大旅行"的时间范围是在 16 世纪至 19 世纪上半叶。[①]可见"大旅行"与 19 世纪英国人的意大利旅行盛况有着一定的关联。然而，随着 18 世纪末以来近代旅游业的兴起，19 世纪的欧陆旅行与传统的"大旅行"又出现了本质的区别。

（一）"大旅行"略谈

"大旅行"向来是旅游史学界重要的研究对象，有不少学者对"大旅行"展开了专题研究。旅游史专家约翰·唐纳（John Towner）把"大旅行"定义为"富裕的精英阶层所开展的环西欧文化、教育、休闲之旅，是旅游史上浓墨重彩的一笔"[②]。同时，唐纳指出，"真正使大旅行区分于其他旅行事件的方面并不在于其旅行群体，而是旅行者的目的地"；他引用了《牛津英语词典》对"大旅行"的定义："欧洲主要城市及名胜古迹的旅行，被当作是出身高贵的年轻男子接受教育的关键部分"，而旅行目的地也主要集中在"法国、意大利、德国、瑞士和一些低地国家"。[③]布鲁斯·雷德福德（Bruce Redford）在《威尼斯和"大旅行"》一书中对"大旅行"做了更细致的说明：

> 所谓"大旅行"应包含以下几点，否则就不能称之为"大旅行"：第一，有一个年轻的英国男性贵族（来自贵族或上流社会）；第二，有一位导师在整个行程中陪伴着他的雇主；第三，将罗马作为主要目的地的一个固定行程；第四，时间通常相对持久，一般为两到三年。[④]

① John Towner, *The European Grand Tour, c. 1550–1840: A Study of Its Role in the History of Tourism*, Birmingham: University of Birmingham, 1984; Carl Thompson, *The Suffering Traveler and the Romantic Imagination*, Oxford: Clarendon Press, 2007; Benjamin Colbert, "Bibliography of British Travel Writing, 1780–1840: The European Tour, 1814–1818 (Excluding Britain and Ireland)," pp. 3-43.

② John Towner, "The Grand Tour: A Key Phase in the History of Tourism," *Annals of Tourism Research*, vol. 12, no. 3 (1985), p. 298.

③ John Towner, "The Grand Tour: A Key Phase in the History of Tourism," p. 301.

④ Bruce Redford, *Venice and the Grand Tour*, New Haven and London: Yale University Press, 1996, pp. 5-7.

这也是很多其他"大旅行"研究者所认可的定义。[1]早在 16 世纪，上层阶级为了让家庭中的年轻男士接触新的教育，接受珍贵的艺术和欧洲大陆贵族社会文化氛围的熏陶，通常在他们完成牛津大学或剑桥大学的学业后安排他们赴大陆国家停留数年。这些年轻人出游时，也绝不是孤身一人，至少会带着一名督导或者家庭教师，随行的还有大量的仆从、辅导员、艺术家等。他们所聘请的督导大多是英国教堂里的教职人员，精通古典文化并能帮助年轻雇主开拓古典文明的光辉视野。这已经成为当时社会约定俗成的准则，主要目的是使这些年轻人能在归国时承担起其应有的角色和责任。

对年轻的贵族来说，大陆之旅有利于涵养他们的历史知识和艺术品位，是一种有效且愉悦的教育途径，能为他们未来的发展打下坚实的基础。同时，他们也充当收藏家的角色，采购一些能陈列在家里的艺术品和古董，并培养一定的能力来读懂这些作品，以此来提升艺术鉴赏能力并确保尊贵的身价。据布扎德记载，1613 年，阿伦德尔伯爵（Henry Frederick Howard, 15th Earl of Arundel）曾跟着建筑师伊尼戈·琼斯（Inigo Jones）走遍意大利，掀起了英国人收集意大利古董的热潮。他的收藏使英国人第一次见识到了古罗马和文艺复兴时期的艺术作品，因而在 18 世纪末，一大批英国人开始紧跟这股热潮。[2]

随着海外殖民地的扩张，英国人将自己的国家比作古罗马帝国。他们甚至将自己的时代也定格为"奥古斯都"时代，在品位上也敬仰并效仿罗马。拉塞尔在游记中告诫年轻贵族，"要不是踏足他们的土地亲身感受，没有人能真正了解李维和恺撒"[3]。在"大旅行"时期，贵族精英的旅行经历将古老的帝国与大英帝国联系起来。旅行对于年轻贵族来说，也是一种锻炼。他们能够在 16—20 岁的年纪离开父母的监管，在真正开始承担起家族责任之前有一段自由释放的游学时光。在国外，这些尊贵的年轻人都渴望能与同等阶层的女士有一些接触。然而，在旅行过程中，也有一些年轻贵族沉迷于喝酒、游戏以及风流之事，因此这些旅行者的行为举止也遭到了不少非议。亚当·斯密（Adam Smith）曾批判这些年轻的旅行者："当他们回到家时，满是骄傲自负且毫无规矩、贪于享

---

[1] Rosemary Sweet, *Cities and the Grand Tour: The British in Italy, c. 1690–1820*, p. 2.
[2] James Buzard, "The Grand Tour and After (1660–1840)," p. 41.
[3] Richard Lassels, *An Italian Voyage, or, a Compleat Journey Through Italy*, p. 2.

乐，没有学到任何技能。"①

然而，"大旅行"的整体情况也在发生变化。到了19世纪，"大旅行"逐渐被其他旅行方式取代。据唐纳统计的数据，1814—1820年，原先由导师陪同的贵族精英人数只占了旅行人数的五分之一。②在旅游领域，传统的"大旅行"向近代旅游业转型，旅游主体、旅行方式等方面都发生了变化。"大旅行"以新的面貌融入了旅游业。③

（二）近代旅游业的兴起与旅行群体的变化

"大旅行"研究学者杰瑞米·布莱克曾精辟地描绘法国大革命爆发时期的欧陆旅行："很难再进入欧洲，一切变得不那么通情达理，反而充满了敌意，而流行已久的'大旅行'也成了受害者。旅游业在继续，但已完全不是同一番风景。"④然而，当拿破仑战争最终结束时，传统的旅行方式逐渐终结，近代旅游业应运而生。在英国国内，崭新的国内游和大陆旅游业逐渐形成。

得益于工业革命的发展，英国发达的棉纺业和制造业使其成为世界上第一个工业化国家。在此基础上，英帝国不断对外殖民、贸易扩张，因而使不同的文化之间有了更紧密、更广泛的联系。毫无疑问的是，这对旅游活动产生了巨大的影响。旅游逐渐发展成为一种产业，"旅游业"（tourism）的概念已充分建立起来。对此，布莱克曾在其论文开头说："《先驱晨报》1781年4月11日版的读者一定不会对这种时髦的词语感到惊讶。"⑤可见，这种趋势在18世纪末已经形成。汤普森也曾解释这一时期"旅游业"概念的出现：

> 很自然地，出现了许多跟旅行相关的现代术语，1873年流行的"环球旅行家"（globe-trotter）便是19世纪的造词。19世纪60年代常用的是"经常往返者"（commuter），19世纪头十年则产生了"旅游

---

① Edwin Cannan, *An Inquiry into the Nature and Causes of the Wealth of Nations*, Chicago: Universty of Chicago Press, 1970, vol. Ⅱ, p. 295.

② John Towner, "The Grand Tour: A Key Phase in the History of Tourism," pp. 310-311.

③ Kathryn Walchester, "*Our Own Fair Italy*": *Nineteenth Century Women's Travel Writing and Italy 1800–1844*, p. 12.

④ Jeremy Black, *The British and the Grand Tour*, London: Croom Helm, 1985, p. 96.

⑤ Jeremy Black, "Italy and the Grand Tour: The British Experience in the Eighteenth Century," *Annali d'Italianistica*, vol. 14 (1996), p. 532.

业"（tourism），该词由源于 18 世纪 80 年代的"游客"（tourist）转化而来。①

自 18 世纪末以来，旅游业发生了翻天覆地的变化，越来越多的人加入了以休闲、娱乐为目的的旅游活动，这就开启了近代旅游业的新时期。汤普森进一步补充道："近代旅游业起源于 18 世纪 60 年代，在 1800 年以后蓬勃发展起来，尤其在 19 世纪后半期发展成为大众活动，在欧洲和北美的工业化国家盛行。"②事实上，近代旅游业的产生与发展离不开技术的变革。

19 世纪新的基础设施建设和交通的变革使得旅游活动越来越廉价、舒适、快捷，也更安全。作为工业革命的动力源，蒸汽机被运用到铁路的发明，使现代铁路在 19 世纪 20 年代问世。③蒸汽时代的到来，大大提高了火车的速度，铁路网横跨了西欧国家。铁路还省去了保卫人员和司机的小费，减少了旅行支出。同时，从 19 世纪 20 年代起，蒸汽船往来于海峡两岸，至 1840 年，每年大约有 10 万人口体验这项新技术。④19 世纪的旅行者相比早期的"大旅行"游客在旅行方式上更加灵活，少了家庭教师和仆人的陪伴，而以最低的成本在旅行中获取最大的价值。在旅行安排上，也有了细节上的革新，如可供选择的火车时间表、游客能在国外兑换货币，等等。学者约翰·平洛特（John A. R. Pimlott）指出："到了 19 世纪 30 年代，每年约有 5 万英国人出国旅行。"⑤这无不体现着进一步扩大化的贸易网络、交流以及转型。这一切促使旅游的势头朝着大众旅游的方向发展。大陆旅行从之前少数贵族精英长达数月或数年的旅行活动转而成为大众短时的休闲之旅。总的来说，技术的发展最终预示着大众旅行的到来。正如威廉·黑兹利特（William Hazlitt）在 1826 年写的："我们如今似乎总存在于不属于我们的地方，到处走走看看，永远不会固定在某个地方。"⑥旅游业成了英国的近代文化表现之一，以及正在形成的工业化、商业化社会的重要特征之一。

---

① Carl Thompson, "Nineteenth-Century Travel Writing," in Nandini Das and Tim Youngs, eds., *The Cambridge History of Travel Writing*, Cambridge: Cambridge University Press, 2019, p. 109.
② Carl Thompson, "Nineteenth-Century Travel Writing," p. 109.
③ 丹尼斯·谢尔曼、乔伊斯·索尔兹伯里：《全球视野下的西方文明史》（中册），陈恒、洪庆明、钱克锦等译，上海：上海三联书店，2011 年，第 769 页。
④ Barbara Korte, "Western Travel Writing. 1750–1950," in Carl Thompson, eds., *The Routledge Companion to Travel Writing*, London and New York: Routledge, 2016, p. 180.
⑤ John A. R. Pimlott, *The English's Holiday: A Social History*, London: Faber and Faber, 1947, p. 189.
⑥ William Hazlitt, "Traveling Abroad," *New Montly Magazine*, vol. 22 (1828), p. 526.

当然也并非人人都对旅行者人数的增长抱有乐观的态度。种植家、商人兼政治领导人约翰·威尔森·坎宁安（John Wilson Cunningham）在其作品《大陆旅行者的警示》中强烈反对这种旅行风尚，认为这不仅消耗了英国的经济，还通过引入法国的礼仪、习俗以及怀疑主义大大削弱了英国的国家形象与特色。[①]他曾写道："单从一个口岸来看，预计有 9 万人次出发，比两年前要多一些。"他还用"坐立不安""不明确的好奇心""倦怠""乐于消耗""漫游的精神""对艺术的关注""热爱新奇的事物""多余的钱财"以及"每个人都在旅行的想法"等词句来证明不少旅行者是被肤浅却又时髦的动机所吸引。[②]总之，在他看来，旅行的动机不再是足够严谨的。

当然，旅行群体的扩大化也成为近代旅游业的重要标志。旅游史学者唐纳就曾指出："旅行者开展旅行的心理因素是很难断定的。但是据观察来看，旅行的缘由大致可分为以下几个主题：事业、教育、文化、文学、健康、科学、贸易、经济等等。而旅行动机的变化也密切关系到英国整体的文化环境以及旅行者主体的社会阶层的变化。"[③]随着工商业的发展，中产阶级一跃成为重要的社会力量，取代"大旅行"时期的精英贵族，自 18 世纪末期以来成为旅行的主体。《英国通史》一书提到了当时的社会等级分布，"在 19 世纪初，我们仍然可以看到一个金字塔形的等级社会，1803 年，位于顶端的是 300 多个贵族家庭，在塔底有 134 万个底层家庭，两者之间是一个不大不小的中间阶层，即'中等阶级'"[④]。中产阶层积累了大量的财富，尤其是工厂老板和矿老板，其社会地位和社会影响力逐渐取代传统的土地贵族。在 19 世纪初，他们开始在英国崭露头角，加之可自由支配的收入和闲暇时光，以及交通工具的革新，这部分人士成为旅行队伍中的主力军。他们渴望亲览欧洲的样貌，这与传统的贵族旅行者形成了鲜明的对比。[⑤]福赛尔指出："大众旅游业吸引了无视阶级区隔的人群，他们认为自己是独立的旅行者，因而在思想、教育、求知欲和精神上更胜一筹。"[⑥]总之，近代旅游业深入了非精英贵族阶层的群体。

① John Wilson Cunningham, *Cautions to Continental Travellers*, London: Ellerton and Henderson, 1818, p. 4.
② John William Cunningham, *Cautions to Continental Travellers*, pp. 3-11.
③ John Towner, "The Grand Tour: A Key Phase in the History of Tourism," pp. 297-333.
④ 钱乘旦主编：《英国通史·第五卷　光辉岁月——19 世纪英国》，南京：江苏人民出版社，2016 年，第 196 页。
⑤ Lori N. Brister, *Looking for the Picturesque: Tourism, Visual Culture, and the Literature of Travel in the Long Nineteenth Century*, Washington: George Washington University, 2015, p. 4.
⑥ Paul Fussell, *Abroad: British Literary Traveling Between the Wars*, p. 40.

（三）19 世纪英国的意大利旅行盛况

意大利持续地吸引着英国的旅行者，19 世纪的英国更是掀起了意大利旅行的狂潮。英国历史学家兼翻译家约翰·里格比·黑尔（John Rigby Hale）曾写道：

> 旅行是一种风尚；只要战争稍有停息——1802 年、1814 年，最后是 1815 年——英国人就迫不及待地横渡英吉利海峡，急于在干草市场展示他们对塔索、阿里奥斯托诗歌和意大利歌剧的熟知度。不仅在伦敦能听到意大利语，甚至在大学和乡镇上都能听到。人们对意大利的语言和文学的兴致丝毫没有与他们对意大利生活扭曲的观点相冲突。一直以来都有一股怀疑的暗流。[1]

对大多数的游客来说，意大利有着最重要的两个吸引力：一是意大利有着丰富的艺术和古迹；二是意大利展示着一切如画般的自然风景。[2]纵观 19 世纪，每一个历史阶段的意大利旅行状况皆有所不同。

1.战争时期的意大利旅行

19 世纪伊始，法国入侵意大利，而英国与法国保持着敌对关系，使得英国的游客不得不离开意大利。"大旅行"研究学者安东尼·伯吉斯（Anthony Burgess）生动地写道："欧洲瞬间成了杀戮战场，不再是妓院边上恢宏的博物馆。"[3]1802 年，拿破仑与反法联盟签订了《亚眠和约》（*Peace of Amiens*），欧陆旅行短暂开放。最具有代表性的两位冒险旅行者是约翰·切特伍德·尤斯特斯（John Chetwode Eustace）和约瑟夫·福赛斯（Joseph Forsyth）。不久之后，英法两国宣战，英国海军统帅指挥军队殊死一战，拿破仑军队无法攻入英国本土。福赛斯一直渴望去意大利旅行，最终于《亚眠和约》签署后的第 5 天就前往大陆。福赛斯十分享受意大利之旅，在那里漫游了两年之久。但在他即将返回英

---

[1] John Rigby Hale, *England and the Italian Renaissance*, Malden: Blackwell, 2005, p. 99.
[2] Lori N. Brister, *Looking for the Picturesque: Tourism, Visual Culture, and the Literature of Travel in the Long Nineteenth Century*, p. 10.
[3] Anthony Burgess, *The Age of the Grand Tour*, New York: Crown Publishers, 1967, p. 28.

国时，战争又开始了，他被法军囚禁于都灵，因此作为法国的阶下囚达 11 年之久。他最终在 1814 年被释放，但回到英国一年之后便去世了。这个真实的惨剧进一步激发了英国同胞对法国的仇恨和对意大利民族解放运动的支持。至 1814年，大陆旅行一度中断。

但是这一时期的旅行者依旧如贵族旅行者那样钟情于意大利的古典文化，他们的兴趣主要在于古典文化和文艺复兴的重新发现。唐纳指明了这时期的意大利旅行路线："北部的中心城市都灵、米兰、维罗纳、维琴察和威尼斯是一条路线；皮亚琴察、帕尔马、雷焦、摩德纳和博洛尼亚是另一条路线。博洛尼亚是去佛罗伦萨、罗马、威尼斯和米兰的重要交叉口。而博洛尼亚—佛罗伦萨—罗马—那不勒斯—罗马—安科纳—博洛尼亚是战前常走的模式。"[1]那时候，意大利的自然风景和社会生活并没有受到关注，人们关注的焦点在于古希腊、古罗马时期的古董、古迹、艺术等等。

2.后拿破仑时期的意大利旅行

直到 1815 年，随着拿破仑时代的终结，欧陆旅行重新开始盛行，英国人对古典的热情丝毫没有消散。《威斯敏斯特评论》（*Westminster Review*）杂志曾刊载诗人雪莱的夫人玛丽·雪莱的文章《英国人在意大利》，她写道："当和平来临时，我们的岛屿重新开放……冲向大陆几乎是每个英国人的心声；这一代新的年轻人大规模地跨过加来涌入法国。"[2]事实上，甚至是在和平协议还未签订之时，英国的旅行者已迫不及待地跨过海峡，再一次来到大陆，既是为了一睹关闭已久的景点，也为了观察拿破仑及其军队给亚平宁半岛带来的变化。游客很快发现法国在这时候是"阴暗的，毫无风景可言，甚至看上去是悲惨的"，而不少英国人也给德国冠上了一个特别的名字——"一种形而上学的昏暗"。[3]相反，意大利吸引着众多旅行者，马车一辆接着一辆驶向意大利。意大利旅行在英国已成了一种流行风尚。

他们沿着原先的路线，最终来到意大利，停留数月，这一原本属于上层社会的文化活动已渗透至普罗大众。1817 年 3 月，拜伦从威尼斯给托马斯·穆尔

---

[1] John Towner, "The Grand Tour: A Key Phase in the History of Tourism," p. 313.
[2] Mary Shelley, "The English in Italy," *Westminster Review*, vol. Ⅵ, no. 10 (1826), p. 325.
[3] Charles P. Brand, *Italy and the English Romantics*, p. 8.

（Thomas Moore）写信时曾抱怨罗马"到处都是英国人……现在来法国或意大利其实是愚蠢的行为，两三年后第一波热潮马上就过去了，欧洲大陆就会变得宽敞又和谐了"①。到 1818 年，估计有 2000 名英国游客到访罗马；而到了 1830 年，旅游规模上升至 5000 人次。②《威斯敏斯特评论》杂志又在 1824 年报道：罗马的英国游客也包含了"各个阶层、年龄、性别以及条件"③。而布兰德总结认为，"从已出版的旅行书籍和文章来看，1819 年至 1828 年是意大利旅行高峰期"④。英国诗人理查德·蒙克顿·米尔尼斯（Richard Monckton Milnes）在 1834 年曾报道："在圣诞前夕来到罗马的英国人约有 5000 人。"⑤而据詹姆斯·怀特赛德（James Whiteside）统计："每年约有 1.1 万名外国游客来到佛罗伦萨，而其中 5000 人为英国人。"⑥这时候，英国旅行者前往意大利主要还是依靠马车，一路从伦敦到罗马要花三四周的时间。玛丽·路易莎·博伊尔（Mary Louisa Boyle）回忆坐马车前往意大利的情形时写道："我们会在前厢反着坐下，这样就能呼吸一下新鲜的空气并欣赏沿路风景；也有装珍宝的容器。一路上我们都是闲适地前进，相当舒适……一般会在中午稍作休息。马儿也需要补给，这时我们会停下来，在沿路的小旅馆过夜。"⑦

从旅行的风格来看，尽管很少有英国游客在 1790 年至 1815 年到意大利旅行，但英国人在 18 世纪对于意大利的古典视野孕育出了 19 世纪早期的浪漫主义视野。面对浓烟缭绕的城市，英国人渴望离开城市并徜徉在自然美景之中，对中世纪表现出了新的兴趣。大批有识之士涌入意大利，感受自然之美，寻求精神的力量。随着维多利亚时代的到来，意大利旅行又发生了变化。人们对于意大利的浪漫主义激情渐渐褪去，后期的旅行者少了一份感性，多了一份现实情感。

---

① Leslie A. Marchard, eds., *Byron's Letters and Journals*, 13 Vols. London: John Murray, 1973-1994, vol. Ⅵ, p. 187.
② Lynne Withey, *Grand Tours and Cook's Tours: A History of Leisure Travel, 1750 to 1915*, New York: William Morrow & Co., 1997, p. 59.
③ James Buzard, *The Beaten Track: European Tourism, Literature and the Ways to "Culture", 1800-1898*, p. 83.
④ Charles P. Brand, *Italy and the English Romantics*, p. 15.
⑤ Thomas Wemyss Reid, *The Life, Letters and Friendships of Richard Monckton Milnes*, London: Cassell & Company, 1890, p.153.
⑥ James Whiteside, *Italy in the Nineteenth Century*, London: Longman, Green and Roberts, 1860, p. 33.
⑦ Sir Courtenay Edmund Boyle and Muriel S. Boyle, *Mary Boyle, Her Book*, London: John Murray, 1901, p. 104.

3.维多利亚时代的意大利旅行

学者邦尼·吉尔·伯伦斯坦（Bonnie Jill Borenstein）曾总结道："休闲旅行的第一波黄金时期基本上开始于 19 世纪中期，并一直持续到第一次世界大战。"[①]对此，历史学家丹尼尔·吉尔·布尔斯廷（Daniel Jill Boorstin）在《形象》一书中曾做过说明："19 世纪中期的一段时期后，异域旅行的特征开始产生了变化……从前旅行需要长时间的策划、大量的开支以及时间的投入，同时还隐藏着健康危机，甚至是冒着生命危险。旅行者本身是积极的、多劳的，而现在正变得被动。旅行不再是运动员式的锻炼，而是观赏型的活动。"[②]因此，维多利亚时代的意大利旅行又展现了另一番风貌。

对于维多利亚时代的英国人来说，意大利简直是天堂，因为他们深深地感受到了工业化带来的种种负面影响。据美国旅行者乔治·斯蒂尔曼·希拉德（George Stillman Hillard）在 19 世纪 40 年代末的观察："在大陆旅行或定居的英国人如果联合起来都能组成一个大城市了。他们走到哪里就将英格兰的风格带到哪里。在罗马，有一个英式教堂，还有英语阅览室、英国药店、英国商店以及英国人开的裁缝店。"[③]维多利亚时代的英国上层阶级就是旅行阶层。他们总是在出国游走，旅行皮箱、帽盒贴满了国外的商标，往来的信件也大多带有国外的邮戳。这一时期有很大一部分英国人出国是出于职业或经营生意的动机，他们通常是殖民地官员、外交使节和商人。而至于其他一部分以休闲娱乐为主的旅行者，他们的主要目的地是北欧地区如巴黎、布鲁塞尔、布洛涅、莱茵河地区和瑞士的一些城镇，然而瑞士成了一条分界线，有钱又有闲情的人则会一路向南来到意大利等地中海沿岸地区。

安东尼·特罗洛普（Anthony Trollope）在其 1866 年的游记中写道："在拉姆斯盖特（Ramsgate），假日里能安静地待在家里并享用虾的人数虽未减少，但从社会人口规模来看，这一部分人已大为缩减，以至于去国外旅行的人越来

---

① Bonnie Jill Borenstein, *Perspectives on British Middle Class Pleasure Travel to Italy and Switzerland, 1860–1914,* Montreal: McGill University, 1997, p. 19.
② Daniel J. Boorstin, *The Image; or; What Became of the American Dream*, Harmondsworth: Penguin, 1963, p. 93. 转引自：David Seed, "Nineteenth-Century Travel Writing: An Introduction," *The Yearbook of English Studies*, vol. 34 (2004), pp. 1-2.
③ George Stillman Hillard, *Six Months in Italy*, 2 Vols. London: John Murray, 1853, vol. I, p. 211.

越多。去国外旅行甚至已经在人们的观念中根深蒂固了。"①这确实是当时旅行热的真实写照。意大利到处都是英国社会金字塔顶端的人物,诸如皇室成员、内阁大臣、贵族、富孀、财产继承人等,都是往返于英国和欧洲大陆的常客,不像在"大旅行"时期,出国机会千载难逢。在意大利,贵族的马车行驶在公共广场和大道上;带有头衔的女主人在罗马宫殿或佛罗伦萨别墅招待那些来自伦敦的显贵。当然,英国艺术家、学者、文人学士也都偏爱意大利这个文艺圣地。毫不夸张地说,很难想象一位维多利亚时期的雕刻家、画家、小说家、诗人、哲学家、历史学家没有去过南方。他们当中很多人几乎是永久居住下来,甚至有一些人的遗骨永远留在了意大利以证明他们与意大利永久地相连。

到了 19 世纪 40 年代,旅行的对象进一步扩大。1841 年,托马斯·库克(Thomas Cook)率先组织了火车公费旅行,使英国工人阶级也开启了旅行。1845 年,库克开始了商业性包团旅行的运作,因而成立了世界上第一家旅行社充当旅行中介。1850 年,库克又组建了旅行网络,将"大旅行"者的旅行经验扩展到了工薪阶层当中。1856 年,他组织了第一次"大陆大环游"。②但这种旅游活动对旅行者来说更像是在执行一项工作,他们匆匆地从一地赶往另一地,以保证便利、有效地完成预先安排好的为期几周的旅行。到了 1860 年,库克也开始组织赴瑞士、法国和意大利的欧洲旅行。③总之,19 世纪的休闲旅行离不开库克这个人物,他在很大程度上推广了旅游业并成了团队旅行的鼻祖。他使旅行活动深入工人阶级,使之更廉价、便捷。1872 年,他还组织游客环游世界。在 19 世纪末,库克指南已经在市场上占有一席之地。④

19 世纪 70 年代,捷运班轮和英国冠达游轮公司(British Cunard Company)相当流行,赴地中海或亚得里亚海的航行几乎都会包含意大利旅行。⑤体验蒸汽船也是休闲旅行的重要部分。正如卡尔·贝德克尔(Karl Baedeker)在其旅行指南中描述的:"当蒸汽船沿着海岸航行时,旅程通常极其愉悦。倘若意大利宏

---

① Anthony Trollope, *Travelling Sketches*, London: Chapman and Hall, 1866, p. 101.
② Barbara Korte, *English Travel Writing: From Pilgrimages to Postcolonial Explorations*, p. 85.
③ Bonnie Jill Borenstein, *Perspectives on British Middle Class Pleasure Travel to Italy and Switzerland, 1860-1914*, pp. 20-21.
④ Schaff Barbara, "John Murray's Handbooks to Italy: Making Tourism Literary," in Nicola J. Watson, eds., *Literary Tourism and Nineteenth-Century Culture*, Hampshire: Palgrave Macmillan, 2009, p. 108.
⑤ Bonnie Jill Borenstein, *Perspectives on British Middle Class Pleasure Travel to Italy and Switzerland, 1860-1914*, p. 17.

伟的落日穿过宽阔的海面，以其通红的光线点亮深蓝色的海水，此情此景就更是让人难以忘怀了。"[①] 同样是在 70 年代，铁路已经能直通意大利。每晚都有一列火车从巴黎出发并于第二天晚上到达芒通。随后，意大利国内的铁路线路也开通了，通过博洛尼亚、佛罗伦萨、佩鲁贾，全线通到罗马，从伦敦过来只需 55 小时。

　　维多利亚人前往意大利一般都会避开最热和最冷的时段，因此大多选择在秋天出发。他们会在佛罗伦萨或威尼斯度过秋天，根据美国著名小说家威廉·迪安·豪威尔斯（William Dean Howells）的说法，十月的威尼斯意味着"日落和英国人"[②]。乔治·奥古斯都·萨拉（George Augustus Sala）曾将 19 世纪 60 年代的佛罗伦萨描述为一个令人好奇的、混杂的城市："英式旅客跻身于意大利客栈（locandas），英国的烘焙师出售英式的饼干和奶油蛋糕，而布鲁姆拜克博士（Dr. Broomback）专门为绅士的孩子开设的学院就离碧蒂宫 20 分钟的步行路程。"[③] 紧接着从 12 月一直到第二年初，旅行者在罗马度过圣诞节和新年。1886 年，大卫·杨（David Young）曾记录："据统计，每年到罗马的英国和美国游客约分别为 1.8 万和 2.5 万人次。"[④] 在维多利亚时代，南意大利是深受英国旅行者喜爱的目的地。他们在离开罗马之后，再到那不勒斯、西西里岛等地度过冬季。[⑤]

　　19 世纪下半叶，英式的教堂也出现在了罗马、佛罗伦萨和那不勒斯。在不同的城镇还形成了特定的英国人团体。罗马是艺术家的聚集地，佛罗伦萨则汇聚着同性恋者。佩波尔曾记录道："佛罗伦萨大约住着 900 个不同的国家的侨民，其英国侨民人数远超意大利其他地区。"[⑥] 纵观 19 世纪，英国游客在意大利大部分的地区随处可见，可以说，工业化的英国以各种形式渗透于意大利。

---

① Karl Baedeker, *Italy, Handbook for Travellers. Part Third, Southern Italy, Sicily, The Lapari Islands,* Coblenz: Karl Baedeker, 1867, p. xix. 转引自：Bonnie Jill Borenstein, *Perspectives on British Middle Class Pleasure Travel to Italy and Switzerland, 1860–1914*, p. 17.

② William Dean Howells, *Venetian Life*, New York: Hurd and Houghton, 1867, p. 153.

③ George Augustus Sala, *Rome and Venice: With Other Wanderings in Italy in 1866–7*, London: Tinsley Brothers, 1869, pp. 347-349.

④ David Young, *Rome in Winter, and the Tuscan Hills in Summer*, London: H. K. Lewis, 1886, p. 94.

⑤ Bonnie Jill Borenstein, *Perspectives on British Middle Class Pleasure Travel to Italy and Switzerland, 1860–1914*, pp. 26-27.

⑥ John Pemble, *The Mediterranean Passion: Victorians and Edwardians in the South*, p. 40.

三、19 世纪英国的意大利游记创作热

随着旅行越来越广泛地开展，人们的视野不断拓宽。旅行文本写作在 19 世纪得到鼓励并迅速发展起来。这些旅行写作反映了旅行者的旅行路线和观察者的视角，还记录了很多旅行细节，包括风景、个人逸事、对艺术的批判、节日和农事以及其他的事物。[①]查理斯·巴滕（Charles L. Batten）提出，旅行写作事实上在 18 世纪末已经出现风格的转变，它既提供实用的信息又强调旅行的愉悦性。在流行已久的"大旅行"之后，旅行作者已经提供了遍布欧洲的各种路线及名胜古迹。[②]然而，自 18 世纪末以来，英国人对意大利古典的向往之情以及英国人的意大利古典之旅逐渐转化成更加广泛的旅行群体的旅行叙述和多种形式的旅行记录。[③]从总体趋势来看，旅行文本从客观走向了主观，观察者往往处在叙述的中心位置。罗杰斯声称："记忆比眼睛看到的要多。"[④]在 19 世纪的英国文坛，旅行家、博物学家、文学家、历史学家、政治家、艺术家等创作了大量的意大利游记作品，字里行间体现了不同作者对意大利当下与历史的种种感悟和理解。

（一）战争时期稀有的意大利游记

1805 年，《年度评论》（*Annual Review*）杂志提到当时的游记创作热潮："旅行和游历的叙述都以图书的形式出版，引起了阅读群体强烈、广泛的兴趣……这种广泛性体现在：作品既吸引了那些游手好闲的人，其用来消磨时光；也吸引了哲学家，其从中获取思想的精髓。"[⑤]可见，尽管英国当时处于战乱时期，国民对于欧陆游记的热情丝毫没有减退。这一时期英国有不少文学作品凸显并推广了意大利的历史、文学和艺术，同时也激发了人们对意大利新的兴趣。推动这股热潮的核心人物是威廉·罗斯科（William Roscoe）。罗斯科是法律专业出身，但在青年时代对意大利诗歌产生了浓厚的兴趣。他通过一位朋友在佛

---

① Benjamin Colbert, *Shelley's Eye: Travel Writing and Aesthetic Vision*, p. 16.
② Charles L. Batten, *Pleasurable Instruction: Form and Convention in Eighteenth-Century Travel Literature*, Berkeley: University of California Press, 1978, p. 110
③ Rosemary Sweet, *Cities and the Grand Tour: The British in Italy, c. 1690–1820*, p. 7.
④ Samuel Rogers, *Italy, a Poem*, p. 243.
⑤ Carl Thompson, "Nineteenth-Century Travel Writing," p. 110.

罗伦萨当地采集了珍稀的手稿和书籍并开始撰写意大利人物传记，于 1795 年出版《大洛伦佐传》，紧接着又在 1805 年出版了《利奥十世》。[①] 这些传记展现了罗斯科对文艺复兴历史富有感染力与激情的阐析，以崭新的视角展现了意大利的政治、社会、文学、艺术和历史，从而使英国的知识分子能获取这些他们过去鲜少涉猎的知识。罗斯科的创作旨在用积极的价值观来呈现历史材料，重点呈现意大利文艺复兴时期的共和精神。他在作品中呈现了柯西莫·德·美第奇（Cosimo de'Medici）的优点，并展现了一个集科学、文化和艺术知识于一身的极具特色的人物形象。罗斯科使意大利文学主题在北方国家广泛传播并提高了其影响力，也使学界认识到自古罗马以来的意大利历史是值得研究的课题。这充分影响了去意大利的旅行者，他们在出发前阅读这些书籍以掌握完备的有关意大利历史的知识，进而能够在旅行中充分享受意大利丰富而珍贵的艺术宝藏。

前文提及的冒险旅行者尤斯特斯创作了伟大的意大利游记《意大利之旅》[②]，该游记在 1813 年至 1841 年多次再版，可见其受欢迎程度。作为旅行指南，这部游记反映了当时英国人赴意大利旅行的两个重要动因，即追求进步与获得消遣。[③] 他的游记被紧随其后的旅行者传播，而他们声称意大利之旅不仅是为了追求进步与获得消遣，还为了将知识传递给家人和朋友，探寻自然的优美之景与庄严之景。另一位冒险旅行者福赛斯也分享了旅行经历，他的意大利游记《浅谈 1802 年、1803 年意大利旅行时期的古迹、艺术与信件》[④] 在狱中创作，一直到 1813 年才得以出版，问世之后反响巨大，深受雪莱、拜伦、约翰·卡姆·霍布豪斯（John Cam Hobhouse）等人的青睐。

剧作家玛丽安娜·斯塔克（Mariana Starke）是这一时期少有的女性旅行者。虽出身于英国，但由于父亲在印度任职，斯塔克从小在印度长大，在那里创作了两部很受欢迎的剧作。1791 年，斯塔克暂停戏剧创作，陪伴生病的朋友赴意

---

① William Roscoe, *Life of Lorenzo de' Medici, Called the Magnificent*, 2 Vols. Liverpool: J. McCreery, 1795; William Roscoe, *The Life and Pontificate of Leo the Tenth*, 4 Vols. Liverpool: J. McCreery, 1805.

② John C. Eustace, *A Tour Through Italy, Exhibiting a View of Its Scenery, Its Antiquities and Its Monuments, Particularly as They are Objects of Classical Interest and Elucidation: With an Account of the Present State of Its Cities and Towns; and Occasional Observations on the Recent Spoliations of the French*, 2 Vols. London: J. Mawman, 1813.

③ 在"追求进步与获得消遣"的大主题下包含着其他小主题，包括古典的学识、意大利语和意大利历史、勋章、建筑、雕塑、绘画、音乐、地图、路线、住宿、礼节、风俗、观念和风景等。参见：John C. Eustace, *A Tour Through Italy*, vol. I, p. 1.

④ Joseph Forsyth, *Remarks on Antiquities, Arts and Letters, During an Excursion in Italy in the Years 1802 and 1803*, London: T. Cadell and W. Davies, 1813.

大利旅行。正是这次旅行促使她开启了第二个事业。她创作的意大利旅行指南很快成为意大利旅行的畅销读本，对读者来说格外实用。1800 年，她的第一本游记《意大利的信》①问世，这部作品开创了意大利旅行指南的范本。之后，斯塔克趁《亚眠和约》签订后短暂和平的契机，写信给出版商约翰·默里（John Murray），建议他积极推广她的游记的第二版，理由是"考虑到和平即将到来，有理由将会有大批的移民热潮，人们快速地离开这个国家"②。事实证明她的判断是准确的。20 年后，她又出版了扩充版的指南，题为《大陆旅行》，随后在 1824 年又改名为《面向大陆旅行者的信息与指南》。③这几本书大获成功，多次重印或再版，也标志着旅行指南的诞生。

银行家兼诗人罗杰斯第一次动身前往意大利是在 1814 年，那时候拿破仑刚被囚禁在厄尔巴岛上。他的旅行日记不时透露着一种哀婉的情调。法国大革命打破了 18 世纪人们的自信乐观心态，在意大利这片旧文明的废墟之中，人们思考失落的抱负与理想，仰望着意大利，将其视为人类潜在的伟大与柔弱的缩影。从本质而言，游记作者描绘的意大利事实上揭示着人类的命运与处境。可以说，这一时期的游记舞台正孕育着浪漫主义者忧郁的深思与哀婉的情调。

（二）后拿破仑时期的意大利游记

如果说贵族青年的"大旅行"和对知识的求索是启蒙时代旅行和游记的主要模式，那么战后游记的发展则更多融入了近代旅游业的理念。自拿破仑战争结束之后，几千万人到欧洲旅行，英国出版界的意大利游记数量稳步上升。1814 年至 1816 年，每年大约有 5 本，1817 年至 1819 年上升至每年 9 本。④英国国民阅读意大利游记的数量在 19 世纪 20 年代达到了顶峰。在 1819 年至 1828

① Mariana Starke, *Letters from Italy, Between the Years 1792 and 1798, Containing a View of the Revolutions in That Country, from the Capture of Nice by the French Republic to the Expulsion of Pius VI,* 2 Vols. London: Philips, 1800.
② Rosemary Sweet, *Cities and the Grand Tour: The British in Italy, c. 1690–1820*, p. 11.
③ Mariana Starke, *Travels on the Continent: Written for the Use and Particular Information of Travellers,* London: John Murray, 1820; Mariana Starke, *Information and Directions for Travellers in the Continent*, Paris: Galigani, 1824/1826; Mariana Starke, *Travels in Europe; for the Use of Travellers on the Continent and Likewise in the Island of Sicily, Where the Author Had Never Been Until 1834 to Which is Added an Account of the Remains of Ancient Italy and Also of the Roads Leading to Those Remains,* Paris: Galignani, 1836.
④ Benjamin Colbert, *Shelley's Eye: Travel Writing and Aesthetic Vision*, p. 124.

年，每年有 9 本游记发行。[①]这种激情主要还是源于拿破仑战争阻止了整整一代人进入曾经深深吸引他们父母或祖父母的大陆，同时这一代人对旅行和阅读游记的需求也越发强烈。旅行者将目光聚焦在了滑铁卢，大量的诗文和旅行记录都发生了转型，用菲利普·肖（Philip Shaw）的话来说："充满着痛苦和受难的景象……成了个人和民族真实的感受。"[②]

尤斯特斯和福赛斯也鼓舞了后拿破仑时期的"古典旅行者"，诸如亨利·考克斯（Henry Coxe）、理查德·科尔特·霍尔（Richard Colt Hoare）、查尔斯·凯尔索尔（Charles Kelsall）、彼得·埃德蒙多·劳伦特（Peter Edmund Laurent）等，纷纷创作了带有古典主义气息的意大利游记。[③]当欧洲大陆重新向英国游客开放时，为了给毫无经验的游客扫清障碍，霍尔爵士出版了《意大利旅行指南》[④]。在霍尔看来，20 年之久的革命，拿破仑军队的士兵破坏或转移了意大利的艺术与古董，政治界限也被重新划分，这一切都让第一次到访的人难以产生惊喜与兴奋之感，若要回顾这段旅行心得，他们唯一的心境也大多是同情。针对这些游记作品，当时也有评论员抱怨道：

> 自和平重建以来，大量的旅行者重新出发，并纷纷记录了他们的冒险之旅，但惊奇的是几乎没有人脱离最惯常的路线。因而我们很难发现两三本以上的作品能够真正超越"大旅行"时期旅行作品的范围。[⑤]

但事实上，在旅行文本中也出现了一些新的内容。例如，庞贝古城新出土的文物以及罗马公共集会场所新揭开的景点等，都是首次映入读者的眼帘。科尔伯特曾指出，战后的旅行记录都包括三个必备的要素，即"观察、描述和阐释"，而旅行作者通常在一些方面具备权威性，例如，"文化评论，记录现象，

---

① Charles P. Brand, "A Bibliography of Travel-Books Describing Italy Published in England 1800–1850," p. 62.
② Philip Shaw, *Waterloo and the Romantic Imagination*, London: Palgrave, 2002, p.74.
③ Henry Coxe, *Picture of Italy*, London: Sherwood, Neely & Jones, 1815; Richard C. Hoare, *A Classical Tour Through Italy and Sicily*, London: J. Mawman, 1819; Charles Kelsall, *Classical Excursion from Rome to Arpino*, Geneva: Magret and Cherbuliez, 1820; Peter E. Laurent, *Recollections of a Classical Tour Through Various Parts of Greece, Turkey and Italy Made in the Year 1818 & 1819*, London: G. and W. B. Whittaker, 1821.
④ Sir Richard Colt Hoare, *Hints to Travellers in Italy*, London: John Murray, 1815.
⑤ Hon. Richard Keppel Craven, "A Tour Through the Southern Provinces of the Kingdom of Naples," *Edingburgh Review*, no. 36 (1821), pp. 153-154.

剖析民族性的话题，树立新的世界观并重新定义欧洲文化价值观以适应新的政治、经济环境"。[①]

后拿破仑时期的意大利游记也突出旅行者情感的表达。不同于17—18世纪"大旅行"期间的游记专注于意大利的古迹、艺术品的记录或提供旅行的各种线索，后拿破仑时期的旅行作者在公开出版的游记作品中更加明显地带入自身的角色，既呈现旅程的一些具体信息，也充分结合旅途中个人的印象与情感。华兹华斯多次赴大陆旅行，也曾到过意大利和米兰，有诗作集《大陆旅行记录》[②]。他的游记《意大利旅行记录》[③]看似平凡，却是一种令人愉悦的叙述，从中可以验证他对意大利民族精神和艺术的赞许。黑兹利特在法国和意大利旅行后创作了《法国和意大利旅行记录》[④]，记录了他对艺术、文学、风景和习俗的一些个人评论。浪漫主义诗人雪莱和他的妻子玛丽·雪莱是浪漫主义旅行者的典范，玛丽·雪莱有游记作品《德国、意大利漫游》[⑤]。

1817年至1822年，在英国国内盛行的如画（picturesque）的视野再一次成了旅行作者在域外热衷的风景表达方式。它产生于18世纪70年代，也成了19世纪初期的主要游记风格。当时受法国大革命的影响，大陆旅行的中断使英国国内游重新盛行起来。其中，威廉·吉尔平（William Gilpin）在1780年至1790年引领的"画境游"成为一种流行，其在游记中也充分呈现了对风景的描述。[⑥]这种旅行方式和旅行记叙强调审美是人类本能的直觉，审美的经历不在于做出理性的判断，而注重在美景中发现柔和的曲线和柔软的轮廓。当欧陆旅行再次开启之时，它恰恰充当着一种调和剂，使旅游者能够尽情地从英国柔和的景色中一下跳跃到狂风暴雨之下阿尔卑斯山的急瀑与深坑。意大利以其如画的风景和古典的遗迹吸引了艺术家和建筑师，他们出版了大量宣传画册和游记作品，其中最具代表性的要数画家约瑟夫·特纳（Joseph Mallord William Turner）。特纳第一次到意大利旅行是在1819年，这次旅行对特纳艺术生活的发展产生了

---

① Benjamin Colbert, *Shelley's Eye: Travel Writing and Aesthetic Vision*, p. 3.
② William Wordsworth, *Memorials of a Tour on the Continent*, London: Longman, Hurst, Orme, and Brown, 1822.
③ Henry Reed, eds., *The Complete Poetical Works of William Wordsworth*, Philadelphia: Troutman & Hayes, 1854, pp. 318-327.
④ William Hazlitt, *Notes of a Journey Through France and Italy,* London: Hunt and Clarke, 1826.
⑤ Mary W. Shelley, *Rambles in Germany and Italy in 1840, 1842 and 1843*, 2 Vols. London: Edward Moxon, 1844.
⑥ 代表作有 William Gilpin, *Observations on the River Wye and Several Parts of South Walses Relative Chiefly of Picturesque Beauty; Made in the Summer of the Year of 1770*, 3 Vols. London: R. Blamire, 1791.

巨大的影响，因为他发现了意大利画作中光线的品质，这使他在自己的画作中日渐聚焦于对光线的探索。在威尼斯，他在笔记本中写了大量的游记，但并没有公开出版。总之，他的画作在拜伦、拉斯金等人心中占据了重要的位置，以至于任何关于意大利的文学研究都无法忽略他的作品。休·威廉姆斯（Hugh William Williams）是拿破仑战争后第一位赴意大利的英国艺术家。1816 年至 1818 年，他远赴意大利、希腊、爱奥尼亚群岛，最终在 1820 年出版了游记《意大利、希腊、爱奥尼亚群岛旅行》①。塞缪尔·普劳特（Samuel Prout）是英国水彩画家，也是水彩建筑画大师之一。像特纳一样，普劳特是以意大利主题盛名的英国艺术家，同时也助推了英国人的旅行兴趣。自 19 世纪 20 年代赴法国旅行后，又在 1820 年至 1830 年到大陆旅行，他的作品被运用于当时很受欢迎的出版物《景观年鉴》（Landscape Annual）中。1824 年，他到达罗马，因此罗马的不少景色得以被呈现，出现在其游记《法国、瑞士、意大利游记》②中。约翰·戈尔迪卡特（John Goldicutt）是一名建筑师，以建筑画闻名。他于 1815 年至 1819 年在意大利收集素材并创作了两本游记——《西西里的古迹》和《庞贝谷古代装饰样本》。③此外，伊丽莎白·巴提（Elizabeth Frances Batty）、詹姆斯·黑克威尔（James Hakewill）和玛丽安娜·科尔斯顿（Marianne Colston）等艺术家也撰写了意大利游记。④黑克威尔的《意大利画境游》就充分反映了这种大陆重新开放后的"文化消费"，作品的设计旨在编排、整合并正确地描绘那些能够吸引意大利游客的目的地，要么是风景的美感以及它们所散发出来的历史感，要么是建筑层面的优雅，因此作品包含了建筑游的计划、美术馆的参观攻略以及雕塑的解读。正如科尔伯特总结的那样，这些艺术家的游记作品表明，意大利被视为古典艺术和文艺复兴艺术的发源地，如果不对其博物馆、教堂、古董进行描绘，那么意大利游记将是不完整的。⑤

　　除艺术家以外，亨利·马修斯（Henry Mathews）出于健康原因于 1817 年

① Hugh W. Williams, *Travels in Italy, Greece and the Ionian Islands*, 2 Vols. Edinburgh: Archibald Constable and Co., 1820.
② Samuel Prout, *Sketches in France, Switzerland, and Italy*, London: Hodgson & Graves, 1839.
③ John Goldicutt, *Antiquities of Sicily*, London: John Murray, 1819; John Goldicutt, *Specimens of Ancient Decorations from Pompeii*, London: Rodwell & Martin, 1825.
④ Elizabeth F. Batty, *Italian Scenery*, London: Rodwell & Martin, 1820; James Hakewill, *A Picturesque Tour of Italy, from Drawings Made in 1816–1817,* London: John Murray, 1820; Marianne Colston, *Journal of a Tour in France, Switzerland, and Italy*, 3 Vols. London: G. and W. B. Whittaker, 1823.
⑤ Benjamin Colbert, *Shelley's Eye: Travel Writing and Aesthetic Vision*, p. 126.

至 1819 年游意大利，他的游记《一个病人的日记》①于 1820 年问世，后多次再版。盲人旅行者詹姆斯·霍尔曼（James Holman）在 1819 年开启了为期 3 年的欧洲旅行，出版了旅行书籍《1819 年、1820 年和 1821 年法国、意大利等国旅行记述》②。托马斯·巴宾顿·麦考利（Thomas Babington Macaulay）男爵是一位英国诗人、历史学家、辉格党政治家。他于 1838 年赴意大利，在日记中记录了意大利旅行印象，这些日记日后都得以出版，这便是其侄子、历史学家乔治·特里维廉（George O. Trevelyan）编撰的《麦考利勋爵的一生与信件》③一书。他的游记的特点在于都是一些简短的笔记。此外，麦考利的诗文集《古罗马谣曲集》也写于此次旅程之后。④

其间也有大批女性旅行者记录了意大利旅行。当时的《绅士杂志》（Gentleman's Magazine）为体现意大利旅行的热潮，每月都会刊登即将发行的意大利游记目录。⑤1814 年至 1822 年共有 37 本新的女性旅行书籍出版，其中 10 本便是意大利旅行记述。特别值得一提的有玛丽亚·格雷厄姆（Maria Graham）的《罗马东部山上度过的三个月》，夏洛特·安妮·伊顿（Charlotte Anne Eaton）的《19 世纪的罗马》《大陆冒险：一部小说》《国内外》，简·沃尔迪（Jane Waldie）的《1816 年和 1817 年意大利游记》。⑥游记还成了女性表达政治和宗教观点的平台。艺术史家安娜·布劳内尔·詹姆森（Anna Brownell Jameson）在 19 世纪 20 年代初和一个年轻的学生造访意大利，写了自传式的游记，表达了自己对于意大利艺术和政治现状的观点，后于 1826 年以《闲人日记》⑦为书名出版。摩根夫人是一位爱尔兰爱国分子，其游记代表作《意大利》⑧认为意大利是恶政和外

---

① Henry Matthews, *The Diary of an Invalid: Being the Journal of a Tour in Pursuit of Health in Portugal, Italy, Switzerland and France in the Years 1817, 1818 and 1819*, London: John Murray, 1820.

② James Holman, *The Narrative of a Journey Undertaken in 1819, 1820 and 1821 Through France, Italy, Savoy, Switzerland, Parts of Germany Bordering on the Rhine, Holland and the Netherlands*, London: G. B. Whittaker, 1822.

③ George O. Trevelyan, eds., *The Life and Letters of Lord Macaulay*, 2 Vols. London: Longmans, Green, and Co., 1876.

④ Thomas Babington Macaulay, *Lays of Ancient Rome*, London: Longman, Brown, Green, and Longmans, 1847.

⑤ Kathryn Walchester, *"Our Own Fair Italy": Nineteenth Century Women's Travel Writing and Italy 1800–1844*, p. 21.

⑥ Maria Graham, *Three Months Passed in the Mountains East of Rome, During the Year 1819*, London: Longman, Hurst, Rees, Orme & Brown, 1820; Charlotte Anne Eaton, *Rome in the Nineteenth Century*, 3 Vols. Edinburgh: James Ballantyne and Company, 1820; Charlotte Anne Eaton, *Continental Adventures. A Novel*, 3 Vols. London: Hurst, Robinson & Co., 1826; Charlotte Anne Eaton, *At Home and Abroad*, 3 Vols, London: John Murray, 1831; Jane Waldie, *Sketches Descriptive of Italy*, 4 Vols. London: John Murray, 1820.

⑦ Anna Brownell Jameson, *Diary of an Ennuyée*, London: Colburn, 1826.

⑧ Lady Morgan, *Italy*, 2 Vols. London: Henry Colburn and Co., 1821.

国侵略的牺牲品，支持意大利人民起来革命。这些游记发出了女性独特的声音。然而女性的游记受到了当时一些评论家的批判，他们认为女性无法呈现游记写作应具备的特征与主旨。随着时间的推移，女性游记涉猎的内容越来越广博，这种批判就明显有了缓解。

此外，这一时期英国的阅读阶层也几乎遍布全国，他们对游记作品中的地理和文化的呈现相当熟悉。就连拜伦在与母亲的通信中也写道："对于某个区域的过多叙述已经没有必要，因为已经读了差不多 50 篇各式各样的描述文章。"[①] 而到了 19 世纪中期，意大利游记又开始呈现另一番景象。

（三）维多利亚时代的意大利游记

欧洲大陆再次开放后的几十年，英国文学对意大利的回应有了大幅度的变化，游记中意大利的主体形象也出现了很大的改变。游记作者拒绝浪漫主义的情感宣泄，寻求新的模式来感受意大利，与快速变化的社会需要相呼应。

1840 年以后，维多利亚时代的英国人深刻体验到了工业化带给城市甚至农村的丑陋景象，他们来到意大利是为了摆脱痛苦的心境和远离压抑的社会。他们希望暂时歇一歇，暂停手头繁杂的事务。伊丽莎白·巴雷特·布朗宁（Elizabeth Barrett Browning）这样描述在意大利的心境："感觉从当下时代的粗俗、苦恼中抽离出来。"[②] 温暖、明亮的意大利很自然地唤醒了英国旅行者的精神，激发了他们内心的平静和对自由的渴望，尤其吸引着维多利亚时代的文人和艺术家。佩波尔写道："画家如威尔基、里维斯、菲利普、罗伯茨、特纳、瓦特、莱顿和利尔带着调色板激情地创作，作家如拉斯金、黑尔、弗农·李以及西蒙兹皆用烂了冶金术、矿物学、园艺学等领域的词汇以便在艺术中散发它的魔力。"[③] 有关意大利的书籍成了维多利亚时代出版界的主要支柱，其中包括一系列有关南部旅行、参观、漫游、居住、闲逛的以游记、记录、日记、信息、概况、印象、图像、记述等词为主题的出版物。19 世纪 40 年代，意大利游记作

---

① Rowland E. Prothero, eds., *Works of Lord Byron: Letters and Journals*, 12 Vols. New York: Octagon Book, 1966, vol. 1, p. 274.
② Frederic George Kenyon, *The Letters of Elizabeth Barrett Browning*, 2 Vols. London: Macmillan & Co., 1897, vol. Ⅱ, p. 285.
③ John Pemble, *The Mediterranean Passion: Victorians and Edwardians in the South*, p. 150.

品的出版数量几乎是每年 4 部。①

　　与 19 世纪早期的游记作品不同的是，维多利亚时代的旅行者赋予意大利的形象以生命力，并融入了艺术的精神。拉斯金 1843 年出版了《近代画家》第一卷②，至 1860 年共出版了 5 卷，其重点在于描绘威尼斯和佛罗伦萨的艺术。拉斯金的作品引起了维多利亚时代的人们对艺术的重视，其强调个人与艺术的关系，主张以艺术的视角来观察周围的世界。因此他们大多以图像的视角来展示意大利，如狄更斯的《来自意大利的图像》③。之后，狄更斯的崇拜者乔治·吉辛（George Gissing）也创作了意大利游记《沿着爱奥尼亚海》④。他们建设性地把对英国的不满之情同意大利无处不在的活力相联系。在他们看来，让人开心的便是接触田野并感受农民对于生活的态度，因为这种态度是积极向上的、理性的、身心健康的，而与维多利亚时代英格兰的拘束、虚伪有着鲜明的对比。吉辛对意大利古典的兴致也完全不同于 18 世纪的学者，那些古典学者主要倾心于罗马人所创造的伟大帝国与其辉煌的文明，而吉辛更感兴趣的是古老文化的魅力与优雅，是审美角度的欣赏。本杰明·迪斯雷利（Benjamin Disraeli）是英国政治家、作家和贵族。他在 1845 年出版了带有自传色彩的作品《孔塔里尼·弗莱明》⑤，从中也展示了对不同艺术画作的研究。爱德华·利尔（Edward Lear）是英国著名的打油诗人、漫画家和风景画家，一生周游于欧洲各国。《罗马及周边景观》⑥是利尔的第一部意大利游记著作，该作品记录了他对这块土地的第一印象，而罗马对他来说，是第二个故乡。在这些全景画中，他更注重罗马周边的风景，这胜过他对圣城罗马的关注。他还著有《图绘意大利风光》《南卡拉布里亚一位风景画家的日志》。⑦

　　在 19 世纪下半叶，随着旅行机遇的增加，英国国内对旅行指南的需求也增加了，因此指南是当时很受欢迎的游记类型。从本质来看，指南是一种社会评论，它以权威的口吻叙述，为英国赴异域旅行的游客提供概述性的、恰当的建

---

① Charles P. Brand, *Italy and the English Romantics. The Italianate Fashion in Early Nineteenth-Century England*, p. 17.
② John Ruskin, *Modern Painters*, London: Smith, Elder and Co., 1843.
③ Charles Dickens, *Pictures from Italy*, London: Oxford University Press, 1957.
④ George Gissing, *By the Ionian Sea*, London: Thomas B. Mosher, 1901.
⑤ Benjamin Disraeli, *Contarini Fleming: a Romance*, Leipzig: Bernh. Taughnitz Jun., 1846.
⑥ Edward Lear, *Views in Rome and Its Environs*, London: Thomas M' Lean, 1841.
⑦ Edward Lear, *Illustrated Excursions in Italy*, London: Thomas M' Lean, 1846; Edward Lear, *Journals of a Landscape Painter in Southern Calabria*, London: Richard Bentley, 1852.

议。[①]正如约翰·沃恩（John Vaughan）描述的："指南体裁介于指导和旅行书籍，且享有一些共同的特征。"[②]当时有大量的旅行指南问世，都指导性地呈现一些旅途必览之地，从而发展成为出版市场的重要分支，也使得卡尔·贝德克尔、默里和阿道夫·乔安妮（Adolphe Joanne）成为 19 世纪英国家喻户晓的出版人。尤其是约翰·默里公司，作为英国的出版商，出版了大量的旅行指南，主要是提供标准化的路线及建议。[③]1836 年，默里创造了新词"手册"（handbook）来描述其子默里三世的指南作品。[④]这个新词后来也被其竞争者贝德克尔采用。贝德克尔出生于德国一个书商和印刷商家庭，他早在 1828 年就印刷了旅行手册系列书籍。[⑤]

维多利亚时代的意大利也是英国学者、文人、有闲阶层常去的地方。很难想象一个维多利亚时代的小说家、诗人、科普作家、政治家没有到过意大利。罗伯特·布朗宁 1838 年赴意大利，从那时起，罗伯特·布朗宁的每一作品都指向了意大利，而他最杰出的作品也都是用意大利语创作的。1840 年他出版了叙事诗《索尔德罗》[⑥]，以但丁曾提及的曼图亚的行吟诗人为角色，反映了中世纪最深层的问题。他也因此被认为是意大利的浮士德。其妻子伊丽莎白·布朗宁的意大利诗歌作品《加萨·古伊迪之窗》[⑦]激情地支持意大利争取自由的斗争；《议会前的诗篇》和《最后的诗篇》包含了有关意大利统一的诗作；随后的《葡语十四行诗集》更加向读者展现了意大利的独特魅力。[⑧]她的游记也呈现在其信件

---

① Bonnie Jill Borenstein, *Perspectives on British Middle Class Pleasure Travel to Italy and Switzerland, 1860–1914*, pp. 47-48.

② James Buzard, *The Beaten Track: European Tourism, Literature, and the Ways to "Culture", 1800–1918*, p. 66.

③ John Murray, *A Hand-Book for Travellers on the Continent, Being a Guide Through Holland, Belgium, Prussia and Northern Germany*, London: John Murray, 1836; John Murray, *Handbook for Travllers in Central Italy*, London: John Murray, 1843; John Murray, *A Hand-Book for Rome and Its Environs*, London: John Murray, 1856.

④ Bonnie Jill Borenstein, *Perspectives on British Middle Class Pleasure Travel to Italy and Switzerland, 1860–1914*, p. 48.

⑤ Karl Baedeker, *Italy, Handbook for Travellers. First Part, Northern Italy*, Leipsic: Karl Baedeker, Publisher, 1869; Karl Baedeker, *Italy, Handbook for Travellers. Second Part. Central Italy and Rome*, Leipsic: Karl Baedeker, Fourth Edition, 1875; Karl Baedeker, *Italy, Handbook for Travellers. Part Third, Southern Italy, Sicily, The Lapari Islands*, Coblenz: Karl Baedeker, 1867; Karl Baedeker, *Handbook for Travellers: Baedeker's Switzerland and Adjacent Portions of Italy, Savoy and Tyrol*, Leipsic: Karl Baedeker, 1881.

⑥ Robert Browning, *Pippa Passes*, New York: Duffield & Company, 1909.

⑦ Elizabeth B. Browning, *Casa Guidi Windows. A Poem*, London: Chapman & Hall, 1851.

⑧ Elizabeth B. Browning, *Poems Before Congress*, London: Chapman and Hall, 1860; Elizabeth B. Browning, *Last Poems*, London: Chapman and Hall, 1862; Charlotte Porter and Helen A. Clarke, eds., *Sonnets from the Portuguese*, New York: Thomas Y. Crowell Co., 1933.

当中。① 阿尔弗雷德·丁尼生（Alfred Tennyson）勋爵的意大利游记包含了富有魅力的《雏菊》②，其以精巧的诗篇呈现了北方城镇的魅力。乔治·黑德（George Head）爵士是一位军需部官员和副司令。他赴罗马旅行，向人们展现了罗马城中一些小教堂的真实情况。三卷本的大部头游记《罗马，多日的旅途》③ 历时两年完成，展现了一个严肃的观察者的视角。科普作家格兰特·艾伦（Grant Allen）是一位在英国受教育的加拿大作家和小说家，有着 35 年的外游经历，多次赴欧洲大陆旅行，编撰了一套游记丛书，题为"格兰特·艾伦历史指南"，其中包含他自己创作的《格兰特·艾伦历史指南：佛罗伦萨》《格兰特·艾伦历史指南：威尼斯》。④

维多利亚时代的女性旅行者更加注意到了意大利政治统一运动。西奥多西娅·加罗·特罗洛普（Theodosia Garrow Trollope）是一位英国诗人、翻译家和作家。她与托马斯·阿道弗斯·特罗洛普（Thomas Adolphus Trollope）结婚后定居在佛罗伦萨，并在那里购买了别墅。她热情好客，她的别墅因此成了英国人在佛罗伦萨的聚集地。她在游记式信件中记录了对意大利革命的观点。⑤ 弗朗西斯·鲍尔·科布（Frances Power Cobbe）是一位盎格鲁–爱尔兰作家、社会改革家、反活体解剖的活动家。自 1857 年起，她先后五次造访意大利，撰写了《意大利》⑥，其中的大部分话题为她日后成为活动家和社会评论员做了重要铺垫。玛格丽特·奥利芬特（Margaret Oliphant）是苏格兰小说家、历史学家。她于 19 世纪 80 年代造访意大利，写下了不少关于威尼斯、佛罗伦萨、罗马的历史作品，且以信件的形式记录了旅行的点滴。⑦ 不可忽略的还有弗朗西斯·明托·艾略特（Frances Minto Elliot），其创作了《一个在意大利漫游的女人的日

① Frederic G. Kenyon, *Letters of Elizabeth Barrett Browning*, 2 Vols. London: Macmillan & Co., 1897.
② Edmund Clarence Stedman, eds., *A Victorian Anthology, 1837–1895*, Boston and New York: Houghton Mifflin Company, 1895.
③ George Head, *Rome, a Tour of Many Days*, 3 Vols. London: Longman, Brown, Green, and Longmans, 1849.
④ Charles Allen, *Grant Allen's Historical Guides: Florence*, London: Grant Richards, 1897; Charles Allen, *Grant Allen's Historical Guides: Venice*, London: Grant Richards, 1898.
⑤ Theadosia G. Trollope, *Social Aspects of the Italian Revolution, in a Series of Letters from Florence*, London: Chapman and Hall, 1861.
⑥ Frances P. Cobbe, *Italics,* London: Trübner and Co., 1864.
⑦ Margaret Oliphant, *The Makers of Venice: Doges, Conquerors, Painters, and Men of Letters*, London: Macmillan, 1887; Margaret Oliphant, *The Makers of Florence*, London: Macmillan, 1876; Margaret Oliphant, *The Makers of Modern Rome*, London: Macmillan, 1895; Harry Coghill, *Autobiography and Letters of Mrs. Margaret Oliphant*, Leicester: Leicester University Press, 1974.

记》①，描述了北方的城镇以及罗马南部的魅力，作者的博学在这部游记中体现得淋漓尽致。

总之，大多数意大利旅行者是满载而归的，不仅在知识上获得了增长，还带着对意大利及其历史文化的敬仰。他们把所见所闻、所思所想汇聚成文字，在笔端尽情抒发，掀起了游记创作热，而这股热潮也一直延续到 20 世纪。

小　结

心态史是本书的重要史学视角与史观，因此本章首先对其内涵与发展做了重要的阐述。而在本书中，英国人的意大利游记心态又是研究的主要内容。在 19 世纪，英国出版界形式各异的意大利游记作品纷纷问世。这些游记又源自意大利旅行热潮。因此，本章结合 19 世纪英国国际与国内形势的变化，对英国人的意大利旅行盛况进行了介绍，其中还特别介绍了这股旅行热潮与"大旅行"之间的关联。研究发现，英国在 19 世纪不同时期的形势发展确实对人们的旅游活动产生了直接的影响。与此同时，本章也对 19 世纪英国的意大利游记进行了梳理与归纳，还就其创作思路进行了探讨，为游记心态的比较与分析做了良好的铺垫。

---

① Frances M. Elliot, *Diary of an Idle Woman in Italy*, 2 Vols. London: Chapman and Hall, 1871.

第二章

文化消遣心态下的
游记研究

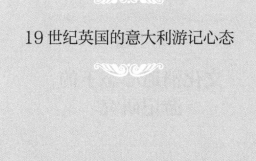

19 世纪英国的意大利游记心态

每个人都有精神上的追求；于我，便是逃离我所知的生活，并梦想自己走进一个古老的世界，那里满是我青少年时代富有想象力的愉悦，希腊人、罗马人的世界便是我的浪漫园地；任何一种语言的引用都使我感到陌生，除了希腊文、拉丁文的段落。①

　　1815年以后，拿破仑时代彻底终结，对许多英国人来说，沉寂了多年的大陆旅行又重新开启。工业革命造就了非传统地主精英阶层的致富神话，越来越多的中产阶层加入了休闲旅行的队伍。职业作家、女性和以家庭为单位的团队都加入了旅行。②可以说，欧陆旅行不再是贵族精英阶层的专属活动，有钱又有闲情的中产阶层成为旅行的主要群体。这些新阶层的旅行者尽管还会参照"大旅行"的一些旅行路线，但都会结合自己的兴趣和预算来开展旅行。总体来看，他们已经有意识地将自己同传统的贵族旅行者区分开来，与此同时，他们的旅行动机也发生了变化。

一、近代旅游业背景下的文化消遣旅游

　　随着近代旅游业的兴起，以贵族青年欧陆游学为特征的"大旅行"被新的旅游形态取代。19世纪的旅行群体主要还是职业背景良好的中产人士，他们既有经济能力，也有闲情雅致，具备各种条件前往有着诸多名胜古迹的意大利进

---

① George Gissing, *By the Ionian Sea*, p. 6.
② John Towner, "The Grand Tour: A Key Phase in the History of Tourism," pp. 308-312.

行休闲与消遣活动，而不像传统的贵族精英那样，肩负着任务前往意大利。从旅行动机来看，以休闲、娱乐为目的的旅行成了英国举国上下的激情所在。有学者指出："联合国世界旅游组织（UNWTO）将旅游分为消遣性旅游（leisure travel）和事务性旅游（business travel）。"①结合当时的旅行活动来看，他们趋向于消遣性旅游。

但与此同时，从英国的意大利旅行群体来看，文化人占有较大的比重。科尔伯特曾对 19 世纪上叶撰写意大利游记的旅行群体做过统计，数据显示：军事人员是第一大群体，占 10.6%；其次是宗教人士，占 10%；接下来是职业作家，包括小说家、诗人，占 5%；艺术家，包括雕塑家、插画师，占 5%；书商和出版商占 4%；外交官和政府官员占 2%；记者和编辑人员占 1.6%；建筑师、制图师、律师、医生等各占 1%；其他人员还包括考古学家、保险员、天文学家、东印度公司雇员、制造商等等。②另外，在罗杰斯的旅行日志中，经常可以发现旅居在意大利的英国同胞，他们有着不同的文化背景，包括考古学家詹姆斯·米林根（James Millingen）、贝特尔·托瓦尔森（Bertel Thorvaldson），画家兼考古旅行作家爱德华·多德威尔（Edward Dodwell），政治家约翰·艾伦（John Allen），古物收藏家查尔斯·汤利（Charles Towneley），诗人兼翻译家威廉·斯图尔特·罗斯（William Steward Rose），爱尔兰政治家塞缪尔·博丁顿（Samuel Boddington），等等。③在这一时期，有着不同文化背景的不同年龄层、不同性别的游客在异国他乡不期而遇。从他们的身份可以判断，他们的消遣性旅游是以文化消遣的形态展开的。

对于英国旅行者来说，意大利是一个异域文明的新世界。这些旅行主体在意大利旅行中所关注的方面无疑是包罗万象的。有学者指出，文化旅游"主要凭借着旅游地独特的文化历史背景和自然人文景观中所蕴含的丰富文化知识内涵，开辟寓文化、知识和教育于游乐活动中的特色项目，以满足各种旅游者学习文化、了解历史、宗教朝圣、探索知识的需要"④。英国旅行者的文化消遣旅

---

① 胡潇：《深度休闲观在消遣性旅游中的应用》，智能信息技术应用学会会议论文，多伦多，2019 年 8 月，第 552 页。
② Benjamin Colbert, "Bibliography of British Travel Writing, 1780–1840: The European Tour, 1814–1818 (Excluding Britain and Ireland)," pp. 3-43.
③ John Rigby Hale, eds., *The Italian Journal of Samuel Rogers*, pp. 223-250.
④ 吴芙蓉、丁敏：《文化旅游——体现旅游业双重属性的一种旅游形态》，《现代经济探讨》2003 年第 7 期。

游以宗教朝圣、考古、民俗体验、教育为内容与目的。文化身份的不同，造就了旅行者在意大利旅行和游记书写时的不同心态。总的来说，他们所看到的、观察到的自然风光、人文景观，乃至风俗习惯等，皆是文化的外在体现，其激起了他们的文化心理的微妙变化，带来差异化的文化消遣心态。

二、尤斯特斯的意大利朝圣

在亚眠城短暂的和平期间，一些不屈不挠的旅行者再一次涌向意大利沿岸，内心充满着对法国的仇恨和对意大利人民深深的同情。这些人包括前文提及的苏格兰小说家福赛斯，英国天文学家弗里德里希·威廉·赫歇尔（Frederick William Herschel）爵士，辉格党资深政治家查尔斯·詹姆士·福克斯（Charles James Fox），著名散文家黑兹利特，华兹华斯一家（the Wordsworths），文学家玛丽亚·埃奇沃思（Maria Edgeworth），讽刺小说家与剧作家弗朗西斯·伯尼（Franccs Burney），等等。[1]其中，最具代表性的人物便是牧师尤斯特斯。

约翰·切特伍德·尤斯特斯（John Chetwode Eustace，1762—1815）出生于爱尔兰，是一位古文物研究者、天主教牧师。在英国，身为天主教士的他与英国政治家、作家、哲学家埃德蒙·伯克（Edmund Burke）成为好友。[2]1801年，尤斯特斯作为私人导师陪同贵族青年菲利普·罗奇（Philip Roche）前往大陆旅行。在维也纳，他们遇到了两位英国同胞，一位是来自林肯郡的约翰·布朗洛（John Brownlow）爵士，尤斯特斯十分仰慕这位贵族朋友，后来将自己撰写的意大利游记送给他[3]；另一位是日后成为杰出政治家的罗伯特·拉什布鲁克（Robert Rushbrooke）。1802年，他们结伴到访意大利，此时英法之间签订了《亚眠和约》，从而维系了14个月的休战期，英国人的欧陆旅行短暂开放。对于尤斯特斯来说，这既是一次冒险之旅，因为拿破仑军队的铁蹄随时而至，又是一次天主教牧师的朝圣之旅。

---

① Alexander Milsom, "John Chetwode Eustace, Radical Catholicism, and the Travel Guidebook: The Classical Tour (1813) and Its Legacy," *Studies in Romanticism*, vol. 57, no. 2 (2018), p. 221.
② Adele M. Holcomb, "Turner and Rogers' *Italy* Revisited," *Studies in Romanticism*, vol. 27, no. 1 (1988), p. 76.
③ John Rigby Hale, eds., *The Italian Journal of Samuel Rogers*, p. 198.

尤斯特斯的意大利游记于 1813 年问世，取名为《意大利之旅》，共两卷。其第三版在原先的题目之上增加了"古典"二字，题为《意大利古典之旅》①，共四卷。这一版成为整个 19 世纪英国人的意大利旅行指南。尽管尤斯特斯不是为了旅行指南而创作，这部游记却惊奇地充当了这个角色。尤斯特斯对古典的遗迹进行了如画般的描述，还提供了诸多对旅行者来说格外实用的信息，包括路线、旅行的季节性以及交通方式等。第三版（1815 年出版）以八开本的形式出版，这样旅行者携带起来更加方便。紧接着，第四、五、六版分别在 1817 年、1819 年、1821 年出版。也有学者认为这部游记凭借其指导性路线以及有关文化、历史的介绍性语言等特征标志着现代旅游指南的起源。②从这部游记的多次再版中可见尤斯特斯的古典主义对于 19 世纪早期英国社会的深刻影响。在游记大获成功之后，尤斯特斯远赴那不勒斯，试图对其意大利游记做一些修改以便再版，却不幸染上疟疾，死在异国他乡。③

（一）独到的古典主义心态

19 世纪早期，"古典主义"的心态主要源于当时的社会情境，古罗马文学在英国上层阶级的教育中占据重要地位，尤其是男孩们，要花费多年时间学习用拉丁文写作并阅读拉丁文学经典作品，如西塞罗（Marcus Tullius Cicero）、李维（Titus Livius）、维吉尔（Publius Vergilius Maro）等人的著作。这些古代文人撰写的故事大多是关于担起公共责任抑或是驰骋疆场的男人，尤其适用于那些在社会和政治中扮演领导角色的青年。在 19 世纪早期，对这些青年才俊来说，踏足西塞罗或恺撒（Gaius Julius Caesar）曾生活的地方是他们旅行的理想。

正如游记《意大利古典之旅》标题所写的那样，尤斯特斯对意大利的兴趣主要在于其古典的遗迹，在序言部分他清晰地阐明自己能"在古代历史的事件中获得一种满足"，同时又"接纳每一种富有诗意的回忆并使用古典作者的表达方式"。④在他看来，他的作品是专门写给那些接受古典教育、自由教育人士

---

① John C. Eustace, *A Classical Tour Through Italy*, 4 Vols. London: J. Mawman, 1815.
② Michael Tomko, *British Romanticism and the Catholic Question: Religion, History and National Identity, 1778–1829*, Basingstoke: Palgrave Macmillan, 2011, p. 2.
③ Alexander Milsom, "John Chetwode Eustace, Radical Catholicism, and the Travel Guidebook: The Classical Tour (1813) and Its Legacy," p. 231.
④ John C. Eustace, *A Tour Through Italy*, vol. I, pp. vii-xvi.

的，并指出维吉尔、贺拉斯（Quintus Horatius Flaccus）、西塞罗和李维应该是所有旅行者都不可或缺的伴侣，"他们占据着马车的各个角落，在每一段闲暇的间隙中，他们都被召唤出来以减轻疲劳并增加旅途的乐趣"①。因而对尤斯特斯来说，引述他们的作品是一件自然而然的事情，从而使游记作品构成一种特别的美感。

他对艺术和建筑的兴趣主要在于古纪念碑，在描绘一座纪念碑时，他即刻激起了古典的遐想：

> 在柱子之间，一座富丽堂皇的拱门下矗立着海神，气势雄伟，仿佛命令前面的岩石打开，周围的水涌动起来。两匹海马，被两只海神托起，拖着神的战车，从岩石的洞穴里出来，摇动着它们鬃毛上的盐水，同时，顺从的海浪从四面八方爆发出来，咆哮着沿着峭壁的裂缝，围绕着它的底部形成了一片海。②

然而，尤斯特斯的古典视野更具客观的心态，不会掺杂政治或是宗教等领域的主观判断，这是与传统旅行者的古典主义游记心态相区别的地方。游记研究学者科尔伯特也指出，19世纪的一批古典主义旅行者，如尤斯特斯、福赛斯、考克斯等人在游记中呈现出了"在'大旅行'基础上一些革新的观念"③。尤斯特斯对"大旅行"时期游记作者的古典主义旅行指南并不苟同，他在游记中特别提及文人政治家约瑟夫·艾迪生（Joseph Addison）的《意大利几个地方的评论》④，认为在这部意大利游记中"偏见使他心胸狭窄，宗教上的尖刻使他脾气暴躁，党派精神压抑了他的想象力"，因而判定"与其说他是一名古典主义者，不如说是一个辉格党的旅行者"。⑤可谓一语道出了艾迪生作为典型的"大旅行"者在游历意大利时受主观意识摆布的旅行心态。他还批评了艾迪生对于近代意大利的看法，认为存在偏见而显得狭隘：

---

① John C. Eustace, *A Tour Through Italy*, vol. I, pp. xix-xx.
② John C. Eustace, *A Classical Tour Through Italy*, vol. I, p. 263.
③ Benjamin Colbert, *Shelley's Eye: Travel Writing and Aesthetic Vision*, pp. 126-127.
④ Joseph Addison, *Remarks on Several Parts of Italy, & c. in the Years 1701, 1702, 1703*, London: Jacob Tonson, 1705.
⑤ John C. Eustace, *A Classical Tour Through Italy*, vol. I, p. 28.

在他看来，国家要么是富饶且幸福的，或者就是贫瘠且悲惨的，而非自然所形成的那样，在国际关系上要么跟法国结盟，要么跟英国结盟，在宗教上不是新教就是天主教。因此，当他为针对德国和意大利那些悲惨细节的描述沾沾自喜时，也同样应该写一写罗马宏伟的名胜古迹——充满了偏执的梦想和对不宽容的谴责，这些文字本应致力于古典热情的焕发，并散布着古代诗歌的鲜花。①

这段文字充分流露出尤斯特斯的古典情怀，字里行间是他对意大利古迹的热爱与诗意抒情。相比之下，他对斯塔尔夫人（Madame de Staël）的意大利小说式游记《科琳娜》②有着全然不同的态度。尤斯特斯在游记开篇语中记录道：

对于旅行者来说，最好的指南或要携带的伴侣要数《科琳娜》了，这是一本单纯的富有美感的作品和雄辩之作。其中，斯塔尔夫人足够公正地看待意大利人……她能升华读者思想的层次，能激发高尚的心灵，否则我们无法真正发现，或难以享受艺术和自然中的伟大和美丽。③

尤斯特斯此番评论正好符合游记研究学者克洛伊·查德（Chloe Chard）所提倡的"历史时态与个人时态的转换"④，这样使意大利的古典遗迹更好地嵌入个人情感的领域。然而，斯塔尔夫人笔下的女主人公是一位盎格鲁–意大利的即兴诗人，她的情感总是能将她的公众形象定义为过去的阐释者和现代的诗人。尤斯特斯对此进一步评论道："斯塔尔夫人对意大利人特征的看法有着绝对的公正性。身为一名新教徒，她谈起意大利的宗教带有一种敬畏。她描述了气候，美好的事物，焕发生机的纪念碑……"⑤基于此种情怀，尤斯特斯鼓励旅行者去掌握一种不带偏见的思维：

① John C. Eustace, *A Classical Tour Through Italy*, vol. I, pp. 28-29.
② Madame de Staël, *Corinne; or, Italy*, trans. by Isabel Bill, London: Richard Bentley, 1833.
③ John C. Eustace, *A Classical Tour Through Italy*, vol. I, pp. 30-31.
④ Chloe Chard, *Pleasure and Guilt on the Grand Tour: Travel Writing and Imaginative Geography*, Manchester: Manchester University Press, pp. 133-134.
⑤ John C. Eustace, *A Classical Tour Through Italy*, vol. I, p. xxxvi.

我最后观察到了重要的一点，希望能深深地影响年轻的游客的思想，因为这不仅密切联系着他现在的，还关联到他未来的幸福……国家就如同个体一样，有其特有的品质，在坦率的观察者眼里各有各的特点，既有许多值得模仿的地方，也有一些要避免的地方。这些精神品质，就像脸部的特征一样，在南部国家当中更加显著。因而在这些国家当中，游客可能需要更加慎重并保持警惕，以抵御自我激情的背叛而免于落入外部诱惑的陷阱。如果他把旅行者的自由当作放纵，沉迷于奢华但不道德的文字当中，忘记了他对自己、对他的朋友和他的国家的亏欠，如此一来，他的学识和美德逐渐丧失，取而代之的是他带着愚蠢和邪恶走过每一个地方，那么他将是悲惨的。①

他以告诫的口吻对年轻的旅行者给出建议，认为旅行者应该客观地看待不同地方的特质，而不是用"自我的激情"在游记中发表不道德的言论，道出了他客观公正的游记撰写心态。

不仅如此，尤斯特斯的古典心态还带着另一层面的韵味。虽然他将游记名称改为"古典之旅"，他的评判和分析所表现出来的视角却是相当"现代"的，并且符合当时的情境。尤斯特斯曾写道："'古典'这个称号充分道出了它的特别之处，能够在现代和古老的意大利之间寻求某种相似性，并在19世纪之初给人们带来一些指引或提供指南，正如之前的游记作者所引领的那样。"②可以看出，尤斯特斯的古典情怀并不在于古典本身，而是注重与当下的联结。

作为战争时期英国旅行者当中"冲锋陷阵"的人物，尤斯特斯将意大利过去的辉煌视为意大利未来繁荣的标志，并对意大利的未来发展充满了希望。他的旅行书籍也因此成了19世纪早期旅行者的范本，他所挖掘的有关意大利的主题也被其他游记作者广泛应用。尤斯特斯认为相对于自然风景，意大利的魅力更应归功于其历史。为了证明这一判断，尤斯特斯在旅行过程中以维吉尔、贺拉斯、西塞罗、李维以及其他一些小众的拉丁诗人和历史学家为伴，但其在对古代人进行参照时始终能以自己的视角来看意大利。他的旅行书籍既反映了深

---

① John C. Eustace, *A Classical Tour Through Italy*, vol. I, pp. 66-68.
② John C. Eustace, *A Tour Through Italy*, vol. I, pp. vii-viii.

奥的古典学识，也展现出了对中世纪的了解。他试图将意大利古代和中世纪的历史同当时的历史结合起来，这深刻影响了英国的游记作者和读者。

在剑桥耶稣学院执教期间，尤斯特斯曾深受剑桥的希腊文化研究者的影响。他与当时的学生乔治·彼得（George Peter）也曾于 1809 年前往希腊。但在尤斯特斯看来，与希腊相比，意大利才是旅行者最重要的目的地，在那里有利于探知过去对于现代的影响。他认为，如果希腊人发明了诗歌、历史、语法、建筑、绘画和雕塑，那么意大利便是"所有具有启发意义学科的源头，或是装饰人类生活的艺术"[①]。他认为现代意大利是在文艺复兴时期的城邦，如威尼斯或热那亚等之上应运而生的，要不是法国大革命的破坏，早应散发着古罗马的精神气概。当然，他作为古希腊文化的研究者，认为罗马的价值借鉴于古希腊的纯朴、美感、艺术的伟大和生活的模式。总之，对两者的欣赏丝毫没有冲突。他在作品中对意大利建筑的欣赏也回归到了古希腊的审美价值观。《古典之旅》将古希腊复兴文化和审美的争议适用到现代欧洲，也试图联合当下的旅行者和读者共同参与欧洲发展和政治建设的前景之中。

如此一来，尤斯特斯作为一位自信的古典旅行者，在其游记作品中摆脱了18 世纪游记的风格。游记研究学者科尔伯特认为尤斯特斯的此种旅行方式与游记心态，使"古典主义的旅游业成了意识形态的主张，关乎历史的形态和含义，从古代到现代文化的审美和政治价值观的转型，以及这些价值观在古希腊、古罗马和现代意大利文明中的渊源"[②]。尤斯特斯充分展示了自由和古典的教育，标榜着后拿破仑时期英帝国的人文主义，他的游记文本体现了一种英国式的自由、容忍和有世界性担当的理想。

（二）对自由的捍卫

19 世纪之初，大部分具有自由思想的英国人充满了对当下意大利人遭遇的同情以及对残暴的压迫者的憎恶。法国大革命催生了自由主义的新浪潮，意大利半岛政治解放成为英国有识之士的殷切期望，这股热情也几乎贯穿了整个 19世纪。事实上，尤斯特斯在意大利游记中以自由主义的心态谴责了法国的暴行，

---

① John C. Eustace, *A Classical Tour Through Italy*, vol. Ⅳ, pp. 338-339.
② Benjamin Colbert, *Shelley's Eye: Travel Writing and Aesthetic Vision*, p. 127.

以唤醒意大利人民为自由而战的意志。

尤斯特斯在其第一版意大利游记的题目中就加上了"对法国人近来掠夺行为的观察"①。身为拿破仑战争的亲历者，他目睹了拿破仑军队对意大利文物的破坏，因而断言"只要宗教和文学、文明和独立都是人们评价的对象，革命的法国就会永远带着恐惧和厌恶而被人们铭记"②。在他的游记文本中，他对于古典景点的观察与抒情常常一边展现着罗马的伟大，另一边却揭示着法国军队对古典文化的践踏。尤斯特斯曾记录法国军队在古罗马斗兽场的侵占行径：

> 他们在古罗马斗兽场中心建立了临时的剧院，上演各种各样共和国的戏剧……很容易想到伏尔泰的《布鲁特》是最受欢迎的悲剧；为了增加一些效果，他们还下令将庞贝的雕塑运到斗兽场，立在舞台上。它是巨大的，张开的平臂几乎很难摆得下，因此手臂被锯了下来……法国人共和国的激情对庞贝是如此的友好啊！他们对自由的热爱，对罗马的艺术和古董还真是有益啊！③

这是尤斯特斯对于法国军队、法国"共和国""自由"等口号的极大讽刺。法国人上演了当年哥特人的入侵，以同样的行径导致罗马的毁灭，而不是树立它的荣耀。对此，尤斯特斯鲜明地揭示了其本质，甚至称法国人为"现代的汪达尔人""意大利的迫害者"，认为他们的"破坏精神"和"亵渎性的劫掠"体现了许多恶劣的掠夺性行径，就如同"匈奴王阿提拉"和"哥特王拉达盖苏斯"。④

尤斯特斯猛烈抨击法国和奥地利对于意大利的干预以及两国暴虐的政策和压榨性的税收给意大利带来的政治和经济问题。尤斯特斯谴责了法国对于意大利北部的影响："卢卡共和国，就像罗马和雅典那样，只是个名号。法国人以保护为名占据着它；以他们的方式，自由破灭了，往日的繁华已不再……"⑤他对法国在意大利半岛的政策和战术的批判还扩展到了对法语和文学的批判，认为

---

①　John C. Eustace, *A Tour Through Italy*, "Title page".
②　John C. Eustace, *A Classical Tour Through Italy*, vol. I, p. xvii.
③　John C. Eustace, *A Classical Tour Through Italy*, vol. II, pp. 32-33.
④　John C. Eustace, *A Classical Tour Through Italy*, vol. I, p. 64; vol. II, p. 60; vol. I, p. 209, 303, 119.
⑤　John C. Eustace, *A Classical Tour Through Italy*, vol. I, p. 250.

这些行为对文化、道德或宗教也产生了负面的影响，而不像意大利语带有诗歌和音乐的语言。

相形之下，尤斯特斯是一位狂热的意大利捍卫者，他发现古罗马的英勇豪迈气概和道德品质仍在意大利人胸中激荡。当一些旅行者指责意大利人民懒惰的本性时，尤斯特斯为他们辩解："他们只是遵循自然，在酷热的天气无法忍受高温就休息。为了弥补这时期的劳动延迟，他们黎明就开始干活，一直干到晚上，因而一天下来意大利人比英国的农民睡得少而干得多。"① 他还发现人们对意大利人懦弱的判定是不合理的："指控意大利人懦弱就是在背离他们整个历史……因此，意大利缺乏的不是勇气，而是召唤勇气的动机和产生勇气的手段，他们只是需要规则、希望和兴趣。"② 总之，尤斯特斯站在了意大利的立场，在游记中提升了意大利的形象，这极大影响了英国大众对意大利的看法。

尤斯特斯的《意大利古典之旅》阐述了当下意大利的特点，反对人们带着偏见去看待这一切，捍卫了意大利的国家形象、宗教、语言和艺术，呼吁建立一个统一的意大利，希望它能够"和大英帝国联手……重建并支持国家间的势均力敌以拥有自由和幸福的欧洲"③。尤斯特斯的游记心态中隐藏着欧洲势力均衡的理念以及建立一个具有自主权的意大利共和国的畅想。

（三）捍卫天主教的宗教心态

尤斯特斯早年曾在弗兰德圣格里高利本笃会学院学习，该校由流亡自英国的天主教人士建立。18 世纪 90 年代爱尔兰国内成立了神学院，当时的主教托马斯·赫西（Thomas Hussey）任命尤斯特斯为神学院的首席修辞学教授。据游记学者科尔伯特记录："尤斯特斯是在天主教解放运动日益高涨的时期被培养成为罗马天主教牧师的。"④ 然而，尤斯特斯是一个先进的、有着自由思想的教士。在天主教解放运动（Catholic Emancipation）时期一直效力于罗马天主教并担任神职，虽然接受了严格的宗教教育课程，他却信奉自由主义式的教条而与之相冲突。他强烈对抗教皇的权威和当地天主教权威，最终也得罪了神学院的上

---

① John C. Eustace, *A Classical Tour Through Italy*, vol. Ⅳ, p. 314.
② John C. Eustace, *A Classical Tour Through Italy*, vol. Ⅳ, p. 307.
③ John C. Eustace, *A Classical Tour Through Italy*, vol. Ⅳ, p. 338.
④ Benjamin Colbert, *Shelley's Eye: Travel Writing and Aesthetic Vision*, p. 130.

级领导，于是在 1797 年离开了爱尔兰，前往英国。

从意大利旅行回到英国后，尤斯特斯在国内精英新教徒中名声大噪。1805年，尤斯特斯开始在剑桥耶稣学院执教，并成为彼得的导师。但此时，尤斯特斯继续保持他激进的天主教思想。尤斯特斯同天主教士中的"阿尔卑斯山南俱乐部"（Cisalpine Club）关系密切，该组织源于天主教解放运动，试图改善英国罗马天主教徒与英国政府的关系，主张效忠政府，因此受到了英国罗马天主教主教的敌视。①同时，这些主教对尤斯特斯和新教徒同游意大利古典景观的行为也感到强烈不满。总的来说，尤斯特斯推崇不受教皇约束的天主教观点，但他的古典学识为他激进的天主教哲学和对宗教宽容的倡导提供了一个很好的掩护。

尽管《意大利古典之旅》一书以"古典"为名，但其中的插图是罗马天主教堂的折叠式平面图。尤斯特斯展示了天主教建筑、仪式和圣徒的崇高与神圣。他在宣扬这些天主教徒的美德和他们的圣物时，试图提醒读者天主教传统的伟大价值，尤其是历史上那些天主教英雄人物所做的善举及其影响。他在游记中描述了米兰大教堂里 16 世纪大主教查尔斯·博罗梅奥（Carlo Borromeo）的身体：

> 在一个石质水晶神殿，在祭坛上，或者更确切地说是在祭坛后面；它伸展得很长，披着教皇的长袍，戴着蝴蝶结和手套。与遮盖身体的华服相比，这张脸暴露得很不恰当，因为大部分因腐烂而毁容，再加上在光的反射下发出苍白、可怕的光，越发显得畸形与可怕。②

他继而讲述了圣查尔斯的贞洁行为以及对其教区的影响。他向新教徒展示什么是一个好的教士，并强调"他将通过共同的上帝，继续为他曾经所爱的子民献上他的经文"③。通过树立这位圣人榜样，他力图说服新教徒有关天主教徒的价值。

---

① Alexander Milsom, "John Chetwode Eustace, Radical Catholicism, and the Travel Guidebook: The Classical Tour (1813) and Its Legacy," p. 231.
② John C. Eustace, *A Classical Tour Through Italy*, vol. Ⅱ, p. 347.
③ John C. Eustace, *A Classical Tour Through Italy*, vol. Ⅱ, p. 351.

　　时任林肯大主教、后来又成为温彻斯特大主教的乔治·普雷蒂曼·汤姆林（George Pretyman Tomline）是天主教解放运动的激烈反对者，他认为英国天主教徒已经享受到了足够的宽容。尤斯特斯对此曾发表《对林肯勋爵向该教区神职人员的指控的答复》[①]，而在游记《意大利古典之旅》第四卷的最后，尤斯特斯还专门撰写了附言并题为"关于教皇、罗马教廷、红衣主教等等"[②]，以此进一步对这位大主教的观点进行挑衅性的反驳。教皇的权利常常是新教徒攻击的对象，对此他写道："教皇可能有两种截然不同的身份，一种是罗马领土的临时君主，另一种则是天主教会的首席牧师。这种角色的混杂在过往的岁月中已经产生了许多丑闻，而当下依然在很多情形下被歪曲或是受到压迫。"[③]因此，尤斯特斯希望通过阐述教皇不同的角色所附带的权利，使"新教读者对每个天主教徒所认可的罗马教义中固有的权利有一个清晰而准确的认识"[④]。他主张以历史的视角去看待教皇的本质："我们将沉浸在对过去时代的短暂回顾中，思考中世纪教皇统治的后果，当时欧洲充斥着野蛮行径和更多的无知。教皇的野心是一个赤裸裸的主题，他们的骄傲、他们的残忍和他们的放荡，一直是许多人谴责的主题。"[⑤]尽管如此，尤斯特斯提出了自己的看法：

　　　　第一，如果在一个没落帝国的混乱之中，在野蛮人入侵的混乱之中，由于越来越严重的无政府状态，混乱状态甚至涌入主教的宫殿，影响主教本身的道德，这既不出人意料，也不令人惊讶。第二，如果我们承认他们不断地奉承他们的罪恶，我们肯定会纵容教皇的野心和骄傲，至少在某种程度上是这样的，教皇多年来不仅受到他们的国家和臣民的奉承，而且受到王子、君主甚至皇帝的奉承。第三，在如此多罪恶的诱因下，在同样的任期内，没有一位教皇逃得过臭名昭著的可耻之举。[⑥]

---

① John C. Eustace, *Answer to the Charge Delivered by Lord Bishop of Lincoln to the Clergy of That Diocese*, London: J. Mawman, 1813.
② John C. Eustace, *A Classical Tour Through Italy*, vol. Ⅳ, pp. 373-423.
③ John C. Eustace, *A Classical Tour Through Italy*, vol. Ⅳ, p. 373.
④ John C. Eustace, *A Classical Tour Through Italy*, vol. Ⅳ, p. 374.
⑤ John C. Eustace, *A Classical Tour Through Italy*, vol. Ⅳ, p. 406.
⑥ John C. Eustace, *A Classical Tour Through Italy*, vol. Ⅳ, pp. 406-407.

尤斯特斯呼吁英国同胞以客观历史的心态来审视教皇的行为，而非强词夺理。

针对那些新教徒旅行者，尤斯特斯为意大利天主教进行了辩护，认为"宗教仪式与意大利的生活是相互交织的，融入了所有大大小小的事"①。因此，他呼吁借助基督教的精髓将新教和天主教联系起来，主张"最主要、最发人深省的三种美德，便是信念、希望以及慈善"②。这正是尤斯特斯宗教思想的集中体现，也是他的宗教与道德心态。

尽管尤斯特斯的意大利游记标榜着后拿破仑时期的现代性，将作品献给受过自由教育同时又心系古代的人们，而他的贵族理想尤其吸引了大学里大批受教育的男性精英，他们与先前几代贵族旅行者同属一个社会阶层。当 1815 年欧陆旅行重新开启时，这部意大利游记恰好充当了"大旅行"和近代旅游业间的桥梁。它迎合了战后涌入欧洲大陆的新一代英国旅行者，着重展现意大利天主教文化，而不是古罗马的历史遗迹。当然，从他的宗教心态出发，他更是为了营造对天主教徒的宽容氛围，加强对天主教解放思想的推广。他的游记掀起了游记指南的热潮。前文介绍的黑克威尔的《意大利画境游》③着力再现尤斯特斯所提及的关于雕刻品的观点，同时还参照了他的行程安排。除此之外，其影响还延续到了 19 世纪 30 年代，包括普劳特的《瑞士和意大利 104 个景观》和詹姆斯·达菲尔德·哈丁（James Duffield Harding）的《意大利和法国 75 个景观》。④总之，尤斯特斯的《意大利古典之旅》成为英国的意大利游记作者的试金石，是 19 世纪意大利游记的一部经典之作。

---

① John C. Eustace, *A Classical Tour Through Italy*, vol. Ⅳ , p. 247.
② John C. Eustace, *A Classical Tour Through Italy*, vol. Ⅳ , p. 291.
③ James Hakewill, *A Picturesque Tour of Italy, from Drawings Made in 1816-1817*, London: John Murray, 1820.
④ Samuel Prout, *One Hundred and Four Views of Switzerland and Italy, Adapted to Illustrate Byron, Rogers, Eustace and Other Works on Italy*, 2 Vols. London: Jennings and Chaplin, 1833; James Duffield Harding, *Seventy-Five Views of Italy and France, Adapted to Illustrate Byron, Rogers, Eustace, and All Works on Italy and France*, London: A. H. Baily and Co., 1834.

三、霍尔的意大利考古

理查德·科尔特·霍尔（Richard Colt Hoare，1758—1838）是英国的古物学家、考古学家、艺术家和旅行家。霍尔出生于巴恩斯，是曾任伦敦市长的理查德·霍尔爵士（Sir Richard Hoare，1648—1719）的后嗣，霍尔爵士还创办了家族银行。霍尔的父亲是第一代从男爵理查德·霍尔（Sir Richard Hoare，1735—1787），之后霍尔也继承了爵位。在财产方面，他从祖父亨利·霍尔二世（Henry Hoare Ⅱ，1705—1785）那里继承了威尔特郡的家族大庄园，而继承的条件是必须离开家族银行业。这笔丰厚的遗产使他得以追求自己的兴趣，尤其是考古。他对威尔特郡展开深入的历史和考古研究，并参与巨石阵的现场勘查与记录，著有《威尔特郡古典历史》①和《威尔特郡近代史》②。此外，他还是一位狂热的植物收藏家，尤其喜爱天竺葵和杜鹃花。霍尔热爱绘画艺术，在艺术领域他还有一个重要的身份，那就是画家特纳早期的庇护人。霍尔于 1792 年当选为皇家学会会员，也是伦敦古物学会会员。1805 年，他还被任命为威尔特郡高级警长。

霍尔的意大利之旅可追溯到 1785 年，当时他的妻子难产去世，腹中的孩子也没有保住性命，哀痛之下霍尔远赴欧陆散心，游历法国、意大利和瑞士。随后在 1788 年，霍尔第二次造访欧洲大陆，著有欧陆游记《厄尔巴岛之旅》和《1785 年、1786 年、1787 年国外回忆录》。③随着法国大革命的爆发，霍尔回到了英国，之后就再也没有离开，他对家乡的古迹产生了浓厚的兴趣，并经常在国内各处旅行。但历史悠久的意大利尤为吸引这位考古学家，他著有多部意大利游记，包括《意大利旅行指南》《1790 年国外回忆录：西西里岛和马耳他岛》和《意大利和西西里岛古典之旅》④，而这些游记一直到 1815 年之后才出版，距

---

① Sir Richard Colt Hoare, *The Ancient History of South Wiltshire*, 3 Vols. London: William Miller, 1812; Sir Richard Colt Hoare, *The Ancient History of North Whitshire*, 2 Vols. London: Lackington, Hughes, Harding, Mavor & Jones, 1819.

② Sir Richard Colt Hoare, *The History of Modern Wiltshire*, 11 Vols. London: John Nichols and Son, 1822-1844.

③ Sir Richard Colt Hoare, *Tour Through the Island of Elba*, London: John Murray, 1814; *Recollections Abroad, During the Years 1785, 1786, 1787*, Bath: Richard Cruttwell, 1815.

④ Sir Richard Colt Hoare, *Hints to Travellers in Italy*, London: John Murray, 1815; Sir Richard Colt Hoare, *Recollections Abroad, During the Years 1790: Sicily and Malta*, Bath: Richard Cruttwell, 1817; Sir Richard Colt Hoare, *A Classical Tour Through Italy and Sicily; Tending to Illustrate Some Districts, Which Have Not Been Described by Mr. Eustace, in His Classical Tour*, London: J. Mawman, 1819.

离霍尔的意大利之旅有十余年之隔。1825 年，霍尔还将他收藏的有关意大利地形和历史的作品捐赠给大英博物馆。

在霍尔的诸多意大利游记中，《意大利和西西里岛古典之旅》最广为人知，此书由霍尔在意大利撰写的日记整理而成。而这部游记也关联到前文提及的旅意牧师尤斯特斯。尽管霍尔前往意大利要早于尤斯特斯近十年，但是尤斯特斯的意大利游记率先问世并在英国国内得到了极大的关注。前文提及，尤斯特斯的南意大利游记最终没有问世，而霍尔肯定地认为自己的这部游记与尤斯特斯"享有共同的古典视野"[1]，并且这部作品的主要目的就在于继续阐述尤斯特斯未提及的一些地方，因此这部游记的题目也明确提到了这一点。

身为富有的上层阶级青年，霍尔一心扑在了考古研究上，在旅行过程中没有太多复杂的心理包袱，因此他的意大利游记《意大利和西西里岛古典之旅》相比尤斯特斯的古典心态，更带着考古的意蕴，是对意大利古典文化的探寻。他阅读了大量前人的有关材料，在行文中时常加上"依据博物馆和图书馆记载……"[2]这样的字眼，对文献资料严加审查评判，力图做到质的超越，但其中也以大量的篇幅满怀激情地记载了他在游历中的所见所闻。同时，他使用历史学家和考古学家的方法来记录意大利各个城镇。他的游记是用古典的眼光来审视意大利各个地区，但他的创作是在法国大革命之后，因此他的思考深度及其作品中的古典意蕴更甚于"大旅行"时期的游记作者。在游记中，他鼓励读者以古典的文化视野去审视意大利的历史。

霍尔的第一站是古城锡耶纳，即刻带领读者走入了古罗马的实景中。霍尔称锡耶纳"以前是罗马的殖民地，以塞纳·朱莉娅（Sena Julia）的名字而闻名"[3]。之后他又回溯至更久远的历史：

> 现在，我要向我的读者介绍一个在古代历史编年史上享有盛誉的国度，这里曾经住着文明化的伊特鲁里亚民族，古罗马帝国从其衰落中获得了日益增长的力量和崇高的繁荣：虽然伊特鲁里亚在当下是被忽

---

① Sir Richard Colt Hoare, *A Classical Tour Through Italy and Sicily*, Second Edition, 2 Vols. London: J. Mawman, 1819, vol. I, p. xii.
② Sir Richard Colt Hoare, *A Classical Tour Through Italy and Sicily*, vol. I, p. 11.
③ Sir Richard Colt Hoare, *A Classical Tour Through Italy and Sicily*, vol. I, p. 5.

略的，人口也很少，但它仍然可以供考古学家和历史学家观察和思考，许多有趣的纪念物仍留着，以证明它以前的存在和粗犷的宏伟。①

霍尔将这种赞美的心理置于历史记叙中，而其中的考古心态又溢于言表。霍尔追寻着伊特鲁里亚民族的发源地，对它的溯源多次出现在他所记叙的城镇中，如对科雷城（Colle），他介绍道：

> 在这个时候，我决定渗透到古代伊特鲁里亚人居住的国家。一个民族，其语言，甚至其字母表，曾与学者和古代人的研究交织在一起。这是一个民族，其领土与罗马城仅有台伯河之隔；罗马人从他们那里借了许多有用的艺术和宝贵的科学，他们开启了光荣的事业之路，最终让他们的征服者成了世界的主人。②

当然，此种历史性的描述又带着一种客观性，霍尔称沃尔泰拉（Volterra）"在历史上所处的位置，以及在其附近发现的大量古代碎片，都有着伊特鲁里亚人的特征"③。之后霍尔继续探究伊特鲁里亚人的建筑遗迹和雕塑，"如果我们从应用在墙壁和其他建筑上石头的形状来判断的话，伊特鲁里亚人的建筑是简单而大胆的；他们的力学知识也是相当丰厚的"，因而霍尔判断，"当下的托斯卡纳风格或乡村风格都是来源于此"。④

在格罗塞托，霍尔又带着社会史的视角考察当地的人口，进行了古今人口的对比，"在遥远的年代，这个地区的伊特鲁里亚人口比当下要多；从仍然存在的伊特鲁里亚城市遗迹之间的距离来看，我怀疑它的人口是否曾经像这个国家空气质量相对好的地区那样多。在罗马时代，空气被认为是有害的，对此我们有经典作家的证词"⑤。于是霍尔又引用了古罗马作家兼博物学家盖乌斯·普林尼·塞孔都斯（Gaius Plinius Secundus）的证词。霍尔结合对景观的欣赏与记录来呈现伊特鲁里亚考古研究，再现古老的历史文化，揭开人文景观的历史面纱。

① Sir Richard Colt Hoare, *A Classical Tour Through Italy and Sicily,* vol. I, p. 5.
② Sir Richard Colt Hoare, *A Classical Tour Through Italy and Sicily,* vol. I, p. 6.
③ Sir Richard Colt Hoare, *A Classical Tour Through Italy and Sicily,* vol. I, p. 9.
④ Sir Richard Colt Hoare, *A Classical Tour Through Italy and Sicily,* vol. I, pp. 9-10.
⑤ Sir Richard Colt Hoare, *A Classical Tour Through Italy and Sicily,* vol. I, p. 75.

相反，霍尔并不注重从古典的视角去记叙或评论某个历史事件。

　　对于古典旅行者来说，罗马的某些景观尤其吸引着他们，因为这些残余景观组成了保存完好的、具有纪念意义的古罗马遗址，其中包括：古罗马广场和它的庙宇，塞维鲁、提图斯、君士坦丁凯旋门，图拉真纪功柱，方尖碑，古罗马斗兽场，一些重要的浴场，塔尔皮亚岩石，马塞勒斯剧院，等等。霍尔的罗马游记并不在于呈现这些大众所到之处，而在于古罗马溯源。他在游记开头就提到了亚壁古道（Appian Way），介绍了这条古道是以古罗马时期著名演说家兼监察官阿庇乌斯·克劳狄·卡阿苏斯（Appius Claudius Caecus）来命名的，并进一步考察其建造、形态以及建筑材料。之后他又专注于观察沿路古老的陵墓，还引用了西塞罗对这些贵族坟墓的介绍。在从罗马前往贝内文托（Benevento）的路上，霍尔提到了"路的两边伴随着许多的古迹，其中一处归属于霍雷希娅（Horatia），是与库利亚提（Curiatii）决斗的荷拉斯（Horatii）的妹妹；另一位是利维娅（Livia）；第三位则是塞西莉亚·梅特拉（Cecilia Metella）"①。这些内容皆使古罗马历史场景映入读者眼帘。

　　霍尔总是能在城镇与城镇相连接的道路上发现一些冷僻的古建筑遗迹。在罗马的现代式马路和亚壁古道的连接处，霍尔发现最吸引他注意的是"一座高耸的塔，叫提巴尔达之塔（Torre Tibalda），它的基底就是古代遗址"；霍尔还时常向读者展示一些古迹上的古罗马文字。②他对意大利一个个城邦的古迹记叙还穿插着与一些古典人物相关的叙事描绘，就像古典教科书式的阐述，使读者对古迹与古代人物一目了然。

　　在去那不勒斯的路上，霍尔继续以考古学家平实的心态去如实呈现古罗马时代的人和事。在到达阿尔帕哈（Arpaja）乡村时，看到狭窄的通道，霍尔立刻追溯到古罗马时期卡夫丁峡谷（Caudine Valley）历史事件。霍尔以考古学者的严谨态度表明，学界公认该历史事件就发生在亚壁古道，并断定大致就发生在他所处的这个区域，也正是萨姆尼特人（Samnite）打败罗马军队的地方。③霍尔又引用史学家李维对这个历史事件的详细记述，表示这是"每一位古典旅

①　Sir Richard Colt Hoare, *A Classical Tour Through Italy and Sicily,* vol. I, pp. 78-90.
②　Sir Richard Colt Hoare, *A Classical Tour Through Italy and Sicily,* vol. I, pp. 95-96.
③　Sir Richard Colt Hoare, *A Classical Tour Through Italy and Sicily,* vol. I, pp. 153-154.

行者都会自然而然地回忆起的一件事"①。总之,沿着亚壁古道,霍尔对沿途城邦的记叙和一些人物事件的记叙皆融合了历史和美的笔触,展现了古典的人文景观,就像他自己总结的:"到目前为止,我一直把这条有趣的道路视为古董和艺术家。我尽力说明它的古迹,并指出伴随它而来的自然美景。"②

之后,霍尔开启了南部的旅程,他认为南部的游记正是尤斯特斯所缺失的,因此在"沿着那不勒斯海岸赴卡普里岛"的开篇再次强调:"我将默默地走过波尔蒂奇(Portici)的博物馆,一览它的珍贵藏品,经过邻近的庞贝镇(尤斯特斯先生已经描述过这两个镇),然后沿着海岸向卡斯特尔进发。"③沿着海岸线面向卡普里岛,霍尔介绍了几位古典旅行者都提及的密涅瓦神庙,尤其插入了历史学家斯特拉波(Strabo)对这座耸立在海角最高处的庙宇的描述,而霍尔笔下的卡普里岛又联结着古罗马两位皇帝:盖乌斯·屋大维·图里努斯(Gaius Octavius Thurinus)和提比略·尤里乌斯·恺撒(Tiberius Julius Caesar)。他通过引用古罗马历史学家卡西乌斯·狄奥(Cassius Dio)对历史事件的描绘,讲述奥古斯都曾用伊斯基亚岛来换卡普里岛的事实。尽管霍尔盛赞岛上旖旎的风光与和煦的空气,但最吸引他的还是古老的建筑遗址,他还向读者展示了提比略建造的十二座别墅的确切信息。自然风光和古老遗迹的结合让他不由得感慨:"每一种情感和钦佩都将是最强烈的;在这里,通过对一座古老城市的忠实而纯粹的展示,我们将生活在罗马时代,暂时忘记这么多个世纪的消逝。"④对于南部的旅程,霍尔自我总结道:

> 从各个角度来看,这一旅程所经过的地区都是最令人满意和最具有教育意义的:历史学家在此回忆古代的记录和逸事;对艺术家来说,他在每一座山丘和每一个山谷里都会为他的画布捕捉新的想法,通过看到大自然穿上每一件衣服,他会选择他认为最令人愉悦和符合自己特定情感的东西。⑤

---

① Sir Richard Colt Hoare, *A Classical Tour Through Italy and Sicily,* vol. I, p. 157.
② Sir Richard Colt Hoare, *A Classical Tour Through Italy and Sicily,* vol. I, p. 167.
③ Sir Richard Colt Hoare, *A Classical Tour Through Italy and Sicily,* vol. I, pp. 181-182.
④ Sir Richard Colt Hoare, *A Classical Tour Through Italy and Sicily,* vol. I, p. 208.
⑤ Sir Richard Colt Hoare, *A Classical Tour Through Italy and Sicily,* vol. I, pp. 205-206.

在霍尔的游记中，他自身就是充当了历史学家来呈现所到之处的逸事且引用古代历史学家的记叙，也充当了艺术家，以历史与美的眼光找寻美好的人文景观。当南下到达西西里岛和马耳他岛时，霍尔在游记的前言部分写道：

> 旅行者在进入一个不知名的地区之前，自然急于在某种程度上熟悉它的历史、土壤的性质、古迹和它在时间的流逝中所经历的命运变迁，这样他就可以通过个人的审视来更好地判断，选择最有价值的东西来观察，而不是把时间浪费在琐事上。这就是我来到西西里岛的第一感受；我后悔自己先前没有更好地去了解它内在的历史。但在每个经典景点，我都会翻阅我的两个旅行伴侣——克拉维利乌斯（Cluverius）和法泽卢斯（Fazellus）对一些古典遗迹的细微描述和历史逸事的记叙，它使我无法忘记自己所体验到的满足感……对西西里岛历史的简短介绍似乎是我旅行记叙不可缺少的部分……①

在这段描述中，可以鲜明地看出霍尔的旅行心态，尤其是在历史痕迹浓厚的意大利南部岛屿，对旅行目的地的历史性把握、对古典遗迹的历史追怀，都是他旅行中的重要内容，也给他带来了旅行的愉悦感与满足感。

之后，霍尔又根据维吉尔、奥维德（Ovid）、吕齐乌斯·安涅·塞涅卡（Lucius Annaeus Seneca）等古人的文献与自身的考古研究来呈现西西里岛的地理状况、原始人口，并穿插着历史逸事。西西里岛实在是一个自然风光绝美的地方，霍尔不禁感慨道："进入它具体的历史并不是我此行的目的。我的这次环岛之旅主要是欣赏它的自然风光，并通过探索它的古老遗迹从而在某种程度上对其古老的力量和辉煌做出公正的判断。"②霍尔的考古记叙确实也证明了他的这一想法。例如，当看到一座古老的剧院时，他以考古的心态做出判断：

> 我倾向于把剧院的建造归功于这位女王。但历史并没有告诉我们她属于什么种族、生活在什么时代——尽管保存了许多印有她的形象

---

① Sir Richard Colt Hoare, *A Classical Tour Through Italy and Sicily,* vol. Ⅱ, pp. 3-4.
② Sir Richard Colt Hoare, *A Classical Tour Through Italy and Sicily,* vol. Ⅱ, p. 46.

和名字的奖牌。在卡瓦列雷·阿斯图托（Cavaliere Astuto）的收藏品中，我看到了 14 枚这样的勋章，每一枚都有一些微不足道的奇特之处；为了证明她的统治是长期的，她在一些地方被描绘成年轻的，在另一些被描绘成古老的。卡瓦列雷·兰多丽纳（Cavaliere Landolina）还告诉我另一个特点，那就是奖牌背面的马，在她年轻的时候和她晚年的时候一样，是全速前进的，即使是她晚年时期的马，也是站立着的。雕塑和制作的美感证明了她正处于艺术的鼎盛时期。[①]

总之，霍尔把游记与考古研究大范围地结合在一起，同时又融合了对自然风光的赞美与抒情，标示着与"大旅行"时期游记作者的不同，但这在 19 世纪英国人的意大利游记中也是很少见的。他熟知古代历史学家对意大利各个城镇尤其是南部的历史记叙，又亲自勘查古典遗迹，对地理位置、地形地貌、人口等因素细细探究，所写的每一篇文章都可视为简明的南意大利史。他使读者走进那些城镇、岛屿的古罗马情境之中，但都绕不开他对古典遗迹的考古探究。与此同时，霍尔也不忘用历史的与审美的语言去勾勒所到之处的自然人文景观，让读者饱览意大利南部的风光。

总之，尤斯特斯和霍尔的意大利游记展现了两位旅行者的古典文化消遣心态，出版商约瑟夫·摩曼（Joseph Mawman）特意将尤斯特斯和霍尔的游记整理为三卷本游记合集并以昂贵的四开本发售，成了之后赴意大利旅行者随身携带的游记读物。[②]

四、狄更斯、玛格丽特·西蒙兹的意大利刻画

论 19 世纪赴意大利旅行的英国作家群体，狄更斯和玛格丽特·西蒙兹是代表性人物。狄更斯与家人同游欧陆国家，意大利之旅是他小说创作间隙的休憩。玛格丽特则是父亲的旅行伴侣，跟着家人旅居瑞士，意大利是他们的常去之地。

---

① Sir Richard Colt Hoare, *A Classical Tour Through Italy and Sicily,* vol. II , p. 153.
② Benjamin Colbert, *Shelley's Eye: Travel Writing and Aesthetic Vision*, pp. 124-141.

因此，两位文学家都创作了具有代表性的意大利游记，展现了他们对意大利的刻画，从而揭示文学创作者独特的文化消遣心态。

（一）狄更斯的意大利图像刻画

狄更斯全名为查尔斯·约翰·赫芬姆·狄更斯（Charles John Huffam Dickens，1812—1870），出生于英格兰朴次茅斯，相较于同时期许多作家来说，狄更斯早年经历坎坷。狄更斯在家中 8 名子女中排名老二，在其 12 岁时，因父亲约翰·狄更斯（John Dickens）身陷债务纠纷，一家人跟着父亲锒铛入狱，住在债务人监狱中。为了生存，狄更斯经亲戚介绍在伦敦的鞋油厂做起了童工，这段经历使年幼的狄更斯尝尽了底层人士的辛酸。直到 1824 年，狄更斯才真正入学，在惠灵顿学院学习了两年。毕业后，他成了律师事务所的一名普通职员。根据狄更斯友人兼其传记作者约翰·福斯特（John Forster）的记录，当时的狄更斯听闻许多有突出成就的人都是通过报道议会辩论起家，遂在其 19 岁时转行成为报刊记者，报道英国下议院的政策辩论，同时他也开始为一些杂志撰稿。[①]1836 年，随着狄更斯第一部小说《匹克威克外传》[②]的问世，狄更斯一夜成名，并在之后连续出版了多部小说，大多反映社会现实问题。1842 年，狄更斯前往美国并创作了游记《美国纪行》[③]。

与意大利民族解放运动倡导者朱塞佩·马志尼（Giuseppe Mazzini）的相识，使狄更斯对意大利充满了向往。尽管马志尼与狄更斯有着不同的文化背景，但他们都有共同的处世原则，并且他们都心系弱势群体、关心底层人士。同时，他们赞同教育是一项不可剥夺的人权，是拯救下层民众的唯一途径。1844 年，狄更斯决定暂弃小说创作，和家人游历欧陆各国，在意大利待了近一年。回国后，他出版了游记《意大利风光》[④]。之后又孜孜不倦地投入小说创作，鲜明地表达对社会现状的批判。狄更斯第二次赴意大利是在 1853 年，在意大利待了 9 个星期。1870 年，狄更斯因脑出血与世长辞，维多利亚女王下令将狄更斯葬于

① John Forster, *The Life of Charles Dickens*, 2 Vols. London: Chapman and Hall, 1892, vol. I, p. 23.
② Charles Dickens, *The Posthumous Papers of the Pickwick Club, Containing a Faithful Record of the Perambulations, Perils, Travels, Adventures and Sporting Transactions of the Corresponding Members*, London: Chapman and Hall, 1836.
③ Charles Dickens, *American Notes*, London: Chapman and Hall, 1842.
④ Charles Dickens, *Pictures from Italy*, London: Bradbury & Evans, 1846.

威斯敏斯特大教堂诗人角。

《意大利风光》于 1846 年 1 月至 3 月首次登载在当时的杂志《每日新闻》（Daily News）上，题为《写于旅途中的旅行信件》（"Traveling Letters Written on the Road"）。① 这部游记素材确实源于狄更斯在意大利所写的信件，这些信件涵盖了他一整年旅行的经过——狄更斯大部分时间是在热那亚度过，但也远及威尼斯和那不勒斯，其中与福斯特的通信内容占了很大比重。遗憾的是，《意大利风光》一直是狄更斯鲜为人知的作品。该书由风景画家塞缪尔·帕尔默（Samule Palmer）制作插图。

作为心忧社会现状、关怀底层人士的文人，狄更斯的意大利游记自然也彰显着独特的文化心态。学者吉尔伯特·基思·切斯特顿（Gilbert Keith Chesterton）打趣地评论道："他的游记不像是在意大利旅行，而是在狄更斯乐园（Dickensland）旅行。"② 对于维多利亚时代的游记作者来说，一方面，意大利是作为古典文化博物馆的存在；另一方面，意大利之旅是关注社会、关注民众的旅游活动。

在开篇"读者通行证"部分，狄更斯一再强调他的写作意图不是提供常规的旅行指南，他也反对画境游："在整个意大利，一幅著名的画像或雕像很容易被埋在堆积如山的印刷纸下。因此，虽然我是绘画和雕塑的忠实崇拜者，但我不会对那些著名的图画和雕像展开长篇大论。"③ 事实上，在游历意大利之后，狄更斯成为意大利解放事业的坚定支持者。1846 年，作为《每日新闻》的编辑，他帮助马志尼发起了"意大利为意大利人服务"运动。尽管如此，在游记的开篇，他却宣布自己并不打算提及政治问题：

> 在这些页面中，也不会发现对这个国家任何地方的政府或不当治理的任何严肃审查。在这片美丽的土地上，所有的游客对这个问题都有强烈的信念，但作为一个外国人，在那里居住的时候，我选择不与任何一个意大利人讨论任何这样的问题，所以我宁愿现在就不参与调查。④

① Henry N. Maugham, *The Book of Italian Travel (1580–1900)*, p. 88.
② Gilbert K. Chesterton, *Charles Dickens*, Ware: Wordsworth, 2007, p. 78.
③ Charles Dickens, *American Notes for General Circulation and Pictures from Italy*, London: Chapman & Hall, 1875, pp. 301-302.
④ Charles Dickens, *American Notes for General Circulation and Pictures from Italy*, p. 301.

同样，在宗教问题上，他也澄清"我已经尽我所能公正地对待他们，我相信他们也会公正地对待我"①。狄更斯是基于自身的观察，写自己的经历，以个人的感受、崭新的视野去看待意大利，关注意大利民众的生活，及时撇清游记与政治、宗教等问题的瓜葛。狄更斯想要弄明白是什么原因导致一个有着辉煌历史的民族陷入当下的堕落和衰落状态。于是，他以多种多样的方式来重新展现这个国家，意大利美丽的景色与颓废的形象在其作品中交替出现，而意大利的风景为他提供了一个调查原因的机会。游记题目中的"图片"（pictures）一词不是指艺术画作，而是指意大利真实的景象与画面。游记展现了狄更斯对这个国家的洞察，尤其呈现了意大利人的面貌。他把意大利构建为一系列移动的场景，而意大利人是其中的主角。在《意大利风光》中，狄更斯在现实主义的视角下，既极力展现意大利人当下的生活——居住、饮食、语言等等，又时刻回望历史，形成历史与当下的对比，这是狄更斯独特的意大利旅行与游记书写心态。

1. 民众体验心态

狄更斯首先带领读者进入意大利的自然风光，由此深入意大利的方方面面。

狄更斯一行人在阿勒巴洛（Albaro）度过了夏天。阿勒巴洛毗邻热那亚，是一个度假胜地，吸引了诸多热那亚上层阶级人士前往旅行。他在与画家朋友丹尼尔·麦克利斯（Daniel Maclise）通信时描绘了在阿勒巴洛的心境："我感觉到一种伟大的东西，一种高尚而英勇的东西。当我看到蓝色地中海上的太阳落山时，我心中升起了崇高的情感。我是岩石上的帽贝：我父亲的名字是特纳，而我的靴子是绿色的……"②狄更斯还在信的开头将他的精神比作流亡者的精神，在意大利表达了一种归属感。

当狄更斯深入城市内部时，他能抓住这些城市方方面面的内容，并将它们与古典遗迹联系起来，为重建历史提供了线索。他既展示历史片段，又呈现当下的文化特色。当提到阿勒巴洛的一座古迹教堂时，他向读者讲述它的历史——"这座教堂是献给施洗者圣约翰的，传说圣约翰的遗骨曾被运到热那亚，

---

① 狄更斯所说的"他们"是指信仰罗马天主教的学者。参见：Charles Dickens, *American Notes for General Circulation and Pictures from Italy*, p. 302.

② John Forster, *The Life of Charles Dickens*, vol. I, p. 153.

再从热那亚搬到该城。正因为与圣约翰的联结，大多数民众被命名为'施洗者乔万尼'（Giovanni Battista），当地方言发音为'巴切查'（Batcheetcha）"，但狄更斯又很自然地将这个名称的来历衔接至当下的社会习俗，"在星期天或是庆典日，街上到处是人群，人人都喊其他人为'巴切查'，对于一个陌生人来说，这是一件非常奇特和有趣的事情"。①

狄更斯关注到了意大利人民的普通生活，文本中到处是意大利街坊生活。他报道街道上的宗教游行，评论着节日的气氛；他聚焦于戴着面纱走在街上的女性，又化身为她们的粉丝。当穿梭在热那亚新街大道（Strada Nuova）时，他描绘了人群对自我的一种冲击：

> 从一条由庄严的大厦组成的街道快速进入最肮脏的迷宫，不卫生的沟壑冒着热气，挤满了半裸的孩子和肮脏的人——合起来组成了一片奇幻的场景：如此热闹，却又如此死气沉沉；如此喧闹，却又如此安静；如此引人注目，却又如此羞怯和低沉；如此清醒，却又如此沉睡。走着走着，看着周围，对一个陌生人来说，这是一种陶醉。一个令人眼花缭乱的幻影，有着梦境中所有的不一致，以及奢侈的现实中所有的痛苦和快乐。②

狄更斯还关注到了热那亚街道上的教士，"街坊上每四至五个人中就有一位是教士或僧侣"，但狄更斯对他们并不抱有好感，"据我所知，没有比这些教士的表情更令人厌恶的了。如果大自然的字迹清晰的话，全世界各阶层人士中都很难观察到懒惰、欺骗和智力迟钝等特质"。③可见，狄更斯对这些教士的真面目持怀疑的心态，但狄更斯巧妙地将此种心态关联到历史人物与历史事件中，以历史的视角来论证自己的判断。他指向了意大利文艺复兴时期两位文学大师彼特拉克（Francesco Petrarca）和薄伽丘（Giovanni Boccaccio）：

---

① Charles Dickens, *American Notes for General Circulation and Pictures from Italy*, p. 332.
② Charles Dickens, *American Notes for General Circulation and Pictures from Italy*, p. 340.
③ Charles Dickens, *American Notes for General Circulation and Pictures from Italy*, p. 343.

　　我相当赞同彼特拉克的观点，当他的学生薄伽丘面临巨大的磨难写信给他时，提到一位卡尔萨斯修士（Carthusian Friar）曾因他的著作而拜访并训诫过他，这位修士自称是信使，上天为此目的委托了他。彼特拉克回答说，就他自己而言，他将冒昧地通过亲自观察信使的脸、眼睛、额头、行为和话语来测试这次来访的真实性。通过类似的观察，我不得不相信，自己可能会看到许多未经授权的信使潜伏在热那亚的街道上，或者在意大利其他城镇消磨生命。①

　　紧接着，狄更斯向他的读者展示了当地令人费解的零售习惯："各种买卖挤在狭窄的走廊里……很少有商家有任何展示其商品的想法，更不要说将其展示出来了……所有东西都在最不可能的地方出售。如果你想要咖啡，你可以去糖果店；如果你想要肉，你很可能会在一块旧格子窗帘后面找到它。"②狄更斯还提到了当地药店的与众不同之处：

　　　　药剂师的商店大多是很棒的休息地。在这里，面容严肃、手持棍棒的男士一起在阴凉处坐了几小时，相互递送着一份薄薄的热那亚报纸，昏昏欲睡地、小心翼翼地谈论着新闻。这些人中有两三个是可怜的医生，随时准备应对紧急情况，并与任何可能到达的信使撕破脸。③

　　狄更斯还把目光放在了在小溪沟里洗衣服的农村妇女，他不禁好奇："谁会穿这些肮脏的地方洗过的衣服呢？"而针对她们把衣服铺在光滑的石头上，用一根粗木槌敲打的行为，他又富有想象地认为："她们这么做，就像是她们为自己与人类的堕落联系在一起而愤怒地报复在衣服上。"④总之，狄更斯的游记有着很多对民众生活的描绘，充满幽默感，富有洞察力，又饱含人性的温暖。

　　在去罗马的路上，狄更斯记录了它周围的荒凉和废墟之景。当罗马城映入

---

① Charles Dickens, *American Notes for General Circulation and Pictures from Italy*, p. 343.
② Charles Dickens, *American Notes for General Circulation and Pictures from Italy*, p. 344.
③ Charles Dickens, *American Notes for General Circulation and Pictures from Italy*, p. 344.
④ Charles Dickens, *American Notes for General Circulation and Pictures from Italy*, p. 347.

眼帘时，狄更斯又展现了其独特的视角，他捕捉到了这里与自己祖国的相似之处：

> 当我们又走得相当远的时候，我们开始狂热地睁大眼睛，奔赴罗马；再走一两英里路，永恒之城终于出现在远方。它看起来就像——我都不敢写这个词了——伦敦！！！它躺在那里，在厚厚的云层下，有无数的塔楼、尖塔和房屋的屋顶，高高地耸立在天空，只有一个穹顶。我发誓，虽然我敏锐地感觉到这种比较似乎是荒谬的，但在那样的距离上，它就像伦敦一样，以至于你用镜子把它给我看，我还是认为是这样。①

狄更斯的传记作者凯特·弗林特（Kate Flint）曾写道："伦敦的风景在他的脑海中若隐若现，就像包裹着每一个新的景象和感觉一样。"②狄更斯将两座城市的体验融合在了一起，这也是他当时的心境。而接下来，作为社会文化的观察者和参与者，狄更斯更积极地融入罗马人的生活，他的记叙中表现了罗马人的特性和他们的人文活动，尤其是罗马的狂欢节。狄更斯笔下的狂欢节是用色彩、鲜花华丽装饰的街道、房子、庭院以及名人精彩绝伦的奇装异服所组成的盛宴。在他的描述中，大街小巷和马车，每一个阳台、每一扇窗户、每一处庭院，都充满着欢声笑语，也有人向众人扔撒糖果和鲜花，有带着调情色彩或是出于好意的恶作剧。整个场景生机勃勃，满是欢乐和喧嚣，狄更斯就在其中尽情地享受着：

> 最大的欢乐在于其极好的氛围，在于明亮的、无限的、闪烁的场景之中，在于极致的幽默，如此完美、富有感染力，让人无法抵抗，以至于最稳重的外国人都积极参与其中，扔撒花和糖，就像是最狂野的罗马人……③

---

① Charles Dickens, *American Notes for General Circulation and Pictures from Italy*, p. 424.
② Kate Flint, *Dickens*, Brighton: Harvest Press, 1986, p. 86.
③ Charles Dickens, *American Notes for General Circulation and Pictures from Italy*, pp. 436-437.

意大利的生活和人民深深吸引着狄更斯。狄更斯在意大利人身上看到了简朴与单纯，这与他英国同胞的浮躁形成了鲜明的对比。

狄更斯也会感受古代世界的精神，废墟让他联想起古罗马，认为它是"一片腐烂的沙漠，有着难以形容的阴郁与荒凉，铺在地上的每一块石头都有着一段历史"[1]。但在狄更斯看来，罗马城的现代生活已经与它的历史格格不入，现代化城市建立在可视的古罗马帝国的遗迹之下，这两条河流不会汇合而流。狄更斯认为现代罗马绝非没有威严，但总是充斥着荒谬和怪诞，比如古迹间堆满了垃圾，还有小贩的推车，他还以较多的篇幅描述了他认为最怪诞的场景：

> 所有教堂里的场景都是最奇怪的。同样的单调、毫无感情、让人昏昏欲睡的吟诵，总是在继续；同样的黑暗的建筑，在外面明亮街道的映衬下显得更暗；同样的灯在昏暗地亮着；同样的人在这里或那里跪着；在一个祭坛或另一个祭坛上，同一个牧师的背部，上面绣着同样的大十字架，面向你；无论大小、形状、财力、建筑有多大的不同，这座教堂都和那座教堂仍然是一样的。同样肮脏的乞丐，停下来，顺便祈祷；悲惨的跛子在门口展示着他们的残疾……尊严、信仰和痰液奇怪地混杂着；他们跪在石头上，大声吐痰；祈祷后站起来，乞讨一些，或者去追求其他一些世俗的东西；然后又跪下来，重新悔过。[2]

他极其细致地观察并感受着教堂内的各个场景、各色人物的形态动作。

作为一名现实批判者，狄更斯也看到了意大利日常生活中残酷的现实，尤其是下等人士的生活，他告诉他的读者："不要刻意对可悲的堕落、不幸视而不见，这一切与那不勒斯精彩的生活有着不可分割的联系！圣吉尔如此令人厌恶，而卡布阿那门又是如此迷人，真让人心里不好受！"[3]对于狄更斯这样的旅行者来说，意大利尽管存在着悲惨的一面，却更容易在美丽的环境中接纳这些生活场景，就像吉辛说的那样，"死在爱奥尼亚海边的茅舍，也好过死在肖迪奇的地

---

[1] Charles Dickens, *American Notes for General Circulation and Pictures from Italy*, p. 431.
[2] Charles Dickens, *American Notes for General Circulation and Pictures from Italy*, pp. 447-448.
[3] Charles Dickens, *American Notes for General Circulation and Pictures from Italy*, p. 480.

窖"①。狄更斯不只看到了下层民众所处的卑贱环境，还洞察到了此种环境之下人们的精神，从而揭示了意大利人的性格特质，如充满智慧，有着灵敏的洞察力。对于狄更斯来说，生活的乐趣、生机勃勃的生活节奏弥漫在空气中，同时又启发着人的精神与灵魂。这种氛围尤其呈现在南部地区，狄更斯感受到了它的影响：

> 卡普里——曾因被神化的野兽提比略而令人憎恶——伊斯基亚，普罗西达，千米长美丽的海湾，有着蔚蓝色的大海，一日之内在迷雾和阳光下变幻了约有二十次：一会儿近在咫尺，一会儿远在天边，一会儿又看不见。世界上最美丽的国家展现在我们面前……有着延绵不绝的快乐……迷人的海湾，优美的风景，从圣安杰洛的最高峰倾斜而来……下至水边——在葡萄园、橄榄树、橘子和柠檬园、果园、堆砌的岩石、山间绿色的峡谷间……小镇上漂亮的黑发女人站在门边。②

总之，作为维多利亚时代的代表人物，狄更斯表达出了对意大利人身上这股温柔力量的欣赏。就像弗农·李（Vernon Lee）总结的那样，意大利人拥有智慧来"过上最好的生活"而不是"问生活该如何过"。③

对于社会生活的观察，意大利的食物也是狄更斯游记的一部分内容。在他的游记中，对食物的描述很常见。例如，他记录了他在热那亚郊外的一家酒馆里吃的一顿饭："意大利面、意大利饺子、德国香肠、切成片的德国香肠，和新鲜的青无花果一起吃；鸡冠、羊肾，和羊排、肝脏一起切碎；小牛的一些不知名的身体部位，拧成小丝，油炸，放在像白饵一样的大菜里；还有其他类似的珍品。"④他注意到当地人把葡萄酒分成两类，并提醒读者买酒所要注意的事项。在"比萨与锡耶纳去罗马"一章中，狄更斯细致地描述餐食：

> 这是一种简单而随意的汤汁，假如你用大量磨碎的奶酪、大量的

---

① George Gissing, *By the Ionian Sea*, p. 96.
② Charles Dickens, *American Notes for General Circulation and Pictures from Italy*, pp. 483-484.
③ Vernon Lee, *Genius Loci*, London: John Lane, 1898, p. 202.
④ Charles Dickens, *American Notes for General Circulation and Pictures from Italy*, pp. 337-338.

盐和大量的黑胡椒调味，味道将非常好。①

　　总之，狄更斯以民众体验的心态来记叙意大利的城镇生活，这既与他坎坷的人生经历有关，也离不开他对社会生活的细致洞察。在游历意大利过程中，体验当地民俗生活是狄更斯文化消遣的重要内容。

2.梦境与现实间的徘徊

　　狄更斯不仅以社会文化史的视角来窥探意大利的民众生活，还以小说家的想象力绘制出独特的意大利图景。他的威尼斯游记就是一个很好的例子，他将威尼斯游记取名为"一个意大利梦"（"An Italian dream"）②。它呈现了狄更斯在威尼斯梦幻般的旅程：

> 　　在这个罕见又奇幻的梦中，我对时间不屑一顾，对它的飞逝也全然不知。当太阳很高时，当水流的灼光浮动时，我还在想用潮水劈开滑滑的墙壁和房子，就像我的黑船在街上掠过一样。
>
> 　　有时，我在教堂和宏伟的宫殿门口闲逛，从一个房间到另一个房间，从一个过道到另一个走廊，穿过迷宫般的富丽堂皇的祭坛、古老的纪念碑；还穿过腐朽的公寓，那里的家具既可怕又怪诞，正在逐渐消失。③

　　其中的几个片段，如"我想我进入了教堂""我以为我漫步在它的国度大厅和凯旋厅""我想我进入了古老的宫殿"④否定了当时传统指南书籍中关于旅行的确定性、权威性的描述。在狄更斯的记叙中，他以逃离现实的心态制造了一个梦境，将读者引入威尼斯的虚影。

　　当狄更斯乘坐马车驶向威尼斯时，他的脑海中都是他在意大利旅行中见到的画面和回忆所形成的不连贯的混乱片段。狄更斯数次用"幽灵般的城市"来

---

① Charles Dickens, *Pictures from Italy, Edited with an Introduction and Notes by Kate Flint*, London: Penguin, 1998, p. 111.
② Charles Dickens, *American Notes for General Circulation and Pictures from Italy*, pp. 382-391.
③ Charles Dickens, *American Notes for General Circulation and Pictures from Italy*, p. 389.
④ Charles Dickens, *American Notes for General Circulation and Pictures from Italy*, p. 386.

形容威尼斯，他对威尼斯的描述如梦境般展开，与读者形成互动：

> 于是我们走进了这座幽灵般的城市，继续沿着狭窄的街道和小巷前行，所有的街道和小巷都充满了水流。我们的道路分岔出的一些拐角又陡又窄，细长的小船似乎不可能掉头，但划手发出了一声低沉而悦耳的警告声，让船不停地掠过。有时，另一艘和我们一样的黑色小船上的划手会呼应着喊叫，他们的速度放慢（我以为我们也是这样）就会像黑影一样从我们身边飞来飞去。我想，其他同一种阴郁色调的小船正停泊在彩绘的柱子上，靠近黑暗神秘的大门。
>
> 在这个梦中，突然显现出这座城市的荣耀：它的清新、活力；它在水中闪耀的太阳；它晴朗的蓝天和沙沙作响的空气，没有确切的语言能说得清。但是，从窗户往下看，我俯视着小船和树皮；俯视着桅杆、风帆、绳索和旗帜；俯瞰着一群群忙碌的水手，在这些船只的货物旁工作；在宽阔的码头上，散落着各种包捆、木桶和各种商品；在近在咫尺的大船上，懒洋洋地躺着；在岛上，顶着华丽的圆顶和角楼；在灯光下，金色的十字架闪闪发光。[1]

通过种种梦境般的呈现，狄更斯试图揭开意大利的全部精华。这些精华或是精神，抓住了旅行者内心深处最亲密的情感，并制造出某种情感的纽带。

威尼斯具备双重本质——超凡的美、又如鬼一般恐怖，自 19 世纪以来使旅行者神魂颠倒，而对于狄更斯来说，威尼斯的这两个本质融合成了幻影般的统一体，激发着旅行者的想象。在狄更斯的梦中：

> 这片水总是那么寂静、警觉：一圈圈地盘穿着，就像一条老蛇。我想它正等待着时机，当人们往深处望着这座老城的石头，声称是它的女主人……很多时候，我就会想这个在水上的梦，半信半疑，不知它是否还在那儿，而它的名字或许就是威尼斯。[2]

---

[1] Charles Dickens, *American Notes for General Circulation and Pictures from Italy*, p. 384.

[2] Charles Dickens, *American Notes for General Circulation and Pictures from Italy*, p. 391.

狄更斯的印象让人联想起特纳的画，仿佛透过一层轻薄透明的面纱赋予了威尼斯如梦般朦胧的品质。若说狄更斯笔下的威尼斯是一个梦，那么这个梦是完整的，是具有潜意识领域的原型意象。对狄更斯来说，威尼斯的精华在于被他称为梦的状态——变幻无常的、非现实的，也使人不断好奇像威尼斯这样的地方是真实存在还是只是想象。在威尼斯，狄更斯也变得意识缥缈，唤起了威尼斯之所以被称为梦的一些特质，这正是他逃离社会现实的心态。

狄更斯的旅途细致地呈现出反复无常的各个片段以及个人的印象，追踪梦想与现实间来回徘徊着的冲突。在狄更斯的意大利游记中，不时出现虚幻的印象，从而取代了对目的地的详尽描述。狄更斯绘制了一幅他的意大利图像，充满了梦想中的意大利与现实意大利的一系列对照。这种创作心态在那不勒斯的部分达到了高潮。据汤普森陈述，很少有旅行书籍将过多的笔墨放在满是监狱和坟墓的南部地区。[①] 而狄更斯的游记是这种例外。

总的来说，狄更斯描绘了一个美丽与苦难交织的国家。在《意大利风光》的最后一段中，他以一篇怀旧的评论告别。最后，他优雅地总结了他在意大利的欢愉，并传递出他对世界将变得更加美好的信念：

> 让我们以其神秘和缺陷来告别意大利吧，深情地，以我们对美、对自然、对艺术的仰慕之情。让我们温柔地、自然地、耐心地、友好地对待这个民族。多年的忽略、压迫和暴政的确改变了他们的本性，也削弱了他们的精神；君主们挑起了那可悲的嫉妒心，破坏了统一，这分裂的力量正是扎根于这个民族的弊病，也使他们的语言变得毫无规范，然而在他们内心深处，总存留着好的一面，一个尊贵的民族终有一天会从灰烬中重新站立起来。
>
> 让我们怀抱这种希望吧！让我们忘记它的不堪，在每一处倒塌的神殿碎片中，每一块残留的宫殿石头中，都灌输着这样一种教训，时代的车轮周而复始地滚动着，世界以其最好的精髓正变得越来越好，更加温和、更加宽容，越来越充满希望。[②]

---

① Carl Thompson, "The Romantic Literary Travel Book," in Carl Thompson, eds., *The Routledge Companion to Travel Writing*, p. 271.

② Charles Dickens, *American Notes for General Circulation and Pictures from Italy*, pp. 505-506.

狄更斯从最初对这个国家的惊讶演变成了对意大利人的同情。这里恶劣的生活条件让他反思是什么导致他们如此堕落和社会如此动荡，由此深入地观察并参与社会生活。他尊重意大利，传递出一种恳求，希望英国同胞能基于人类平等性抛开他们的偏见，并真诚开放地对待他们的欧洲同胞。

狄更斯的视角是独特的，他以屠夫、年轻女性、玩计数游戏或球类游戏的男人、盲人、瘸腿的人、马卡罗尼和玉米粥的卖家、卷尾猴修士、音乐家、儿童、水手等普通民众为游记的中心。狄更斯的意大利刻画，展现了意大利风光的实景与虚影，他以文化消遣的方式来感受意大利的民众生活以及社会生活的各个层面，带来了更强的真实感，充分展现了其现实主义心态。

（二）玛格丽特·西蒙兹的伦巴第图景刻画

玛格丽特·西蒙兹（Margaret Symonds，1869—1925）是英国诗人、历史学家西蒙兹的女儿。玛格丽特自小跟着父亲赴欧陆旅行，之后一家人定居在瑞士，一直到 1898 年嫁给英国著名的教育家威廉·怀亚玛·沃恩（William Wyamar Vaughan，1865—1938）后才回到英国。因父亲西蒙兹专注于意大利历史文化研究，玛格丽特跟随父亲多次前往意大利，她一生为数不多的著作皆与意大利有关，包括《在大公庄园的日子》《佩鲁贾的故事》[①]和《一个阿尔卑斯山的孩子》，其中《佩鲁贾的故事》由玛格丽特和莉娜·达夫·戈登（Lina Duff Gordon）合著完成。戈登也是一名英国作家，时任英国驻意大利记者。当时出版商约瑟夫·马拉比·登特（Joseph Malaby Dent）与戈登协议出版一系列有关中世纪城镇的故事集，《佩鲁贾的故事》是第一部，之后在 20 世纪戈登出版了多部与他人合作的有关意大利城镇的故事集，其中也有一部分是意大利游记。玛格丽特是 19 世纪典型的以休闲娱乐为动机的闲散旅行者。《在大公庄园的日子》是她的第一部意大利游记，记叙了 1892 年旅居在意大利"大公庄园"（Doge's Farm）的旅行经历，而《佩鲁贾的故事》更像是一部佩鲁贾旅行指南。

玛格丽特与她的父亲西蒙兹关系密切，她对意大利的热爱离不开父亲的影

---

① Margaret Symonds, *Days Spent on a Doge's Farm*, London: T. Fisher Unwim, 1893; Margaret Symonds and Lina Duff Gordon, *The Story of Perugia*, London: J. M. Dent & Co., 1898; Margaret Symonds, *A Child of the Alps*, London: T. Fisher Unwin, 1920.

响。笔者也将在其他章节具体阐述其父亲西蒙兹的纠结人生和复杂的意大利游记心态。但玛格丽特与父亲完全不同，她是个无忧无虑的富家女，从小的旅行经历使她倾心于自然事物，喜欢边旅行边写一写、画一画沿途的美景。她厌恶城市，喜欢乡村生活，而大公庄园之旅正符合她的文化消遣心态。

在《在大公庄园的日子》这部游记中，读者或许期待能读到主人公在庄园里发生的种种故事与精彩的情节。但事实上，玛格丽特笔下的大公庄园只是一个旅居点，她侧重记叙在庄园周边旅行的点滴，因此阅读该书更像是体验一次伦巴第乡村之旅。用她自己的话来说，她所记述的这片意大利土地"对艺术或历史学学生来说是毫无吸引力的……画家也毫无欲望来展现这个地方的魅力……它真正的吸引力可能只有农学家能了解；此外，它的吸引力也只有拥有充分闲暇的人才能感受得到，同时这些人又钟情于自然的方方面面与人类的各种创造"①。玛格丽特所指的闲暇之人就是自己，她对这片小众的意大利北方乡村地区充满了浓厚的兴趣。在游记中，她着重于对自然景观的描绘，展现出一种修身养性、远离喧嚣的心态，享受着一种宁静。

玛格丽特在开头两章讲述了大公庄园的来历。大公庄园是皮萨尼家族的地产，该家族最早从比萨迁到威尼斯，后来家族成员阿尔韦塞·皮萨尼（Alvise Pisani）成为威尼斯总督，因此大公庄园成为他们的专属地产。玛格丽特旅居时，庄园的主人是皮萨尼伯爵夫人（Evelina, Countess Pisani）。伯爵夫人是出生在君士坦丁堡的英国人，在 1852 年嫁给了皮萨尼伯爵（Count Almorò Ⅲ Pisani）。但伯爵于 1886 年去世，伯爵夫人一直独自打理着庄园，招待来自远方的贵宾。

随后，玛格丽特在游记中仅使用了"第一印象"（"First impression"）和"再思考"（"Second thoughts"）两个篇章来描绘旅居大公庄园的印象。②但两者却体现了玛格丽特前后矛盾的心态。玛格丽特细致地描绘初到庄园的场景，以及第一次见到伯爵夫人的场景，但从她的记叙来看，她对这一切并不适应。对玛格丽特来说，金碧辉煌的宴会厅和忙于社交的人们都让她反感："你的身体和精神都被所有的新奇事物'折磨'了，你软弱无力地爬进房子，拖着

---

① Margaret Symonds, *Days Spent on a Doge's Farm*, p. 12.
② Margaret Symonds, *Days Spent on a Doge's Farm*, pp. 63-93.

脚步穿上晚礼服。"① 她接着又揭露庄园奢侈的生活:"他们奢侈到把床单和毛巾拿到梅斯特雷(Mestre)清洗,又拿到米兰去熨烫,帽子则送到法国去刺绣镶嵌。"②

相反,她更喜欢自由地去欣赏美景,对于要准时与伯爵夫人共进晚餐等事宜都显得很不耐烦。而当她终于有机会在周边游走之后,她又认为"第一印象有所改变",好似心态发生了一个大转弯:"眼前的农场、道路和田野等景观增添崭新的、生机盎然的美感。"③ 显然,在她的记叙中,庄园内奢侈的生活和纷繁复杂的社交与庄园外的自然美景形成了一种对比,恰好折射出玛格丽特的旅行心态:逃离现实生活,与自然为伍。

和狄更斯一样,玛格丽特刻画着意大利的微观图景。在这部游记中,每一章开头都放置着一幅插图,内容都是大自然的景观,如花朵、昆虫、树蛙等等。

她感兴趣的是伦巴第地区的丰收之景,感慨"我想在任何一个国家都没有比伦巴第的丰收更令人印象深刻的东西了"④。玛格丽特生动地刻画了丰收的场景:

> 你不能用扎实的散文来描述那一幕的丰收与满足——整个色调的融合、阳光的沐浴和最深的忧郁。单词和附加的形容词无论如何都是苍白的。即使是米勒也不可能把这件事放在画布上。空气,阳光充足的空气,没有任何东西可以打破或扰乱它,还有一片土地,在那里,每一寸土地都由人们亲手耕种,躺在造物主的摇篮里,似乎完全没有受到干扰。⑤

她赞美着这里的土壤、空气等自然之物。在夜晚,她不喜欢被禁锢在雍容华贵的宴厅,因此会趁着大门没关,跑到外边欣赏夜景。绽放的花儿、鸟叫声、星星、芬芳是她时常记录的内容。玛格丽特尤其喜欢花。有一次她和父亲前往泰奥洛,原计划去一个叫作沃(Vo.)的村庄,结果车夫把他们带到了错误的

---

① Margaret Symonds, *Days Spent on a Doge's Farm*, p. 49.
② Margaret Symonds, *Days Spent on a Doge's Farm*, p. 57.
③ Margaret Symonds, *Days Spent on a Doge's Farm*, p. 64.
④ Margaret Symonds, *Days Spent on a Doge's Farm*, p. 70.
⑤ Margaret Symonds, *Days Spent on a Doge's Farm*, p. 175.

地方。一行人反而被眼前的美景震慑住了，索性停留下来观赏一番："那里有一条河岸上面覆盖着白色的水仙花、大的天竺葵、一朵新的粉色兰花……摇曳着的草。"①玛格丽特对花儿情有独钟，其游记中有一章"平原的花"（"Flowers of the plain"）②专门描绘伦巴第平原的花。

玛格丽特同样把目光放在意大利民众身上，但她对米兰等城市的老百姓并不感兴趣，而是专注于对乡村农民的刻画。在她看来，"不可能找到一群比乡下人更清醒、更干净的人了"③。她接着关注着他们的房子、他们劳作时哼唱的悲伤小调、他们的外表。最后，她讲到了这个村庄的高自杀率，正面切入农民的内心世界。她转述了当地一位男孩的话——"这个地方的人们没有什么快乐感，一切都是一成不变的，不会有新事物发生"，于是玛格丽特认为"用千篇一律（monotony）来解释他们的这种忧郁（spleen）再贴切不过"。④玛格丽特实则用对比的视野去看待这种心理现象，其间凝聚着她对英国社会的思考。眼前的景象与当下的英国社会形成了鲜明的对比，19世纪的英国形势变幻莫测，很多英国人对当下的情境、对未来的发展都充满了疑惑与迷茫，意大利北方的农民却因为一成不变的生活而郁郁寡欢，玛格丽特试图将对比的心态置于对当地农民的刻画之中。

玛格丽特以感叹自然之美的基调写下最后的篇章："我热爱山川，但我竟然也学会了热爱平原，只有意大利带给我的喜悦在我的灵魂里依然强烈。"⑤玛格丽特的意大利游记出版时，他的父亲已经在罗马去世。玛格丽特在序言中写道："自童年以来，他对我的爱和影响十分强大，正是这些教会我去爱。"⑥在西蒙兹的保护下，玛格丽特得以做一个远离复杂社会的单纯女子。因此，她的游记中透露着她对奢华生活方式的抗拒、对大自然的热爱。她的游记中到处是对北方自然风光的讴歌以及对淳朴农民的关注。此种享受大自然的消遣心态在19世纪的英国可谓清新脱俗。

---

① Margaret Symonds, *Days Spent on a Doge's Farm*, p. 87.
② Margaret Symonds, *Days Spent on a Doge's Farm*, pp. 108-114.
③ Margaret Symonds, *Days Spent on a Doge's Farm*, p. 99
④ Margaret Symonds, *Days Spent on a Doge's Farm*, p. 107.
⑤ Margaret Symonds, *Days Spent on a Doge's Farm*, p. 252.
⑥ Margaret Symonds, *Days Spent on a Doge's Farm*, p. 5.

小 结

随着近代旅游业的发展，欧陆旅行，尤其是意大利旅行已经深入英国更广泛的群体，他们以不同的形式记录自己的旅程，并将之以游记的方式呈现在读者面前。本章所研究的游记来自三个不同的旅行群体，包括宗教人士、博物考古学家、文学家。他们利用闲暇时光到访意大利，这不仅是游览名胜古迹、享受自然风光的休闲之旅，也是宗教朝圣、访古、体验民俗的文化之旅。从心态史的视角看，他们在游记中展现了不同的文化消遣心态。更具体地说，是牧师对天主教虔诚的宗教心态，是古典学者的考古心态，是文学家逃离现实、深度体验意大利的种种思考。

当然，他们只是众多游记创作群体的一部分。综观 19 世纪英国的意大利旅行群体，有独自旅行的人，有大胆的女性旅客，有艺术旅行家，有商人的子女——既出于拓展商业的意图，也有教育和休闲的目的。《绅士杂志》在1817 年报道：“年轻英国人在意大利各类学校受教育的人次估计达到了 1500 人次。”①总之, 19 世纪赴意大利旅行的英国人身处各行各业。就拿博物学家来说，英国著名博物学家及植物学插画家玛丽安娜·诺斯（Marianne North）也是维多利亚时代一位广泛旅行的学者，她的意大利游记②展现了她对当地植物、石头等自然之物的兴趣，体现了她的博物研究心态。总结来看，不同群体的游记皆反映着不同的游历心态。笔者发现，在 19 世纪英国旅行者撰写的游记当中，也呈现出某些特定的心态，第三、四章将对此做进一步分析。

---

① Kathryn Walchester, *"Our Own Fair Italy": Nineteenth Century Women's Travel Writing and Italy 1800–1844*, p. 11.
② Mrs. John Addington Symonds, eds., *Some Further Recollections of a Happy Life Selected from the Journals of Marianne North*, London: Macmillan and Co., 1893.

第三章

浪漫主义游历心态下的
游记研究

19 世纪英国的意大利游记心态

然而威尼斯今日，别有感人魅力。古城往事、虽剩虚名，累叶英豪消逝，残魂剩魄、虽徒自怀思、总督权势，胜利光辉、却凭创作照当世。亚里多桥拱石，已多年朽腐，那谢洛克、那摩尔人、那比埃富、未被浪涛卷去。海滨环顾，纵陈迹荒凉，书中人物，砥柱中流，仍生机勃勃。[1]

1815 年以后，拿破仑统治已经终结，欧洲形成了新的秩序，在革命与战争时期"欧洲所释放出新的政治和社会力量"，加上工业革命带来的一系列影响，动摇着传统的政治、经济和社会秩序。[2]面对这些变革，人们思考着现实社会与生活，逐渐仰仗意识形态的力量，从而萌生出新的思想、态度和信仰，包括保守主义、自由主义、民族主义、浪漫主义等以应对新的秩序。而在 19 世纪上半叶，浪漫主义这股意识形态在文学和艺术中占据着重要的地位。在工业化时代，浪漫主义被认为是"对人类经验的反叛，它站起来反对 18 世纪的古典主义、启蒙思想、理性思想以及这些领域内的秩序"[3]。反之，它强调个体的自由。同时，受卢梭的影响，浪漫主义者也注重情感的抒发，尤其表达出对自然的热爱之情。

在后拿破仑时期，英国旅行者对意大利的热情有增无减。他们拓宽了意大利旅行线路，对他们来说，意大利的中世纪精神在其含义、价值观上也悄然发生了变化。[4]他们内心充满着对中世纪的向往，而到意大利旅行就是为了追忆

---

① 拜伦：《拜伦旅游长诗精选》，袁湘生译，北京：文津出版社，1991 年，第 80 页。
② 丹尼斯·谢尔曼、乔伊斯·索尔兹伯里：《全球视野下的西方文明史》（中册），第 801 页。
③ 丹尼斯·谢尔曼、乔伊斯·索尔兹伯里：《全球视野下的西方文明史》（中册），第 812 页。
④ Rosemary Sweet, *Cities and the Grand Tour: The British in Italy, c. 1690–1820*, p. 266.

文艺复兴时期人性的解放、自由的氛围。正如有学者所言：

> 19 世纪的英国乃至西方世界正处于传统的文明向新的工业文明转
> 型的时期。当一种文明处于转型时期，人们对正在发生的一切还不习
> 惯，于是将理想化的心态寄托在以往历史文化的某些现象之中，呈现
> 出浪漫的情思。这样，中世纪社会中的某种安适、恬静、自足的社会
> 文化因素就被放大了。①

透过他们的游记作品，能够窥探出这种浪漫主义的心态，即对意大利城市及其历史的自由氛围、人文情怀、宗教神圣等理想状态的向往。浪漫主义的视野占据了旅行者对意大利的回应。他们对中世纪充满激情，热爱庄严和如画的自然风光。同样是罗马之行，浪漫主义游者喜欢途经中部风景如画、充满中世纪韵味的城镇，像是阿雷佐和佩鲁贾，而不是沿着亚得里亚海海岸的安科纳和劳莱特。尽管古迹、古董以及文艺复兴时期的珍宝仍吸引着无数游客，他们却专注于这些如画般的废墟以及风景对他们自我身心灵的影响。②然而，此时的意大利亦是生灵涂炭，对外遭遇了奥地利在伦巴第和威尼斯等地的吞并，境内贵族和教士又重新获得权利，此情此景引起了浪漫旅行者情感与心态上的共鸣。总之，浪漫主义者的游记集中表达着对中世纪的崇拜、对自然的讴歌、对宗教纯粹的信仰，也表达着个人的情感和倾向。

一、工业文明下的浪漫思潮

18 世纪末期，英国引领了世界潮流。第一次工业革命像一阵龙卷风席卷了整个国家，以其前所未有的速度和力量震惊了英国国民。新的创造进入了英国社会，它们都是工业革命的支柱，包括纺织机、铸铁业、采煤业、蒸汽机、现代铁路等等。然而，这一切也改变了城市的景色，浓烟滚滚的熔炉高耸，煤炭

---

① 周春生：《心态史比较视野下的文艺复兴虚影与实景——以罗杰斯、罗斯科、西蒙兹意大利游记诗文为线索》，《上海师范大学学报（哲学社会科学版）》2021 年第 1 期。
② John Towner, "The Grand Tour: A Key Phase in the History of Tourism," p. 314.

冒出黑烟飘在空中，"煤矿和铁路刻画了深深的疤痕，城市和工厂吞噬了乡村景色"①。国内有学者曾生动地描绘了这幅图景：

> 自18世纪后期英国工业革命以来，英国很快进入了文明社会，大文明的进程中却出现了多种负面效应。工业化进程和科学技术的发展迅速破坏了这种传统的和谐状态，那种探索式开发和冒险式发展模式不仅破坏了有形的生态环境，改变了人类朴素健康的生活方式，而且严重摧毁了人类原本充满诗意的精神家园。②

在工业革命的影响之下，除了延续已久的封建制度，一切都在向前发展，表现在人口、殖民地、制造业城市、机器、书籍、理念、骚乱、战争、贫穷、疾病等各个方面。在这片喧嚣和变化之中，英国国内强大的经济和国力与国民实际的物质条件和贫困的状态之间的差距也达到了最大化，呈现了"旧事物与新事物奇怪地混合在一起"③的状态。《全球视野下的西方文明史》一书在谈到应对这种变革时，引用了时任奥地利外交大臣的克莱门斯·梅特涅（Klemens von Metternich）给盟友、俄罗斯沙皇亚历山大一世的信，他写道："激情喷涌而出，并形成合力推翻被社会尊奉为存在基础的一切事物，宗教、公共道德、法律、风俗、权利和义务，所有这一切都遭到攻击、扰乱、推翻或遭到质疑。"④这时候，有识之士利用这些变革来强调意识形态的力量，"人们为这些意识形态写作、游行、战斗，甚至死亡"⑤。在这样的生存现状之下，人们冲破了理性的压制与禁锢，内心澎湃的情感喷涌而出，激起了广泛的浪漫思潮，使得浪漫主义愈演愈烈。

浪漫主义作为一股文学和艺术潮流，发端于18世纪末，首先表现在文学领域，作品主体产生了情感上的转变，注重个体对自我表达和行动自由的一种需求。⑥威廉姆斯将其定义为"一种文学的、艺术的和哲学的运动。……自由的

---

① 丹尼斯·谢尔曼、乔伊斯·索尔兹伯里：《全球视野下的西方文明史》（中册），第779页。
② 庞荣华：《毛姆异域游记研究》，博士学位论文，华东师范大学，2011年，第56页。
③ 丹尼斯·谢尔曼、乔伊斯·索尔兹伯里：《全球视野下的西方文明史》（中册），第761页。
④ 丹尼斯·谢尔曼、乔伊斯·索尔兹伯里：《全球视野下的西方文明史》（中册），第801页。
⑤ 丹尼斯·谢尔曼、乔伊斯·索尔兹伯里：《全球视野下的西方文明史》（中册），第806页。
⑥ Maureen Mulligan, "Women's Travel Writing and the Legacy of Romanticism," *Journal of Tourism and Cultural Change*, vol. 4, no.4 (2016), p. 324.

思想和自由的想象无疑得到了升华。悖于规则和自由理念得到了强大的发挥，不仅体现在艺术、文学和音乐中，也反映在了情感和行为之中"[1]。玛里琳·巴特勒进一步在《浪漫派、叛逆者及反动派》一书中指出：

> 20 世纪对于浪漫主义的认识受两大思想传统的哺育。一种企图从美学上理解浪漫主义，将它视为有关艺术本质和起源的理论。另一种把它看作一种和政治的、社会的环境有必然联系的历史现象。然而问题在于，这些思考路径并不是彼此互不相干的。[2]

浪漫主义作为文化运动，与当时的社会背景是密不可分的。受启蒙运动、工业革命的影响，整个社会发生了翻天覆地的变化。撰写《剑桥英国浪漫主义指南》的学者斯图亚特·柯伦（Stuart Curran）论述了 1785 年至 1825 年这 40 年英国逐渐形成浪漫主义的过程，见证了从启蒙主义的世界观向现代、工业化社会价值观的关键转型。[3]罗素也写道："浪漫主义者注意到了工业主义在一向优美的地方正产生的丑恶，注意到了那些在'生意'里发了财的人（在他们认为）的庸俗，憎恨这种丑恶和庸俗。这使他们和中产阶层形成对立。"[4]总之，浪漫主义把人们引向了崭新的天地。

而旅游业作为一种文化现象的出现，与更广泛的浪漫主义文化有着不可分割的联系。[5]旅行与这些浪漫主义者之间的关系是错综复杂的。一方面，人们很容易感觉到这两种现象之间的密切联系。旅行者和浪漫主义者都是为个人享乐而旅行，关键词都在于"个人"和"快乐"，而不是像启蒙运动时期那样，强调教育旅行的公共和功利精神或是将旅行作为社会资本的理念。在浪漫主义意识形态下，旅行成了能够顿悟式地洞察自我的一种重要方式，从而使旅行者"在这种自我认知中（self-knowledge）感到更大程度的真实性、自主性和自我实现（自我体认，self-realisation）"[6]。马利根指出："浪漫主义以其流行的方式影响了

---

[1] Raymond Williams, *Keywords*, London: Fontata, 1976, p. 275.
[2] 玛里琳·巴特勒：《浪漫派、叛逆者及反动派》，黄梅、陆建德译，沈阳：辽宁教育出版社，1998 年，第 12 页。
[3] Stuart Curran, eds., *The Cambridge Companion to British Romanticism*, Second Edition, Cambridge: Cambridge University Press, 2010, p. xi.
[4] 罗素：《西方哲学史》（下卷），马元德译，北京：商务印书馆，2018 年，第 298—299 页。
[5] Stuart Curran, eds., *The Cambridge Companion to British Romanticism*, pp. 34-35.
[6] Carl Thompson, *Travel Writing*, London and New York: Routledge, 2011, p. 115.

旅行者经历的整个结构，包括目的地的选择、对画境重要性的认识、对自然的推崇、对当地习俗的兴致、个人情感的聚焦、审美经历的注重以及不走寻常路的逃离。"①

到了 19 世纪初期，整体的旅行线路没有发生太多的变化，但旅行者以浪漫的视角来观察城市和农村的风景，对古典世界的兴趣已然转移，同时，对中世纪表现出了崇拜之情。浪漫主义强调世界范围内彻底的个体化、情感化的体验，而不是共同价值观和超然观察，这尤其体现在旅游活动中。正如布扎德写的："这是世上孩子般的惊奇感，也丰富了想象力的生命。这一类以记录个体为主的游记最著名、最常被讨论的原型就是歌德的《意大利历险记（1786—1788）》，旅行的目的是内在的、主观的，歌德自述'在罗马我发现了自己；这是第一次我与自己和谐地相处，快乐又合理'。"②歌德的旅行通常被描述为世俗化的朝圣之旅。对于浪漫主义者来说，旅行能真正进入人的内心，自我的发现是旅游活动的主旨。

英国人的意大利游记书写，集中展现着浪漫主义的心态。谢默斯·佩里（Seamus Perry）详细诠释了浪漫主义的概念史，他指出用在英国文学史上的这个词，是所谓的浪漫主义者死后的一种发现："华兹华斯、拜伦、雪莱以及济慈他们自己并不认为在创作'浪漫主义的'诗歌……'浪漫主义的'（romantic）这个词源于 17 世纪，'类似于浪漫神话'，或是塑造浪漫，是'想象的；充满野外的风景'，这些浪漫的感觉成为一些作者的特征。"③浪漫主义成了这一时期英国旅行者的集体无意识状态下的思想。18 世纪末自我表达式游记的出现标志着启蒙思想向浪漫主义价值观的转移。而这种转移揭示着在游记中，一个新的浪漫主义的自我开始被明确地表达出来，从而成为一种流行。

对浪漫主义旅行者来说，旅行不仅是简单的对异域的观察，他们自身会对周遭的一切做出内心的反应，记录所感之景，并同样地记录这些景物让自己产生的若干反应。在很多情况下，他们试图寻找一些场景，尤其是那些能激发强

---

① Maureen Mulligan, "Women's Travel Writing and the Legacy of Romanticism," p. 324.
② Richard Wrigley, "Infectious Enthusiasm: Influence, Contagion, and the Experience of Rome," in Chole Chard and Helen Langdon, eds., *Transports: Travel, Pleasure, and Imaginative Geography, 1600-1830*, New Haven: Yale University Press, 1996, p. 87.
③ Seamus Perry, "Romanticism: The Brief History of a Concept," in Duncan Wu, eds., *A Companion to Romanticism*, Malden, Oxford and Carlton: Blackwell Publishing, 1999, p. 5.

烈的感觉或是精神上的冲撞的景观。他们不仅以文字的形式记录一段旅程，也展现了一段自我发现和自我成长式的、隐喻的、内在的心路历程。[①]这些游记将文学家、艺术家、旅行家带离了对人物的刻画、沙龙式的交谈、有序的描绘，进而激发了在伟大自然间灵魂的孤独、对风景画的热爱，或是时而积极时而消极的泛神论思想。[②]有学者认为，斯塔尔夫人的《科琳娜》虽然仍是沙龙式的创作，以人物为中心，但人物形象都消失在某种迷雾之中，人物的对话更加理想化，风景也被赋予了人的情感。可以说，浪漫主义赋予了自然以灵魂。[③]拉斯金传记作者布莱德利曾写道：

> 华兹华斯的《威尼斯共和国的覆亡》创作于 1802 年。《序曲》第六卷创作于意大利湖。柯勒律治尤其欣赏比萨的圣斯特法诺广场。拜伦 1816 年到达意大利，旅居了八年之久。对他来说，意大利就像是活生生的形象，每个地方都贯穿着诗人自己的主观状态。意大利的废墟不仅是如画般景观带来的愉悦，而是对于自我的一种隐喻，雪莱也一样，他和拜伦更喜爱威尼斯，而不是更具古典韵味的罗马等地。还有济慈、迪斯雷利等浪漫主义者，皆是如此。[④]

因此，浪漫主义对自然的歌颂、对中世纪的向往，强调情感的表达、上帝精神的力量，这恰恰是 19 世纪英国浪漫主义旅行者的旅行方式，而此种旅行心态也在他们的游记文本中展露无遗。英国人告别污染严重的本国，将旅行的热情转移到了有着浪漫的自然风景、丰富的古典遗迹的意大利，徜徉在温暖和煦的大气中，他们对自然的热爱和对遗迹的怀旧之情油然而生。身处工业污染严重的环境之下，他们还有着不同的人生经历，他们将自己当下的消极心态投射到意大利的自然与人文环境之中，与游历意大利的即时心态、回望历史的心态相碰撞，释放内心的情感或是理想，抒发着浪漫主义的情怀。

与此同时，在文化教育层面，他们从小接受古典教育，受古典文学的熏陶。

---

① Carl Thompson, *Travel Writing*, p. 117.
② Henry N. Maugham, *The Book of Italian Travel (1580–1900)*, p. 80.
③ Henry N. Maugham, *The Book of Italian Travel (1580–1900)*, p. 80.
④ Leslie John Alexander Bradley, *Ruskin and Italy*, Michigan: UMI Research Press, 1987, p. 8.

然而，他们的意大利游记中欣赏事物的心态与"大旅行"时期的贵族精英全然不同，就像国内学者张德明写的，他们"从贵族精英式的典雅、平衡、对称的古典美学理念逐渐演变为更具现代意义的，强调崇高、粗犷和原始的美学观念"①。通过他们的游记文本，我们能充分感受到自我情感的宣泄。

二、浪漫主义诗人笔下的意大利情感抒发

浪漫主义诗人与意大利有着深厚的渊源。浪漫主义前辈华兹华斯、柯勒律治都曾抒写意大利。而学者丘吉尔指出："第二代浪漫主义诗人真正确立了意大利之于创作的杰出地位，尤其是拜伦。"②因此，浪漫主义诗人创作了无数与意大利有关的作品，尤其是意大利游记诗文。有学者在论及浪漫主义内涵时指出：

> 浪漫主义在理智上标志着对启蒙主义的剧烈反应。政治上是受了美国和法国革命的激励……感情上它对自我极端肯定，承认个人经验的价值……表达无穷和超验的理念。社会上它支持进步的事业……浪漫主义的风格基调是强烈的情感，口号就是"想象力"。③

因此，在游记作品中，浪漫主义旅行者记录了他们微妙的情感、书写个人所见所闻的印象。英国人身处城市化国家的经历为他们的旅行提供了重要的情境，使他们注重描述、记录意大利城镇的一些变化、古典遗迹以及历史观念上的进步，也更倾向于清晰地表达自身的情绪和想法。

真正将浪漫主义诗人同他们的先辈区分开来的便是他们表达情绪和传递情感的方式。拜伦《恰尔德·哈洛尔德游记》第四章④的问世，彻底改变了一代人的意大利旅行心态，他们将旅行经历上升到了另外一种境界，鼓舞了对意大利更加狂热、发人深省的回应。他们的游记表达着情感主义（sentimentalism）的

---

① 张德明：《英国旅行文学与现代"情感结构"的形成》，《浙江大学学报（人文社会科学版）》2011年第2期。
② Kenneth Churchill, *Italy and English Literature 1764–1930*, p. 30.
③ Aiden Day, *Romanticism*, London and New York: Routledge, 1996, p. 1. 转引自：刘春芳：《英国浪漫主义诗歌情感论》，天津：天津大学出版社，2011年，第29页。
④ George Gordon Byron, *Childe Harold's Pilgrimage. Canto the Fourth*, London: John Murray, 1818.

倾向，这个术语主要用于阐释 18 世纪以来西方的观念与品位的重大转型，越来越体现情感、情绪的价值，文学、艺术以及文化的其他表现形式都相应地开始探索和描述个体内在的、情感的世界，而西方文化中很多情感主义的趋向至今都广为流行。[1]布扎德曾指出："拜伦的诗歌，《科琳娜》以及它的模仿者——这些作品常常将指南带入旅行的情感领地。"[2]随着大陆的重新开放，欧洲旅游业迅速发展，而像《恰尔德·哈洛尔德游记》这样的游记文本为旅行者提供了线索，其间体现的是他们如何在大众旅游的热潮中经历"真正的"、富有情感的旅程。[3]富有情感的书面文本为旅行者带来了新的视野，再加上意大利本身所具有的历史意义，旅行者既探索了文学作品中的重要目的地，也找寻到了情感上的寄托。

对于这一时期大部分的英国游客来说，意大利显现着一种强烈的对比色彩。一个曾经达到文明顶峰的国度，如今却在政治上处于蒙羞的状态。衰败的废墟和破碎的宫殿曾见证了人类的伟大，这些伟大的艺术作品无不显示着不朽之美与壮观，但在另一方面也时刻提醒着辉煌与伟大的消逝。这一时期的意大利充满着一种悲怆，这在很多英国旅行者的游记作品中体现了出来。他们以英国中产阶级的标准来审视意大利的一切，不时透露着一种哀婉之态。玛丽·雪莱便是这一类浪漫主义旅行者的典范。在游记中，她既赞美着眼前积极的景象，又流露出消极的情思；一边欣赏着赏心悦目的事物，又时常感怀当下意大利悲哀的一面。例如在卡普里岛，她写道："在这里，太阳散发着无限的光芒，亲吻着大地。土地肥沃而丰产，大海中有许许多多的鱼。而在我内心深处，却为那些辛勤劳动的农民极度贫穷的现状而感到万分痛心。"[4]玛丽·雪莱同许多同期的英国作家一样，无法摆脱清教徒式的道德观以及英国中产阶层的价值观，以至于无法很好地理解意大利人的生活哲学。

对比的现状引起了浪漫主义者的复杂心态，早在 18 世纪就在古典文化的记叙中埋下了伏笔。爱德华·吉本（Edward Gibbon）就曾在《罗马帝国衰亡史》

---

[1] Carl Thompson, *Travel Writing*, p. 204.

[2] James Buzard, *The Beaten Track: European Tourism, Literature, and the Ways to "Culture", 1800-1918*, p. 118.

[3] Kathryn Walchester, *"Our Own Fair Italy": Nineteenth Century Women's Travel Writing and Italy 1800–1844*, p. 50.

[4] Mary Shelley, *Rambles in Germany and Italy in 1840, 1842, and 1843*, vol. II , p. 271.

中强调"贫困又无望的封臣懒惰的双手""罗马作为首府的发展""奢靡政府的开支"都成为古典罗马衰落后期的关键特征。①这种对衰退的修辞性表述也展现在了拜伦的意大利游记中，正如约瑟夫写的："第四章渗透着吉本最后一章的精神。"②然而，18世纪"大旅行"时期的游记作者的心态完全不同，他们一心为了追寻古迹、领略古典学识，而浪漫主义诗人的游记是在文字中释放情感。

在游记诗文中，浪漫主义诗人揭示了心系英国现状的心态、游历意大利的即时心态以及感怀历史的心态，他们尽情抒发心态之流，游记文本由此成了展现心态的旷野之地。复杂的情感是他们的游记中主要的心态因素，生活中的种种遭遇使他们无法接受现实世界，内心的情感通过个人追求而被无限放大。他们游离于主流的英国社会之外，在意大利寻求精神上的安慰，在废墟中观照内心的悲苦，抒发着感伤与哀恸。拜伦历经了英国社会的卑鄙肮脏与人情的冷漠，在意大利消极避世，抒发爱与痛的交织心态，在游记抒情诗中用个体来对抗这个冷酷的世界，而雪莱又是在意人利抒发着理想情怀。因此，不一样的人生境遇、不一样的矛盾冲突造就了浪漫主义者不同的意大利情感抒发。

（一）拜伦的浪漫主义与意大利抒情诗

乔治·戈登·拜伦（George Gordan Byron，1788—1824）出生于伦敦霍尔斯街，是19世纪英国伟大的诗人、思想家、政治家，也是浪漫主义运动的领袖人物。拜伦的家族是贵族世家，其祖辈约翰·拜伦（John Byron，1599—1652）是一位保皇党人，获得了第一代男爵爵位，拜伦的祖父也同样取名为约翰·拜伦（John Byron，1723—1786），是18世纪英国的海军中校，而拜伦的父亲子承父业，成为英国海军军官。后来拜伦有幸继承爵位，成为家族第六代男爵，人们通常称其为拜伦勋爵（Lord Byron）。

拜伦是其父亲与第二任妻子凯瑟琳·戈登（Catherine Gordon，1770—1811）的独子，母亲凯瑟琳是苏格兰人，也继承了家族丰厚的遗产。拜伦的父亲在私

---

① Edward Gibbon, *The History of the Decline and Fall of the Roman Empire, With Notes by Dean Milman and M. Guizot, eds., and Notes by William Smith*, 8 Vols. London: John Murray, 1872, vol. Ⅷ, p. 28. 转引自：Kathryn Walchester, *"Our Own Fair Italy": Nineteenth Century Women's Travel Writing and Italy 1800–1844*, p. 63.

② Peter Burke, "The Idea of Decline," in Kathryn Walchester, *"Our Own Fair Italy": Nineteenth Century Women's Travel Writing and Italy 1800–1844*, p. 63.

生活上糜烂不堪，无度挥霍家产，最终凯瑟琳不得不变卖土地为其还债。不仅如此，他还拿着钱财浪迹欧洲各国，最终病死在法国。因此，拜伦的童年在穷困潦倒中度过，没有父亲的陪伴，更没有太多的快乐。拜伦自幼腿有残疾，加之母亲因父亲的行为在精神上受了不少打击，常常将负面的情绪发泄在拜伦身上，甚至在言语上对其凌辱。如此一来，童年的拜伦孤独、敏感而又郁郁寡欢。好在 1798 年，随着伯父的去世，10 岁的拜伦继承了爵位，他与母亲的生活才得以改善。1801 年，母亲把拜伦送到了哈罗公学读书，拜伦在这期间的表现不尽如人意，还与女同学和男同学都产生了暧昧的情愫。1805 年，他到了剑桥大学三一学院继续完成学业，在那里度过三年学习时光，结识了人生中重要的朋友霍布豪斯，霍布豪斯之后成为英国政治家，与拜伦同游意大利。

拜伦在 17 岁左右开始创作诗歌，他早期的诗歌都收录在《闲散的时光》①，于 1807 年出版。随后，拜伦在 1809 年至 1811 年出国旅行，因拿破仑战争的影响，拜伦无法前往欧洲内陆，只好在地中海一带逗留。他一边游览异域风景，一边细心了解沿海各国的社会与政治环境以及当地人民的生活现状，对他们的文化产生了浓厚的兴趣。同时，拜伦亲身感受了西班牙、希腊等国人民在列强的侵略之下起来反抗的力量，深深为此震撼，心中涌起了一股民族主义热潮，为之后加入希腊人民的战斗埋下了火种，也为他的文学创作奠定了新的基调。他后来写道："在这些国家以及发生的种种事情，我所有真正的诗性情感源于此，也终于此。"②拜伦在这次旅行期间创作了著名的诗作《恰尔德·哈洛尔德》第一章和第二章③，主人公恰尔德的名字来源于中世纪的一个头衔，1812 年这两部诗的出版使他作为冒险旅行家而名声大噪。

回到英国后，拜伦又陆续出版了许多作品。为了解决债务问题，拜伦迎娶了财产继承者安娜贝拉（Anne Isabella Noel Byron）。但拜伦对婚姻并不忠诚，与多位女性发生不正当的关系，其中包括同父异母的妹妹奥古斯塔·利（Augusta Maria Leigh），这让妻子安娜贝拉感到彻底绝望，最终离开了他。与

---

①　George Gordon Byron, *Hours of Idleness, a Series of Poems Original and Translated*, London: S. and J. Ridge, 1807.

②　Bernard Blackstone, "Byron and Islam: The Triple Eros," *Journal of European Studies*, vol. 4, no. 4(1974), pp. 325-363.

③　George Gordon Byron, *The Complete Poetical Works of Lord Byron*, New York: Macmillan, 1907, pp. 164-217.

此同时，拜伦在政治上也遭遇了不测。他对内同情底层人士的遭遇，发表演说抨击英国政府对工人的压迫、对爱尔兰人的奴役，对外反对侵略，支持民族独立运动，因而成了统治阶级的眼中钉。他们以拜伦的私生活作为话题，公开进行挖苦，逼得拜伦离开英国，再也没有返回。

1816 年，拜伦以"流放者"的身份前往大陆，先后来到比利时、瑞士，在日内瓦结识了雪莱夫妇。他继而创作了《恰尔德·哈洛尔德游记》第三章①，题目中加入了"游记"两个字眼。之后，他继续南下，在意大利停留下来。拜伦本身就是意大利文化爱好者，并且长期接受贵族教育，早年阅读过恺撒、西塞罗等人的古典著作，文艺复兴时期以及同时代的意大利文学作品。他还精通托斯卡纳和威尼斯的方言。直到 1823 年，拜伦赴希腊参加独立战争，在战争期间不幸染上伤寒，病死于希腊，年仅 36 岁。

1. 拜伦与意大利创作

1816 年冬，拜伦到了威尼斯，在意大利旅居长达七年，先后居住在威尼斯、拉文纳、比萨等地。在这期间，他时常拜访他的好友——浪漫主义诗人雪莱，并快速地融入了意大利的圈子，熟悉了意大利的历史以及意大利的思想文化。他刚到威尼斯定居下来的时候，就已将纽斯特德的生活，尤其是伦敦特鲁里街的时髦生活抛之脑后，他尽可能多地接触意大利的社会，甚至乐于同下层社会的女士打交道。威尼斯并不是英国老乡常去的地方，拜伦曾写道："威尼斯不是英国人群居之地，他们都巢居在佛罗伦萨、那不勒斯、罗马等地。"②

在佛罗伦萨，拜伦只是短暂停留，去了圣十字大教堂，称其为"意大利的西敏寺"，他也去了罗马，认为那里"胜过希腊、君士坦丁堡，一切地方，至少胜过我所去过的地方"③。在罗马，他完成了悲剧《曼弗雷德》④的创作。1817 年 6 月，拜伦在返回威尼斯的途中，于附近的拉米拉（La Mira）停留，在那里完成了《恰尔德·哈洛尔德游记》第四章⑤。

回到威尼斯后，拜伦又创作了《贝波：一个威尼斯的故事》⑥，这部诗作融

① George Gordon Byron, *The Complete Poetical Works of Lord Byron*, pp. 218-246.
② Henry N. Maugham, *The Book of Italian Travel (1580–1900)*, p. 71.
③ Henry N. Maugham. *The Book of Italian Travel (1580–1900)*, p. 72.
④ George Gordan Byron, *Manfred*, Leipzig: F. A. Brockhaus, 1819.
⑤ George Gordon Byron, *Childe Harold's Pilgrimage. Canto the Fourth*, 1818.
⑥ Lord Byron, *Beppo: A Venetian Story*, London: John Murray, 1818.

入了小说的元素，也是拜伦的自传式长诗。1818 年，他动身前往丽都（Lido）。悼念威尼斯的诗作《威尼斯颂》①完成于 1818 年 7 月，最终在 1819 年 6 月出版，诗中拜伦为威尼斯的废墟和衰败而感伤。1819 年出版了长篇史诗《唐璜》的第一部②，这部诗原计划写 17 章，遗憾的是在拜伦去世时只完成了 16 章。很快他又去了博洛尼亚和费拉拉，遇到了已婚女子特雷莎·奎乔利（Teresa Guiccioli），因其挽留，拜伦在拉文纳生活了两年。拉文纳在拜伦的眼里"比意大利的其他城市更加富有古老的意大利风情……他们传播着爱，很少有杀戮"③。在拉文纳，拜伦加入了意大利革命组织烧炭党（Carbonari），积极参加革命党人的激进运动，因为他坚信"意大利一定能获得自由。这是一个宏大的目标——是政治的诗性。只要想着一个自由的意大利即将到来"④。

然而，1821 年噩耗不断；从罗马传来了济慈病逝的消息，拉文纳的朋友被流放驱逐。他又来到了博洛尼亚，同好友罗杰斯叙旧。后重游佛罗伦萨，1821 年，拜伦前往比萨。在比萨，拜伦与雪莱、利·亨特（Leigh Hunt）等友人创办了期刊，还拥有了游艇。他曾写道："住在著名的旧式豪华宫殿，就在阿诺河上，大得可以容得下一个部队，下面有一个地窖，墙上到处是壁画，满是鬼的图像，满腹经纶的弗莱彻（Fletcher）乞求换一个房间……"⑤他热爱威尼斯，即便身处其他城市他还念想着威尼斯，这一年还创作了两部威尼斯悲剧，分别是《统领法列罗》和《两个福斯卡罗》⑥。但好景不长，雪莱与朋友出海遭遇不幸，溺水而亡。在雪莱死后，拜伦又到了热那亚，这是他在意大利的最后栖息地。

在意大利期间，拜伦与诸多友人保持书信往来，且在日志中记叙了旅居经历，深情地表达在意大利旅居的点滴感悟。这些记录后来被编撰成拜伦书信与日志集，较早的有拜伦友人穆尔的《拜伦勋爵的信件与日志》。此外，研究拜伦的美国学者莱斯利·马尔尚（Leslie A. Marchand）在 1973—1982 年出版了 12 卷本的拜伦书信与日记，后由另一学者理查德·兰斯当（Richard Lansdown）将

① George Gordon Byron, *The Complete Poetical Works of Lord Byron*, "Ode on Venice", pp. 523-525.
② George Gordan Byron, *Don Juan. Cantos I*. London: John and H. L. Hunt, 1819.
③ Leslie A. Marchand, eds., *Byron's Letters and Journals*, vol. Ⅵ, p. 181.
④ Leslie A. Marchand, eds., *Byron's Letters and Journals*, vol. Ⅷ, p. 47.
⑤ Henry N. Maugham, *The Book of Italian Travel (1580–1900)*, p.73.
⑥ George Gordon Byron, *The Complete Poetical Works of Lord Byron*, "Marino Faliero, Doge of Venice: An Historical Tragedy", pp. 565-632; George Gordan Byron, "The Two Foscari: An Historical Tragedy", pp. 729-766.

其浓缩为一卷本的《拜伦的书信与日记：一个新的选集》出版。这些作品成为解读拜伦意大利旅行经历的重要游记素材。①

1816 年，拜伦在英国当局与整个英国社会的逼迫之下，只身来到大陆，因此他并不是纯粹的旅行观光者。当然，这也是拜伦一生中第一次踏足意大利。此时的意大利刚刚挥别拿破仑军队的铁蹄，又陷入了被各国瓜分的悲惨命运。意大利独特的自然风景、人文景观以及人民的生活现状，与拜伦自身的遭遇相碰撞，凝结成拜伦的意大利旅行心态，在他的游记书信、意大利抒情诗中展现得淋漓尽致。在随后的 40 年里，爱国者将分裂的意大利半岛变成了一个统一的民族国家，而拜伦的著作及其一生的经历一直在激励这些渴望自由的人们。

2.抒情诗与浪漫主义的心态

拜伦在《恰尔德·哈洛尔德游记》第四章出版之际，给好友霍布豪斯写了一封信，之后这封信的内容成为第四章的序言。在信中，拜伦表达了这部诗作与他本人旅行经历的一种联结：

> 我们有幸能在多个阶段一起旅行至各国，他们富有骑士精神，又充满了历史和寓言故事……这首诗也一样，或者是这位游历者，或者两者都陪伴着我旅程的始终；或许是一种可以被谅解的虚荣心促使我对这部诗作心表满意，因为从某种程度上来看，它把我与创作之地连接起来，还把我与试图描述的事物相连接……把作者和游历者之间区分开来是徒劳的；我也很焦虑地想要保留两者的不同，但很失望地发现根本做不到，后来我决定放弃这种努力——我就是这样做的。②

由此可见，这部诗歌事实上是拜伦自身意大利旅行经历的真实写照，恰尔德的意大利抒情实则是拜伦的浪漫主义情感的抒发。在信中，拜伦还慷慨激昂地赞美意大利这个民族"非凡的能力，丰厚的知识储备，先进的思想，天赋异禀，对美的感知力，即便身处革命的劣势之中、战争的分崩离析之中、种种绝

---

① Thomas Moore, eds., *Letters and Journals of Lord Byron: With Notices of His Life*, 2 Vols. London: John Murray, 1830; Richard Lansdown, *Byron's Letters and Journals: A New Selection*, Oxford: Oxford University Press, 2015.
② George Gordon Byron, *The Complete Poetical Works of Lord Byron*, "Childe Harold's Pilgrimage. To John Hobhouse", p. 248.

望之中仍充满'对不朽的渴望',也依旧生生不息、独立不朽"[1]。这既是拜伦对意大利的赞美与同情,更是其心中同样对自由与不朽的渴望,从而抒发了对美好时代的向往。

对拜伦来说,当下的意大利能时刻激起他内心所能感受到的痛苦与矛盾,这样的心态贯穿着他长达七年的意大利旅居生活。意大利是一个承蒙大自然恩惠的国家,它占据着独特的地理位置,到处是阳光、美酒、美人,这里曾达到人类文明的顶峰。然而,历经战争的洗礼,又陷于政治的堕落和经济的衰退,19 世纪早期的意大利已是一片废墟之景,它曾经伟大的成就、辉煌的艺术在古迹中奄奄一息。这在浪漫主义诗人拜伦的心中,是一种感伤与哀恸。他不禁联想到自己的处境。他深知人类作为与自然共生的高等生物,被赋予了心理与情感的官能,能富有想象力地感知一切,同时拥有强大的能量去创造,却注定因其有限的生命力只能实现一小部分理想与抱负。如此一来,拜伦与当下的意大利产生了情感的联结,回想其辉煌的过往,心中更是哀叹不已。因此,他塑造了恰尔德伤感的人物形象。当恰尔德来到意大利,他不禁感慨:

> 在废墟中冥想,并站立着
> 成了废墟堆中的废墟。[2]

对于那些追求古典情怀的"大旅行"者来说,在废墟中能够探索古老的文明,使他们作为精英阶层更富学识,以便更好地混迹于上层社会。而对于拜伦来说,废墟之景有着不同的意义,它使其内心极度痛苦的矛盾得到一种抒发。在拜伦眼里,人类的境况正是废墟般的存在。废墟不仅是那些古迹的残骸,生存于废墟之中的人们同样如废墟般活着。身处欲望与限度之间,人类感到虚弱、无力,进而呈现为一种感伤的心态。威尼斯残存的宫殿、古罗马遗址等残余景观都彰显着历史的伟大,而如今悲伤地承载着无法挽回的消逝,是人类伟大成就的崩塌。这些废墟和被摧残的建筑曾象征过去的辉煌,然而在当下,无法重

---

[1] George Gordon Byron, *The Complete Poetical Works of Lord Byron*, "Childe Harold's Pilgrimage. To John Hobhouse", p. 249.

[2] George Gordon Byron, *The Complete Poetical Works of Lord Byron*, "Childe Harold's Pilgrimage. Canto Ⅳ. Stanza XXV", p. 255.

来、无法复刻。

浪漫主义诗人在废墟般的意大利显现出了孤独者的形象。而在这时，拜伦本身的心态便是流放者无人理解的愤懑，满腔自由意志的不被理解，加上对历史的哀叹，三种情绪重叠在他的抒情诗文之中。拜伦这样描写当时的罗马城：

> 噢，罗马！我的国家！灵魂之城！
> 心灵的孤儿们将投奔于你，
> 你这消亡帝国孤零零的母亲！还要安抚
> 在他们紧闭的胸脯里隐藏着的痛苦。
> 我们的悲哀和苦楚是什么呢？来看看
> 柏树，听听猫头鹰的声音，步履沉重地走在
> 破碎的宝座和庙宇的台阶上——你们啊！
> 你们的痛苦只在转瞬之间——
> 世界就在我们脚下，像泥土一样脆弱。①

在拜伦的笔下，"心灵的孤儿"意指精神上的孤独，因此把罗马这座衰亡的古城当作依靠，是主人公当下的心境与罗马实况的真实写照。主人公在罗马这样的城市找到了心灵的归栖，产生了浪漫主义色彩的共情，从而抒发感伤的情绪。然而，这种消逝与悲伤，又与活力、美感、艺术的不朽形成对比，在罗马展现得最为明显。在感伤的心态中，隐藏着一股力量，是浪漫主义诗人柔弱而又坚毅性情的结合体。拜伦继而写道：

> 拥有城邦的尼俄伯！她站了起来，
> 没有子女，也没有王冠，她无声的悲哀；
> 她枯槁的双手里藏着一个空瓮，
> 它们的神圣尘土早已散落；
> 现在西庇阿的坟墓里没有了灰烬；

---

① George Gordon Byron, *The Complete Poetical Works of Lord Byron*, "Childe Harold's Pilgrimage. Canto Ⅳ. Stanza LXXVIII", p. 266.

连坟墓也没有躺着

他们的主人：你流淌着，

老台伯河！穿过大理石荒野？

升起来，用你黄色的波浪，披上她的痛苦。

哥特人，基督徒—时间—战争—洪水，和火，

讲述了这七座山之城的骄傲；

她看见她的光辉一颗接一颗消逝，

蛮夷的帝王骑行在陡峭的山崖

在那里，战车一路来到了首都；遥远而广大的

寺庙和塔楼倒塌了，也没有留下一处遗址——

混乱的废墟！谁来追寻虚无，

月光洒在那残缺的碎片上，

诉说着，"这里曾是，或现在又是"，都是无尽的黑夜吗？

岁月间无尽的黑夜，和她，

夜之女，无知，已经把你缠得团团转了

从四周包围了我们；我们却感觉要迷失了：

海洋有它的海图，星星有它的地图，

知识把它们铺在她宽大的膝上；

但罗马就像沙漠，我们在那里掌舵

跌跌撞撞地飘过记忆；现在我们鼓掌

举起我们的双手，高呼"尤里卡！"很清楚——

当某种虚假的幻景在附近升起。

唉！崇高的罗马啊！唉！

曾有过三百次的胜利啊！还有那一天

当布鲁图斯使匕首的刀刃穿过

征服者的剑而赢得了声誉！

唉，杜莉的声音，和维吉尔的诗篇，

还有李维插图的篇章！——但这些将是

她的复活；除了这些—都是废墟。

可怜的地球啊，因为我们永远不会看到

罗马解放时她眼中的光芒！①

　　在拜伦的感伤中，即便曾经的英雄、诗人、历史学家的精神尚复活于如今的罗马，但终归已是废墟之景，失去了伟大的光芒。面对这样的景象，人们纵使有无尽的欲望，也无法使辉煌重现，因此拜伦在诗句中展现了这种无奈而悲伤、想要抗争却又虚弱无力的情态。这就是拜伦心中的人类生存现状，成就了其浪漫主义思想的源泉，带着悲恸的基调。在 19 世纪 20 年代，受拜伦的影响，英国诗歌中对意大利的诠释都充满悲恸之情，这一特征也影响了这一时期意大利的英国旅行者们所创作的游记。而在这感伤之中，拜伦又沉醉于意大利废墟之美：

在威尼斯，塔索不再发出回声，

没有歌声的贡多拉船夫静静地摇着船桨；

她的宫殿在岸边渐渐化为乌有，

音乐也不常萦绕于耳；

那些岁月都已成为过去——而美尚存于此。

城邦们都衰亡了——艺术消逝了——但自然之美不会泯灭，

威尼斯曾经的高贵也不会被遗忘，

这是个充满欢庆的喜悦之地，

是地球上的狂欢——意大利的假面舞会！②

　　拜伦在废墟中看到了意大利永恒之美，渐渐显示出了这种对比的心态。他

---

① George Gordon Byron, *The Complete Poetical Works of Lord Byron*, "Childe Harold's Pilgrimage. Canto Ⅳ. Stanza LXXIX–LXXXII", pp. 266-267.

② George Gordon Byron, *The Complete Poetical Works of Lord Byron*, "Childe Harold's Pilgrimage. Canto Ⅳ. Stanza Ⅲ", p. 250.

并置了历史与当下、胜利与失败、美丽与庄严，从而创建出了对比之美。这种对比的概念也成了 19 世纪早期游记创作、艺术创作中的流行，一些艺术家在绘画中融入这种对比的色彩与格调，有机地展现了古代意大利和现代意大利之间的延续性。正是在生与死、光明与黑暗、纯洁与堕落之间矛盾的对比，创造了新的活力。在拜伦眼中，意大利即便呈现出衰败之景，也仍旧是神圣的：

> 这些是四个灵魂，就像是元素，
>
> 能够让你创造——意大利啊！
>
> 光阴，已经用一万种罪来诽谤你
>
> 以你的黄袍，但他拒绝
>
> 已经拒绝了每一片天空，
>
> 让这般精神从废墟中迸发出来：你的废墟
>
> 依旧孕育着神圣的能量，
>
> 以其生机勃勃的光芒闪耀着；
>
> 正如往昔的伟大，今天的加诺瓦。①

　　拜伦在意大利的所到之处都有着历史的故事，阿尔夸是文艺复兴文学巨匠彼特拉克死亡之地，拉文纳则是但丁死亡之地，费拉拉是塔索曾经生活并遭遇折磨之地。②这些城市既承载着悲伤的过往，又展现着艺术的活力与不朽。对拜伦来说，没有一个地方能像意大利这样，能够尽情抒发所想所感，让浪漫主义的旅行者享受其中。拜伦毫无保留地表达了对威尼斯的喜爱之情：

> 在我年少时，我就爱上她了；她对我来说
>
> 就像是心中的美好之城，
>
> 像水柱般在海面上冉冉升起，
>
> 是愉快的旅居地，也是财富中心；
>
> 奥特韦、拉德克里夫、席勒、莎士比亚的艺术，

---

① George Gordon Byron, *The Complete Poetical Works of Lord Byron*, "Childe Harold's Pilgrimage. Canto Ⅳ. Stanza LV", p. 261.

② Kenneth Churchill, *Italy and English Literature 1764–1930*, p. 37.

把她的形象烙印在我心中，但即便如此，

我发现她这般模样，也无法将我们分离；

在她痛苦时分，使我们更加亲密，

胜过她曾经辉煌、伟大、戏剧般的时光。

我能联想到过去——以及她的

现在还是能够让人大饱眼福以及浮想联翩，

足以使人冥想；

或许，比我希望的或寻求的更多；

她带来了最快乐的时光

在我存在的周遭，有一些

来自于你啊，美丽的威尼斯！

抓住了他们的色彩；

有一些情感不会被时光所麻痹，

即便是酷刑也无法令其动摇，否则我的情感早就冷却又麻木了。①

　　拜伦对当下威尼斯的喜爱融合了他对威尼斯的历史追怀心态，无论是对往昔还是当下，他都满怀浪漫主义的情感。而罗马对于拜伦来说，是灵魂的休憩之地，因为她更加显现着往昔的伟大与当下的残败。

　　拜伦时不时地将读者拉回现实生活中的问题。在拜伦的时代，罗马的衰败不仅鲜明地显现过去的光辉，更深刻提醒着当下意大利在政治、社会、经济上的残败局面。拜伦呼吁要积极摆脱外强的侵略与压迫，鼓舞意大利人民为自由而战，认为这是关系到个体的一种政治斗争。拜伦一方面展现了对现代意大利的热爱，另一方面又崇拜意大利辉煌的过往，哀悼这个民族伟大的诗人、艺术家、哲学家和政治家。在威尼斯、佛罗伦萨、费拉拉和罗马，他拜访了他们的墓穴。在纪念这些先逝时，他对意大利的遭遇充满了同情，痛斥法国、奥地利对他国内政的干涉，尤其谴责了英国在处理意大利事务时表现出的表里不一和

---

① George Gordon Byron, *The Complete Poetical Works of Lord Byron*, "Childe Harold's Pilgrimage. Canto Ⅳ. Stanza XVIII, XIX", pp. 253-254.

背叛。在诗篇中，拜伦猛烈抨击了"阿尔比恩"（不列颠的别称），其在《巴黎条约》中同意了奥地利掌管威尼斯的条款：

> 你对塔索的爱啊，本来应该切断
> 捆绑着你的暴政；你的命运
> 对这些民族来说是耻辱的，—— 最重要的是，
> 阿尔比恩！对你：海之女王不应该
> 抛弃海洋的儿女；眼看没落着的
> 威尼斯，想想你自己吧，只不过隔了一道水墙。①

这对于同时代的人们来说是一种思想上的唤醒，主人公恰尔德对于个体主权和自由的探求尤其吸引 19 世纪在现实社会中踽踽前行的人们。诗歌中关乎自由的主题无不抒发着浪漫主义的情感。

当恰尔德踏足这片古典的土地时，其并没有迷失在忧郁与怅惘之中。可见，拜伦在审视意大利过往的历史与文化时，找寻到了希望。他行动起来，用话语来诉说，既是自我的振奋，也是对意大利人民的呼吁。他发出了浪漫主义的呐喊：

> 活着就意味着要学会忍受，
> 生命与痛苦把根深深地埋在了
> 空虚、荒凉的内心中：默默地
> 骆驼承受着最重的负荷
> 狼在寂静中死去，——不能说
> 这些例子是毫无意义的；如果他们
> 是低贱之物或者是野兽，
> 他们都能忍受且不退缩，我们比他们尊贵
> 应该学会承受，——这只不过是一瞬间的事。

---

① George Gordon Byron, *The Complete Poetical Works of Lord Byron*, "Childe Harold's Pilgrimage. Canto Ⅳ. Stanza XVII", p. 253.

所有的痛苦带来毁灭，或者反被

遭罪的人摧毁——事情都是这样

终结的；——有些人萌发了新的希望并振奋起来，

回到了当初——以同样的抱负，

重新编织蓝图；而有些人垂头丧气，

阴郁而惨白，在死之前就已丧失生命力，

与倚靠着的芦苇一起枯萎；

有些人寻求奉献——干苦力——加入战争——行善或作恶，

全然根据他们的灵魂而浮沉。①

在意大利的自然奇观和历史记忆中，拜伦悟出了生命的重要意义，辨别出了人类的力量和弱点。他引导与鼓舞着人们在残败的废墟中、在惨烈的现实社会中振奋精神。拜伦更加注重对当下意大利的浪漫体验，强调要真实地感受痛苦与喜悦，而不是依赖于古典著作，以历史人物、历史著作为向导。在去罗马的路上，主人公恰尔德向贺拉斯告别：

那么再见吧，贺拉斯——我如此憎恶，

但这不是你的错，而是我的错：这是一个诅咒

我能明白，却感受不到你的吟唱，

我能理解，但永远无法爱上这诗篇。②

拜伦剥离了历史诗作对旅行者的影响，渴望在真实体验中对所见所闻释放情感和情绪，这是浪漫主义的情感宣泄。他在诗篇第五小节这样写道：

在我们的这个城邦，无趣的生活遭受着限制与束缚

但不朽的精神弥补了这一切，

先是驱逐了黑暗，又逐渐代替我们所憎恶的东西；

---

① George Gordon Byron, *The Complete Poetical Works of Lord Byron*, "Childe Harold's Pilgrimage. Canto Ⅳ. Stanza XX-XXI", p. 254.

② George Gordon Byron, *The Complete Poetical Works of Lord Byron*, "Childe Harold's Pilgrimage. Canto Ⅳ. Stanza LXXVII", p. 266.

> 浇灌着早先花儿凋谢的心灵，
>
> 更鲜亮地生长着，以填补内心的空虚。[1]

拜伦的独特视野在于将历史抽离，热情拥抱当下的美好与丑陋，从而赋予了意大利新的光芒。

拜伦在《恰尔德·哈洛尔德游记》第四章的浪漫主义抒情深刻影响了 19 世纪早期旅行者的意大利游历心态，对他们的文学创作、艺术创作等产生了重要的影响。事实上，很多赴意大利的旅行者都随身带着这本游记。这部诗作生动表达出来的主题饱含了意大利的文化和历史，激起了读者对意大利这个国家的浓厚兴趣，同时，读者对拿破仑战争后意大利的政治和外交处境既不满又担忧。他既抒发着自己当下困顿的心态，又讴歌意大利的民族解放，同时回想往昔的伟大，此可谓三重心态的交织。

独特而美丽的意大利到底还是给旅行者带来了感官上的愉悦。拜伦尤其钟爱威尼斯，在游记诗文中尽情抒发着爱恋以及感官的满足。抒情诗《贝波》把威尼斯的故事娓娓道来，开篇讽刺了天主教国家的四月斋戒，引出了发生在威尼斯的一段丑闻：丈夫贝波外出经商却意外消失了，妻子劳拉并没有守住贞洁，与贵族男子通奸。但这些丝毫没有影响拜伦对意大利的热爱，他精心描绘着在意大利旅行的一情一景：

> 姑且不论其所有罪恶的行径，我必须要说
>
> 意大利于我是个愉悦的地方。
>
> 我爱每一天都能看到阳光闪耀，
>
> 藤蔓在树与树之间（而不是在墙上）
>
> 连绵着，很像是一出戏的布景，
>
> 或是音乐剧，人们聚集着前来观看。
>
> 我喜欢在秋日的傍晚在外骑行，

---

[1] George Gordon Byron, *The Complete Poetical Works of Lord Byron*, "Childe Harold's Pilgrimage. Canto Ⅳ. Stanza Ⅴ", pp. 250-251.

不需要吩咐我的马夫

把我的斗篷系在中间，

因为这天空不是最安全的；

我也了解，如果在半路停下来的话，

会被蜿蜒而又绿幽幽的小径吸引，

还有那葡萄园，连红色的马车都停滞不前，——

要是在英国的话，或许就是粪便、尘土或是运货马车。

我喜欢吃浆果鸟，

看着太阳落山，确信明天又会升起，

但不会是在迷雾的早晨，睡眼惺忪好似

一个醉汉陷入悲伤时绝望的眼神，

而是照耀着整片天空；新的一天将是

没有云雾般美丽，也无须借助

那种烛光所散发出来的微光

此时伦敦冒着浓烟的大锅炉正在慢慢沸腾，散发出恶臭。

我热爱这语言，是软绵绵、变异了的拉丁语，

像是女人口中的吻一般融化了，

听起来仿佛应该是在缎子上，

音调散发着南方的甜蜜，

温柔的液体轻柔地流动，

没有一个音是粗鲁的，

不像我们北方刺耳的语言，喉头发出的呼噜声，

我们不得不发出嘘声，吐痰声，以及噼啪声。

我还喜欢这里的女人（原谅我的愚蠢！），

不论是面色红润的农家妇女，

黑色的双眸给你一击，

> 顷刻间对你诉说着上千句话语，
>
> 还是高贵的妇人，她们的眉间流露出更浓的忧郁，
>
> 但是很干净，有着狂野而又明亮的眼神，
>
> 心灵映射在唇上，灵魂则是在眼中，
>
> 如这气候般柔和，也如天空般明媚。①

拜伦以一褒一贬的诗句表现了威尼斯的美好与伦敦的堕落，实则是在抒发对威尼斯的喜爱和对伦敦的厌恶，是两种心态的对比。他一直在强调英国社会无法提供愉悦而丰富的生活。诗文中拜伦对通奸被视为一种常规行为而被普遍接受感到好笑，这暗示了他对英国人道德价值观的批评，以及对英国人特有的拘谨的道德态度的批评。在拜伦的心中，意大利陶冶了生活的乐趣，而当下的英国社会却试图掐断乐趣的根源。

此外，拜伦的游记鲜明表达出悖论的两面：罗马的遗迹和威尼斯的女人。因此，在他的诗中，意大利的不同方面被置于多重关系之中。这不仅在于意大利的女人更具吸引力、太阳更加耀眼以及废墟更令人印象深刻，更甚者，在这个环境中，人们能得到情感的共鸣，使得感官的满足更加深刻；愉悦感并不是理所当然产生的，而来自对辉煌过往的感受，因为在废墟之中以及被摧毁的宫殿中依然能看到毁灭性的力量。

1818 年，拜伦离开威尼斯，此后再也没有回去过。他十分想念威尼斯的一切，以满腔的热情创作了《威尼斯颂》，回应《恰尔德·哈洛尔德游记》第四章的威尼斯感伤：

> 噢，威尼斯！威尼斯！当你那大理石城墙
>
> 与水面齐平，一定有
>
> 民族的哀号响彻你那沉沦的广场，
>
> 沿着广阔的海面发出响亮的恸哭！
>
> 如果我，一个北方的流浪者，为你哭泣，

---

① George Gordon Byron, *The Complete Poetical Works of Lord Byron*, "Beppo: A Venetian Story, XLI-XLV", pp. 513-514.

那么你的子孙们应该做什么呢？——除了哭泣他们做任何事：

而是只在睡梦中喃喃自语。

……

一千三百年来的

财富和光辉化为了尘土与眼泪；

陌生人看到的每一座纪念碑，

教堂，宫殿，柱子，都以哀悼者的身份与之问候。[1]

　　拜伦在这部游记诗文中彻底地表达了感伤与哀恸。他甚至用上了极度消极的诗句："希望只是一种虚假的拖延 / 病人死亡前半小时的回光返照"，或是"对民族来说是毫无希望的"。[2]同时，他深切地感受着在当下社会中生存的苦难，渴望塑造自身的价值，这是他自身心态的源泉。意大利的废墟之景并没有让他沉浸在往昔伟大的历史之中，相反，他看到了意大利人被压制的现状，这与他自身的心态相呼应。他进而为人民的自由摇旗呐喊，这是一种情感的宣泄。在《但丁的预言》中，拜伦以诗人但丁的口吻来劝诫意大利人起来抵制压迫：

　　　　噢！我这美丽的土地！沉息了这么久，

　　　　长久以来埋葬了你自己孩子的希望，

　　　　当有且需要一击

　　　　来打破枷锁，然而——复仇者却停了下来，

　　　　怀疑和不团结的脚步把你和你连在一起，

　　　　把他们的力量加入你的决策；

　　　　是什么需要把你释放，

　　　　并最充分地展现美呢？

　　　　让阿尔卑斯山不可逾越；我们，

　　　　她的儿子们，可能要做到一件事——就是团结。[3]

---

① George Gordon Byron, *The Complete Poetical Works of Lord Byron*, "Ode on Venice. I", p. 523.
② George Gordon Byron, *The Complete Poetical Works of Lord Byron*, "Ode on Venice. I", p. 523.
③ George Gordon Byron, *The Complete Poetical Works of Lord Byron*, "The Prophecy of Dante, Canto the Second", pp. 543-544.

意大利的自然风景激发了他内心的斗志与情感。今昔对比之景，触动了拜伦对不朽精神的向往与崇敬。

据汤普森分析，华兹华斯和拜伦建立了新的旅行模式和新的方式，在下一代英国旅行者中有着特殊的影响力。[①]拜伦的诗作庆祝了意大利先前的伟大以及毁灭的美感。结果，他的浪漫主义视角，尤其是对于威尼斯和罗马这两座城市，描绘出了这个国家光辉和荒芜的平衡。像拜伦一样，很多英国旅行者和艺术家着迷于这种对比，他们描绘着意大利的自然风光，抒写着意大利的人文与历史。自莎士比亚以来，在所有的英国诗人当中，关于意大利旅居生活，拜伦做了最为详尽的阐述与抒写。这些阐发是拜伦自身所感受到的愉悦与痛苦的结合，是最深沉、最值得深思的情感与心态。拜伦在与出版商默里的通信中曾写道：

> 我一直住当地人的家里，成了他们家庭的核心成员——有时候仅仅是"amico di casa"（家庭的朋友），而有时候是"amico di cuore"（心灵的朋友）——不管是哪种情形，我都能感受到我被授权去写一本关于他们的书。——他们的道德不同于你们——他们的生活也不同于你们。你们是无法理解的。[②]

从信中可以看出，拜伦把自己当作意大利或者说意大利人的一部分，而把默里作为英国人的一方，没有一个作家像他那样全方位地沉浸在意大利的外在与内在的乐趣之中。意大利对拜伦来说，是一位浪漫主义者值得停靠的地方，因为在这里，赏心悦目的自然风光使人暂时告别阴郁，却也有着废墟与伟大对比之下的遗憾使人发出悲叹，更有着残存的力量使人重新振作去找寻人类的精神、追求真正的自由，这是拜伦式的浪漫主义抒情。正如他的意大利传记作家写的："他最强烈的激情是荣耀、爱和自由，它们是如此没有节制，以至于他的灵魂永远不得安宁。"[③]相比之下，在拜伦之后到访意大利的人们对意大利的态度以及对生活的看法似乎有很大的不同，包括同为浪漫主义诗人的雪莱。

---

① Carl Thompson, *The Suffering Traveller and the Romantic Imagination*, p. 18.
② Leslie A. Marchand, eds., *Byron's Letters and Journals*, vol. Ⅶ, p. 42.
③ Filippo Mordani, *Eligio Storica di Giorgio Lord Byron*, Ravenna: Roveri, 1841, p. 25. 转引自：Arnold Anthony Schmidt, *Byron and the Rhetoric of Italian Nationalism*, New York: Palgrave Macmillan, 2010, p. 58.

（二）雪莱的浪漫主义与意大利游记诗信

珀西·毕希·雪莱（Percy Bysshe Shelley，1792—1822）出生于英格兰西萨塞克斯郡霍舍姆附近的菲尔德庄园。他的祖父是第一代戈林城堡准男爵——毕希·雪莱（Sir Bysshe Shelley，1731—1815），通过两段婚姻获得了财富，成为萨塞克斯当地极其富有的乡绅。雪莱的父亲蒂莫西·雪莱（Sir Timothy Shelley，1752—1844）继承了爵位，在牛津大学毕业后投身于政治，是霍舍姆辉格党议员。雪莱是家中兄弟姐妹中的老大，被家庭寄予厚望。而小时候的雪莱在接受私塾教育时，就展现出了惊人的记忆力与语言天赋。十岁时，他入读锡恩学院（Syon House Academy），但这段学习经历并不愉快。晚上做噩梦、幻觉以及梦游等病症相继出现，之后这些问题一直伴随他一生。但在学校里，他通过阅读神话故事以及超自然主义、浪漫主义的书籍对科学产生了浓厚的兴趣。

两年后，他入读著名的贵族学校伊顿公学。在伊顿的岁月，雪莱表现得很不合群，还有些暴力倾向，因此被老师和同学冷眼相看，甚至在精神上虐待他，公开称其为"疯子雪莱"。在这种外界环境影响之下，雪莱更是独自沉浸于超自然现象与科学的探究，还逐渐接触了关于自由、激进思想的读物。在伊顿的最后一学期，雪莱创作了第一部哥特小说《扎斯特罗奇》，之后他还创作了情节剧《维克多与凯齐尔》以及另一部哥特小说《圣欧文》。[①]1810 年秋，雪莱入读牛津大学，很快结识了同窗好友托马斯·杰斐逊·霍格（Thomas Jefferson Hogg），在霍格的影响之下，雪莱在之前对科学实验、超自然现象感兴趣的基础上，又对政治产生了兴趣。他们共同撰写了《无神论的必然》[②]，雪莱以匿名形式将其出版。不仅如此，他还把印刷本邮寄给主教和各个学院的院长。随后，雪莱被叫到校领导面前谈话，最终雪莱和霍格两人被校方开除。雪莱的父亲得知消息后，以切断经济支持作为威胁，希望雪莱回到家中继续学习，但雪莱绝不接受。父子关系产生了裂痕，但这反而强化了雪莱不屈从的性情。

在这时，雪莱与妹妹的同学哈丽雅特·韦斯特布鲁克（Harriet Westbrook）

---

① Percy Bysshe Shelley, *Zastrozzi, a Romance*, London: G. Wilkie and J. Robinson, 1810; Percy Bysshe Shelley, *Original Poetry; by Victor and Cazire*, London: J. J. Stockdale, 1810; Percy Bysshe Shelley, *St. Irvyne; or, the Rosicrucian: A Romance*, London: J. J. Stockdale, 1811.
② Anonym, *The Necessity of Atheism*, Worthing: C. and W. Phillips, 1811.

已经相识并一直保持着通信。而在雪莱被开除后，他们的往来更加密切，雪莱经常向哈利特阐述自己对于政治、宗教以及婚姻的观念，而哈利特也向雪莱倾诉自己遭到父亲和同学虐待的经历，这让两人之间的情愫与日俱增。最后他们俩前往爱丁堡私订终身。双方父亲得知消息后，都切断了对孩子的经济补助，他们不得不过上四处借钱的日子。在凯瑟克，雪莱结识了诗人罗伯特·骚塞（Robert Southey），骚塞又把雪莱仰慕已久的作家威廉·葛德文（William Godwin）引荐给他，葛德文诚恳地给予雪莱一些关于人生与思想的建议。同时，雪莱又深深同情爱尔兰人民的遭遇，最后他们一行人奔赴都柏林加入爱尔兰天主教解放运动。此时的雪莱已经流露出他满腔的政治抱负，那就是反对压迫，实现人类的自由与解放。

从爱尔兰回来后，雪莱与哈利特暂时定居在威尔士。其间，雪莱创作了第一部重要诗作《麦布女王》①，通过乌托邦式的寓言故事来鼓舞人们，传达出无神论、自由之爱、共和主义以及素食主义的思想。之后他们又回到英格兰，在债台高筑、经济拮据的情况下，他们的第一个孩子出生了，而此时夫妻二人的关系已经是貌合神离。这时候，雪莱与葛德文先生保持着更加紧密的往来，还爱上了葛德文与第一任妻子——女权主义作家玛丽·沃斯通克拉夫特（Mary Wollstonecraft）所生的女儿玛丽（Mary Wollstonecraft Shelley）。但这段爱情遭到了葛德文的反对。1814 年 7 月，雪莱抛下哈利特，带着玛丽私奔至欧洲大陆。其间，他的祖父去世，给他留下了一笔遗产，父亲帮其偿还了债务，还将一部分财产给哈利特用于养育子女。回国奔丧的雪莱并没有得到父亲的原谅，而正气凛然的他也拒绝接受祖父留给他的遗产。回国后雪莱结识了另一位好友托马斯·洛夫·皮科克（Thomas Love Peacock），他们共同研读古典文学，其间雪莱创作了长诗《阿拉斯特》②。

1816 年，雪莱与玛丽再次前往大陆，与拜伦见面，旅行期间的书信与日记后来以《法国、瑞士、德国和荷兰六周旅行游记》③为名出版。在他们回到英国

---

① Percy Bysshe Shelley, *Queen Mab; a Philosophical Poem: With Notes*, London: P. B. Shelley, 1813.
② Percy Bysshe Shelley, *Alaster, or, the Spirit of Solitude: And Other Poems*, London: Baldwin, Cradock and Joy, 1816.
③ Mary Shellley, *History of a Six Weeks' Tour Through a Part of France, Switzerland, Germany, and Holland; with Letters Descriptive of a Sail Round the Lake of Geneva and of Glaciers of Chamouni*, London: T. Hookham; and Charles and James Ollier, 1817.

不久，哈利特投湖自杀。雪莱与玛丽正式结为夫妻，但他希望自己能获得与哈利特所生子女的监护权，而法官以雪莱抛弃妻子以及其无神论观念为由，剥夺了雪莱的监护权。失望至极的雪莱带着玛丽到马洛乡下定居，其间还曾因为债务问题被关押。1818 年，因为长期肺病的困扰，雪莱的身体每况愈下，经济状况也没有得到改善，面对冷酷的英国社会，雪莱携妻儿流亡到意大利。中译版《雪莱全集》译序中引用了雪莱夫人的一段回忆：

> 英格兰成了雪莱的痛苦居留场所，既是由于所有思想开明人士都会遇到的那样一种迫害，以及不久前收到了大法官的迫害性判决，也是由于疾病的症候使他确信迁居意大利已是他延长生命的必要行动。而且也是一种流亡，一种由于感觉到多数同胞都对他怀有他自己不能用来对待别人的那种厌恶和憎恨而深受伤害的流亡。①

而这一次的欧洲大陆之旅，成了雪莱与祖国的永别。他的一生充斥着家庭的危机、身体的疾病以及社会对于他的无神论、政治观点和对社会传统的蔑视等方面的激烈反对。

1.自我放逐：雪莱在意大利的四年短暂人生

1818 年 3 月，雪莱一行人乘船从多佛出发，历经几小时的暴风雨，抵达加莱。第二天，他们继续南下，在里昂待了几晚之后向米兰前进，享受着靠近阿尔卑斯山的惊奇与兴奋。勃朗峰从地平线上一跃而起，玛丽在日志中写道："这整个场景让我们想起了日内瓦。"②到了尚贝里城，雪莱开始撰写日记，记录了他们跨越阿尔卑斯山的片段，而这段旅程与经历也成为他诗歌创作的源泉。这里给了雪莱普罗米修斯的灵感。③之后，雪莱并没有继续写旅行日记，而是将意大利旅行岁月充分记录在他与友人的通信中。

雪莱在意大利期间，很多的通信都是往来于他与皮科克之间。在皮科克身

---

① 江枫编：《雪莱全集》第一卷，抒情诗（上），江枫译，石家庄：河北教育出版社，2000 年，第 12—13 页。
② Paula R. Feldman and Diana Scott-Kilvert, eds., *The Journals of Mary Shelley*, Baltimore and London: Johns Hopkins University Press, 1995, p. 199.
③ Betty T. Bennett, eds., *The Letters of Mary Wollstonecraft Shelley*, 3 Vols. Baltimore and London: Johns Hopkins University Press, 1980–1988, vol. 1, p. 357.

上，雪莱能够期盼到一种共情，他们有着共同的志趣；皮科克对于画境游的激情和古典学术的热情，使他被雪莱视为能够共享意大利旅行点滴的最佳人选。玛丽早就预料到了这些信件的价值，她曾私自给皮科克写信说道："请保管好这些信件，因为我没有副本，我希望回来后能抄写。"① 雪莱的信件最后由玛丽整理成《珀西·毕希·雪莱国外的散文、信件，翻译与片段》② 出版，她不由得感慨："这是世界上最美的了，真正展示了他对于那片神圣土地上自然与艺术奇观的欣赏与研究。"③ 其他版本还有罗杰·英潘（Roger Ingpen）整理的两卷本《珀西·毕希·雪莱的书信》、弗雷德里克·琼斯（Frederick L. Jones）整理的两卷本《珀西·毕希·雪莱的书信》等。④ 他在信件中所表达的内容与诗歌的创作紧密地连在一起。

到了意大利之后，雪莱徜徉在自然美景之中，以流放者的心态游走在各个城市之间。远离了英国黑暗的政治，他将满腔理想主义的政治情怀化为一部部诗作与书信中的文字，抒发着他的理想与情感。玛丽在《雪莱诗集》的注释中写道：

> 我们时常听说有人第一次来到意大利的话，会对其感到失望。但这绝对不会发生在雪莱身上。意大利的自然风光，阳光明媚的天空，激烈的暴风雨，有着茂盛植物的农村，由大理石建造的宏伟的城市，这一切都使他着迷。艺术作品看上去充满着愉悦，还带有一丝惊奇。他以前未曾研究过绘画或者雕塑；但如今以欣赏的视角来观察它们，并不是以学院派的规则去鉴定，而是注重其纯粹的本质和真实性。第一次来到罗马，伟大的古典遗迹映入眼帘，这简直超乎了他的想象；那不勒斯以及周围不可言喻的美更是加深了他对意大利伟大而又光辉之美的印象。就像我提到的，在第一年旅居期间他撰写了一封封长信，这些要是被整理出版，将绝好地证明他对艺术与自然中和谐与美感的欣

---

① Frederick L. Jones, eds., *The Letters of Percy Bysshe Shelley*, 2 Vols. Oxford: Clarendon Press, 1964, vol. II , p. 54.
② Mrs. Shelley, eds., *Essays, Letters from Abroad, Translation and Fragments, By Percy Bysshe Shelley*, A New Edition, London: Edward Moxon, 1845.
③ Thomas Hutchinson, eds., *Shelley: Poetical Works*, Oxford: Oxford University Press, 1970, p. 270.
④ Roger Ingpen, *The Letters of Percy Bysshe Shelley*, 2 Vols. London: G. Bell and Sons, 1914; Frederick L. Jones, eds., *The Letters of Percy Bysshe Shelley*, 2 Vols. Oxford: Clarendon Press, 1964.

赏，并细致地展现他是如何品味与描述它们的。①

　　雪莱的第一封信要回溯到他们初到米兰，后来分别写自里窝那（Leghorn）、卢卡和佛罗伦萨。其间，雪莱写下了关于爱的散文《论爱》②。8月，雪莱在威尼斯遇到了拜伦，记录了会面的场景："他用贡多拉载着我穿过小湖来到了一个狭长海滩的岛屿，隔着威尼斯与亚得里亚海。当我们上岸后，发现他的马匹们已等候于此，我们在海滩上骑着马、聊着天。我们的对话围绕着他对于历史的伤感，我对一些事的困惑；他对我表现出了伟大的友谊与尊敬。"③由此产生了自传式诗歌《朱利安和马达洛》④，此诗在雪莱去世后才得以出版。在埃斯特停留时，雪莱被山上的美景吸引，创作了《尤根尼亚山中抒情》⑤。

　　1819年，在罗马附近旅居之时，雪莱创作了著名的诗篇《解放了的普罗米修斯》⑥。同年在莱戈恩完成了悲剧《钦契》⑦。佛罗伦萨又启发了著名的诗作《西风颂》⑧。1820年，雪莱到了比萨，这一年的诗歌又是以《敏感的植物》⑨旗开得胜，该诗歌颂了意大利的花园，赞美其华丽的色泽以及亚热带植被特有的芬芳。紧接着雪莱还创作了《致云雀》《阿特拉斯女巫》《那不勒斯颂》⑩。这几首诗歌皆以自己的方式传达了意大利风景的高贵之美，歌颂连绵不绝的高山、橄榄果园以及瞬息万变的天空。拜伦的浪漫主义文学的批判形成于他的《诗的辩护》。⑪雪莱认为："在人类内部，或许在有情众生内部，都有一个原则，它的演奏与里拉琴不同。"他进而对"原则"作了解释："它产生的不仅是旋律，更

---

① Mrs. Shelley, eds., *The Poetical Works of Percy Bysshe Shelley*, Philadelphia: Crissy & Markley, 1847, "Note on the Poems of 1818. By the Editor", p. 256.

② Mrs. Shelley, eds., *Essays, Letters from Abroad, Translation and Fragments, By Percy Bysshe Shelley*, p. 41.

③ Mrs. Shelley, eds., *Essays, Letters from Abroad, Translation and Fragments, By Percy Bysshe Shelley*, p. 110.

④ Mrs. Shelley, eds., *The Poetical Works of Percy Bysshe Shelley*, "Julian and Maddalo: A Conversation", pp. 246-251.

⑤ Mrs. Shelley, eds., *The Poetical Works of Percy Bysshe Shelley*, "Written Among the Euganean Hills", pp. 242-245.

⑥ Mrs. Shelley, eds., *The Poetical Works of Percy Bysshe Shelley*, "Prometheus Unbound. A Lyrical Drama, in Four Acts", pp. 118-146.

⑦ Mrs. Shelley, eds., *The Poetical Works of Percy Bysshe Shelley*, "The Cenci. A Tragedy, in Five Acts", pp. 150-183.

⑧ Mrs. Shelley, eds., *The Poetical Works of Percy Bysshe Shelley*, "Ode to the West Wind", p. 275.

⑨ Mrs. Shelley, eds., *The Poetical Works of Percy Bysshe Shelley*, "The Sensitive Plant", pp. 280-283.

⑩ Mrs. Shelley, eds., *The Poetical Works of Percy Bysshe Shelley*, "To a Skylark", p. 286; "The Witch of Atlas", pp. 295-301; "Ode to Naples", p. 301.

⑪ Tilar Jenon Mazzeo, *Producing the Romantic "Literary": Travel Literature, Plagiarism, and the Italian Shelley/Byron Circle*, Washington: University of Washington, 1999, p. 100.

是和谐……诗人的语言曾产生过某种统一而和谐的声音再现，没有这种声音，就不是诗。"①

1821 年，雪莱的《心之灵》和他悼念济慈的《阿多尼斯》相继问世，他的很多优美的抒情诗都在这个阶段创作。②他于次年又回到比萨，最后创作的诗作是《生命的胜利》，在诗歌的结尾留给我们一句悬而未答的诗句："那么什么是生活呢？我哭了。"③雪莱的信终结于 1822 年 7 月 4 日。几日后，因雪莱撮合好友利·亨特与拜伦一道创办刊物，雪莱和好友爱德华·埃勒克·威廉斯（Edward Ellerker Williams）驾驶着游艇去接应从英国前来的利·亨特，在返回住所的途中，在海上遇到暴风雨，雪莱与威廉斯双双遇难。另一好友爱德华·约翰·特里劳尼（Edward John Trelawny）曾是海军军官，下海找寻到了他们的尸体，与拜伦等人为他们举办了葬礼。拜伦在 1822 年 8 月 27 日的信中写道："我们在海边埋葬了雪莱和威廉斯，并举行了常规的葬礼。你无法想象这个葬礼给这片荒凉的海岸带来了多么奇特的影响，背靠山、面向大海。雪莱的一切化为灰烬，但唯独不会消失的是他的灵魂，尽管不再熊熊燃烧，却将永远保存在酒中。"④

雪莱在意大利的很多作品都投射出一位浪漫主义旅行者的气质。雪莱一家对于旅行文化的热爱促成了风格独特的游记诗文、旅行日志以及游记书信。

2.意大利诗信与浪漫主义的心态

从旅行方式来看，雪莱一家人并无特殊，他们跟随着常规旅行者的路线，游历如画的景点、博物馆以及艺术馆，雪莱将所见所闻都记叙在了与友人的通信中。然而，雪莱游记书信的重点不在于呈现意大利的自然与人文景观本身，而是把他的浪漫主义情感寄托于意大利书信与文学创作中，抒发着他的浪漫主义想象。雪莱原本激进的政治思想、宗教上的无神论思想浸润在风光旖旎的意大利之中，汇聚成理想主义的抒情。正如面对罗马的废墟之景，他在信中真诚地写道："我只是说出了我的感受——并没有对罗马废墟进行任何批判性的讨论，仅仅是源于我无穷无尽的想法与感受。"⑤意大利的自然风景对他的创作影

---

① Donald H. Reiman and Sharon B. Powers, *Shelley's Poetry and Prose*, New York: W. W. Norton, 1977, p. 480.
② Mrs. Shelley, eds., *The Poetical Works of Percy Bysshe Shelley*, "Epipsychidion", pp. 307-312; Mrs. Shelley, eds., *The Poetical Works of Percy Bysshe Shelley*, "Adonais; an Elegy on the Death of John Keats", pp. 313-318.
③ Mrs. Shelley, eds., *The Poetical Works of Percy Bysshe Shelley*, "The Triumph of Life", pp. 340-345.
④ Henry N. Maugham, *The Book of Italian Travel (1580–1900)*, p. 76.
⑤ Frederick L. Jones, eds., *The Letters of Percy Bysshe Shelley*, vol. Ⅱ, p. 89.

响很大。他结合了古典的知识和审美的视角，强调通过对过往的想象来感受历史的重要性，对于显现在风景和废墟中的自我与社会展开考古式的研究，以更好地审视自我与社会。在想象的抒情中，又透露着他的社会心态、政治心态。同样，他对于风景、建筑和艺术的记叙也反映了独特的审美心态。

　　雪莱总是以审美的方式抒发着对意大利的热情。到意大利不久，他在 1818 年 4 月 6 日记录了气候对他身体状况的即时影响："我们一路的旅程在穿越阿尔卑斯山之前是痛苦的，毫无乐趣可言……而刚到达意大利，可爱的大地和晴朗的天空给了我迥然不同的感受。"①他毫不吝啬地用"可爱"来形容适宜的气温，仿如充满美感的气氛和温暖结合在一起提升了身体的感知力。他同样补充了对苏萨城的第一印象——"那奥古斯都凯旋的拱门，有着古希腊的风格"，且形容一位女向导"有着光鲜而优雅的举止，像是富塞利（Fuseli）画中的夏娃"。②而在接下来与皮科克的通信中，他继续表达着对意大利城镇的审美感受。雪莱记录了从米兰赴科莫湖区找房了的经历，在信中用大段的文字描写如画般的湖景：

　　　除了吉拉尼那些杨梅树上的风景，这个湖是我所见过的最美的地方了。湖长而窄，看上去像蜿蜒流淌在群山和森林之间的一条大河……这里有橄榄树、橘子树、柠檬树，现在是果实多于树叶而挂满枝头的时候，另外还有葡萄园……在这里，人类文化、大自然不驯的丰盛和美紧密地结合在一起，以至于无法将它们区分开。③

　　然而，这位浪漫主义诗人在抒情的同时，也不藏掖内心对于意大利人的真实感受："现代意大利人似乎是个可悲的民族，缺乏感受、想象、理解的能力。他们的外表修饰光洁，和他们交往似乎也很容易，但是不会有什么结果。"④在意大利，雪莱并不是以旁观者的心态来审视一切，但又因为身体受限，把感怀寄托于文字中，有力地表达着他的忧思。

　　雪莱在《朱利安和马达洛》中记录了他与拜伦在威尼斯的相遇，不禁感慨

①　Frederick L. Jones, eds., *The Letters of Percy Bysshe Shelley*, vol. Ⅱ , p. 3.
②　Frederick L. Jones, eds., *The Letters of Percy Bysshe Shelley*, vol. Ⅱ , p. 4.
③　江枫编：《雪莱全集》第七卷，书信（下），第 120—121 页。
④　江枫编：《雪莱全集》第七卷，书信（下），第 135 页。

道："意大利，是流放者的天堂啊。"[1]在雪莱的笔下，威尼斯是"甜蜜的威尼斯""明亮的威尼斯"[2]，与拜伦的威尼斯抒情不同的是，雪莱展现了威尼斯魔法般的忧郁和迷人气质。他心中的这座城市不是阴暗或死亡之城，也不仅带来感官上的愉悦，而是一座宁静却又衰败的城市，惊人地回应着阳光照耀在水面和大理石上所散发的光芒。望着废墟与残骸，雪莱没有惊叹往昔的伟大，也没有太多的伤感，他沉浸在光照奇迹般的效应中。雪莱所记述的威尼斯不是在疯人院里受尽折磨的那种痛楚，而是主角在丽都岛上观察到的威尼斯日落之美：

> 古老崇高的阿尔卑斯透过水雾耸立，
>
> 如擎天之柱，隔断了东和西；
>
> 半个天空有彩云作顶，
>
> 宛如铺满了富丽的织锦，
>
> 顶上的紫光直落西天，
>
> 染亮了神奇一大片
>
> 比金子还亮的金色，直到云开之处，
>
> 才看到迅落的日头已在那里止步，
>
> 流连在折叠的群山之顶，
>
> 它们即是有名的尤根尼亚峰岭。
>
> 如从丽都浴场的码头眺望，
>
> 可见它们耸起有如仙岛。
>
> 接着，像是地和海都包藏
>
> 在火焰之中，巍巍群山升自火浪，
>
> 环绕太阳而行，
>
> 太阳又从它的中心，
>
> 射出了光之精粹的紫红，
>
> 照得群峰通明。[3]

---

[1] Mrs. Shelley, eds., *The Poetical Works of Percy Bysshe Shelley*, "Julian and Maddalo: A Conversation", p. 247.

[2] Mrs. Shelley, eds., *The Poetical Works of Percy Bysshe Shelley*, "Julian and Maddalo: A Conversation", p. 251.

[3] 江枫编：《雪莱全集》第二卷，长诗（上），江枫、王科一、金发燊等译，石家庄：河北教育出版社，2000 年，第 462—463 页。

又如在《尤根尼亚山上的抒情》中，雪莱在黎明破晓时望着太阳微微照耀的山景，把光作为主题。这首诗从日出开始，以阳光照在威尼斯塔楼上的透视效果达到高潮，并随着正午的来临而减弱，他描述道：

> 瞧！太阳在后面升起，
> 宽阔的，红色的，光彩照人的，半斜倚着
> 在颤动的水平线上
> 有着晶莹剔透的水面；
> 在那一束光的鸿沟前，
> 就像在火炉里一样明亮，
> 斗兽场，塔，圆顶，和尖顶，
> 像火焰的方尖碑一样闪耀，
> 以不稳定的动态指着
> 从黑暗海洋的祭坛
> 到蓝宝石色的天空；
> 正如牺牲的火焰
> 从大理石神殿耸立起来，
> 刺穿金色的圆顶
> 那是阿波罗所说的古老的地方。[①]

"光"与"火焰"表现了雪莱渴望建立精神共同体的愿望被重新点燃。他在高处纵览阿尔卑斯山、威尼斯和帕多瓦的景色。雪莱没有沉浸于这片自然遗迹的思考与感伤之中，而是更多地抒发着政治思想以引起公众的关注：

> 在北海的海滩上
> 狂风无休止地肆虐，
> 就像一只可怜虫曾躺在那里入睡，
> 现如今孤独地躺着一堆，

---

① 江枫编：《雪莱全集》第二卷，长诗（上），第244页。

> 是一块白的骷髅和七块干枯的骨头，
>
> 在岩石的边缘。
>
> 站立着一些灰色的杂草，
>
> 成了大海与陆地的边界……①

雪莱用这幅想象的画面隐射了威尼斯处于历史尖刀边缘的原始状态，以"大海与陆地的边界"来强调自然与历史的界限以及威尼斯作为"可怜虫"的命运。事实上，雪莱是在暗示威尼斯的人民对于自主权的放弃。因此，他对当下的威尼斯人并不抱有同情之心。他身临其境地感受到了威尼斯与当地人民被奥地利侵占的现状，感慨道：

> 曾经是个暴君的威尼斯，现在已成了差不多坏的东西，奴隶……我对于败坏着人性的贪婪、懦弱、迷信、愚昧、兽欲和所有难以描述的残暴行为能够无所节制到怎样一种程度原本一无所知，直到在威尼斯住了几天才终于心有所悟。②

最后，随着诗句"正午此刻在我四周降临"③，雪莱从面对各种不同城市景观的心态与历史的心态中抽离出来，聚焦于自我心态的抒发。他以审美的心态描绘了正午时分光的照射下的美景，接着表达了浪漫的思绪：

> 还有我的灵魂，长久以来
>
> 遮暗了这快速歌唱的溪流，
>
> 浸润着
>
> 天空的荣耀；
>
> 许是爱，光，和谐，
>
> 气味，或是所有的灵魂
>
> 像露水一样从天而降，

---

① Mrs. Shelley, eds., *The Poetical Works of Percy Bysshe Shelley*, "Written Among the Euganean Hills", p. 242.
② 江枫编：《雪莱全集》第七卷，书信（下），第 155—156 页。
③ Mrs. Shelley, eds., *The Poetical Works of Percy Bysshe Shelley*, "Written Among the Euganean Hills", p. 244.

　　　　或者是滋养这首诗的心灵

　　　　居住在孤独的宇宙中。①

　　一方面，雪莱想起在英国的不幸遭遇、贫穷的生活以及一些人对他作品的诋毁，这铸成了他当下消极的心态；另一方面，在美丽的山景中雪莱联想到了"爱""光""和谐""气味""灵魂"，其成了雪莱心中另一片心态领域。在他看来，这是力量的源泉，激发着人类的精神。最后，他沉浸于理想主义的抒情，把人们带入了联想的图景，"或许建造了一个无风的凉亭／远离激情，痛苦和罪恶"②。他把"凉亭"作为一个没有废墟的自我再生的建筑，一个超越暴力的人类社会的美好理想。他呼吁意大利人民起来反抗压迫，为自由而战。但对雪莱来说，自由与美是并肩而行的。他在呼吁的同时，也不忘歌颂爱与美的精神。拜伦总是把自己投入诗歌，好似迫不及待地加入战斗，雪莱则是更纯粹地表达对自由的追求，那是理想化的、更抽象的自由的定律与美感。

　　到了博洛尼亚，雪莱又沉浸于艺术作品的欣赏，他的描述都是关于灵魂、爱的赞颂。在描绘约翰·奎多（John Quido）的《圣母与圣子》时，他细致地表达着圣母"只有一种强烈得难以承受爱的精神在笼罩着压抑那颗灵魂——或是无论什么，没有了那物质的躯体便没有生命也没有意义的那种东西"，至于拉斐尔·桑西（Raffaello Santi）的《圣塞西莉亚》，"你会忘了这是一幅画……其中有一种不可言传的统一和圆满"。③当看到一些画被糟蹋或是修建时，他也抒发着感伤，但很快又产生了理想主义的抒情："他们作品的物质部分，确实，必然会毁灭，但是他们却继续活在人的心里，和他们相关的记忆在一代一代传下去……人们在变得越来越善良、聪明；也许，一种比本身更完美的植物的无形种子就此播下。"④

　　随后，雪莱在信中记录了从罗马到那不勒斯的旅行，他以浪漫主义的视野观察并描绘着沿路两座山之间古人所建造的要塞。意大利的历史感总是吸引着雪莱。

① Mrs. Shelley, eds., *The Poetical Works of Percy Bysshe Shelley*, "Written Among the Euganean Hills", p. 244.
② Mrs. Shelley, eds., *The Poetical Works of Percy Bysshe Shelley*, "Written Among the Euganean Hills", p. 245.
③ 江枫编：《雪莱全集》第七卷，书信（下），第 165 页。
④ 江枫编：《雪莱全集》第七卷，书信（下），第 167 页。

在写给皮科克的信中，他回想了古罗马斗兽场，并进行了细致的描绘。在他的审美心态里，这一建筑的废墟逐渐融入了一道自然风景，就像是意大利自然风光中的庄严与美丽。面对废墟，他没有感伤，而是经过一番想象，认为眼前的景象超越历史中的斗兽场，"我很难相信，当它盖着多利斯大理石、镶着埃及花岗岩时能像现在这样令人望而起敬"①。他还讲述了在路上亲眼所见的凶杀，感叹"这些地区悦目怡神的自然风光和人性的扭曲与堕落形成了极大的反差，却也是一种补偿"②。这种对比构建了雪莱审美心态中关乎道德和政治的一面。同时，他清醒地认识到自己的处境，意识到在意大利这样的国度能激发出很多层面的灵感，但是他宁可将自己的想象寄托于诗歌。

从那不勒斯又回到罗马，雪莱孜孜不倦地描绘着一路有名的景点、绘画、雕塑和建筑。到了罗马，他感伤地表达着罗马哀恸的对比，一边是戴着脚铐的囚犯在荷枪实弹的士兵的巡视下劳作，一边是复活节期间奥地利国王莅临时人们的欢呼，与之相呼应的是古老而辉煌的建筑物，他不由得感慨"这是意大利的象征——道德的堕落与神圣的大自然和艺术的鲜明对照"③。他追求道德美、内在美，在提到拉斐尔和米开朗琪罗两位大师时，雪莱直言："我和全世界一致认为拉斐尔是最优秀的画家……对我来说，米开朗琪罗没有道德尊严与内在美，有着某种粗野的、外在的、机械的特色。"④事实上，对米开朗琪罗的批判恰恰反映了雪莱审美心态的核心，他认为艺术、美感与心灵创造性的力量都是对等的。因此，在他看来，这位艺术家唯一的力量是关于地狱与死亡，他从这种悲剧色彩中全盘获得的道德感主要源于对理想美的极度缺乏。雪莱所定义的美涉及社会和文化的层面，他强调艺术对于美的诠释，因而认为艺术能成为一种力量，使观众自己意识到它所描绘的理想。这正是雪莱浪漫主义的审美心态。他还在信中盛赞薄伽丘，认为他有着"对人类生活的美好理想的深刻意义……他是一位道义的诡辩家，是基督教的、禁欲主义的，现成的以及世俗的道德体系的死对头"，最后进一步感慨："我是多么赞赏薄伽丘啊！"⑤这完全契合雪莱本

---

① 江枫编：《雪莱全集》第七卷，书信（下），第 177 页。
② 江枫编：《雪莱全集》第七卷，书信（下），第 179 页。
③ 江枫编：《雪莱全集》第七卷，书信（下），第 209 页。
④ 江枫编：《雪莱全集》第七卷，书信（下），第 231 页。
⑤ 江枫编：《雪莱全集》第七卷，书信（下），第 240—241 页。

人的宗教与道德心态，表达着理想主义的情怀。

罗马对雪莱来说，是"废墟世界的首都"，"与光辉的自然和艺术相比，又是道德的败坏"，是"一个伟大的城市，激发活跃而清醒的想象力"。[①]在那里，他创作了《解放了的普罗米修斯》，他生动地阐释了这首诗的创作灵感：

> 这首诗主要写于卡拉卡拉浴场多山的废墟中，位于开满花的林间空地和充满芬芳的树丛中，在其巨大的平台上蜿蜒曲折的迷宫中伸展着，空中悬挂着令人眼花缭乱的拱门。罗马蔚蓝的天空，神圣的气氛，带来了蓬勃觉醒之意，这种新生命浸润着新的精神，令人陶醉，这就是这部剧的灵感。[②]

拱门是极具吸引力的，它的魅力不在于提醒这是一片废墟，而在于其自身的美。废墟、太阳和花儿成了雪莱诗歌的重要意象。

在佛罗伦萨，雪莱忧心于英国国内的政治，认为"要做的大事，是在人民的忍耐与暴政的顽固性之间保持平衡，热忱开导人们既要反抗又要忍耐"[③]。雪莱被自然情景所吸引，玛丽在《西风颂》的注释中就写道：

> 这首诗构思并写于佛罗伦萨附近，环绕阿诺河的树林。那一天风和日丽，温度适宜，生机勃勃，积聚着秋雨中的雾气。正如我所预料的那样，在日落的时候，开始了一阵猛烈的冰雹和暴雨，伴随的是高山地区特有的壮观的电闪雷鸣……海底的植被，河流和湖泊，在季节变化中与陆地的植被相协调，最后宣告着风的影响。[④]

天空、暴风雨、树、山峰和海洋，整个意大利的自然风景都活在了雪莱的诗篇中。1820 年以来，雪莱一行人定居在比萨。他在给玛丽的信中写道："我

---

① Mrs. Shelley, eds., *The Poetical Works of Percy Bysshe Shelley*, "The Cenci. A Tragedy, in Five Acts. Preface", pp. 150-152.
② Mrs. Shelley, eds., *The Poetical Works of Percy Bysshe Shelley*, "Prometheus Unbound. A Lyrical Drama, in Four Acts. Preface", pp. 118-119.
③ 江枫编：《雪莱全集》第七卷，书信（下），第 274 页。
④ Mrs. Shelley, eds., *The Poetical Works of Percy Bysshe Shelley*, "Ode to the West Wind", p. 275.

们的根从来没有像在比萨那样扎得那么深，移植后的树也从未如此般茁壮成长。"①比萨成为雪莱夫妇的家，而他的旅行书信也渐渐停止。然而，直到生命的最后时光，雪莱也从未停止提升和展现他的美学视野，从而抒发他的理想主义情怀且表达他的审美心态。就连他的最后一首伟大的诗作《生命的胜利》，也是以大众旅游为开端，该诗呈现了成群结队的旅行者跟随着常规的旅行线路，而没有意识到他们对自然和文化的回应受到了习俗的限制，最终使他们走向死亡。

雪莱曾在与利·亨特的通信中就一位匿名作者诋毁他的事情作了辩解："我作为诗歌作者——作为政治、道德、宗教问题探索者——作为任何党派或事业支持者的社会性格是社会属性，在履行这一类职责时的诚实与否、我的才能、我的敏锐或是我的愚蠢，全都可以任人评论。"②这段声明性的文字恰恰揭示了雪莱的生命主题，在不幸的现实生活中，他探索着政治理想、道德准绳与宗教观念，将这些精神抒写在意大利的书信、诗歌、散文、剧作中，凝结成他的意大利游记心态。

在雪莱生活的年代，意大利游记在出版界层出不穷，他选择以信件作为自我表达的方式，丝毫不受到体裁的限制。玛丽在整理雪莱的作品时总结了他的游记精神："雪莱喜欢将现实理想化——将灵魂和声音赋予物质宇宙的机制。当然，通过旅行文学，诗人通常能对常规的'现实'进行阐述与表达。"③雪莱本人也曾在信中声明："记住，我不会假装欣赏。"④他对当时流行于大众的旅行方式持反对的心态，主张个体审美的意识与心态。作为一位观察者，同时作为一位并不情愿的参与者，雪莱观赏着意大利的风景并表达个人感受，剖析这个时代的深层结构，以期改造它的未来。正如他在与利·亨特的信中自述他以往的作品是他"对美及正义的领悟所产生的一些幻想"⑤。这是雪莱的游记心态，他抛开当下的复杂情绪，将意大利的废墟与自然融为一体，在意大利的历史与当下的情境中游刃有余地徘徊，寄予理想主义的探索，抒发浪漫的感怀。

---

① Mrs. Shelley, eds., *Essays, Letters from Abroad, Translation and Fragments, By Percy Bysshe Shelley*, "Letter LVII. To Mrs. Shelley", p. 155.
② 江枫编：《雪莱全集》第七卷，书信（下），第 173 页。
③ Mrs. Shelley, eds. *The Works of Percy Bysshe Shelley*, London: Edward Moxon, 1847, p. 127.
④ Frederick L. Jones, eds., *The Letters of Percy Bysshe Shelley*, vol. II, p. 52.
⑤ 江枫编：《雪莱全集》第七卷，书信（下），第 212 页。

　　自法国大革命以来，"大旅行"的时代逐渐结束，拜伦伟大的旅行诗作对所见之景赋予了自我的情感，使得旅行者比旅行本身更为重要。[1]然而，拜伦和雪莱的心态又是不一样的。恰尔德是对意大利历史盛会最具诗意的评论，饱含了对细节富有美感的描述，如描述佛罗伦萨时，拜伦总是坚定地从实际出发，而雪莱常常会注意到周边微妙的变化，抓住意大利最缥缈的本质。因此认为雪莱太不真实的评论家不乏其人，如马修·阿诺德（Matthew Arnold）。[2]与拜伦不同的是，雪莱对意大利女性并无好感，他认为与拜伦交往的意大利女人"也许是生存在月亮之下的生灵中最卑劣的；最无知，最恶心，最固执，最轻浮。伯爵夫人满嘴的大蒜味比任何一个英国人都要浓，让人无法靠近"[3]。与拜伦相比，雪莱少了一份热情洋溢，但在心理层面有着更深沉、更隐晦的兴趣。

　　当然，作为浪漫主义旅行者，拜伦和雪莱还对意大利这片土地表达了强烈的民族主义心态。提及大革命之后的意识形态，有学者认为有些意识形态相互结合，但"贯穿于大部分浪漫主义。比如，民族主义就在很多浪漫主义者的生活中扮演了重要的角色"[4]。在抒发情感的同时，他们对自由充满向往，呼吁意大利人民为自由而战。

　　意大利的历史感、美感，持续散发着它的魅力，如果说意大利是一个启迪诗人和画家的旅行目的地，那么拜伦、雪莱确实是很好的证明。旅行者到意大利寻找旧文明的痕迹，由此也更好地理解了他们自己所在地的文明。

三、心怀中世纪的浪漫想象

　　19世纪上半叶，工业革命在英国如火如荼，传统的经济模式瓦解，城市变得乌烟瘴气，而农村更是一派萧条。生活在城市的人们普遍对工业文明心存不满，十分怀念往昔的田园生活。面对浓烟滚滚的城市，他们渴望离开城市，徜徉在自然之中。同时，受歌德等人的影响，浪漫主义者对中世纪展现了浓厚的

---

[1]　James A. Butler, "Travel Writing," in Duncan Wu, eds., *A Companion to Romanticism*, p. 396.
[2]　Henry N. Maugham, *The Book of Italian Travel (1580–1900)*, p. 77.
[3]　Kenneth Churchill, *Italy and English Literature 1764–1930*, p. 44.
[4]　丹尼斯·谢尔曼、乔伊斯·索尔兹伯里：《全球视野下的西方文明史》（中册），第815页。

兴趣。有学者曾写道：

> 　　那时许多文人去意大利最直接的情感就是怀古，怀所谓中世纪意
> 大利的田园、人文之古。此类中世纪的心态和想象大都带着些浪漫主
> 义的理想化情怀。另外像拉斯金（19 世纪英国艺术评论泰斗）、西斯
> 蒙第（19 世纪以写意大利、南欧历史著称的法国历史学家）等的作品
> 无不流露出很强烈的浪漫主义心态。这种心态十分在意意大利城市历
> 史与中世纪自由氛围、宗教神圣精神因素的关系，认为那才是意大利
> 城市的品质。似乎中世纪的意大利有着近代人十分向往的理想生活社
> 会状态。[1]

当他们来到意大利，发现工业文明对古老建筑的摧毁时，遂在游记中表达
一种抵抗的心态。在他们看来，这是对人类精神的一种侮辱与摧残。既然当下
的意大利也无法规避他们对工业文明的厌恶，他们索性徜徉在中世纪的想象中，
观照内心灵魂的安宁。同时，对中世纪的崇拜也直接关联到他们的宗教观念，
他们认为"对无限上帝的依赖感觉要比信奉宗教教条和教会机构更重要"[2]，他
们相信上帝的存在，表达着基督教情感。

对中世纪的兴趣也改变了旅行者的意大利旅行路线。正如摩根夫人曾指出
的："佛罗伦萨深受大众的欢迎，就像罗马吸引着古典旅行者。"[3]游者开始关注
佛罗伦萨的历史，重新评价中世纪的艺术和文学，并意识到自身对其文化发展
和成就的兴趣。前文提及，罗斯科的作品直接影响了一整代英国游客对于洛伦
佐·德·美第奇（Lorenzo de'Medici）的成就与佛罗伦萨这座城市的欣赏。罗斯
科充分代表了这一时期意大利旅行者变化着的文化价值观。他为洛伦佐的个性
特征倾倒，他的笔触也同时使佛罗伦萨这座城市更加立体，并且将人们的注意
力转移到了 15 世纪共和时代美第奇家族的银行家，呈现了有着繁荣的文化生活
的共和国的图景，这种景象主要来源于手工制造和贸易所积累的财富。[4]

---

① 周春生：《心态史比较视野下的文艺复兴虚影与实景——以罗杰斯、罗斯科、西蒙兹意大利游记诗文为线索》，《上海师范大学学报（哲学社会科学版）》2021 年第 1 期。
② 丹尼斯·谢尔曼、乔伊斯·索尔兹伯里：《全球视野下的西方文明史》（中册），第 812 页。
③ Rosemary Sweet, *Cities and the Grand Tour: The British in Italy, c.1690–1820*, p. 96.
④ Rosemary Sweet, *Cities and the Grand Tour: The British in Italy, c. 1690–1820*, pp. 90-91.

到了 18 世纪末期，一直到 19 世纪，"大旅行"作为一种文化习俗经历了根本性的转变，不仅体现在了旅行线路上，还体现在旅行阶层的构成上，但还有一个重要的变化：游记中明显地体现出人们对中世纪的历史以及哥特时代的兴趣。尽管传统的艺术和古迹仍然吸引着游客，但除了罗马之外，一个别样的意大利正在被挖掘，包括中世纪的塔和宫殿、哥特式教堂和绘画。总的来说，这一时期的游记文本更加关注中世纪和文艺复兴早期的艺术与建筑。显然，他们的意大利城市路线也发生了改变。正如斯威特总结的那样："新生成的含义和不同的审美理想开始逐步改变 18 世纪占主导地位的古典旅行范式，一直持续到拿破仑战争结束。"[1]

1819 年，诗人罗杰斯从佛罗伦萨行至罗马，这是一次身心灵的、富有历史感的旅行，将他从洛伦佐的世界又带入了古迹之中。正如 19 世纪很多到意大利旅行的游客那样，罗杰斯熟悉罗斯科所刻画的美第奇式的佛罗伦萨的理想世界：一个充满工业精神的城市，对财富的追求和贸易的拓展也完全兼容文学、艺术和哲学的培养；自由带来了积极的影响，强化了人的思维，也激发了艺术的创作。[2]罗斯科重现了佛罗伦萨美第奇家族时代的场景，也影响了罗杰斯的构想："在佛罗伦萨，我们仅看到了现代意大利和它的黄金时代——当我们到了罗马，古代意大利激发了想象。意大利有两个生命啊！还有其他这样的国家吗？"[3]罗杰斯所指的意大利"两个生命"即 15 世纪的意大利与当下城市真实的体现，它不是古典宏伟的化身，而是动态的、富有创造力的意大利。

（一）罗杰斯的意大利情缘

塞缪尔·罗杰斯（Samuel Rogers，1763—1855）是 19 世纪英国著名的诗人，也是杰出的银行家、艺术收藏家。罗杰斯出身优渥，祖父是玻璃制造商，父亲由玻璃制造商转型成为银行家。在父亲的说服下，罗杰斯也加入了银行业。尽管是第三个儿子，但是大哥无心从商，二哥早早离世，罗杰斯不得不成为家业的顶梁柱。好在弟弟后来渐渐能够帮衬他，他才能松口气，有时间拓展私生活。

---

[1]　Rosemary Sweet, *Cities and the Grand Tour: The British in Italy, c. 1690–1820*, p. 236.
[2]　Rosemary Sweet, *Cities and the Grand Tour: The British in Italy, c. 1690–1820*, p. 96.
[3]　John Rigby Hale, eds., *The Italian Journal of Samuel Rogers*, p. 206.

其间因身体抱恙而休假时，罗杰斯开始对英国文学产生浓厚的兴趣。他用心拜读了塞缪尔·约翰逊（Samuel Johnson）、托马斯·格雷（Thomas Gray）等人的作品，家族的经济实力足以使他在闲暇之时撰写诗歌，之后，他陆续为一些杂志撰稿。而在父亲的朋友、牧师理查德·普赖斯（Richard Price）、安德鲁·基皮斯（Andrew Kippis）等人的引荐下，罗杰斯开始结识越来越多的伦敦文化圈名人。①

　　财富的积累成了他跻身伦敦社交圈的重要砝码。1803 年，他买下了伦敦圣詹姆士 22 号府邸，以其绝佳的艺术品位，把房子打造成了珍贵艺术收藏品的展览馆，挂着拉斐尔、提香（Titian Vecellio）、奎多等人的画作。英国女性艺术史家安娜·詹姆森在其艺术指南《伦敦私人艺术馆》中将罗杰斯放在等同于其他艺术名家和特等收藏家的位置："有些人收集画是为了爱，为了友谊，为了共享；对他来说，精选每一幅画首先能揭开新的美感——然后在每一天变得越发弥足珍贵；这样的人曾是乔治·波蒙特爵士——而如今就是罗杰斯先生。"②罗杰斯定期邀请社会名流到自己的府邸参加沙龙聚会，引领了早餐沙龙的文化，曾吸引"两个时代最杰出的诗人、画家、演员、艺术家、批评家、旅行者、历史学家、军官、演说者和政客"③前来赴会。他与华兹华斯、拜伦、穆尔等人成为朋友，以其乐善好施等个性为人津津乐道。

　　作为诗人的罗杰斯，在长诗《记忆的愉悦》《人类生活》④等作品出版后，在文坛声名鹊起。黑尔在《日志》中描述了拜伦与罗杰斯惺惺相惜的友谊以及在文学造诣上的相互欣赏，展示了拜伦在 1813 年绘制的英国诗坛金字塔图：司各特位于顶峰位置，而罗杰斯紧随其后，再次是穆尔、托马斯·坎贝尔（Thomas Campbell），而骚塞、华兹华斯、柯勒律治和其他一些诗人放在基底的位置。⑤总之，兼具财力、艺术收藏品位、社交技能、文学创作才能的罗杰斯，是 19 世纪英国文坛和艺术领域的领袖人物。

　　罗杰斯是出了名的意大利热爱者，同时也是意大利艺术的收藏家，藏有许

---

① John Rigby Hale, eds., *The Italian Journal of Samuel Rogers*, pp. 37-38.
② Anna Jameson, *Private Galleries of Art in London*, London: Saunders & Otley, 1844, p. 383.
③ John Rigby Hale, eds., *The Italian Journal of Samuel Rogers*, p. 19.
④ Samuel Rogers, *The Pleasures of Memory*, London: J. Davis, 1792; Samuel Rogers, *Human Life, a Poem*, London: John Murray, 1819.
⑤ John Rigby Hale, eds., *The Italian Journal of Samuel Rogers*, pp. 37-38.

多珍贵的中世纪和文艺复兴时期意大利艺术品。罗杰斯曾两次到访欧洲大陆，在巴黎停留，但从未踏足意大利，因此一直心存远赴意大利旅行的愿望。事实上，在巴黎旅行期间，罗杰斯大部分时间都在卢浮宫，在那里欣赏到了许许多多意大利著名的绘画和雕塑。之后，罗杰斯越发迷恋意大利艺术。1814年，拿破仑被关至厄尔巴岛，他和妹妹萨拉以及另一位朋友詹姆斯·麦金托什（James Mackintosh）结伴赴大陆旅行。在巴黎待了几天之后，又到瑞士停留了几个星期，再前往意大利。罗杰斯的意大利半岛游玩路线并无特殊之处：米兰—维罗纳—佩鲁贾—威尼斯—博洛尼亚—佛罗伦萨—罗马—那不勒斯。罗杰斯用日记记录了所有的旅途事件与印象，当他们行至那不勒斯时，收到了拿破仑在厄尔巴岛出逃的消息，不得不跟随英国游客群一道迅速返回英国。七年后，他再次来到意大利，在比萨拜访了拜伦和雪莱。在黑尔看来，罗杰斯的意大利之行并不单纯是为了一睹古文物的遗址，而是深刻体验"拥有两个生命、历经两个黄金时代的意大利"[①]。

自中世纪以来，意大利在各类旅行书籍中屡见不鲜，人们对意大利的向往之情有增无减，有关意大利的方方面面记述也是丰富多彩。然而，对于罗杰斯这样的文人墨客来说，意大利旅行沿途有着别样的情感。正如黑尔写的："最大的愉悦不在于发现，而是去识别与认知；最开心的瞬间也不在于产生了新的印象，而是一些期待得到了证实。"[②]罗杰斯精通意大利语，早前就已研究意大利文学与艺术，并撰写以意大利为主题的诗作，想必其在身临其境时，会更多地验证既有的印象，直呈自己特有的印象与心态。霍尔科姆曾这样写道：

> 旅行文学的特征和规范在持续且快速地变化着。1814年至1815年，当罗杰斯写下旅行日志时，尤斯特斯式的以古文物研究为主要内容的游记框架仍未打破。到了20年代，以与古典事物相联结为主要特征的意大利游记已经不可能再引发读者的兴趣（尽管古物仍具有吸引力）；游记主题以重要的方式被重新定义。中世纪、文艺复兴和近代的意大利文明不再是古典的衬托，而是得到了更广泛的关注。因此，后古典

---

① John Rigby Hale, eds., *The Italian Journal of Samuel Rogers*, p. 51.
② John Rigby Hale, "Samuel Rogers and the Italy of Italy: A Rediscovered Journal," *Italian Studies*, vol. 10, no. 1 (1995), p. 46.

时期意大利的文学与艺术同样如此，迫切需要有人来分析这些艺术作品来填补空缺的资源。最后，同样需要丰富的、具有说服力的风景描绘，尤其是辅以插画。自罗杰斯第一次踏足意大利以来的十年间，人们对插图式游记作品的需求增加，这些作品对著名风景都有生动的刻画，这无疑给以文字描述风景的游记作品施加了更多的压力。①

1814 年至 1815 年，罗杰斯畅游意大利，将所到之处以及点滴的情感都以图文并茂的形式记录在了本子中，正是这些记录成了其代表诗作《意大利，一部诗篇》②的重要素材。罗杰斯把与意大利的情缘浓缩在了这部诗篇中。他在意大利旅行中的日记后来被英国历史学家兼翻译家黑尔挖掘，编成《塞缪尔·罗杰斯意大利日志》③一书出版。如此一来，意大利日记和意大利诗作交相辉映，生动地凝结着罗杰斯的意大利情缘与旅游心态。黑尔在《特纳和罗杰斯的意大利》一文中提到罗杰斯的朋友塞缪尔·夏普（Samuel Sharpe）和他的传记作家彼得·威廉·克莱登（Peter William Clayden）都曾富有激情地讲述罗杰斯在意大利游历期间所撰写的日志。④笔者可以由此推断，黑尔是因此循迹发现了罗杰斯的意大利旅行日志。夏普曾写到"在意大利时，罗杰斯先生以一位画家和诗人的视角来观察一切"；而克莱登富有预见性地认为"日志应该形成一个卷本，如果出版它的话，它将成为意大利自然美景和一大部分艺术珍宝的旅行指南。其中包含了很多材料，后来为他撰写诗歌《意大利》所采用"。⑤黑尔在《日志》中提及了大英博物馆藏有罗杰斯未出版的自传残稿，其中罗杰斯这样自述：

> 全能的上帝在我出生时就否决了我很多东西——但是却给了更令我珍视的东西——我对音乐、绘画、雕塑、诗歌、自然的美景、夕阳、山间的湖泊、朴实的面容、慷慨的行为有着激情之爱。——我出生——不是在大城镇，但也在不是在夜色降临时听不到宵禁晚钟的地

① Adele M. Holcomb, "Turner and Rogers' *Italy* Revisited," p. 84.
② Samuel Rogers, *Italy, a Poem*, London: T. Cadell & E. Moxon, 1830.
③ John Rigby Hale, eds., *The Italian Journal of Samuel Rogers*, London: Faber and Faber, 1956.
④ John Rigby Hale, "Samuel Rogers and the Italy of Italy: A Rediscovered Journal," p. 44.
⑤ Samuel Sharpe, eds., *The Poetical Works of Samuel Rogers*, London: G. Routledge, 1867, pp. ix-lxxii.

方——是在一个夏日的夜晚。我的父母并不高贵但也不粗糙——同我
英国盛期的祖先一样杰出，热衷宗教、有着高尚的品格和超越世间的
灵魂——我也不会将他们与欧洲最尊贵的人相交换。年轻的时候，我
是忧郁的，甚至是悲伤的——但好在我有梦想，弥补了这些缺陷。①

从这段自嘲却又带着自我肯定式的剖析中可以想象，在社会快速发展又动
荡不安的 19 世纪，罗杰斯即使站立于社会的顶端，仍有着自我的压抑，他憧憬
着美好的事物、纯粹的自然，他赞美祖先，这也为其意大利旅行及其旅行文字
中对中世纪宁静生活的迷恋埋下了伏笔。

罗杰斯也是一个内心矛盾、复杂的人物，热衷于社交，喜欢跟年长的、文
化实力在他之上的人交往、攀谈。为了达到这些目的，他不惜花重金住在伦敦，
流连于社交圈，但是罗杰斯的内心，又是喜欢自然、喜欢宁静的生活。黑尔引
用了罗杰斯的诗句：

> 我的一部分爱仍旧栖居
> 在我隐士般的家族前景里。②

因现实需要，他在伦敦都市里生活，却也留恋郊外家乡隐士般的生活。他
的这般情思只能寄托在文字表达中。当他游走于意大利时，中世纪的情境自然
浮现于脑海，黑尔在《塞缪尔·罗杰斯意大利日志》中指出，罗杰斯对意大利
的古代和中世纪充满浪漫的想象。③他借着对中世纪的历史、艺术作品的描绘，
实则也在抒发对这种生活方式的向往之情。

1. 旅行日志《塞缪尔·罗杰斯意大利日志》

罗杰斯一共使用了四个笔记本来记述他的两次意大利旅行，他在每一本上
都标记着"意大利旅行日志"的字样，共分为四个部分：1814 年 8 月 20 日至
10 月 15 日（修改后为 9 月 26 日）；1814 年 10 月 17 日至 12 月 28 日；1814 年

---

① John Rigby Hale, eds., *The Italian Journal of Samuel Rogers*, p. 35.
② John Rigby Hale, eds., *The Italian Journal of Samuel Rogers*, p. 38.
③ John Rigby Hale, eds., *The Italian Journal of Samule Rogers*, pp. 100-101.

12 月 29 日至 1815 年 3 月 21 日；1815 年 3 月 22 日至 5 月 4 日。[1]意大利的景色总能让罗杰斯想起它的历史与故事，尤其在于中世纪和近代时期，他曾抱怨旅行者过分关注古代意大利的遗址："从爱迪生以来，我们的旅行者认真地探索了意大利古代时期的纪念碑；而后来的模样却很少提及，也很少去观察，就算我无法弥补这个缺陷，我也不会以他们为榜样。"[2]

1814 年 10 月，罗杰斯离开法国，前往意大利，跨越辛普朗山口时，意大利的样貌逐渐映入其眼帘，他的视野越来越开阔。看到眼前的景色时，他这样描述：

> 我们越往上走，山谷显得越发有意思。有冷杉树和冬青树。沿着北边或向阳处，有数不清的村庄，每一栋房子都爬满了藤蔓；还总能看到塔尖。巨大的岩石矗立着，在山谷下，在最高处，有着最不规则的城堡和教堂的废墟。还有广场、圆形的观望塔和散落的防卫墙。[3]

罗杰斯毫无掩饰地表达了浪漫的心态。山间的美景依旧保留着中世纪的韵味，乡墅也与英格兰有所不同，引发诗人连连感叹。他的眼里都是中世纪和文艺复兴时期的艺术家。到意大利不久，他走在米兰的街上，记录道：

> 一条条狭窄的街道，一座座珍珠白的房子，每一扇窗户的阳台望过去的女人就仿佛是保罗·委罗内塞和丁托列托画中的女子，屋顶开放式的炮塔，教堂上的雕塑以及宫殿，就像是我时常在意大利画中看到的背景一样美好。[4]

然而，在维琴察，当他批评文艺复兴时期意大利北方最杰出的建筑师安德烈亚·帕拉第奥（Andrea Palladio）的设计和他那宏大的别墅时，丝毫不吝啬贬义之词：

---

[1] John Rigby Hale, eds., *The Italian Journal of Samuel Rogers*, pp. 131-132.
[2] John Rigby Hale, eds., *The Italian Journal of Samuel Rogers*, pp. 100-101.
[3] John Rigby Hale, eds., *The Italian Journal of Samuel Rogers*, pp. 158-159.
[4] John Rigby Hale, eds., *The Italian Journal of Samuel Rogers*, p. 165.

我必须承认我更喜欢帕拉迪奥设计的一两幢位于路边的小别墅。近代建筑充其量是一种混杂，远比不上古希腊时的建筑，那是如此纯粹。两相比较，就如同猿与人类之间的差距。从维特鲁威以来，建筑师并没有借用思想来加以改进或进行自我创造，也不像征服者那样进行入侵，反倒是像一个小偷，这种改变是对神圣原型的贬低。这种拙劣的模仿只有在提醒我们所模仿的对象时，才能带来快乐，况且这种愉悦夹杂着痛苦。倘若一个作家像这些建造师那样借用，他的作品能存活一天甚至是一小时吗？①

显然，罗杰斯厌恶对古典罗马式建筑的模仿，更希望这些建筑能焕发中世纪与文艺复兴时期的特色，凝聚时代特有的思想。

当他来到威尼斯圣马可广场，他联想到了伽利略曾在这里观察，认为广场上的教堂、宫殿等建筑物相得益彰，"它们既不是古希腊的，也不是哥特式的，更不是撒拉逊的，它们把我们的思想带入了我们所熟悉的、早先岁月中的古老寓言"②。不难判断，罗杰斯言语中的"早先岁月""古老寓言"意指中世纪的威尼斯。当他站立于广场，他想象着自己穿梭到了中世纪的场景。当他踏足宫殿，又记录道："墙上、天花板上皆是共和国历史的精彩画卷，它们来自提香、保罗·委罗内塞、丁托列托、巴森等等。"③罗杰斯的中世纪情思展露无遗，正如他自己总结的："如果威尼斯不再是威尼斯，人们反而看到了以前看不到的东西——至少以人们自己喜欢的方式。"④罗杰斯把喜欢的视角与方式驻留在中世纪，徜徉在中世纪氛围的威尼斯艺术、建筑之中。

在罗杰斯的笔下，阿尔夸属于彼特拉克，而费拉拉属于卢多维科·阿里奥斯托（Ludovico Ariosto），"我们踏足古典之地；每一座山和山谷，每一个村落的每一条道路，都由神圣的诗人所创造"⑤。在博洛尼亚短暂停留后，罗杰斯一行人又向托斯卡纳前行，长途跋涉跨过亚平宁山脉。沿着延绵不绝的山脉行进，罗杰斯再次沦陷于自然美景之中，山间的建筑、花椰菜、树木、黄色的树叶、

---

① John Rigby Hale, eds., *The Italian Journal of Samuel Rogers*, p. 171.
② John Rigby Hale, eds., *The Italian Journal of Samuel Rogers*, p. 172.
③ John Rigby Hale, eds., *The Italian Journal of Samuel Rogers*, p. 173.
④ John Rigby Hale, eds., *The Italian Journal of Samuel Rogers*, p. 173.
⑤ John Rigby Hale, eds., *The Italian Journal of Samuel Rogers*, p. 182.

藤蔓、云雾令其心潮澎湃。在佛罗伦萨，他想起了彼特拉克、薄伽丘、马基雅维利（Niccolò Machiavelli）和伽利略（Galileo Galilei）。关于罗杰斯的瓦隆布沙之行，黑尔特别提到了罗杰斯用签字笔写在括号里的一段话：

> 我不再是自己的主人了。我成了恶魔的奴隶。我日复一日地坐着，凝视着那个可怕的幻影，米开朗琪罗教堂里的洛伦佐公爵。所有美好的感觉将指引我到后殿。我愉悦地沉浸在摔跤手、福娃和阿波罗身上，提香的阳光里或是拉斐尔的灵魂里；但雕像丝毫没有失去他的生气。他站立着，微微向你倾斜，他的下巴靠在他的左手上，他的手肘放在椅子的扶手上。他的表情冷静而又富有思想，却又仿佛在说些什么使你退避几分，就像是那种蛇怪，他让人着迷——简直无法忍受！当你向左边挪步时，他的眼睛直视着你。①

在这段话中，罗杰斯生动地表现了对洛伦佐雕像的着迷，却又带着十足的敬畏之情，这完全符合文艺复兴时期佛罗伦萨在美第奇家族的统治之下令人窒息的社会氛围与气息，仿佛是不同的时代两种相同心境的契合。

罗杰斯时常使用"隐士住处"（hermitage）一词，偶尔提到隐蔽的寺院，或是隐居的住处，这是伦敦社交生活的一种反差，表现出对他这种居住生活的向往心态。他盛赞维奇奥宫，因为那里有瓦萨里（Giorgio Vasari）绘制的天花板与墙壁，有米开朗琪罗的画，有美第奇的题词，还有但丁的石椅，等等。在一个行走在迷雾中的傍晚，罗杰斯再次感受到仿佛身置天堂般的梦境：

> 能在这样的城市——这样的山谷——这样的国家——和佛罗伦萨黄金时代的这些人度过一生，真是不枉此生啊！但丁、彼特拉克、薄伽丘、马基雅维利、伽利略、米开朗琪罗、拉斐尔、弥尔顿接连走来。②

---

① John Rigby Hale, eds., *The Italian Journal of Samuel Rogers*, pp. 195-196.
② John Rigby Hale, eds., *The Italian Journal of Samuel Rogers*, p. 200.

不难想象，在这时，他不再感受到先前在米开朗琪罗教堂时的窒息，而是感受到了一种自由、一种释然。

同大多数英国游客一样，罗杰斯在 12 月圣诞季节奔赴罗马。从他的游记日志来看，罗杰斯钟情于中世纪的意大利，对古代气息浓厚的罗马并无激情。在西斯廷教堂里，看到《最后的审判》，罗杰斯直白地说："无论哪个方面都不令人痛快，就像是布局上的败笔。"① 后来当他再次踏足时，依旧认为"我还是无法如我期许的那样来欣赏《最后的审判》。"② 在梅利娜别墅（Villa Melina），他眺望着万神殿和斗兽场，又带着嘲讽的语气说道："他们总是保存着伟大的特征。然而，罗马人毕竟还是野蛮人。他们征服了希腊，对希腊人说，给我们建造大剧院、开凿水渠。他们还说——把我们的模样用石头雕刻出来；因此——瞬间罗马到处都是雕塑和半身像！"③ 此时，罗杰斯在以客观的历史心态来看待眼前壮观的建筑物，赞叹其伟大的同时，也不忘道出其本质。

在罗马的日子，罗杰斯与同行人乘坐马车穿梭于整座城市。圣诞节后的某一天，他惯常地逛着罗马城，随着车轮的旋转，他不禁联想起这里曾经出现过的种种场景，他将罗马比喻成一个盛大的剧院，那里曾上演过人类的激情：

> 恺撒在这里战败，西塞罗在这里雄辩。布鲁特斯在这里看到了儿子的死亡，弗吉尼亚在这里接受她父亲的刀，科尼利亚在这里接她儿子放学，西拉在退位后曾行走在大街上。维吉尔和贺拉斯曾一起在这里游荡，西庇阿在这里凯旋经过——有多少皇帝在登基后又被绞杀。④

他以历史的视角在马车中看着这座城市的景物，很快又将思绪带回中世纪的场景："谁不会在重大的庆典之时坠入爱河呢？正如彼特拉克在圣克莱尔爱上了劳拉，薄伽丘在那不勒斯科尔得利教堂爱上了阿拉贡的玛丽亚。"⑤ 可见，他赞颂这种在圣地不期而遇的爱情，向往彼时的纯洁爱情，流露出浪漫的情思。同时，在满是人流、马车、音乐的喧闹大街，一如在伦敦的生活，罗杰斯却向

---

① John Rigby Hale, eds., *The Italian Journal of Samuel Rogers*, p. 212.
② John Rigby Hale, eds., *The Italian Journal of Samuel Rogers*, p. 242.
③ John Rigby Hale, eds., *The Italian Journal of Samuel Rogers*, p. 232.
④ John Rigby Hale, eds., *The Italian Journal of Samuel Rogers*, p. 226.
⑤ John Rigby Hale, eds., *The Italian Journal of Samuel Rogers*, p. 226.

往平静的幸福，呈现出了应景的心态。

来到梵蒂冈，罗杰斯也不禁流露出浪漫主义者的宗教心态。罗杰斯尤其热爱拉斐尔的画作，富有激情地提到了每一幅作品，其中特别强调，"如果要给我的教堂选一幅画作为圣坛背景的话，那或许是《博尔塞纳的弥撒》"①。在他看来，这幅画精彩地讲述着故事，事实上也的确如此，这幅壁画描绘了中世纪时期（约 1263 年）发生在博尔塞纳一所教堂里的关于圣餐的奇事。罗杰斯赞美中世纪人们对宗教纯粹的信仰，感慨"真正能够直达人类情感的就是火焰"②，这是浪漫主义者特有的宗教精神气质。

在罗杰斯的日志中，意大利是一个戴面具的国度。罗杰斯把这看成意大利人自己的选择，像是年轻的妇女最终决定做一个修女。在他诠释的故事中，他充分展示了天主教仪式中神秘而迷人的方面。就像大多数到意大利的英国新教徒游客一样，罗杰斯既被罗马天主教的做法吸引，又对其迷信色彩和对人们施加的神秘控制表示不满。罗杰斯细致描绘了一位芳龄二十二岁的女性在家人的陪伴下受洗为修女的过程，他感慨："昨天或许她在出现在科尔索大道上，晚上在剧院。她当然是纯洁的，但她的眼神里还有着青年的光芒，散发着年轻的光泽，这种光泽几乎不会泯灭。"当走完程序，她以修女的身份重新露面时，罗杰斯认为她看上去"就像是牺牲的受害者"，又赞美她可爱的妹妹如天使般陪伴在左右。③如此场景，使两姐妹形成鲜明的对比，罗杰斯在文字间表达着对这位年轻女子的惋惜，以及对此等宗教仪式的不屑。这是典型的浪漫主义者的宗教心态。

随着大斋期的到来，罗杰斯前往意大利南部，那里有着更壮丽（sublime）的风景。他的描述像是一张张幻灯片，从恢宏的罗马建筑即刻切换到了如画般的山间美景：连绵不绝的山峰、橘子树、柏树丛、橄榄树、树丛中罗马人的墓碑、农民等等。罗杰斯的视线如此迅速地穿过风景，一路来到了意大利南部。同 18 世纪的旅行者相比，他的视角有所不同，因为他的意大利书写并不执着于对古典的诠释。他以愉悦的视野与心态来看待意大利并将眼前的景观编排成美

---

① John Rigby Hale, eds., *The Italian Journal of Samuel Rogers*, p. 241.
② John Rigby Hale, eds., *The Italian Journal of Samuel Rogers*, p. 241.
③ John Rigby Hale, eds., *The Italian Journal of Samuel Rogers*, pp. 238-240.

妙的文字，而不是以消极的心态来观望它们。在南部，他时常享受着一种宁静，绘制出寂静的画面。在庞贝古城，他写道：

> 我抬头望着皆是坟墓的大街，一直看向大门，一种奇怪的安静和荒芜的空气几乎吞噬了我。我的同伴们走进了房子里头，而我独自享受着……今天的维苏威火山有一团巨大的烟雾。当我们在夜色中返程时，马捷利纳（Mergyllina）岸边的一道光照射在水面上，灯塔的光照耀着海上的渔船，呈现出一幅充满生机和愉悦的画面。①

南部特有的宁静画面更加契合罗杰斯对田园生活的向往。游走在南部的罗杰斯显然在情感上更加丰富，他沉迷于温暖、生机勃勃，时而壮观、时而富有美感的如画般的景色中，他将更多的笔墨用于景观的描绘，又连连发出赞叹："谁能不与之共情？"②他的这种心态始终贯穿在行走之中。

从那不勒斯返程、即将到达佛罗伦萨时，望着太阳落山后的意大利天空，色彩从地平线散发出来，罗杰斯生动地描绘道：

> 蓝色、玫瑰色、浅黄色、琥珀色、深橘色……我仿佛从没在北方的天空见过这番景色，也从未在意大利的画中见过——我相信这在画中不会如此宜人——然而这是在自然界中，谁能移得开视线？渐渐地，橘色和蓝色还依稀可见，星星出来了。③

罗杰斯从本质上区别了自然与艺术。对于罗杰斯来说，意大利不单是文化的集结地，而且是一个剧场，气势恢宏、装扮美丽、灯光优雅、曼妙无比，"种种因素使人们对这个国家产生了这般想象"④。例如，他具体描述了费拉拉剧院："天花板是圆形结构；一些有绿色的帷幕，而一些则没有。天花板的灯光亮起来的场景，正是这个国家与众不同之处……"在罗杰斯看来，"一个意大利的剧

---

① John Rigby Hale, eds., *The Italian Journal of Samule Rogers*, p. 259.
② John Rigby Hale, eds., *The Italian Journal of Samule Rogers*, p. 265.
③ John Rigby Hale, eds., *The Italian Journal of Samule Rogers*, p. 277.
④ John Rigby Hale, eds., *The Italian Journal of Samule Rogers*, p. 195.

院灯效只打在舞台的一边，然后柔软的光影穿过舞台，有视觉效果。人物被灯光照耀着，显得格外有魔力。当幕布放下来的时候。你可以想象！"① 这样，当这一场剧落下帷幕的时候，新的剧目一次又一次地出现在了罗杰斯的旅行诗作中。

对于这位浪漫主义的旅行者来说，意大利在其想象中代表了大自然和庄严：

> 再见了，意大利！我是否再也看不到它湛蓝的天空和阳光明媚的田地——蔓延在树与树之间的藤蔓，下面生长着的郁郁葱葱的嫩玉米，古老城墙下取暖的蜥蜴；是否再也无法采集野外的桃金娘——或是越过地中海湛蓝的水面的梯田上长出的橘子或佛手柑；是否再也无法踏足古老的土地——但我至少会活在这种希望之中。②

最后，他又为后来的维多利亚时代的旅行者指明了方向，即他对佛罗伦萨的鉴定，这个城市最令其震撼："我见识到了罗马的伟大、那不勒斯的美，但佛罗伦萨俘获了我的心，若要定居的话，在全世界所有城市中我肯定选择佛罗伦萨。罗马是悲伤的，那不勒斯是明丽的；但在佛罗伦萨，有一种愉悦感，一种古典的优雅，它迅速填补并愉悦了我的内心。"③

罗杰斯的意大利旅行记述充分反映了他这个时代的人既像是活在这个世纪，又像是活在另一个世纪；尽管展现着一位浪漫主义旅行者对眼前自然美景的欣赏与赞叹，但其内心又时时刻刻牵挂着意大利这个国家及其各个城市的过往。而这种情怀又完全不同于"大旅行"时期的旅行者，罗杰斯更执着于中世纪和文艺复兴时期的意大利，对古罗马并无兴致。他想要探索、挖掘、展示意大利在这些时期的伟大，但他并不关注当下的意大利与意大利人。在这层意义上，他的游记心态影响了 19 世纪英国人的审美品位和历史观念。可以说，他的写作激发了 19 世纪英国人在历史和政治层面的新的兴趣。

---

① John Rigby Hale, eds., *The Italian Journal of Samule Rogers*, pp. 182-197.
② John Rigby Hale, eds., *The Italian Journal of Samule Rogers*, p. 282.
③ John Rigby Hale, eds., *The Italian Journal of Samuel Rogers*, p. 278.

2. 游记诗篇《意大利，一部诗篇》

诗作《意大利，一部诗篇》的成功事实上经历了一段曲折过程。1822 年，罗杰斯将诗作第一部分以匿名的形式出版，其他版本（以自己的名字出版）于 1823 年、1824 年相继问世，随后又在 1828 年出版了整部诗歌的第二部分。然而，这几次的出版都没有引起读者的热烈反响。罗杰斯并没有因此气馁，他决心进行修订后再出版。为了迎合读者对插图式图书的追捧，他亲自策划、设计新的版本，恰如其分地补充了特纳、托马斯·斯托瑟德（Thomas Stothard）和普劳特创作的插图。特纳的插图主要是风景画，包括自然景观、海景、建筑物等，而斯托瑟德主要负责有关人物的场景画。[1] 总的来说，罗杰斯花费了大量的财力和精力铸成 1830 年的诗歌版本。据黑尔描述，罗杰斯共花费了大约 1.5 万英镑来一赌输赢。而此版本一经问世便大获成功，顷刻间售出了 1 万余本，并影响了其他旅行者的意大利风景演绎和浪漫主义的主题表达。[2] 学者莫琳·麦丘（Maureen McCue）认为，对于 19 世纪中产阶层消费者来说，罗杰斯和斯托瑟德拥有深厚的古文物学识，因此他们的优雅品质与艺术品位毋庸置疑。[3]1834 年，新版再次发行时，罗杰斯已是 70 岁高龄，距离他的第一次意大利旅行已有 20 年之久。当然，罗杰斯的意大利游记读者群体和当时很热门的文人斯塔尔夫人以及拜伦的读者群体截然不同。

作为伦敦社交圈受人尊敬的收藏家，罗杰斯很欣赏特纳，他曾在自己的沙龙会上盛赞特纳是他所在领域的"一等天才"[4]，而罗杰斯本人也藏有特纳的油画和水彩画。于是当罗杰斯决定斥资再版自己的诗作时，便邀请特纳制作插图。同罗杰斯的诗歌一样，特纳的插画也深受这一代英国旅行者的欢迎。特纳本身也与意大利有着特殊的情缘。他第一次赴意大利旅行是在 1819 年，这次旅行对其艺术生涯产生了巨大的影响，同时期的英国作家兼政治家爱德华·布尔沃·利顿（Edward Bulwer Lytton）认为："这的确是他艺术创作的重大转折点。"[5] 因

---

① John Rigby Hale, "Samuel Rogers the Perfectionist," *Huntington Library Quarterly*, vol. 25, no. 1 (1961), pp. 61-67.
② John Rigby Hale, "Samuel Rogers the Perfectionist," pp. 61-67.
③ Maureen McCue, "Intimate Distance: Thomas Stothard's and J. M. W. Turner's Illustrations of Samuel Rogers's *Italy*," in Ian Haywood, eds., *Romanticism and Illustration*, Cambridge: Cambridge University Press, 2019, p. 175.
④ Adele M. Holcomb, "Turner and Rogers' *Italy* Revisited," p. 66.
⑤ Edward Bulwer Lytton, *England and the English*, 2 Vols. London: J. & J. Harper, 1833, vol. Ⅱ, p. 211.

为他发现了意大利画作中光线的特质，这使他在自己的画作中日渐聚焦于对光线的探索。特纳的几幅插图吸引了成千上万个仰慕者，他们甚至从未见到过真画。① 因此，毫无疑问的是，罗杰斯的《意大利，一部诗篇》成了英国热衷于意大利的两代人理想的指南。很多游记作者引用他的文本，这种引用的热潮一直持续到 19 世纪中后期。罗杰斯的作品可以鲜明地折射出 19 世纪英国中产阶层旅行者对意大利的构想及其旅行与创作的心态。

"我在意大利了吗？"② ——罗杰斯以同样的问题开启了意大利诗篇。仿佛还未真正达到，就已经被眼前的美折服。他激情澎湃地说：

> 噢！意大利，你的艺术如此美丽！
> 但我很想哭泣——因为你的艺术却在，哎，
> 废墟之中；但我们欣赏现在的你
> 正如我们欣赏死亡中的美。
> 你有着可怕的天赋，当你出生时，
> 就有着天赐的美。③

罗杰斯既道出了意大利美的本质，也道出了美的现状，以历史的心态接纳与欣赏着意大利的美。他一下子融入了意大利富有美感的历史长河，再点睛补充道：

> 你已经活过两次；
> 在全世界各个民族间闪耀过两次。④

罗杰斯大多以地名作为诗歌的题目，间以事件、人物或景观。在"威尼斯"篇，首先映入读者眼帘的是特纳创作的插图，把读者的目光引向威尼斯岸边的场景，仿佛刚刚抵达，使人们对威尼斯的想象若隐若现地浮出脑海。但是很快，

---

① Cecilian Powell, *Turner in the South Rome, Naples, Florence*, New Haven: The Paul Mellon Centre for the British Art, 1987, pp. 135-136.
② Samuel Rogers, *Italy, a Poem*, p. 41.
③ Samuel Rogers, *Italy, a Poem*, p. 41.
④ Samuel Rogers, *Italy, a Poem*, p. 41.

罗杰斯将读者带离当下的威尼斯画面，他的思绪穿梭于历史之间。对于当下的意大利人，他坦诚地说道："我本想描绘意大利人——可现在我不能。"① 随着"威尼斯"（Venezia）的喊叫声响起，罗杰斯开始思索威尼斯的历史：

> 升起来了，就像从深处呼出的气，
> 一个巨大的都市，有着闪闪发光的塔尖，
> 有剧院，精心装饰的教堂；
> 一片光明和荣耀的景象，这片领土，
> 承载着历史最悠久的人类。②

罗杰斯联想到了罗马人为了躲避匈奴人的入侵逃到威尼斯的这段历史。诸如此类的历史事件时常出现在罗杰斯的这部诗作中。伴随着对威尼斯的深度探索，罗杰斯的游记诗歌与插图如电影画面般带领读者走进中世纪的意大利。斯托瑟德的《圣马可广场的竞技赛》，展现了中世纪的骑马竞逐现场。罗杰斯在插图下方感慨，眼前的圣马可广场，曾历经了多少代人的交替：

> 皇帝，教皇
> 战士，从远处而来，侵略性地，
> 到达此地，曾在这里发挥着他们的作用，又将舞台交付他人。
> 总有一双眼睛、一副耳朵对着无生命的世界，
> 诉说过往的岁月。③

伴随着斯托瑟德的插图《威尼斯的新娘》，罗杰斯又关注到了这座城市的人文与传统。《威尼斯的新娘》这个故事又与中世纪的节日（圣烛节前夜）有关：公元 944 年的这一天，当婚礼进行至宣读的环节，一个叫巴巴罗的海盗和他的六个兄弟闯进教堂并绑架了新娘……罗杰斯的诗句激情地呈现了事件发生后人们的行动：

---

① Samuel Rogers, *Italy, a Poem*, p. 49.
② Samuel Rogers, *Italy, a Poem*, p. 50.
③ Samuel Rogers, *Italy, a Poem*, pp. 57-58.

> 在一小时内
>
> 半个威尼斯都被淹没了。
>
> 悲痛和轻蔑使它发狂，
>
> 那些年轻人走上了浮桥，
>
> 停泊在兵工厂附近，
>
> 人人都对着神圣的十字架发誓，
>
> 要拼个你死我活。①

斯托瑟德的这幅画正是表现了新娘被营救后，人们庆祝感恩节的场景。罗杰斯又描绘了中世纪庆祝节日的愉悦画面：

> 乘坐豪华的驳船穿过城市
>
> 用黄金制成的，用歌曲和交响乐伴奏
>
> 十二位年轻高贵的女士。穿着她们
>
> 洁白的婚纱，戴着新娘的饰物，
>
> 每个人都戴着闪闪发光的面纱；在甲板上
>
> 如坐在发亮的宝座上，她们都飞逝而过；
>
> 没有窗户或阳台，只是装饰了一下
>
> 触感丰富，不是一辆车
>
> 但布满了眼目，还有空气
>
> 声乐与欢乐。她们划着桨向前走去
>
> 和谐地移动，
>
> 穿过里阿尔托到达公爵宫殿，
>
> 在一个盛大的宴会上，
>
> 在所有人的眼里，
>
> 眼睛还未湿润，我想，带着感激的泪水，
>
> 她们可爱的祖先，威尼斯的新娘。②

---

① Samuel Rogers, *Italy, a Poem*, pp. 72-73.
② Samuel Rogers, *Italy, a Poem*, p. 74.

由远及近的文字与绘画，从时空上展现了罗杰斯想要向读者呈现出来的威尼斯全景，包括运河、贡多拉、广场、宫殿等，然而罗杰斯始终聚焦于它的历史，尤其是中世纪的场景和传奇故事。从中人们不难发觉罗杰斯对于意大利中世纪的浓厚兴趣。

若要理解罗杰斯的中世纪意大利之情，不可错过他在诗篇中对佛罗伦萨的细致描绘。国内有学者曾将罗杰斯与罗斯科游记作品中的两幅插图进行对比——这两幅插图皆位于游记中介绍"佛罗伦萨"的开篇，认为罗杰斯的"那幅插图远处背景是佛罗伦萨城；中间是由橄榄树相伴的通往佛罗伦萨城之乡野道路；画的前端有两个人物，其中之一是穿着僧袍的修士，他正好奇地望着旁边正在编织翻修马背篓的工匠。这是一幅典型的中世纪风景画，画家抓住马背篓——中世纪必备的交通运输工具，将读者瞬间带入那个透着浓浓中世纪气息的佛罗伦萨情境之中"①。在这幅画之下，罗杰斯这样写道：

> 世界上最美丽的城市之中
> 没有比佛罗伦萨更美丽的了。这一颗宝石
> 最纯粹的色泽；多么明亮的一束光散发出来，
> 当它从黑暗中出现！这过去
> 与现在抗衡；反过来
> 各有优势。②

罗杰斯的怀古心态在诗句与插画之间流淌。中世纪的艺术、文学和社会状况被融进了当下的意大利城市。在笔者看来，特纳的这幅《佛罗伦萨》囊括了这座城市中最重要的建筑和乡间景色，令观者仿佛置身佛罗伦萨的乡间小路，眺望城中的美景。显眼处站着一个现代僧侣，与路人低头私语，隐射着中世纪佛罗伦萨在美第奇家族统治下被阴谋笼罩的气氛，这或许也是罗杰斯眼中的佛罗伦萨。这点也完全契合罗杰斯在日志中记录的从瓦隆布罗莎出发，即将到达佛罗伦萨时的场景："当我们接近佛罗伦萨时，看见了圆屋顶、钟楼和维奇奥

---

① 周春生：《心态史比较视野下的文艺复兴虚影与实景——以罗杰斯、罗斯科、西蒙兹意大利游记诗文为线索》，《上海师范大学学报（哲学社会科学版）》2021年第1期。
② Samuel Rogers, *Italy, a Poem*, p. 102.

官的钟塔，以及很多其他的炮塔——在夜色的衬托下一片漆黑。伟大的圆顶啊！"①

　　罗杰斯在描述佛罗伦萨及其周边的乡村时重点介绍了石头、艺术和文学的革新以及丰富的历史，这些都是佛罗伦萨建筑的关键内容。他的独特视角长久地影响了 19 世纪人们对于意大利文化的认知，尤其影响了人们对中世纪大部分人物、文学作品的兴趣。当他向坎帕尼亚（Compagna）前进时，他讲述了契马布埃（Giovanni Cimabue）碰巧遇到乔托的故事、伽利略的成就和弥尔顿拜访科学家的事，提到了马基雅维利，还融入了薄伽丘《十日谈》②的场景。罗杰斯引用薄伽丘文本中的重要内容，将他置于更广阔的文学经典之中，同时又关联到了有关瘟疫的历史。

　　来到阿切特里，罗杰斯又迅速联想到了此地与伽利略和弥尔顿的联结。他将读者带入那个年代：

> 更近一些时我们欢呼
> 你的斜坡，阿切特里，古老的声音
> 为它的青酒；对我，对大多数人来说都很亲切，
> 曾居住着那位伟大的天文学家，
> 神圣的
> 他的别墅（名副其实的"宝石"！）
> 神圣的草坪上，到处都是柏树
> 当他望着星星的时候，它的影子的长度！
> 神圣的葡萄园，在那里，他的视线
> 晨光熹微，他整理了他的藤蔓，
> 兴高采烈地大声唱着
> 阿里奥斯托的诗句！没看见，
> 弥尔顿，一个美男子站在他面前，

---

① John Rigby Hale, eds., *The Italian Journal of Samuel Rogers*, p. 197.
② Giovanni Boccaccio, *The Decameron*, trans. by John Payne, Richard Aldington, et al., Florence: Filippo and Bernardo Giunti, 1886.

带着虔诚的敬畏凝视着——弥尔顿，他的客人，

很快，一切生命力迸发而出；

不一会儿

伽利略想过他接待的是谁吗？

他手里握着一只手

谁能报答他，谁能传扬他的名声呢

在陆地和海洋上——和他一样伟大，甚至更伟大；

他几乎看不到弥尔顿，

就像镜子里的自己，应该成为什么样

注定很快就会遭遇厄运

还有恶毒的舌头——唉，很快就要活下去了

在黑暗中，在危险的包围中，

和孤独。①

　　身处赴意大利旅行的英国人潮之中，罗杰斯联想到了诗人弥尔顿。罗杰斯有意提醒意大利人和英国作家、思想家、诗人之间的文化联结，以及这种联结自中世纪以来的历史渊源。在随后的诗句中，罗杰斯又想象弥尔顿躺在阿诺河岸边，背诵着诗歌。紧接着，罗杰斯又想象到真正塑造佛罗伦萨的历史性一天：

那一天是致命的

对于佛罗伦萨来说，在一条狭窄的街道上的时候

在那座庙的北边，真正伟大的地方

睡眠，不是不受尊重，也不是不速之客；

这是一座神圣的十字架上的圣殿

这就是那座房子，多纳蒂人的房子，

没有塔楼，很久以前就离开了，但直到最后

勇敢地攻击——所有的崎岖，所有的浮雕

---

① Samuel Rogers, *Italy, a Poem*, pp. 115-116.

在下面，仍然可以通过戒指来区分

由黄铜制成，在战争和节日期间举行

这是他们的家庭标准，这一天是致命的

对佛罗伦萨来说，在早晨，在九点的时候，

一位高贵的贵妇人，在家居的杂草中，

这些野草很快就会枯萎，

站在她的门口；像个女巫一样，粗暴地说着，

她那令人眼花缭乱的法术。她精明，富有，

藏着一颗珍珠如同天上的光一般，

她女儿是个美人；她知道得太清楚了

它的优点！她耐心地站在那里注视着；

不是独自站着——但不说话，在她心中

有她的目的；当一个年轻人经过的时候，

穿着结婚礼服，她微笑着说，

撩起少女面纱的一角，

"这是我为你秘密珍藏起来的。

是你失去的！"他凝视着，完了！

正在遗忘——不是忘记——他打破了束缚，

他付出了代价，失去了生命

在桥脚下；因此，一个悲哀的世界！

报仇雪恨，血债血还；

没有中场休息！法律，不沉睡的，

就像天使拿着闪亮的剑，

坐着，很快惩罚，愈合，

他自己是复仇者，走了；每条街

因互相残杀而被染红。①

---

① Samuel Rogers, *Italy, a Poem*, pp. 119-121.

罗杰斯讲述了中世纪的佛罗伦萨城中奎尔夫派（Guelphs）和吉卜林派（Ghibelines）对抗的故事，特别是核心人物圭尔夫·邦德尔蒙特（Buondelmonte de'Buondelmoti）。1215 年，作为和平协议的一部分，邦德尔蒙特曾与一个来自艾米德伊家族（Amidei）的女人订婚，但后来又抛弃了她，与一个来自多纳蒂家族（Donati）的女人结婚。在他结婚那天的早晨，当他穿过韦基奥桥的时候，遭到了伏击，这一事件象征着圭尔夫-吉卜林战争的开始。① 罗杰斯重复地使用"致命的"一词来强调佛罗伦萨政治上的事件，化身为意大利研究学者，将佛罗伦萨的故事呈现给读者。

在诗作中，罗杰斯塑造了一个古今融合的意大利，通过个人的沉思展开了优美的叙述，重新讲述或翻译神话故事、当地传奇或文学作品的片段，展现着如画般的抑或是庄严壮丽的视角以及对当地百姓的细致观察。这些叙述无不复述着意大利的过往，将过往的事实融入当下的情境。若恰好有插图加以验证，无疑更好地连接了过去与当下、现实与想象。由此折射出罗杰斯巧妙地将对中世纪的憧憬与想象置入当下的情境，是两种心态的无缝融合，这鼓舞了读者调整自己的想象与主题间的距离，带领读者走进意大利的历史，共享宝贵的文化遗产。意大利与《意大利，一部诗篇》的每一寸空间彰显动态，呈现它的故事，又完美契合一座城市或风景内在的韵味。黑尔说："字里行间是轻松却有着规律的音乐旋律，使它们传达出一种持久的愉悦。在这部诗作中，他大多数都是自己。"② 在整部诗作中，罗杰斯配以 56 幅插图，中世纪的情愫与艺术相交融。罗杰斯对中世纪意大利的兴致，恰恰满足了这一时期游客的需求。可以说，罗杰斯塑造了 19 世纪人们的艺术、文学品位。正如黑尔在一篇文章中写的："1857 年 10 月发行的《爱丁堡杂志》曾评论，罗杰斯的一些诗句让'每一个真正热爱艺术的人都能理解'。值得开心的是，几近百年之后，源于这些诗句的印象将继续展现给读者。"③

罗杰斯与中世纪意大利的情缘伴随了其后半生。黑尔在《日志》序言中描述了罗杰斯死后，《绅士杂志》前任编辑约翰·米特福德（John Mitford）在与罗

---

① N. P. J. Gordon, "The Murder of Buondelmonte: Contesting Place in Early Fourteenth-Century Florentine Chronicles," *Renaissance Studies*, vol. 20, no. 4 (2006), pp. 459-477.
② John Rigby Hale, eds., *The Italian Journal of Samuel Rogers*, p. 47.
③ John Rigby Hale, "Samuel Rogers and the Italy of Italy: A Rediscovered Journal," p. 50.

杰斯的男仆埃德蒙·佩恩（Edmund Paine）谈话时，后者讲述了罗杰斯临死前的一些情形："他总是间歇性地处在某些时刻，出现强烈的'兴奋感'，一般是3点到4点的样子，他总想象他在旅行，椅子就是阿尔卑斯山，他说着法语并且问为什么他停下来而没有前行。"[1]他的精神、他的诗作，带着特纳创作的插画，吸引了19世纪无数英国文人，约翰·拉斯金就是其中一位，罗杰斯的意大利诗歌激发了拉斯金对意大利和特纳的兴趣。《意大利，一部诗篇》曾是拉斯金13岁生日时得到的礼物，当他在1835年第一次到访意大利的时候，就带了这部诗作。拉斯金将第一次去拜访年迈的罗杰斯的情形夸张地表述为"一次伊洛西斯人（Eleusinian）的行动和神谕（Delphic）的朝圣"[2]。罗杰斯的浪漫主义心态也在拉斯金等人身上得到了延续。

（二）拉斯金的中世纪威尼斯情怀

拉斯金一生数次踏足意大利，在满腔的意大利情怀之下，他的旅行心态在人生的不同阶段显现着变化。约翰·拉斯金（John Ruskin，1819—1900）是英国维多利亚时代著名的艺术评论家，也是英国工艺美术运动的发起人之一，他还是一名艺术赞助家、制图师、水彩画家、杰出的社会思想家及慈善家。拉斯金出生于伦敦，他的父亲是雪莉酒的供应商，而母亲是一位虔诚的福音派基督徒。在拉斯金幼年时期，其全家搬到了赫恩山（Herne Hill）。在乡下成长，让他有足够的空间接触大自然的风景。拉斯金的父母对其寄予厚望，而拉斯金也确实没有让人失望。在4岁时，他已经能够读写，不喜欢接受循规蹈矩的教导，而是用自己的方法来学习。到了7岁，拉斯金能通过模仿阅读的书本自己进行撰写，擅长写书、写诗歌、写信。父母也十分注重对拉斯金的栽培，因担心学业压力过重，并没有把拉斯金送到学校，由其母亲一边讲授《圣经》，施以严格的福音派基督教育，一边亲自教他拉丁语法，直到后来才聘请教师辅导拉斯金展开系统的学习。在学习过程中，他偶然接触了神话故事中英国画家乔治·克鲁克香克（George Cruikshank）所画的插图，于是模仿着进行创作，这或许是

---

① John Rigby Hale, eds., *The Italian Journal of Samuel Rogers*, p. 10.
② John Rigby Hale, eds., *The Italian Journal of Samuel Rogers*, p. 50.

他艺术生涯的真正起点。①看到了拉斯金在艺术上的天赋，父母又聘请了绘画大师教他作画。就在这时，他得到了父亲的生意搭档亨利·特尔福德（Henry Telford）赠送的生日礼物——罗杰斯的《意大利，一部诗篇》。②拉斯金传记作者威廉·科林伍德（William G. Collingwood）详细描绘了这本诗作对拉斯金的影响：

> 这本书中对山的眷恋，静态的视角，山峰以及宽阔的山谷，浪漫之感"涌上来"，而壮丽之感"消失了"，正如他自己经常写的韵律那样。诗作中特纳的插图，触及拉斯金这么多年来内心的那根弦。难怪他视特纳为导师，开始模仿并创作自己的作品。③

而罗杰斯自己也坦诚地写道："我可以理智地说，这份礼物是我这一生能量的源泉。"④同时，他又积极学习并模仿雪莱、拜伦等人的诗作，潜心研究文字的表达。不难发现，年轻的拉斯金已经在文学、艺术学领域发挥所长。有学者精辟地总结了拉斯金的教育路线："严厉、刻板、禁欲的福音教派养育方式与对艺术的热爱，构成拉斯金成长历程中两条相悖的主旋律。也正因为如此，拉斯金伟大的艺术批评成就，源自一个深刻的心理动机——'努力调整嵌入其灵魂的福音主义结构，使之能够与他倾心热爱的事物相融'。"⑤而拉斯金曾在写给父亲的信中坦诚地说道："我对艺术的热爱对我来说已成了一种可怕的诱惑。我感觉近来有些悲观地沉浸在自我当中……我想我必须切断这股激情的根源，或者我就只做一个收藏家……我确信我应该牢记那句话——'盲目崇拜就是贪婪'，因为我确实崇拜特纳和经书。"⑥

在他所有的作品中，他无一不强调自然、艺术和社会之间的联系，核心主

---

① William G. Collingwood, *The Life of John Ruskin*, London: Methuen & Co. Ltd. 1911, p. 20.
② William G. Collingwood, *The Life of John Ruskin*, p. 24.
③ William G. Collingwood, *The Life of John Ruskin*, pp. 24-25.
④ Edward Tyas Cook and Alexander Wedderburn, eds., *The Works of John Ruskin*, 39 Vols. London: George Allen, 1903–1912, vol. 35, p. 29.
⑤ Finley C. Stephen, *Nature's Covenant: Figures of Landscape in Ruskin*, Pennsylvania: Pennsylvania State University Press, 1992, p. 78. 转引自：萧莎：《如画》，《外国文学》2019 年第 5 期。
⑥ Edward Tyas Cook and Alexander Wedderburn, eds., *The Works of John Ruskin*, Vol. 7, p. lxxvii.

题便是关注自然以及精神生活中存在的问题。《近代画家》第一卷①的出版使他名声大噪，拉斯金率先探索风景画中的技术细节以及人类在美感与艺术中获得快感的本质。他强调艺术最重要的意义在于对道德的信仰，这使他的读者不是将艺术作品当作纯粹的文化表达，而是通过艺术积极思考并定义自身存在的意义。他鼓励人们批判性地看待艺术作品，与自己的信仰形成一种联动。拉斯金的思考离不开当时的社会现状。受工业革命的影响，传统手工业被大机器所代替，拉斯金充分考虑维多利亚时期社会存在的问题，坚定地认为社会生活的质量与艺术的品质是相关联的。到了 19 世纪 50 年代，拉斯金积极推崇前拉斐尔学派②，而这股艺术潮流又恰恰受拉斯金本人的影响极深。

1. 拉斯金的意大利旅行与游记书写

在拉斯金的成长过程中，他的父亲因业务需要而到处游走，经常带着母亲和拉斯金一同前往不同的地方。所到之处，他们都会参观大学、教堂、艺术馆、公园、废墟、城堡、洞穴、湖泊和山川，他们总是对此充满了浓厚的兴趣，喜欢详细了解相关的背景信息。③渐渐地，拉斯金就模仿父亲记述自己的旅行，如此一来，他就形成了以绘画、写日记的形式来记录旅行经历的习惯。他的日记被整理成为《约翰·拉斯金的日记》（三卷本）和《约翰·拉斯金布兰特伍德日记》（1876 年 5 月至 1884 年 1 月）④，其中不少是关于旅行的记述以及在旅程中的画作。

早在 1825 年，拉斯金和家人造访了法国和比利时，这次欧陆旅行使拉斯金一家人越发渴望深入欧陆各地。拉斯金在拜读了罗杰斯的诗作之后，更是对意大利充满了向往之情，对特纳产生了崇拜之意。于是在 1833 年，拉斯金怀着这样的情感开启了他的意大利旅程，跟随父母在米兰、热那亚和都灵停留。1833

---

① John Ruskin, *Modern Painters: Their Superiority in the Art of Landscape Painting to All the Ancient Masters, Proved by Examples of the True, the Beautiful, and the Intellectual, from the Works of Modern Artists, Especially from Those of J. M. W. Turner...*, London: Smith, Elder and Co. 1843.

② 前拉斐尔学派成立于 1848 年，是因反对皇家学院推崇文艺复兴大师拉斐尔而成立的艺术团体，主要成员有威廉·霍尔曼·亨特（William Holman Hunt）、约翰·埃弗里特·米莱斯（John Everett Millais）、但丁·加布里埃尔·罗塞蒂（Dante Gabriel Rossetti）等。受拉斯金理念的影响，他们倡导艺术家应该走向自然，崇尚以现实主义为主题的艺术创作，反对当时流行的风格画派（genre painting）。他们的创作主题以宗教为主，同时也探索当下的社会问题。

③ William G. Collingwood, *The Life of John Ruskin*, p. 11.

④ Joan Evans and John Howard Whitehouse, eds., *The Diaries of John Ruskin*, 3 Vols. Oxford: Clarendon Press, 1956-1959; Helen Gill Viljoen, eds., *The Brantwood Diary of John Ruskin, Together with Selected Related Letters and Sketches of Persons Mentioned*, New Haven and London: Yale University Press, 1971.

年的冬天，他模仿罗杰斯的诗作创作了一首诗来记录这次意大利旅行。此时拉斯金年仅 14 岁，是个对科学和地理充满好奇的少年，喜欢收集岩石和小石块，并没有对建筑等人造的设计表露出兴趣。[①]他跟随特纳的插图游览各个景观，欣赏着意大利式的美。1835 年，在他 16 岁时，他的父母又一次带他去了意大利，通过特纳、莎士比亚、拜伦的作品，拉斯金在行前做了一系列的知识储备。这一次他还带上了建筑速写本，对哥特式建筑的热情逐渐形成。这是他第一次造访威尼斯，短短六日的停留开启了他对威尼斯的情感，"威尼斯"成了他后期作品中经常出现的主题和象征。同时，他遇到了第一位心仪的女子，阿黛尔·多梅克（Adèle Domecq）。可后来阿黛尔嫁给了法国人，当时在牛津的拉斯金陷入绝望，身体也每况愈下。

　　1840 年，在医生的多次建议下，拉斯金的父母陪伴他再次南下。第一次造访卢卡和比萨，拉斯金就被其建筑深深吸引。然而，在这两次的意大利旅行中，拉斯金还只是依赖于拜伦的文本和特纳的画作，其对早期文艺复兴的艺术和建筑并不感兴趣。随着对艺术的深入探究与思考日渐深入，拉斯金在早期基督教艺术中找寻到了艺术的共鸣。而这个转折点正是在 1845 年。他阅读了法国艺术家亚历克西斯 – 弗朗西斯·里奥（Alexis-François Rio）的《基督教诗篇》[②]，这部作品围绕意大利艺术展现了艺术与基督教精神的联结，其对威尼斯的赞美、对文艺复兴时期异教的厌恶，深刻影响了拉斯金的艺术心态。

　　1845 年，拉斯金第一次在没有父母亲陪伴的情况下赴大陆国家。他在卢卡工作了数月，对伦巴第风格的建筑产生了浓厚的兴趣，潜心研究中世纪雕刻家雅各布·德拉·奎尔恰（Jacopo della Quercia）的作品《伊拉里亚·德拉·卡莱托之墓》。先后在比萨、佛罗伦萨停留之后，拉斯金遇到了他早期的绘画教师哈丁，他们一同到威尼斯，开始了绘画之旅。在那里，他为出版商默里的游记指南撰写意大利艺术和建筑的评论。[③]学者哈罗德·夏皮罗（Harold I. Shapiro）整理了他在意大利期间与父母的通信，以《拉斯金在意大利：与父母的信，1845》[④]为

---

① Leslie John Alexander Bradley, *Ruskin and Italy*, p. 8.
② Alexis-François Rio, *De la Poésie Chretienne*, Paris: Debécourt, Libraire-éditeur, 1836.
③ Leslie John Alexander Bradley, *Ruskin and Italy*, p. 20.
④ Harold I. Shapiro, *Ruskin in Italy: Letters to His Parents 1845*, Oxford: Clarendon Press, 1972.

书名出版。意大利艺术的力量铸成了其 1846 年《现代画家》的第二卷[1]，引起了人们对中世纪、文艺复兴早期意大利艺术作品的重视。随后的 4 月，他又带着父母前往意大利共度最后一次旅程。他深入地研究了卢卡、比萨、威尼斯的中世纪建筑与艺术，在 1849 年出版了《建筑的七盏明灯》[2]。

1849 年，拉斯金携新婚妻子艾菲·格蕾（Effie Gray）旅居威尼斯。拉斯金整日流连于各大建筑物和画廊，而格蕾则沉溺于社交生活。此行中拉斯金结识了历史学家罗顿·卢伯克·布朗（Rawdon Lubbock Brown），布朗专门研究威尼斯的历史，对拉斯金的威尼斯创作产生了重要的影响。1851 年，他们再次奔赴威尼斯，一直停留到 1852 年 6 月，先后创作了卷帙浩繁的《威尼斯之石》[3]。而在威尼斯期间，拉斯金在给父母的信中细致讲述了旅行的点滴。这些记述后来被学者约翰·刘易斯·布拉德利（John Lewis Bradley）编成《拉斯金来自威尼斯的信，1851—1852》[4]一书。时隔六年，已经解除婚姻的拉斯金又于 1858 年 5 月独自前往意大利，而此时威尼斯已然成为伤感的回忆。学者约翰·海曼（John Hayman）将拉斯金 1858 年的旅行书信整理成《约翰·拉斯金来自大陆的信件，1858》[5]出版。1862 年、1869 年、1870 年、1872 年，身为艺术教授的拉斯金曾先后短暂地造访米兰、威尼斯等地，更多的是为自己的讲课收集素材以及自我的心灵疗愈。1874 年，他主要流连于托斯卡纳地区，后撰写了艺术指南《佛罗伦萨的早晨》，其中第一卷[6]于次年出版。而 1876 年的威尼斯之旅又成就了他的几部作品，包括《威尼斯的学术指南》、威尼斯圣马可指南《圣马可的停留》[7]。他的几部文化指南总离不开他在审美、社会和经济层面的批判。拉斯金人生中最后的两次意大利旅行经历分别是在 1882 年和 1888 年，当时他的身体每况愈下，在医生的建议下赴意大利疗养。这两次旅行期间，他间歇性地出现精神异常，在时而清醒时而癫狂的情形之下，创作了自传式的风景和思想回忆

---

① John Ruskin, *Modern Painters II*, London: George Allen, 1846.
② John Ruskin, *The Seven Lamps of Architecture*, London: Smith, Elder & Co., 1849.
③ John Ruskin, *The Stones of Venice*, 3 Vols. London: Smith, Elder & Co., 1851-1853.
④ John Lewis Bradley, eds., *Ruskin's Letters from Venice, 1851-1852*, New Haven: Yale University Press, 1955.
⑤ John Hayman, eds., *Letters from the Continent, 1858*, Toronto: University of Toronto Press, 1982.
⑥ John Ruskin, *Mornings in Florence: Being Simple Studies of Christian Art, for English Travellers*, London: George Allen, 1875.
⑦ John Ruskin, *Guide to the Principle Pictures in the Academy of Fine Arts at Venice*, 2 Vols. Venice: 出版地不详，1877; John Ruskin, *St. Mark's Rest*, Kent: George Allen, 1877-1884.

录《普拉特丽塔》①，其中记录了不同时段的意大利旅行经历。

拉斯金的意大利经历贯穿其整个艺术创作事业，乃至一生。他的作品和艺术课堂都源于对意大利生活和文化的思考。拉斯金把意大利和相关的艺术家、建筑、城市塑造成为一种象征，或是一种道德的、艺术的形式，融入他的事业。在他的意大利旅行日记、信件与自传中，他将不同人生阶段的心态娓娓道来。

2.怀中世纪之古的威尼斯情怀

拉斯金的意大利游记心态在很大程度上受浪漫主义旅行者的影响。他自己也承认："我的威尼斯，跟特纳一样，主要是由拜伦为我们创造的。"②但拉斯金的浪漫情怀更带着一份理性，更加契合他的时代，艺术、道德与社会是他的人生主题，对自然的热爱、对人性的思考、对人类精神生活的担忧充斥着他的作品与表达。他在自传中这样记录第一次意大利之旅："这种富有激情的愉悦与幸福是前所未有的……在那三个月里，它远远超过大多数人一生所能拥有的幸福。"③当他来到威尼斯，面对眼前的情景，他情不自禁地抒发浪漫主义的情感："现代小说和戏剧化的威尼斯已经成为过去，仅仅是衰败的景象，那是舞台上的梦，第一缕阳光终将化入尘土。"④他的旅行日记和信件中传递着怀中世纪之古的威尼斯情怀。相反，"大旅行"者心目中神圣的罗马在拉斯金看来却是一堆垃圾，他很形象地描述罗马：

> 首都是个忧郁而又垃圾般的广场，充斥着帕拉迪安人——现代的；古罗马遗址，是一群破碎的柱子，如果它在维吉尼亚州水面立起来，很容易地，那我们应该称之为一场骗局。我一直认为斗兽场是一种公害，就像《吉姆·克劳》（一首流行的黑人歌曲）；其余的废墟不过是零散的山，没有形状的砖块，以巴比伦的名义覆盖着数英里之地。⑤

在早期，受罗杰斯意大利诗作的影响，拉斯金的意大利情怀与特纳有着诸

---

①　John Ruskin, *Præterita: Outlines of Scenes and Thoughts Perhaps Worthy of Memory in My Past Life*, 3 Vols. London: George Allen, 1885-1889.
②　Edward Tyas Cook and Alexander Wedderburn, eds., *The Works of John Ruskin*, vol. 35, p. 295.
③　Edward Tyas Cook and Alexander Wedderburn, eds., *The Works of John Ruskin*, vol. 35, p. 81.
④　Edward Tyas Cook and Alexander Wedderburn, eds., *The Works of John Ruskin*, vol. 10, p. 8.
⑤　Edward Tyas Cook and Alexander Wedderburn, eds., *The Works of John Ruskin*, vol. 1, p. 381.

多的联系。特纳本人也深深热爱着意大利，尤其是威尼斯，他在油画和水彩画中绘制了许许多多的威尼斯景观。因此，拉斯金对威尼斯也有着特殊的感情。而这份情怀真正萌生于 1841 年的威尼斯之旅。拉斯金在日记中感慨道：

> 这是城市的天堂，这儿的明月足以照亮半个地球，闪烁着的光束照耀在窗前灰暗的水面；五年来我从未像现在这般快乐——或许也将胜过我一生中任何时刻……这里和霞慕尼（Chamouni）是我在地球上的两个家；倘若还有另一个的话，那里都已成为痛苦。①

拉斯金在圣马可广场绘制伟大的建筑物。他意识到了这座城市建筑的美感与衰败，这种鲜明的对比之下的情景，正符合拉斯金矛盾与痛苦的心境。艾伦·温莎（Alan Windsor）写道："他很警觉地去研究那些建筑物……开始记录他所知道或担心的细节，因为这些随时都可能会消失，传递着色彩、光泽和形态的动感之美。"②对此时的拉斯金来说，"威尼斯是充满梦想的地方……远离一切其他杂念的避难所"③。拉斯金年少成才，在其他同龄人仍在尽情玩耍时，他已经创作多部诗作，在艺术上也表露出了惊人的天赋。然而二十岁出头的拉斯金并没有成为典型的艺术创作者，而是把更多的注意力放在艺术评论上，面对文化界的争议，他不免感到迷茫。此时，拉斯金的感情也出现了问题，心仪的女子与他人订婚了，他因而陷入了悲痛之中。对现实生活的不满，让他无法在一个地方固定下来，他总是在到处游走。此外，他的父母又对他有着宗教上的期许。总之，拉斯金面临着艺术、情感、宗教等诸多层面的人生困境。面对这些压力，他唯独在威尼斯找寻到了内心的喜悦：

> 我又活过来了——以最好的方式。曾经教给我的那些有关宗教、爱、钦佩或好的方面，或是以我的本真所感受到的，立刻被重新点燃了；不管是我自己的意愿还是未来命运的安排，我的创作也重新被激发

---

① Joan Evans and John Howard Whitehouse, eds., *The Diaries of John Ruskin*, vol. I, p. 183.

② Alan Windsor, "Introduction," in Sarah Quill, eds., *Ruskin's Venice: The Stones Revisitied*, Aldershot: Ashgate, 2000, p. 18.

③ Joan Evans and John Howard Whitehouse, eds., *The Diaries of John Ruskin*, vol. I, p. 186.

了。我要感谢我的爸爸和妈妈并告诉他们我确信我会好起来。①

这段浪漫、感性的自述传递着意大利，尤其是威尼斯带给他的希望。与浪漫主义诗人拜伦一样，拉斯金在满是衰败之景的威尼斯找寻到了人生的希望。但拉斯金对眼前的威尼斯也表达了些许的不满：

> 我的浪漫仍在持续着。运河在我看来更浅了，我确信比以前也更脏了；我对水面上的漂浮和泼溅丧失了童年时的愉悦——我曾愉快地观望着船桨和波浪……这座城市似乎比我们上次来时更繁荣了，但很明显人们的本质已经发生了变化；所有正在重建的东西完全背离了早先的模样。②

拉斯金这股浪漫情怀虽没有拜伦、雪莱那样的哀恸之感，却也夹杂着对眼前景物的无奈。因此，在接下来的旅行中，拉斯金逐渐回溯到了往昔——中世纪的意大利。

在人生的不同时期，人们的心态并非一成不变的，这在拉斯金等人身上得到了印证。而拉斯金自己也充分意识到了心态的变化，当他 1845 年再次来到意大利时，他在信中写道：

> 我认为现在我对意大利的看法有了几处变化。有了更多切实的兴趣——而不是满是想象或只是为了寻求快乐。我把意大利当作一本书来进行研读并享受其中，而不是当作一个梦境去阐释她。所有有关浪漫的主题都已成为过去，所有的一切都让我无法忘记我是 19 世纪的人类。③

这段文字像是拉斯金的一种宣誓，渐渐地，他在中世纪的历史中找到了创作的灵感和道德的真理。此时的威尼斯正处于改造项目最为密集的时期，面对

---

① Leslie John Alexander Bradley, *Ruskin and Italy*, p.16.
② Joan Evans and John Howard Whitehouse, eds., *The Diaries of John Ruskin*, vol. I, p. 185.
③ Harold I. Shapiro, eds., *Ruskin in Italy: Letters to His Parents 1845*, pp. 142-143.

消逝、重建以及现代化的改造，相比拜伦在 19 世纪 20 年代前后的感伤，拉斯金的情感中又多了一层遗憾：不仅是往昔的伟大与当下的废墟的对比，而是一种一去不复返的无奈，更是景物所凝结的道德与精神的毁灭。拉斯金自知无力改变这样的现实，一心扑到了中世纪的念想之中，尤其是中世纪的建筑与艺术。

在卢卡期间，拉斯金在给父亲的信中写道：

> 参加弥撒后，我在一小时的漫步中发现的事物足以让我工作 12 个月之久。多么神奇的教堂！如此之旧，大约建成于 680 年的伦巴第，所有恢宏而又黑暗的拱门和柱子都覆盖着神圣的壁画和金光灿灿的图画，而下方是蓝色的地面。[1]

他开始执着于中世纪的建筑研究，同时深入了解相关的历史知识。可以说，拉斯金是在卢卡才开始真正研究建筑以及建筑批评理念。而在比萨，他开始钟情于中世纪晚期和文艺复兴早期画家的作品。[2]当他第一次看到贝诺佐·戈佐利（Benozzo Gozzoli）的壁画时，他就被深深吸引了。1882 年，当拉斯金回到比萨时，不禁感叹"我又一次来到了这里，1845 年我曾在这里开始我真正的创作"[3]，可见比萨对其艺术道路的重要意义。当他来到佛罗伦萨，深入学习和模仿新圣母大殿（Santa Maria Novella）里的托纳博尼小礼拜堂（Tornabuoni Chapel）、由马萨乔（Masaccio）装饰的布兰卡契礼拜堂（Brancacci Chapel）里面的作品以及弗拉·安杰利科（Fra Angelico）的壁画等，但他也直白地评价："拉斐尔和米开朗琪罗是伟大的画作，但从他们的创作中可以看到他们毁灭了艺术。"[4]可见他的艺术追求聚焦于中世纪作品。

1882 年是他第三次来到威尼斯，他甚至拒绝乘坐直通威尼斯的火车，而是享受着传统的运河之旅。他满怀豪情地表达了再次踏足威尼斯的这份情感："十年后没有放弃再来到这里的我是怎样的呢？我此刻充满了能量和感情，一如我在 1835 年的圣马可广场，在签字本的白纸上速写小钟盘。"[5]拉斯金对威尼

---

[1]　Harold I. Shapiro, eds., *Ruskin in Italy: Letters to His Parents 1845*, p. 51.
[2]　Edward Tyas Cook and Alexander Wedderburn, eds., *The Works of John Ruskin*, vol. 4, p. xxxii.
[3]　John Lewis Bradley, *A Ruskin Chronology*, Hampshire and London: Macmillan Press, 1997, p. 113.
[4]　Edward Tyas Cook, *The Life of John Ruskin*, 2Vols., New York: Macmillian, 1911, Vol. I, p. 178.
[5]　Harold I. Shapiro, eds., *Ruskin in Italy: Letters to His Parents 1845*, p. 205.

斯的这份情怀并没有在这几年间泯灭。他参观了小众的建筑——圣洛克大会堂（Scuola Grande di San Rocco），沉迷于丁托列托（Tintoretto）的巨作。他在日记中写道："我从未像今天这样彻底折服于人类的智慧——在丁托列托面前。"①拉斯金总是很透彻地将威尼斯文艺复兴时期的艺术与佛罗伦萨、罗马的文艺复兴盛期艺术区分开来。在他看来，在充满消逝之感的威尼斯中，丁托列托的作品凝聚着某种力量，迫使他去进一步了解威尼斯的历史，充分体会这个民族曾经的辉煌、力量与道德。由此，他成了安杰利科和丁托列托所代表的两种意大利画派的诠释者，渐渐拨开了中世纪威尼斯的迷雾。他曾这样评论丁托列托：

> 我们发现丁托列托像一只萤火虫在一次振动中从光亮处飞向黑暗，从最光亮的棱镜到最灰暗的暮色，从早晨云彩的银色调到火山的熔岩灰；一刹那将他自己关入了模糊的意象室，接着进入毫无纷争的天堂和穿越的空间，到达了思想无法追踪或眼睛不可视的深度。我们发现他时而令人毛骨悚然，时而忧郁，时而绚丽多彩，时而深邃又时而丰富；但总的来说，他让每一个微小的品质都融入一种力量，凝结着他一贯的状态。②

拉斯金的这段描述更像是自我心态的剖析，他在丁托列托的作品中看到了丁托列托当时的创作心态，是一种复杂的、多面的心态交织，但又被一股力量收拢——这不就是拉斯金的心态写照吗？在家乡的岁月，他长期各地游走，一方面是父母对他全包围式的教育，另一方面是他在艺术、建筑领域不断变化、更新的思想，以及他对自然、真实的热爱，他的个人情感问题，等等，都导致他内心充满着复杂的心态。在宗教层面，作为虔诚的福音派新教徒，他一贯接纳着反天主教思想，而当时的社会普遍欣赏意大利天主教艺术，这让他产生了一种矛盾心理。他在丁托列托的艺术中找到了共鸣。因此，尽管对自己的宗教信仰心怀笃定，但拉斯金越发热爱中世纪的威尼斯，以至于他写信给父亲："在它们永远消失之前，我要在威尼斯寻找一些更珍贵的细节。"③

---

① Harold I. Shapiro, eds., *Ruskin in Italy: Letters to His Parents 1845*, p. 211.
② Edward Tyas Cook and Alexander Wedderburn, eds., *The Works of John Ruskin*, vol. 12, p. 289.
③ Harold I. Shapiro, eds., *Ruskin in Italy: Letters to His Parents 1845*, p. 201.

　　在拉斯金生活的时代，威尼斯到处是修缮工程，古老的建筑、装饰等逐渐被现代设计取代，这是他无法接受的。看着工人在圣马可广场前修缮的场景，他伤心地写信给父亲：

　　　　让我更伤心的是，那些还没有被毁坏的走廊里散发出神圣的美感，前所未有地吸引着我。在我提笔写信前，我就站在门口的台阶上——月光下的水面不再发出沙沙的响声，也没有一颗闪烁的星星，一切都静止了，就好像威尼斯沉到了水下，可依旧美得超乎想象。①

　　当威尼斯的旅行者沉浸在中世纪的幻想中时，眼前的修缮工程一下子将人们拉回 19 世纪的现实。拉斯金直言：

　　　　我说不清在这样的威尼斯是多么痛苦！没有一处地方保留着她的精神……煤气管商业直逼着你的双眼，你不得不回到 19 世纪，直到你像哈丁先生昨晚梦到的那样，你的贡多拉已变成一艘蒸汽船……我唯一得到的安慰就是——在威尼斯的残骸之中，我找寻到了特纳赋予她的一切……特纳所创作的天空也都在这里，如果人们能对此置之不理的话，它将一直存在。可昨天我正要提笔记录早晨的云雾时，里亚尔托工厂的一股浓烟将一切都玷污得如泰晤士河一般黑。②

　　此时，他开始带着批判的眼光看待当下的英国社会。他热爱当下威尼斯的美景，却也为其曾经辉煌的力量被摧毁而感到可惜，但他更希望通过他的作品让英国人看到，尽管此时的英国是一个强国，收获了工业革命的果实，仍应当多一些谦卑而少一些可悲的骄傲。

　　拉斯金沉迷于这些伟大的中世纪建筑，热爱装饰性雕刻中对于自然的表现与刻画，如植物、动物、鸟、水果、鱼等，因为它们凝聚着过去人们的道德、尊严、思想、对生活的态度与想象。工业革命彻底改变了英国社会各个层面的

① Harold I. Shapiro, eds., *Ruskin in Italy: Letters to His Parents 1845*, pp. 198-199.
② Harold I. Shapiro, eds., *Ruskin in Italy: Letters to His Parents 1845*, pp. 201-202.

状况，机器大生产取代了有思想、有情感的创造活动，一切都是资本家为了盈利而生产的物品。拉斯金在中世纪的哥特式建筑中找到了原始的纯粹与美好的想象，却也不时地透露着对社会现实的忧思。拉斯金这样描绘中世纪的工匠：

> 他们是原始的、愚昧无知的、笨拙的、粗鲁的，但他们是自由奔放的，能够在有序的社会和建筑中自由地表达，而之后的人们就像是奴隶，这种奴性从文艺复兴时期就产生了，一直到机器大生产的时代，人性彻底被剥夺，贪婪和虚伪的商人占据了金字塔尖。[①]

因此，拉斯金很明显表达了对佛罗伦萨和锡耶纳的厌倦，尤其是对文艺复兴建筑的不屑，更是讨厌这类建筑中的雕刻装饰。尽管他欣赏文艺复兴早期的建筑，但对文艺复兴本身充满反感，认为"从古典学识中对艺术、科学、文学等方面的复兴，对贵族、精英的价值观影响与发展是负面的、消极的"[②]。提到锡耶纳教堂时，他说："每一处都是荒谬的——过度的裁剪、过度的条纹装饰、过度的镶嵌、过度的三角搭建，是一块昂贵的糖果，以及毫无信念的虚荣。"[③]至于罗马，他更是对罗马天主教表达不喜之情。参观拉斐尔展厅时，他觉得这是"异教和教皇教的混合体"，与他在沃尔沃斯接受的宗教教导完全不符。而古罗马遗址被他认为是"作文中讨厌得要命的东西"，他继而把卡比多广场描述为"肮脏，看上去阴郁，满是垃圾的地方"。总之，"一种奇怪的恐惧笼罩着整座城市"是他对罗马的整体印象。[④]意大利南部在拉斯金那里同样饱受诟病。当他从南部返程回到威尼斯时，他又抑制不住欣喜，"在咸咸的海水中竖起了真正的大理石墙壁，墙上有成群的棕色小螃蟹，而提香的作品就在里面"[⑤]。从记录的文字来看，拉斯金尤其喜爱威尼斯伟大的自然美景和人类的匠心创作间的无缝融合。这或许也是拉斯金对艺术的思考与心态，他向往着兼具自然之美与创造之美的威尼斯。

1846 年，他对卢卡、比萨的中世纪建筑的研究深入微观层面，而先前他仅

---

① Alan Windsor, "Introduction," in Sarah Quill, eds., *Ruskin's Venice: The Stones Revisitied*, p. 20.
② Alan Windsor, "Introduction," in Sarah Quill, eds., *Ruskin's Venice: The Stones Revisitied*, p. 27.
③ Edward Tyas Cook and Alexander Wedderburn, eds., *The Works of John Ruskin*, vol. 35, p. 270.
④ Edward Tyas Cook and Alexander Wedderburn, eds., *The Works of John Ruskin*, vol. 35, pp. 272, 283.
⑤ Edward Tyas Cook and Alexander Wedderburn, eds., *The Works of John Ruskin*, vol. 35, p. 295.

仅是研究岩石和植物。至此，他的艺术表现与父母对他的期待已经背道而驰，他的父亲依旧留恋拉斯金早期如画的、特纳式的创作，而对他中世纪的品位与新的创作技巧不以为意。布莱德利引用了此行之后拉斯金的父亲与朋友的通信中透露出的隐约失望的话语：

> 他现在在革新艺术，寻求真理，但对你我来说，当下这是一本密封的书。它既不会以图画的形式出现，也不会以诗歌的形式出现。它被收集在残片中，他一直在作画，但没有一幅画像以前那样能获得你或我称赞说一定会名声大噪；现在的每一部分——从穹顶到一个车轮，是如此的零碎，在大众眼里就是一堆象形文字——都是真实的——确实是真实，但真理在马赛克中。[1]

拉斯金在艺术与建筑领域的功成名就伴随着与父亲之间观念的分歧，这无疑加剧了他内心的矛盾。

1849 年，他旅居威尼斯，进一步深入了解威尼斯的历史、社会和经济状况。此时，他与妻子格蕾之间已经出现裂痕，当他独自沉浸在艺术研究与创作之时，他的妻子活跃在交际场所，最终格蕾的不忠对拉斯金产生了精神的打击。他对纯洁的女性充满了幻想，因而更喜欢中世纪威尼斯纯洁的模样。

1851 年 9 月，他在信中描述了再次来到意大利的欣喜："威尼斯比以前更美了，我能够在现场完成或重启我的描述，真是无比感恩啊。"[2]在拉斯金的描述中，每一个瞬间都呈现出威尼斯特有的美感：

> 今天早上，我们遭遇了大潮——我们整个院子水漫金山——也波及了圣马可一大片地区。从另一头来看教堂的外形，是最为精致的。显现着无数根柱子的影子，有白色、深绿色和紫色，从明亮的酒吧一直远远地落在广场上，然后在混杂的色彩中逐渐消失——到处是马赛克图案中的蓝色和金色。如果有阳光的话，那一定像极了《一千零一

---

[1] Leslie John Alexander Bradley, *Ruskin and Italy*, p. 26.
[2] John Lewis Bradley, eds., *Ruskin's Letters from Venice 1851–1852*, p. 1.

夜》里面的景象。①

又如：

> 一个如此美丽而又奇怪的景象，竟让人深深迷恋，以至于忘了它
> 的历史与当下所存在的更加黑暗的真相……这样一座城市的存在与其
> 说是对逃亡的恐惧，不如说是归功于魔法师的魔杖；四周的水域被她选
> 为城邦的镜子，而不是她赤身裸体的庇护所；从本质上来说，一切是荒
> 野而无情的——时光和废墟，以及波浪和风暴——都是为了装饰她而
> 不是毁灭她，而且可能在今后的几年里还会保留这种美丽。②

拉斯金毫不吝啬他的语言来表达对威尼斯的赞美，却也道出了"黑暗的真
相"。此时奥地利军队进驻威尼斯，拉斯金厌恶地写道："每当我经过圣马可
广场，看到那里的枪支，我都感到很生气。"③可遗憾的是，拉斯金的妻子格蕾
的生活方式与其格格不入，她与奥地利人的亲密关系进一步加深了夫妻间的隔
阂。拉斯金在写给父亲的信中表达了对当下境况的绝望："我越是深入观察这个
世界，越发觉得所有人都是盲目的、浑浑噩噩的；我越纵容他们的罪恶，越发
感到失望。"④对妻子、对当下意大利境况的负面心态，进一步促使他投入艺术
批评的创作当中。《威尼斯之石》是此行的伟大创作，引出了艺术与社会之间的
联系，为其在 19 世纪 60 年代开始对社会经济的关注与创作的转型埋下了伏笔。
拉斯金认为"所有好的建筑都是民族命运和特征的表现"⑤，他欣赏中世纪建筑
中的社会、艺术和精神因素。他讲述了圣马可广场上有狮子铜像的两根石柱：

> 这两根石柱据说建造于 12 世纪末，但我没有发现对这些基座、字
> 母的记述，哪怕是微不足道的都没有。那尊贵的带着翅膀的狮子对我
> 来说是最奇妙的，它是中世纪艺术中最伟大的作品之一。我从未见过

---

① Edward Tyas Cook and Alexander Wedderburn, eds., *The Works of John Ruskin*, vol. 5, p. xxxvi.
② Jeanne Clegg, *Ruskin and Italy*, London: Junction Books, 1981, p. 104.
③ John Lewis Bradley eds., *Ruskin's Letters from Venice 1851–1852*, p. 60.
④ John Lewis Bradley eds., *Ruskin's Letters from Venice 1851–1852*, p. 130.
⑤ Alan Windsor, "Introduction," in Sarah Quill, eds., *Ruskin's Venice: The Stones Revisitied*, p. 25.

如此般坚定、勇猛、炽烈的力量。①

之后在《圣马可的停留》中，拉斯金又补充道：

圣马可的狮子是一件 11 世纪或 12 世纪的铜器。我是通过它的风格来判断的；但我还没发现它究竟来自哪里。不过，在做其他研究的任何时候，我都可以碰碰运气。狮子是 11 世纪或 12 世纪，翅膀或更晚一些；羽毛做工非常细致，但是几乎没有起重或敲击——主要是通过装饰加上去的。毫无疑问，他的第一双翅膀是薄薄的铜板，然后碎成羽毛；本身要更宽广！②

他还欣赏威尼斯的拜占庭艺术，在《威尼斯的石头》中写道："但凡在圣马可能吸引眼球的，或是激起情感的，要么是拜占庭的，要么是受拜占庭影响进行改进的。"③

回到英国不久，妻子格蕾离他而去，并且很快嫁给他的友人——画家米莱斯。为化解悲痛，拉斯金没日没夜地进行创作。1858 年，为了放松心情、积蓄新的能量，他又来到了意大利。在都灵的美术馆，保罗·委罗内塞（Paolo Veronese）的创作，尤其是画作《所罗门和示巴女王》，让拉斯金挪不开脚步。关于与委罗内塞的相遇，拉斯金在后来的回忆中给出了一个重要的定义："1858 年对我来说，不外乎新教主义，别无其他——而我整个思想转型的危机就出现在都灵的那个星期天上午。"④可见委罗内塞对拉斯金当时的思想与心态产生了强烈撞击。透过他的作品，拉斯金找寻到了宗教与道德的契合点，他描述道："人类所有的盛世和威严在一种庄严的光辉中飘浮，就像日落时的云雾一样浩荡而安详。"⑤经历不幸婚姻的拉斯金，其心境与这样的画作更加契合。此时的拉斯金又暂时得到了内心的安宁与平静。在中世纪的艺术中，拉斯金发现虔诚的宗教信仰与道德的观念、与感官的愉悦并无冲突。他的宗教心态与艺术心态达

---

① Alan Windsor, "Introduction," in Sarah Quill, eds., *Ruskin's Venice: The Stones Revisitied*, p. 61.
② Alan Windsor, "Introduction," in Sarah Quill, eds., *Ruskin's Venice: The Stones Revisitied*, p. 61.
③ Alan Windsor, "Introduction," in n Sarah Quill, eds., *Ruskin's Venice: The Stones Revisitied*, p. 23.
④ John Hayman, *eds., Letters from the Continent, 1858*, "Introduction", p. xxi.
⑤ Edward Tyas Cook and Alexander Wedderburn, eds., *The Works of John Ruskin*, Vol. 7, p. xli.

到了和谐。

1869 年，当他时隔七年再次来到威尼斯时，他写道："我十分惊奇地发现我还是能在这座城市收获极大的快乐。"①他又钟情于威尼斯画派的画家维托雷·卡尔帕乔（Vittore Carpaccio），被其纯粹的创作吸引，不禁感叹："没有什么能与卡尔帕乔相提并论的了！事实上，我从未关注过他，或许把他与乔凡尼·贝利尼（Giovanni Bellini）放在同一个层次……我没有放弃我的顶托列托，但是他的表达分解成了帷幔和阴影，对当下的我来说过于夸张。但卡尔帕乔对我来说就是一片新天地"②。此时，拉斯金的游记心态随着艺术心态的变化也发生了改变。

之后，拉斯金在感情上再次遇到了挫折，他爱上了与自己年龄相差近 30 岁的学生罗斯·图什（Rose La Touche）并向她求婚，最终因女方父母的极力反对而未果。拉斯金 1872 年的意大利之旅也因为急切想回伦敦见到罗斯而匆匆结束。这段"洛丽塔式"的爱情经历又给中年的拉斯金带来了精神上的打击，他在信中表达了某种消极的心态：

> 我今天早上没有写作，因为去丽都那大巴脏兮兮的引擎发出该死的响声，它就在杜卡尔宫的码头等着肮脏的威尼斯人，他们既不是鱼也不是肉，既不是贵族也不是渔夫——无法支付船票，也没有勇气或意识能自己划船。烟雾和痰整日在广场弥漫。③

拉斯金的心态随着年纪的增长出现了细微的变化，仿佛一下子无法从眼前爱了半辈子的城市中自我治愈。然而对拉斯金来说，不变的是对艺术的执着、对宗教的虔诚，他像往常一样流连于威尼斯中世纪的艺术与建筑，又在罗马钟情于桑德罗·波提切利（Sandro Botticelli）的创作，他总能在艺术的殿堂获得某种心灵的慰藉。

1874 年这一年被拉斯金早期的传记作者爱德华·泰亚斯·库克（Edward

---

① Edward Tyas Cook, *The Life of John Ruskin*, vol. Ⅱ, p. 160.
② Edward Tyas Cook, *The Life of John Ruskin*, vol. Ⅱ, p. 159.
③ Edward Tyas Cook and Alexander Wedderburn, eds., *The Works of John Ruskin*, vol. 27, p. 328.

Tyas Cook）形容为"彻底地影响了拉斯金对意大利艺术的看法"①。这次他感兴趣的是乔托（Giott di Bondone），但此时他已经陷入了极大的悲观情绪，在日记中写下了年初的心境："新的一年刚刚开始，我就感到很迷茫；没必要说有多难过，却真切地感受到日渐衰弱的力量、关怀与希望。"②然而，到了意大利似乎又能使他情绪高涨，"大多数的人还是有着甜蜜的本质，尽管他们是低劣的，但每次我回到意大利都被他们触动"③。在罗马，他寻找中世纪的教堂。到了阿西西（Assisi），他在圣弗朗西斯科教堂浸入式地研究乔托，对乔托的研究使他清醒地认识到自己"被一种谬论折磨了 16 年——这种谬论就是宗教艺术家要弱于无宗教的艺术家"④。在乔托的作品中，他看到了更纯粹、简单的信仰，觉得乔托比提香、委罗内塞更加伟大。这符合其时拉斯金自身的宗教心态，因此这一次他并未去威尼斯。两年后，他才回到威尼斯，此时罗斯已经病逝。这次旅居期间，拉斯金的心态是波动的。起初，拉斯金仿佛在情感上已经释然，眼前的威尼斯让他回到了最初的心态——一种纯粹的热爱：

> 在这儿我不是悲惨的，就像在意大利的其他人们，都不会是悲惨的。大海和船只还是与往常一样——画还是那些画，我体会到了家的感觉，而并没有感觉失去了什么，因为我的父母陪着我来这儿的次数并不多。⑤

此时的拉斯金少了情感上的牵绊，加上父母也已经去世，他的艺术创作、书籍出版等方面不再有父亲过多的干涉与指点，年近花甲的拉斯金觉得威尼斯越发美好了。然而，在他的旅行日记中，却出现了少有的对死亡的恐惧。尽管在威尼斯他能找到安全感，可面对狂风暴雨后的夕阳以及夜晚的月光和星际，他还是发出了无力的感叹："我啊，要是能征服这死亡的阴影该多好，它在我工作时不断袭击着我，又在我休息时让我感到悲伤。"⑥这便是当时拉斯金的心态

---

① Edward Tyas Cook, *The Life of John Ruskin*, vol. Ⅱ , p. 244.
② John Lewis Bradley, *A Ruskin Chronology*, p. 91.
③ Edward Tyas Cook, *The Life of John Ruskin*, vol. Ⅱ , p. 245.
④ Edward Tyas Cook and Alexander Wedderburn, eds., *The Works of John Ruskin*, vol. 29, p. 91.
⑤ Jeanne Clegg, *Ruskin and Italy*, p. 152.
⑥ Joan Evans and John Howard Whitehouse, eds., *The Diaries of John Ruskin*, vol. Ⅲ , p. 906.

写照——当放下一切的时候，却闻到了死亡的气息。

拉斯金不再抱怨威尼斯的重建工程，而是尽情地享受着自然景色，尽管也会感慨时光的飞逝。他依旧埋头于对卡尔帕乔作品的模仿，在卡尔帕乔的身上，拉斯金认为"你会由内而外地衡量你自己——你的宗教，你的品位，你的艺术知识，你对人类和其他事物的认知，等等"①。因此，他更加深入地思考宗教、道德、人性等问题。其间不变的是拉斯金的艺术心态，他对意大利近代画作孜孜不倦地加以嘲讽："我又看了看近代绘画，最后还是要斥责这种浮华和愚昧……后来又看了拉斐尔和李奥纳多的绘画；我内心觉得都是悲惨而常规的东西，就跟当代的画一样，是错误的。"②与之相反的是，他钟情于早期艺术家卡尔帕乔的圣乌苏拉（St. Ursula）系列壁画，不时将圣乌苏拉与他心爱的女子罗斯相提并论。在这些中世纪的作品中，他的思想得到了升华：

> 卡尔帕乔用他威尼斯的话语为地球上的生灵讲授了一堂课——死亡要好过他们的生命；新郎也不会比新娘开心，就像他们不结婚也会很开心，或者说这种快乐不是婚姻给予的。③

这段旅行日记像是拉斯金对自己的艺术观、人生观、婚姻观的总结。在旅行的经历中、在工作与生活的磨砺中，他又将艺术的心态与情感上升到了宗教的心态，最终回到了纯粹而虔诚的宗教信仰，达到了自我内心的安宁。到了次年五月，他回想这一段威尼斯之旅，在日记中写道：

> 一切进展顺利（只是过得太快了！），除了我的心灵。圣诞节那会，我感觉自己处于一种不太光彩的状态。除了为所有的失败而感到羞愧，并屈服于它必须承受的痛苦，以及它所带来的快乐；很显然我现在的职责就是尽可能让自己快乐些，如此来救赎我失落或悲惨的过去——看在别人的份上也要快乐，也看在骄傲的份上，要让他们知道达到快乐所需付出的代价。而不是说我在这方面比成千上万的人更有

---

① Jeanne Clegg, *Ruskin and Italy*, p. 170.
② Joan Evans and John Howard Whitehouse, eds., *The Diaries of John Ruskin*, vol. Ⅲ , p. 922.
③ Jeanne Clegg, *Ruskin and Italy*, p. 161.

能力，这数字或许还要超过我最近所希望的。①

威尼斯对于拉斯金的意义已不再是自然风光或衰败与废墟，而是在这艺术与建筑之中，寄托了人生的念想。最后，拉斯金怀着愉悦的心情返程，"我的精神和力量好太多了，这源于圣乌苏拉，五个新的特纳……在我回家的路上带给我快乐"②。于拉斯金，威尼斯终究是疗愈心灵、振奋精神的理想之地。

拉斯金最后一次去意大利是在 1888 年，留给世人最后一篇游记日志：

> 在世界上最善良的人类中间——
> 但我不知道我会变成什么样。
> 威尼斯。至少还在这里……③

两年后，拉斯金离开了人世。他至死都抒发着对意大利、对威尼斯的深情。再来回望他早年的意大利诗作：

> 月亮以她慈祥的目光俯视
> 蓝色的亚平宁那令人欢欣鼓舞的陡峭之地；
> 许多颗巨大的星星在天空中颤抖，
> 从遥远的深处闪耀着光辉。
> 大理石雕刻着的岩石多高啊，
> 就像是睡梦中可爱的想法！
> 沿着杂草丛生的台阶和冲洗过的大门
> 绿色而又昏昏欲睡的浪涌着，慢慢地移动
> 在古老，有脚印的地面；
> 或静而深，清澈而冰冷地流动
> 沿着他们满是柱子的河岸和雕塑的海岸；

---

① Joan Evans and John Howard Whitehouse, eds., *The Diaries of John Ruskin*, vol. Ⅲ, p. 950.
② John Lewis Bradley, *A Ruskin Chronology*, p. 103.
③ Joan Evans and John Howard Whitehouse, eds., *The Diaries of John Ruskin*, vol. Ⅲ, p. 1150.

或唤醒低沉的哀号，就像是在悲伤中，

沉睡在不会背叛的水下的

是在午夜被秘密杀害又没有起来报复的受害者。

宫殿在黑暗中闪闪发光，

威尼斯就像是一座纪念碑，一座坟墓。

死寂的声音沿着海面响起；听，

我在想，远处的战斗断断续续地轰鸣着！

沿着圣马可月光下的人行道

不息的死者似乎在黑暗中飞舞。

在那里忧郁地走着——公爵的皇冠

高高地在他闪闪发光的头发上，——是战士的灰色。

多么无情的冷漠停驻在

参议员的额头上！一束炽热的光线

在那狂暴的皱眉下闪烁着！

很久以前消失的人，醒了，

现在一起从各种各样的坟墓开始，——

活在寂静的夜晚，清醒地走着。①

　　这是拉斯金第一次来到威尼斯时创作的游记诗文，是对夜色之下威尼斯景色的描绘，而拉斯金也时刻回想着她的历史。就像拉斯金后来在《近代画家》里写的那样："能感受到古老的世界是真实存在的，只是崭新地出现在眼前：古老的时代并不是一个梦；孩子们拿着古老的石头玩耍才更像是一个梦境。"②面对当下的情景，拉斯金的心境是悲伤、忧郁的，但他赞美历史中民众的力量，希望他们能清醒过来打破一片死寂。

　　拉斯金图文并茂地记叙了人生不同阶段在意大利的点滴，他对自然的描绘、对中世纪建筑的刻画，对于维多利亚时代的英国读者来说是一种精神的冲击，让他们清醒地认识到在机械化大生产的潮流中人们的麻木、漠然。拉斯金却在

① Leslie John Alexander Bradley, *Ruskin and Italy*, "Appendix C", p. 83.
② John Ruskin, *Modern Painters*, New York: Wiley, 1887, vol. 4, Part V. 转引自：Lori N. Brister, *Looking for the Picturesque: Tourism, Visual Culture, and the Literature of Travel in the Long Nineteenth Century*, p. 51.

威尼斯的废墟中看到了更多的美感。他赞美未经修复的中世纪艺术家（包括文艺复兴早期的艺术家）的壁画、雕刻和建筑。在他看来，修建意味着摧毁。他热爱中世纪和中世纪艺术在当下的残骸：

> 19 世纪的人们所有的快乐源于艺术，源于这图像、雕塑，关于道德的小物件，或中世纪建筑，我们欣赏的这一切都套用着"如画"这个术语……我们发现有真实情感的人们都乐于逃离现代城市，去享受自然风景。[1]

他始终在传递这样一个信息，那就是人们对艺术的感知不可能完全脱离他们在现实生活中的人生观、价值观。因此，他的意大利绘画、意大利游记饱含不同阶段的心态，唯独不变的是对中世纪威尼斯的情怀，他总能在其中找到内心的平静与人生问题的解答之策。

拉斯金不同人生阶段的意大利旅行心态和对威尼斯中世纪艺术与建筑的热爱，显现着他作为 19 世纪一个活生生个体的心态，他是艺术创作者、是父母的儿子、是深爱着女子的男子，也是真诚的朋友。拜伦在威尼斯的废墟中隐射着自身不灭的生命力，而拉斯金在这废墟之中、在早期意大利的艺术之中找寻到了特纳式的美感，这种美激发了他的创作灵感。在废墟般的威尼斯感受曾经的伟大与美丽，就仿佛能在当下英国的社会现实中依旧意识到生命的真谛、尊严与伟大，这就是拉斯金的意大利旅行心态。

拉斯金的意大利经历成了其作品发展的基石，他的作品本身也改变了英国人对意大利的认知以及意大利旅行的开展，甚至影响了其他人的意大利游记创作，其程度不亚于拜伦对一代人的影响。拉斯金被珍视为意大利旅行风向标，启发了维多利亚时代的旅行群体。

如果说罗杰斯是在意大利寻找到中世纪田园生活的宁静，那么拉斯金是在威尼斯享受着中世纪色彩的自然、宗教、艺术的完美融合，二者皆是对现实生活的一种逃离。一位是社交圈的组织者，一位则尽可能远离社交，因而一位向往宁静，一位则沉浸在自己的艺术、宗教天地。他们的游记复活了中世纪的传

---

[1] John Ruskin, *The Stones of Venice*, vol. III, p. 175.

说、哥特式建筑等，把中世纪从黑暗时期拯救出来，反倒成了浪漫主义心态的栖息之地。浪漫主义者还激活了人们对威尼斯历史的兴趣。①

小　结

本章管窥了工业文明背景下英国国内意识形态的变化与力量。经分析，浪漫主义作为一股重要的思想浪潮，充分反映了 18 世纪末以来整个英国社会在诸多领域的革新，这势必影响旅行者的游记书写心态。浪漫主义旅行者与意大利产生了更深层次的关联。在浪漫主义旅行者的游记文本中，他们对意大利景观、建筑、艺术等的描述流露着自我的情感，其间既有感伤的心态也有理想情怀的抒发，还有着怀古的沉思与向往。无论是银行家还是艺术家，乃至被英国社会"驱逐"的浪漫诗人，都通过亲身的游历体验抒发着浪漫主义的情思，将自己当下的心态投射在意大利的自然与人文景观中，又时刻回望意大利的历史，以历史的心态进一步思考眼前的景象，激发政治、宗教以及道德层面的抒情，使同时代的英国同胞产生共鸣。对此，张德明教授指出：

> 持续不断的旅行刺激了文化感受力的复苏，激发了旅行主体的移情能力；借助移情能力而获得的"替代性经历"，使现代性的旅行主体更加深刻地认识了自己。通过时空的转换，旅行主体持续不断地躲避着固定的身份和定义，持续不断地发现自我和确认自我。"情感结构"中出现的这种重心灵、重情感、重自我的倾向，在此后的浪漫主义思潮中获得了进一步的发展。②

他们对意大利独特之美的激情，对其伟大历史的兴奋，对其消逝之景的忧心，形成了共同的浪漫主义心态。他们攻击在工商业日渐发达的社会现实下人性的缺失以及相伴而来的漠然、粗俗之态。他们把这样的心态融入意大利游记，

---

① Jeanne Clegg, *Ruskin and Italy,* pp. 105-106.
② 张德明：《英国旅行文学与现代"情感结构"的形成》，《浙江大学学报（人文社会科学版）》2011 年第 1 期。

直抒对意大利自然美景的喜爱,对中世纪田园生活的向往,对历史的残骸、废墟之景的哀恸,也算是对现实生活的逃离,是浪漫主义者的心态宣泄。

总之,这种对自然的热爱、纯粹的基督教情感和感情的力量间相互的联系深刻影响了英国的旅行者,英国大批有识之士涌入意大利,铸就了一部生动的 19 世纪浪漫主义游记史。而在笔者看来,这部游记史对当今世界的人们影响巨大。同样经历着变革与动荡,我们该如何思考当下与未来发展之势,又如何审视变革中的人生?浪漫主义游记心态的挖掘给了我们一定的启发。

第四章

追溯文艺复兴近代源流
历史心态下的游记研究

19 世纪英国的意大利游记心态

毫无疑问，论及与文化有关的东西，意大利向来是英格兰的向导和情妇……在所有的欧洲国家中，意大利率先创造了现代文明的高雅艺术和文学。意大利也率先展现了家庭生活的教养、礼仪的教化和交往的礼节。在意大利，一些贸易场所首先发展了男人与女人的社会，他们接受着同样的人文教育。在意大利，政府的规章率先被拿来讨论并被归纳为理论。在意大利，对古典的热忱有其渊源性；而学识，有利于我们精神上的训练，基本上也是意大利人率先拥有的。

通过探索、消化和再生经典，意大利也为北方的国家点燃了学识的进取之心。我们伟大的诗人能够轻易地，然而有益地掌握希腊和罗马的杰作，在其背后，都是意大利人所挥舞着的天赋力量……[1]

随着工业革命的演进，大英帝国空前强大，对外殖民扩张，被打上了欧洲中心主义、殖民主义的标签。而英国国内，到了 19 世纪中后期，商人阶层一味追求物质利益最大化，对工业污染等恶劣的社会环境全然不顾，因此整个社会陷入了物质主义和功利主义的泥潭以及精神萎靡、价值观堕落的局面。在这样的社会形势之下，一批有识之士意识到了存在的种种矛盾，开始思考一些更深层次的困惑与问题。这些思考也充分影响了他们开展意大利旅行的意义和在意大利游记中的心态抒发，将他们引向另一番心态境地。

19 世纪中下叶，意大利成为一个独立的国家，也成为现代世界中的一股现

---

[1] John Addington Symonds, *Sketches and Studies in Italy and Greece*, London: Smith, Elder, & Co., 1898, pp. 256-257.

代工业化的力量，但同时也显现着饱含过往色彩的诡异、神秘的虚影，作为文艺复兴之乡的形象越发醒目。文艺复兴研究学者黑尔在研究罗斯科有关美第奇家族的作品时指出："对于一个像罗斯科那样积极的市民来说，把利物浦与佛罗伦萨相比较是自然而然的。在罗斯科看来，他的作品来自一个重商的城市，就像是第二个佛罗伦萨。"①英国旅行者总是习惯性地将自己的国家与意大利联系起来。1879 年，西蒙兹在游记中就认为意大利对 19 世纪文坛的影响完全不亚于对伊丽莎白时期文学的影响。他写道："作为诗人，他最能真切感受文字，而我们英国人，是透过对意大利人的情感生存与生活的。这种磁铁般的触碰得以激发北方人的想象力，而这一切皆源于意大利。"②

如果说"大旅行"时期旅行者到意大利旅行是为了亲身感受古典世界的智慧与古老帝国的伟大，而浪漫主义者面对废墟和人类的现状沉浸在痛苦与哀婉之中，那么这一时期的英国人到意大利是为了振奋他们的精神和感知。为了人类当下与未来的发展，他们还要追溯工业文明的源头，这种积极的态度和富有创造力的探索，深深地影响了意大利游记心态。与此同时，在帝国扩张、工业革命和产业工人的宪章运动的推动下，科学、民主观念日渐深入，宗教的观念逐渐淡化。人们本能地怀念传统，渴望留住道德伦理规范，保持民族传统特性。因此，意大利浓重的文艺复兴色彩让他们找到了文化、历史、思想、艺术、文学等方面的"共通性"，他们以历史的心态回望文艺复兴，试图找到新的出口。

一、自由主义思潮下的文艺复兴历史回望

在工业革命的冲击下，欧洲各国开始利用意识形态的力量以适应新时代的发展，英国也不例外。在启蒙运动理性主义、法国大革命的影响之下，作为工业革命最大的受益者，中产阶层内部萌发了自由主义，与发轫于法国大革命时期的保守主义相抗衡。他们反对传统的贵族秩序，反对君主制下贵族和教会控制的社会。自由主义是 19 世纪主流的意识形态。史学家丹尼斯·谢尔曼

---

① John Rigby Hale, *England and the Italian Renaissance*, pp. 73-74.
② John Addington Symonds, *Sketches and Studies in Italy*, London: Smith, Elder, & Co., 1879, p. 185.

（Dennis Sherman）等人在讲述自由主义的源头时指出：

> 自由主义者从启蒙运动和约翰·洛克的理论中吸取了自然法、人权、宽容和崇尚理性的思想，并将它们应用于人类事务中。他们还从诸如孟德斯鸠等政治思想家的理论中，汲取了政府应该分权和制衡的思想。从法国和美国革命中，他们又吸纳了自由、法律面前平等、主权在民和财产神圣不可侵犯等原则。[①]

可见，自由主义有着理性主义的深厚渊源。他们在政治上主张限制贵族和精英阶层的权利，渴望建立一个人人平等、个体拥有自由的社会，同时希望获得政治权利。作为自由主义思想的重要领头人，英国哲学家杰里米·边沁（Jeremy Bentham）及其追随者的自由主义思想却带着明显的功利主义，在英国国内颇具影响力。他们主张追求"最大多数人最大的利益"[②]，将事物的功利性与人类的福祉对等起来。而在经济领域，自由主义者提倡经济学家亚当·斯密所开创的经济自由主义，主张政府在经济政策上实施自由放任的政策。1830年，代表自由主义的辉格党人赢得政权，使富有的工商阶层掌握权力，结束了贵族统治的局面。然而，在新的有产阶级统治下的英国，历经各种考验，其发展并不是一帆风顺的。

一方面，英国作为工业革命的根据地，占据着世界贸易市场的优势，在1850年至1870年获得了格外优厚的利润，成为世界工厂。矿井、企业主以及不少政治家所支持的经济自由开放政策，使得社会改革更加难以实现预期的目标。到了19世纪中期，在这种矛盾与冲突之下，英国完成了工业革命，达到了全盛期，在世界范围内空前强大。

另一方面，1832年至1848年，英国正值改革的时代，但国内可谓困难重重。面对工业革命带来的消极影响，自由党派人士积极采取变革措施，但没有取得积极的效果。在伦敦、曼彻斯特等重要的城市，渐渐充斥着贫民窟。1846年，废除《谷物法》最终得以实现，这才大大降低了贫困率。同时，工厂和矿

---

① 丹尼斯·谢尔曼、乔伊斯·索尔兹伯里：《全球视野下的西方文明史》（中册），第807页。
② 丹尼斯·谢尔曼、乔伊斯·索尔兹伯里：《全球视野下的西方文明史》（中册），第808页。

井地区的工作环境极其恶劣。狄更斯曾对此描述道："这是一个工厂和烟囱的城镇，在它的上空，如毒蛇一般的浓烟，永无止境地自己缠着自己……城里有一条黑色的运河，小河被染成紫色，臭气熏天，大量的房屋挤在一起，房子的窗户成天咔咔作响，不断颤抖，蒸汽机的活塞单调地上下运动。"[1]工业污染使英国的上空蒙上了一层昏暗的云雾，这严重影响了城市的面貌和市民的心境。

紧接着，在爱尔兰等地发生了严重的饥荒，自由党人却坚信政府不应该干预经济，加剧了政府与工人阶级的矛盾。1848 年，工人阶级主导的宪章派发动了全国大请愿，最终在政府军队的镇守下，群众取消游行示威，避免了暴力冲突，使英国有幸逃过了 1848 年在全欧洲（包括意大利）爆发的革命。总之，英国整个政治、社会环境不可避免地造成了底层社会的骚动。很多维多利亚时代的人仍对法国大革命心有余悸，担心在英格兰也遭遇同样的命运。诗人丁尼生在《罗克丝丽官》中发出了警告的声音：

> 渐渐地，饥饿的人们正在走来，正如一头狮子慢慢接近，盯着一个正在一堆即将熄灭的柴火前打盹的人。[2]

总之，英国国内处处隐藏着危机："宪章运动所映射的工人阶级的反叛情绪、中等阶级激进派对国家政权继续掌握在贵族手中的厌恶，以及工业化所造成的种种问题，都严肃地呈现在每一个英国人眼前。"[3]与此同时，中产阶层中的保守派日渐活跃，登上政治舞台，与激进的自由派进行政治博弈。

在这样的背景下，整个英国社会的价值观越发扭曲，充斥着功利主义和物质主义：

> 工业革命后，城市化进程加快，人口集中，西方社会一片喧嚣，工业垃圾污染了生态环境。以往那种清泉溪流、鸟鸣山幽的诗情画意的美好自然图景一去不复返了，取而代之的是恶臭的排水沟、如山的垃圾站，伦敦上空没有了蓝天白云和袅袅炊烟，只有弥漫于城市中的

---

[1]　丹尼斯·谢尔曼、乔伊斯·索尔兹伯里：《全球视野下的西方文明史》（中册），第 780 页。
[2]　Alfred Tennyson, *Poems*, 2 Vols. London: Edward Moxon, 1842, vol. Ⅱ, pp. 135-136.
[3]　钱乘旦编：《英国通史·第五卷　光辉岁月——19 世纪英国》，第 119 页。

无孔不入的烟尘和浓雾。同时，文明的污染渗透到人性、信仰等层面，人与自然的和谐被破坏，人与人之间的关系也变得紧张、隔膜，导致人性异化，道德堕落，信仰危机和精神失落，人的生存状态呈现了一片"荒原"景象，文明的发展将人类引向了苦难和堕落。工业文明造成了人类物欲急剧膨胀。①

整个英国社会沉浸在利己思想之中。《共产党宣言》这样描绘资产阶级："宗教虔诚、骑士热忱、小市民伤感这些情感的神圣发作，淹没在利己主义打算的冰水之中。"②

维多利亚时代诸多富有洞察力的人士预见到了危机："一种失去某种东西的焦虑感，一种在这个因技术变革而变得陌生的世界中流离失所的感觉，而技术变革被开发得太快，人类无法在心理层面快速适应。"③ 这些危机在他们的心灵深处引发了一些深层次的困惑与问题，他们关注社会，关注社会的道德准则与价值体系。正如桑德斯写的："这个时代是一个充满矛盾的解说和理论的时代，一个充满科学自信心和经济自信心的时代，一个充满社会悲观主义和宗教悲观主义的时代，一个深刻意识到进步不可避免并对特性深感忧虑的时代。"④ 世纪中期的一批现实主义批判者对这一时期人们的价值取向、信仰和行为准则产生了怀疑，对未来发展充满忧思，为了振奋萎靡的精神，他们开始了积极的反思与追寻。

在忧思社会现实的同时，19世纪中后期的文人最终将困惑的心态寄托在过往的历史现象之中，试图寻找解决问题的出路，印证了"在19世纪工业新文明浪潮冲击下的文人还需要在传统文明中寻找文化的源流"⑤。而其中所指的传统文明就是意大利的文艺复兴。在他们看来，意大利的那段历史与当下的英国有着相关性，这几百年的鸿沟很容易跨过。古典文化的学习是英格兰上层社会或

---

① 庞荣华：《毛姆异域游记研究》，博士学位论文，华东师范大学，2011年，第56页。
② 马克思、恩格斯：《共产党宣言》，北京：人民出版社，1997年，第30页。
③ Meyer Howard Abrams, eds., *The Norton Anthology of English Literature*, 2 Vols. 4th eds. New York: W. W. Norton and Co., 1979, vol. 2, p. 929.
④ 安德鲁·桑德斯：《牛津简明英国文学史》，谷启楠译，北京：人民出版社，2000年，第410页。转引自：钱乘旦编：《英国通史·第五卷　光辉岁月——19世纪英国》，第454页。
⑤ 周春生：《心态史比较视野下的文艺复兴虚影与实景——以罗杰斯、罗斯科、西蒙兹意大利游记诗文为线索》，《上海师范大学学报（哲学社会科学版）》2021年第1期。

中产阶层教育生涯中必不可少的部分。在维多利亚时代的公立学校，学生们四分之三的学习时间会花在古希腊语和拉丁语学习上。[①]因此，英国人把当下的意大利同他们所学的知识联系起来，把对古典文明的热爱与尊重寄托于他们所处时代的意大利，也很自然地将倡导古典的文艺复兴作为旅行关注的重点。正如学者希拉里·弗雷泽（Hilary Fraser）写的："维多利亚时代的画家、作家和历史学家皆以自己的的想象绘制了文艺复兴。"[②]

首先，自由主义意识形态将思想者引向了意大利文艺复兴那段历史，他们由此塑造了文艺复兴的历史概念。事实上，文艺复兴作为历史概念本身是 19 世纪的创造物。1855 年，法国史学家儒勒·米什莱（Jules Michelet）在巨作《法国史》中提出了文艺复兴这个特别的概念，将其历史背景放在 16 世纪上半叶的法国。[③]接下来，在巴塞尔，文化史学家雅各布·布克哈特（Jacob Burckhardt）以其代表作《意大利文艺复兴的文化》将文艺复兴聚焦在了意大利，并大胆推论"意大利人是第一批现代人，他们看到了外部的世界并感受到了它的美"[④]。此书于 1878 年被翻译成英语，也为那段时期的意大利历史研究打下了坚实的基础。而在米什莱和布克哈特之前，已有大量的学者，包括画家、艺术史家、史学家对 15、16 世纪的意大利文化展开研究，都受到了维多利亚时代英国文化价值观和社会环境的影响。据史学家黑尔论述，英国首次使用文艺复兴这一术语的人物是小说家特罗洛普，他在法国游记中表达了对一座教堂的不喜之情："它的建筑风格是最沉重、最不优雅的，俗称'文艺复兴'，正如法国所选择的这个术语。"[⑤]在英国，从早期的威廉·扬·奥特利（William Young Ottley）到拉斯金，再到弗农·李等人，整个 19 世纪见证了学者对意大利文艺复兴的历史与艺术浓烈的兴趣。19 世纪 40 年代以来，普通大众也有越来越多的机会在英国国内观赏到文艺复兴时期的艺术，如 1857 年在曼彻斯特举办的艺术珍宝展览会。[⑥]艺术家展开了意大利艺术研究。1863 年，西蒙兹的《文艺复兴》一文获得了牛

---

① Bonnie Jill Borenstein, *Perspectives on British Middle Class Pleasure Travel to Italy and Switzerland, 1860–1914*, p. 26.
② Hilary Fraser, *The Victorians and Renaissance Italy*, Oxford and Cambridge: Blackwell, 1992, p. 2
③ Hilary Fraser, *The Victorians and Renaissance Italy*, p. 1.
④ Jacob Burckhardt, *The Civilization of the Renaissance in Italy*, trans. by S. G. C. Middlemore, London: Penguin, 1990, p. 192.
⑤ Hilary Fraser, *The Victorians and Renaissance Italy*, p. 110.
⑥ Hilary Fraser, *The Victorians and Renaissance Italy*, p. 2.

津论文奖。①之后，沃尔特·佩特（Walter H. Pater）于 1873 年出版了《文艺复兴历史研究》，西蒙兹创作了七卷本的《意大利文艺复兴》。②总之，各国的艺术家、批评家、诗人、小说家、历史学家皆致力于 15、16 世纪的意大利文化研究并塑造了文艺复兴的概念。

匈牙利艺术史家阿诺尔德·豪泽尔（Arnold Hauser）指出了 19 世纪意识形态与文艺复兴概念之间的联系——"文艺复兴对自然的重新发现是 19 世纪自由主义的产物"，并进一步认为"文艺复兴概念中感性的部分更多的是基于 19 世纪的社会心理，而不是基于文艺复兴本身"。③因此，弗雷泽总结认为自由主义的意识形态决定了文艺复兴概念塑造中个体自由、感性的成分。他还进一步用海登·怀特（Hayden White）和米歇尔·福柯（Michel Foucault）的历史观点"传统的历史写作支持现在对过去的挪用"来证明这一点。④可以说，文艺复兴这一概念本身就离不开 19 世纪的主流心态。

其次，19 世纪中后期英国文人旅行者关注着现代性社会背景下人类的精神信仰与伦理生活，试图在文艺复兴那段历史中寻找文明的源流。文艺复兴作为近代的开端，激发了人文主义，对抗中世纪神权统治和道德约束，显示出了强大的生命力，成为近代社会的主流思潮。15 世纪的佛罗伦萨为 19 世纪的英国提供了历史镜像，呈现了共通的价值问题和精神困境，值得具备先进思想的文人从中追溯近代文明的源流。

一方面，在自由主义思潮影响之下，世俗化取代了宗教，宗教信仰成为私事。在维多利亚时代，人们对宗教的质疑不仅在于教会的教义，而且在于经文本身的权威，甚至对上帝的存在等问题都产生了激进的质疑。达尔文（Charles Robert Darwin）的进化论正面反对神学，对上帝的存在和上帝的本质进行了清醒的说明，震撼着人们的观念。在这种背景下，一些思想家看到了现实社会中人们的信仰危机，产生了对道德观、价值观的忧思，他们回望文艺复兴时期人们对宗教的虔诚与世俗政权、人文理想的冲突，以期从这股源流中寻求人性道

---

① John Rigby Hale, *England and the Italian Renaissance*, p. 110.
② Walter H. Pater, *Studies in the History of the Renaissance*, London: Macmillan and Co., 1873; John Addington Symonds, *Renaissance in Italy*, 7 Vols. London: Smith, Elder and Co., 1875-1886.
③ Hilary Fraser, *The Victorians and Renaissance Italy*, p. 4.
④ Hilary Fraser, *The Victorians and Renaissance Italy*, p. 4.

德的平衡。

另一方面，维多利亚后期整个社会庸俗的价值观和道德观使艺术家与社会产生疏离。这种精神层面的迷惘与消极状态助长了审美的运动，艺术成了机械原理的对立面，却是理想生活的栖息之地。艺术以其富有创造力的表现，取代了宗教，成为人们生活的指南，它印证了人类的精神本质与人类存在的必要性。这种思想倾向在 19 世纪早期便已初见端倪，打破了文艺复兴在启蒙时代的沉寂。而在维多利亚时代，艺术家对于文艺复兴的热情越发浓烈、更显活力。正如罗素写的，文艺复兴时期"精神上的枷锁一旦摆脱，在艺术和文学中便表现出惊人的才华"[1]。艺术家不仅向往文艺复兴时期盛行的艺术理想，还关注那时候的文人对于生活的感官享受，认为这是文艺复兴精神的一个重要部分。他们强烈地感觉到，生活应该过得热烈而充实，满足思想和感官的需要。从逻辑上来看，敏感的维多利亚人意识到了艺术所具备的人性化力量，并迫切需要在精神上得到复兴的能量，因而他们前往意大利寻找这股力量。

伯伦斯坦指出："19 世纪后半叶的中产阶层旅行者对意大利的激情可与'大旅行'时期的精英阶层媲美。"[2]英国旅行者亲身感受着具有浓厚历史感的意大利，意大利的城市彰显着往昔与现代的结合，并没有受到工业文明的强烈冲击，他们不免产生一种比较——自己的国家却是在工业化、现代化进程中与历史相脱离，进而在比较中回望英国的过往，勾起了怀旧的情结。对画家托马斯·尤温斯（Thomas Uwins）来说，"意大利之所以吸引着这一时期的英国旅行者，并不在于其艺术，而是人们行为举止的淳朴，他们耕作和劳动工具的粗暴，以及他们的容貌和穿着中的年代特征。这些可以让旅行者的思想回到早期的岁月，感受他们所向往的历史和诗歌中的场景"[3]。意大利本身就是历史的宝库，旅行者将怀旧的心态转化为历史的心态，通过回望文艺复兴历史，得到心灵的满足。而同时，文艺复兴这段历史充满着对古典的痴迷，并且它致力于古典学术的复兴，这就更为维多利亚时代的史学家提供了追溯历史的契合点。总之，他们以历史的心态看待意大利，在文艺复兴的近代源流中寻找思想的共鸣。

---

[1] 罗素：《西方哲学史》（下卷），第 287 页。
[2] Bonnie Jill Borenstein, *Perspectives on British Middle Class Pleasure Travel to Italy and Switzerland, 1860–1914*, p. 25.
[3] Hilary Fraser, *The Victorians and Renaissance Italy*, p. 3.

二、体验文艺复兴的历史大背景

在自由主义思潮影响下，文艺复兴时期的意大利人民为自由而斗争的精神受到 19 世纪中期大批知识分子的欣赏。流亡的意大利民族解放战士也被英国国内民众接纳。英国知识分子对英国在政治、宗教、社会等方面的现实问题极为忧虑与不满，这也影响了他们游历意大利的心态。他们游历意大利的过程实际上是体验其文艺复兴大背景，在回望文艺复兴的历史心态中，追溯近代文明的源流。诚如有学者写的："文艺复兴时期意大利的城市文明就是中世纪和近代的混合物。"[①] 与浪漫主义旅行者不同的是，他们的意大利游记展现了近代的情怀。

与此同时，在维多利亚时代，英国知识分子对于基督教艺术有了全新的想法。基督教艺术被浪漫主义者发现，也深刻影响了维多利亚时代人们对意大利画作与建筑的理解。而 19 世纪，英国知识分子对于古典文化遗产的热情持续升温。维多利亚时代的英国旅行文学到处是对西西里和意大利本土真实的雕刻与遗迹的诗意回应，同样也回应了文艺复兴时期的古典艺术与建筑。

（一）罗斯科的近代意识与意大利译事

作家兼翻译家托马斯·罗斯科（Thomas Roscoe，1791—1871）出生于英国利物浦，是著名历史学家威廉·罗斯科（William Roscoe，1753—1831）的第五个儿子。罗斯科自小接受私人家庭教师的培育。1816 年，罗斯科的家庭经济遭遇挫折，父亲不得已申请破产。罗斯科也为生计走上写作的道路。罗斯科先是为利物浦当地的杂志社和报社写作，后专职从事文学创作。罗斯科一生创作了 20 余部作品，尤以翻译作品为学界称道。罗斯科精通意大利语、法语、西班牙语、德语等语种，先后翻译多部文学史、艺术史上的经典名著，如《本韦努托·切利尼传》、法国史学家西斯蒙第（Sismondi，Jean Charles Lnard Simonde de）的《南欧文学史评》和意大利艺术史学家路易吉·安东尼奥·兰齐（Luigi

---

① 周春生：《心态史比较视野下的文艺复兴虚影与实景——以罗杰斯、罗斯科、西蒙兹意大利游记诗文为线索》，《上海师范大学学报（哲学社会科学版）》2021 年第 1 期。

Antonio Lanzi)的《意大利绘画史》①，另外还有《意大利小说家》《德国小说家》《西班牙小说家》②。罗斯科亦爱好旅游，浪迹欧洲各国并写下不少脍炙人口的游记作品。他的第一部游记《瑞士与意大利游记》③出版于 1830 年，随后连续八年出版了意大利、法国、西班牙游记，由罗伯特·詹宁斯出版社（Robert Jennings）合编为十卷本的《景观年鉴》（*Landscape Annual*）。其中前四卷（出版于 1831 年至 1833 年）以意大利游记为主④，其余为 1834 年的《法国游记》、1835 年至 1838 年的《西班牙游记》，1839 年的《葡萄牙游记》（由哈里森创作）⑤。除《景观年鉴》外，罗斯科还写有《漫游北威尔士》《漫游南威尔士》《威尼斯传奇》和《比利时名胜游》等游记作品。⑥这些游记不仅透露着罗斯科对自然的热爱之情与怀古之情，还展现了 19 世纪欧洲国家的风土人情，加上罗斯科优美的文笔，上述游记作品为一代又一代的旅游爱好者和文学爱好者捧读赞叹。

1. 罗斯科的意大利之缘

罗斯科受其父亲影响很深。威廉·罗斯科在工作闲暇之余，对文学和艺术很感兴趣，还与朋友一道学习拉丁语和意大利语。当他以艺术的视角去探究中世纪时，却意外发现了这一时期艺术与文学的繁茂，他的作品使他成为享誉国际的历史学者。他在研究中宣告了美第奇家族与整个意大利深厚的渊源，指出美第奇家族对艺术家的庇护和艺术的复兴之间的联系，从而表明这个时期文化的

---

① Thomas Roscoe, trans., *Memoirs of Benvenuto Cellini, a Florentine Artist*, London: H. Colburn and Co., 1822; Thomas Roscoe, trans., *Historical View of the Literature of the South of Europe*, London: H. Colburn and Co., 1823; Thomas Roscoe, trans., *The History of Painting in Italy, from the Period of the Revival of the Fine Arts to the End of the Eighteenth Century*, 6 Vols. London: W. Simpkin and R. Marshall, 1828.

② Thomas Roscoe, trans., *The Italian Novelists*, 4 Vols. London: Septimus Prowett, 1825; Thomas Roscoe, trans., *The German Novelists*, 4 Vols. London: Henry Colburn, 1826; Thomas Roscoe, trans., *The Spanish Novelists: A Series of Tales, from Earliest Period to the Close of the Seventeenth Century*, 3 Vols. London: Richard Bentley, 1832.

③ Thomas Roscoe, *The Tourist in Switzerland and Italy*. London: Robert Jennings, 1830.

④ Thomas Roscoe, *The Tourist in Italy*, London: Jennings and Chaplin, 1831; 1832; 1833.

⑤ Thomas Roscoe, *The Tourist in France*, London: Jennings and Chaplin, 1834; Thomas Roscoe, *The Tourist in Spain. Granada*, London: Robert Jennings and Co., 1835; Thomas Roscoe, *The Tourist in Spain: Andalusia*, London: Robert Jennings and Co. 1836; Thomas Roscoe, *The Tourist in Spain*, London: Robert Jennings and Co., 1837; Thomas Roscoe, *The Tourist in Spain and Morocco*, London: Robert Jennings and Co.; Paris: Fisher, fils, et Cie., 1838; William Henry Harrison, *The Tourist in Portugal*, London: Robert Jennings, 1839.

⑥ Thomas Roscoe, *Wanderings and Excursions in North Wales*, London: C. Tilt, and Simpkin and Co., 1836; Thomas Roscoe, *Wanderings and Excursions in South Wales: With the Scenery of the River Wye*, London: C. Tilt, and Simpkin and Co. 1837; Thomas Roscoe, *Legends of Venice*, London: Longman, Orme, Brown, Green, and Longmans; New York: Appleton and Co., 1841; Thomas Roscoe, *Belgium: In a Picturesque Tour*, London: Longman, Orme, Brown, Green, and Longmans, 1841.

复兴。①由此引起了人们对 15、16 世纪意大利文明的广泛关注。尽管那时候文艺复兴作为历史概念尚未被提出，但威廉·罗斯科的创作已经为这一文化现象埋下了伏笔。黑尔认为："当文艺复兴的概念出现时，它被用来解释的力量就不得不围绕着美第奇，作为一种不方便但神圣的形式，作为利物浦旅店老板儿子特有的英雄崇拜。"②在父亲的影响下，罗斯科不仅精通意大利语，还对意大利以及文艺复兴那段历史兴趣颇浓。他的译著也大多与文艺复兴时期的艺术研究有关。奈何学术界仅仅对其一生的作品进行罗列，并无关于其生平的详细文献资料，更别说他的意大利旅行经历了。学人只能循着他的意大利游记来了解他的旅行记叙心态。他的四卷意大利游记以地点为线索，记叙了在意大利不同城市间旅行的点点滴滴，而他在游记中不乏表达着对意大利文艺复兴时期历史、文化与人物的看法。

　　作为翻译家，当罗斯科处理文艺复兴艺术研究作品时，总是以客观、平实的心态来面对原著。但反过来，译事进一步加深了他对文艺复兴那段新旧交替时代的了解，通过亲身体验意大利，他将自己所想所感抒发在了游记之中。在每一篇游记的开头，罗斯科都会引用一段意大利诗人描绘这座城市的诗句。在描述一些特定的景观时，罗斯科也常常在文中引用意大利诗句，再附上相应的译文，将喜爱之情展现在译句之中。与此同时，罗斯科的游记也处处展现着他看待文艺复兴那段时期的历史心态。几乎每一篇游记都联结着 15、16 世纪前后的人物及与之相关的人文景观或文学创作。同 19 世纪许多赴意大利旅行的文人一样，罗斯科的四部意大利游记中，不乏流露着怀旧的情思。但同样是怀古的心态，罗斯科的心态又不同于浪漫主义者抒发的中世纪情怀。文艺复兴那段历史既有着浓厚的中世纪色彩，又连接着近代世界。在文艺复兴时期，理性得到了解放，艺术、文学、科学等领域散发着人的智慧和力量，通常被认为是近代的开端。当罗斯科以历史的心态回望意大利这段历史，他更倾向于其近代的一面，他以近代的心态来感受意大利城市的文化与宁静，意大利也成了包括罗斯科在内的英国知识分子躲避工业革命浓烟的心中所向。他在游记中使用的插图

---

① Emanuele Pellegrini, "Between History and Art History: Roscoe's Medici Lives," in Stella Fletcher, eds., *Roscoe and Italy: The Reception of Italian Renaissance History and Culture in the Eighteenth and Nineteenth Centuries*, Abingdon: Ashgate Publishing, 2012, p. 23.
② John Rigby Hale, *England and the Italian Renaissance*, p. 78.

也充分印证了这一点，它们分别出自普劳特和哈丁。

2.罗斯科的文艺复兴体验

罗斯科的意大利游记始于瑞士之旅，从瑞士再前往意大利。第一次来到维罗纳，罗斯科就被其优越的地理位置和自然风景给迷住了。他写下了第一句话："维罗纳的地理位置真是好到了极致。"[①]在描绘了维罗纳的圆形剧场等几处古迹之后，罗斯科又将读者引到了与维罗纳密切相关的近代事件，即维罗纳是莎士比亚著名悲剧《罗密欧与朱丽叶》的故事来源地。他以旁观者的口吻讲述了英国同胞热衷于寻找与这部戏剧相关的真实遗迹，但进一步说明原本一座古老教堂里确实有朱丽叶之墓，可如今整个建筑已被破坏，从而彻底打消了人们的念想。但罗斯科认为"我们完全有理由相信维罗纳是一部悲剧历史的所在地，彰显着莎士比亚戏剧所创造出的所有显著特征"[②]。莎士比亚本身就是文艺复兴晚期的人物，当罗斯科以历史的心态观望维罗纳时，将其置于这出悲剧的渊源，可见萦绕于罗斯科内心的是近代思绪。接下来，罗斯科又尽情描绘了阿尔卑斯山南部最大的三个湖之一的加尔达湖（Lago di Garda）。他提到了尤斯特斯将加尔达湖与古典人物相联结，包括维吉尔、古罗马诗人卡图卢斯（Catullus），而罗斯科对加尔达湖的兴致在于"它与意大利古典文学第二个时代之间的联系"[③]。罗斯科指明加尔达湖启迪了一批文艺复兴晚期的意大利文人，诸如彼得罗·本博（Pietro Bembo）、安德烈·纳瓦杰罗（Andrea Navagero）以及吉罗拉莫·弗拉卡斯托罗（Girolamo Fracastoro）。他告知读者可以从这些诗人的作品中追溯加尔达湖之美，其中引用了弗拉卡斯特罗给朋友的一段诗歌之译文：

> 在这里，宁静的孤独，使缪斯成为朋友，
>
> 抚慰着我们保持清醒，在我们入睡时依旧给予关怀。
>
> 如果我的天花板上没有颜料，
>
> 也不怕周围无伤大雅的灰尘；
>
> 如果齐塞尔靠不朽雕塑家的手，

[①] Thomas Roscoe, *The Tourist in Switzerland and Italy*, p. 144.
[②] Thomas Roscoe, *The Tourist in Switzerland and Italy*. p. 144.
[③] Thomas Roscoe, *The Tourist in Switzerland and Italy*, p. 148.

就不会惊讶，也不会有呼吸着的雕像矗立着；

这儿居住着自由，热爱乡村平原，

狂野地漫游在她自己的领域。①

　　这位文艺复兴时期的学者与诗人在诗句中赞美了维罗纳带给他的愉悦，其间有着中世纪的宁静，而"缪斯"映射着人的创造力，更甚者，"自由"又象征着文艺复兴时期人们从宗教的桎梏中解放出来后对个体自由的抒发。这正好应和了罗斯科当下的心态，作为这个时代典型的自由主义者，他从工业发达的利物浦逃离出来，在意大利享受着宁静与自由，在意大利文艺复兴时期诗人中找寻到了思想的共鸣，以近代的视野描绘着维罗纳的美。

　　在维琴察，罗斯科关注着帕拉第奥；最后回望了东北部赛特地区（Sette Comuni）的历史，他提到这是北方部落的后裔，在风俗习惯等方面都保留了原部落的传统，尤其是语言。罗斯科写道："当丹麦的一个国王访问意大利时，发现该地方言跟丹麦语极其相似，他能轻而易举地理解他们的语言。"②意大利的历史与北方国家有着深厚的渊源，这是因为，不管是在古罗马时期，还是在漫长的中世纪，乃至近代时期，意大利都遭受着北方部落及国家的入侵。对于罗斯科来说，充满历史感的意大利，与工业化时代的英国形成了鲜明的对比，他时刻体验着历史大背景中的文化源流。

　　在帕多瓦，罗斯科赞叹古老的帕多瓦大学，联想到了从这个学校毕业的近代名人，"15、16世纪，这里的各个学员全都来自欧洲不同国家"③。他列举了从这所学校毕业、为近代科学做出突出贡献的人物——意大利天文学家伽利略、英国同胞威廉·哈维（William Harvey）等，还特别提到了17世纪威尼斯贵族女士埃琳娜·科纳罗（Elena Lucrezia Cornaro Piscopia），她是近代首批获得大学学位的女性之一。可见，罗斯科总是将思绪停留在近代世界。在罗斯科的笔下，帕多瓦附近的阿尔夸游记被取名为"彼特拉克的阿尔夸之家"④。他如画般地描绘了彼特拉克别墅周边的景色，接着又引用尤斯特斯的描述展现了房子内

①　Thomas Roscoe, *The Tourist in Switzerland and Italy*, p. 149.
②　Thomas Roscoe, *The Tourist in Switzerland and Italy*, p. 155.
③　Thomas Roscoe, *The Tourist in Switzerland and Italy*, p. 160.
④　Thomas Roscoe, *The Tourist in Switzerland and Italy*, p. 173.

景，向读者呈现了充满历史感与美感的画面：既是当下美轮美奂的自然风光，又是彼特拉克人生最后岁月的历史气息。

当罗斯科第一次踏足威尼斯时，他赞美其历史的荣耀："无论曾经在威尼斯周围闪耀的荣耀多么虚伪，它所发出的光辉却很少能与之媲美；读威尼斯那辉煌的历史时，很难不产生钦佩之情，而这种钦佩之情最好加以抑制。"① 紧接着，他引用了一段诗文：

> 不要为威尼斯哀悼——让她安息吧
> 在废墟之中，在那些不幸的国家之间，
> 在他骄傲的镀金蹄下
> 在他们践踏自由的地方。
> 不——让我们为他们流泪吧，
> 他们跌倒在哪里呢
> 不是从血迹斑斑的头饰上。
> 就像这艘海洋女王的甲板，
> 而是源于崇高勇气
> 为了人权——唯一的好处
> 和被祝福的纷争，人类在这场纷争中
> 从陆地或洪水上拔出锋利的剑。②

威尼斯的历史散发着"自由""人权"的光芒，罗斯科赞美威尼斯人为自由而战的精神与力量。意大利历史中这股自由的源流与罗斯科所处时代英国的自由思潮自然吻合起来。他赞美威尼斯人为争取自由所展现出来的活力，相形之下，面对当下的威尼斯人的面貌，罗斯科不免表达不满："她的政府的权力、审议工作的秘密性，以及将这些讨论付诸行动时所表现出的活力和决心，与当下威尼斯公民的愚钝和低能形成了如此强烈的对比，以至于我们不应有地、偏爱地看待那些为确保人类幸福而精心设定的品质。"③ 罗斯科的评判窥见了威尼斯

---

① Thomas Roscoe, *The Tourist in Switzerland and Italy*, p. 199.
② Thomas Roscoe, *The Tourist in Switzerland and Italy*, p. 199.
③ Thomas Roscoe, *The Tourist in Switzerland and Italy*, pp. 199-200.

历史中的自由之流，这完全符合 19 世纪的进步人士的心态：人类的自由意味着人类的幸福。

罗斯科以近代的文化视野去看威尼斯的历史。在罗斯科撰写游记的 19 世纪 30 年代，"文艺复兴"这个术语尚未形成，罗斯科在威尼斯游记中称之为"书信的复兴"（the revival of letters），并指出在这个时期威尼斯"催生了大量以学识见长的人物，他们与文学和科学有着紧密的联系"[①]。罗斯科以近代的眼光讲述了这个时期威尼斯典型的人物保罗·萨尔皮（Paolo Sarpi），他首先高度评价萨尔皮的个人才华与品质："兼顾文学、科学、政治领域杰出的本领，同时又彰显着他正直的品质和思想的独立性，以及他在私生活中的纯洁。他本可以成为近代最令人钦佩的优秀人物。"[②]但萨尔皮的才华被威尼斯政府利用，成为政府对抗罗马教皇的利器，招致教会的怨恨，最终被暗杀。通过这个历史故事的呈现，罗斯科揭示了文艺复兴时期才华横溢的人文主义者在政治、宗教上的处境，集中展现了自由思想在历史与现实中的困境，以此为罗斯科自己所处的时代带来些许思想的冲击。

在费拉拉，罗斯科又化身历史学家来阐释塔索（Torquato Tasso）面临牢狱之灾的缘由，分析得出"他在谈到公爵和他的宫廷时所表现出来的自由，正是他受到惩罚的真正理由"[③]。对此，罗斯科引用了意大利文人乌戈·福斯科洛（Ugo Foscolo）的言论："历史学家将永远难以正确解释塔索被监禁的原因；它和奥维德的流放一样晦涩。这两件事都是专制主义所发出的惊雷。在碾压它的受害者时，也吓坏了他们，使旁观者沉默。法庭上有些事，虽然为许多人所知，却永远被遗忘了，当代人不敢透露，后代只能猜测。"[④]尽管罗斯科认同这样的历史思维，但还是有意地传达了文艺复兴晚期专制主义与自由思想的对抗。

废墟遍地、古典韵味最为浓厚的罗马并没有让罗斯科花太多笔墨去描绘其古迹，相较于同时代的浪漫主义文人，罗斯科内心缺少了一份古典的情怀。他对古老的事物并不感兴趣，在罗马游记中甚至对斗兽场、古罗马遗址只字未提，他开门见山地写道："当旅行者在'永恒之城'的街道上穿行时，他的眼睛和脑

[①]　Thomas Roscoe, *The Tourist in Switzerland and Italy*, p. 211.
[②]　Thomas Roscoe, *The Tourist in Switzerland and Italy*, p. 211.
[③]　Thomas Roscoe, *The Tourist in Switzerland and Italy*, p. 233.
[④]　Thomas Roscoe, *The Tourist in Switzerland and Italy*, p. 234.

海里浮现出无数的事物，而试图列举这些事物，都是徒劳和无用的。"[1]在罗马众多的古迹和古董中，罗斯科认为地下墓穴最值得研究，但又只向读者解释短短几页，不是充分地描述这座城市巨大的墓穴工程，而是重点介绍文艺复兴晚期的罗马墓穴研究者安东尼奥·博西奥（Antonio Bosio）等人对墓穴的考古经历与研究发现，从而展现 16、17 世纪作为近代开端，当时的学者对古典事物的探究精神与复兴古典的热情，为 19 世纪英国人的怀旧心态指引了方向。

罗斯科的第二部意大利游记主要记叙了威尼斯和罗马两座城市。他在序言部分这样表述他对罗马和威尼斯的感知：

> 如果说意大利美好而又恰当地被称为欧洲的花园，那么罗马和威尼斯也同样可以被认为是它的两座最高贵的温室，因为它们盛产永不枯竭的珍宝——在思想的温润下得到的果实；这些原本就至高无上的萌芽无可匹敌，生机勃勃并迅速地生长，实现了我们对（重现）古希腊和古罗马世界的荣耀和魅力的梦想。的确，在罗马和威尼斯，艺术与知识的复兴和完善与它们对人类精神和世俗命运的影响相竞争。[2]

面对罗马和威尼斯的废墟之景，罗斯科没有陷入感伤的心态，而是看到了文艺复兴时期古典学识的复兴对人类精神和世俗命运的影响，并对此带着肯定的态度。正因为这股精神力量，罗斯科不禁感慨："我们热爱的意大利所迸发着的希望，正如她闪耀着的武器和艺术那样，显现着伟大。"[3]因此，罗斯科的威尼斯和罗马游记心态离不开古典的复兴、精神的力量、对自由的追求。

作为历史学家的儿子，罗斯科的意大利游记也总是充满着历史书写之韵。威尼斯显著的政治特征和自然景观总是唤醒着英国诗人的激情，罗斯科也赞同拜伦等浪漫主义诗人的威尼斯抒情所呈现的历史心态与浪漫主义心态。在他看来，圣马可广场、骏马、叹息桥以及与之相关联的历史已为大众熟知，"现在我们来快速介绍一下威尼斯故事中一些最难忘的事件和成就"[4]。罗斯科所指

---

① Thomas Roscoe, *The Tourist in Switzerland and Italy*, p. 266.
② Thomas Roscoe, *The Tourist in Italy*, 1831, "To the Reader", p. v.
③ Thomas Roscoe, *The Tourist in Italy*, 1831, "To the Reader", p. v.
④ Thomas Roscoe, *The Tourist in Italy*, 1831, p. 3.

的"最难忘的事件"无疑是有关威尼斯的一部近代史。他化身历史学者，激情洋溢地书写了威尼斯的这段历史：16世纪晚期，与奥斯曼帝国争战，到18世纪末历经法国大革命，威尼斯成为列强争夺的猎物。他为"自由而高贵的威尼斯"感到惋惜，又为威尼斯的统治者作了辩护："这位前任总督，虽然在他面临的时局中优柔寡断，但他内心深处怀着对祖国的爱，在宣读誓词时，他昏倒在地。"[①]19世纪的自由主义思潮与民族主义也有着千丝万缕的联系，罗斯科的近代心态中不免透露着民族主义的情绪。

他以近代的文化视野和历史心态讲述着提香的宫殿、里亚尔托（the Rialoto）、海关大楼（the Dogana）、圣马可钟楼（the Campanile of St. Mark）以及旅行者鲜少提及的巴尔比宫（the Balbi Palace）等建筑物的历史。他赞美提香的创造力和不朽的灵魂，并进一步赞赏拥有这些不朽精神的威尼斯：

> 这个帝国凌驾于时代的智慧和激情之上，凌驾于子孙后代的财富之上，与人类最崇高的原则和希望交织在一起。就像他们宗教的殉道者一样，他们的荣耀很少体现在今生；他们期待更高的奖赏，并且像殉道者一样，他们的信仰建立在不朽真理的基础之上。[②]

罗斯科相信这种荣耀与精神是不朽的，将一直延续并影响一代又一代人，给人类带来希望。在《圣马可广场》这一篇，罗斯科又把读者吸引到了广场南边始建于1583年、一直到17世纪才建成的行政官邸大楼（Procuratie Nuove），北边于16世纪重建的旧行政官邸大楼（Procuratie Vecchie），以及威尼斯一直延续至今的公众庆典，还表达了对圣马可教堂内部马赛克装饰的喜爱。对于这面由祖卡提（Zuccati）兄弟创作于1545年的马赛克墙，罗斯科引用了兰奇的相关表述："马赛克艺术可追溯到古希腊，由意大利人一直延续至今，非常有趣地结合了关于古代民间和教会的审美艺术。"[③]文艺复兴这段历史中，意大利处处彰显着古典的复兴，给了19世纪怀旧的英国文人诸多的精神指引。难怪罗斯科这样感怀威尼斯之旅："在那些天才和英勇将他们的爱国胆识和成就推向人类的

---

① Thomas Roscoe, *The Tourist in Italy*, 1831, pp. 17-18.
② Thomas Roscoe, *The Tourist in Italy*, 1831, p. 32.
③ Thomas Roscoe, *The Tourist in Italy*, 1831, p. 104.

伟大和奉献最高峰的场景中，我们还有什么地方可以享受更加愉快的时光，或者放纵更崇高的抱负呢？"[1]对于罗马，罗斯科认为已有许多近代旅行者描述其废墟之景，当下罗马城的荒芜在大部分游记中呈现出了旅行者深沉的忧郁，皆以感伤的基调娓娓道来，而罗斯科却没有因此而陷入哀恸，反而在罗马此番景象中看到了永不泯灭的生命力以及宗教信仰的力量。他向往罗马人纯粹的宗教信仰，欣赏人们对美德、真理的追求，从而鞭策和敲打当下的英国人，希望他们能摆脱信仰迷失、价值观和道德观扭曲的困境。

游历了北方城市之后，罗斯科在 1832 年出版的意大利游记中又把读者吸引到了中部和南部城市。在米兰游记的开篇，罗斯科激情地描绘着意大利这个国家不可比拟的光辉历史，伟大、庄严的废墟，以及可爱的自然美景，揭示着历史时期意大利人民对自由的执着：

> 不幸的是，对于她的幸福来说，即便是对她共和国那段历史的记录也不能激发出真正的喜悦。在这段历史中，如果血腥的行为被记录的话——人与人之间激烈疯狂的搏斗，忘了他的天性，而执着于他的对自由或是权力的热爱——最后甚至发现对人性的征服，某种对牺牲的回应——那些遭罪的人们获得了更大的自由和智慧！[2]

从这段话可以看出，罗斯科实则就是在讲述意大利文艺复兴时期那段历史，在这充满血腥与暴力的历史中却包含着每一个个体对自由的渴望。在罗斯科看来，这种自由的历史气息在佛罗伦萨和那不勒斯尤为浓厚："那不勒斯和佛罗伦萨之间有什么相似之处呢？——自由和艺术在这座明亮而繁忙的城市中同时取得了胜利，其辉煌的胜利既不在于古迹也无须借助想象，却有理由也富有感情地去追求她的名声。"[3]文艺复兴时期的意大利城市与罗斯科所处时代的利物浦有着一些相似性。佛罗伦萨既有繁荣的艺术、文学，也有发达的工商业；而利物浦也一样，他的父亲曾写道："这个伟大的商业城市，就像是第二个佛罗伦

---

[1] Thomas Roscoe, *The Tourist in Italy*, 1831, "To the Reader", p. vi.
[2] Thomas Roscoe, *The Tourist in Italy*, 1832, p. 1.
[3] Thomas Roscoe, *The Tourist in Italy*, 1832, p. 3.

萨。"①罗斯科欣赏那个时代的精神，却对当下时代的精神不屑一顾。佛罗伦萨是商业和文化成功结合的典范，这是那个时代每一个个体通过努力实现的，而当下的利物浦及英国社会精神涣散，依旧需要个体的努力。

在佛罗伦萨游记的开头，罗斯科引用了画家哈丁的画作作为插图。在这幅画作中，工匠把载着马背篓的马车停靠在阿诺河边做买卖，还坐在现场编织。一艘游船刚靠岸，西装革履的外国游客下船后对此很是好奇，俯身与编织工匠交谈着，而画面中其他人物各自忙碌着。罗斯科也描绘了这一场景：

> 这座城市展现了相对忙碌和幸福的生活图景，精力充沛的阿尔诺河和它的两岸，不像郁郁寡欢的台伯河，懒散而荒芜，即使没有商业往来，也显出活力。可以看出，这群人在催促他鸽子色的公牛，准备着另一次的收获；船夫在河上；妇女和儿童在藤蔓中；无忧无虑的玩笑、歌声和农家姑娘的笑声使空气中充满了活力，而世界上最美丽的城市和它灰色的山丘在远处隐约可见，菲耶索尔城——它的圆顶、塔楼、尖塔和住宅，仿佛被魔法迷住了，伸展在你的脚下。②

与前文提及的罗杰斯的佛罗伦萨插画相比较，尽管都出现了中世纪的马背篓，而罗斯科引用的插画展现了 19 世纪佛罗伦萨阿诺河边繁忙的景象，少了一种中世纪宗教气息浓郁而又压抑的景象，也有学者指出："佛罗伦萨不再是带着蛮荒情调的古代世界中心，而是一幅充满活力，繁忙与幸福交织的图景。"③这也正符合罗斯科的游记心态——对当下英国社会的厌恶，钟情于古典与近代氛围交织的意大利。但相比之下，他更向往并走向近代的那段历史。

罗斯科以近代的情怀记叙着拥有"文艺复兴之乡"之称的佛罗伦萨城，因此，他很自然地向读者展示着文艺复兴时期那段文明交替年代的佛罗伦萨历史图景，他盛赞共和国曾孕育出的知识贵族——但丁、米开朗琪罗、伽利略以及美第奇家族的一些人物等给不同时代的人带来的启发和欢乐，又进一步将佛罗

① Henry Roscoe, *The Life of William Roscoe*, 2 Vols. London: T. Cadell, 1833, vol. I, p. 29.
② Thomas Roscoe, *The Tourist in Italy*, 1832, p. 38.
③ 周春生：《心态史比较视野下的文艺复兴虚影与实景——以罗杰斯、罗斯科、西蒙兹意大利游记诗文为线索》，《上海师范大学学报（哲学社会科学版）》2021 年第 1 期。

伦萨的自由与古代雅典的民主做对比：

> 因此，我们发现，佛罗伦萨的历史结合了许多崇高的个人行动中最精彩的细节和一个政治探询者最感兴趣的叙述。她的公民中有诗人和哲学家，当学术之光最初在其海岸上复苏时，全欧洲都向他们求助；他们对自由的热爱，他们大胆而不倦的活动，加上他们对艺术中任何伟大或美丽的东西的崇敬，使他们赢得了与自由和优雅的雅典人经常相提并论的荣誉。①

接下来，罗斯科又回到佛罗伦萨的历史场景中。在讲到美第奇家族洛伦佐统治时期时，罗斯科又介绍了在这位诗人和哲学家的影响之下，佛罗伦萨在柏拉图哲学、艺术、文学等各种知识领域的古典复兴以及对近代人们的思考方式产生的重要影响，就像罗斯科自己总结的那样："在接下来的佛罗伦萨历史的概述中，我们会看到托斯卡纳最杰出的艺术家和诗人，他们为她的政治权力的权杖增添了光彩，他们的才干、雄伟的胸怀或他们的怪癖，有助于从对民间暴力、犯罪和灾难的痛苦沉思中抽身。"②罗斯科深刻地阐释着中世纪与近代交替时期佛罗伦萨的文人墨客在复杂的现实社会中思想的抽离，为摆脱中世纪神权的桎梏、为人性的解放所迸发出的精神力量，集中表现了罗斯科当下试图抽离英国现实社会的心态，以及对意大利这股近代精神的向往。

第四卷意大利游记继续描绘着意大利的南部城市，罗斯科在开篇《维耶特里》中写道："在我们的第四卷中，游客将凝视她的风景，而那些风景——至少在我们这里——再也看不到了。"③这是《景观年鉴》中最后一部关于意大利的旅行记叙。在南部各个城镇，美丽的大自然风光与历史遗迹并存，深邃富饶的天空在山丘、湖泊、海岸上映照出它们多姿多彩、最绚丽的色彩，罗斯科却望见了"这帝国的废墟中不朽的精神"，残骸般的纪念碑在他看来是"后代孩子们的财富"，而她古老的声望是"最可爱、最伟大、最吸引人的视线和心灵"。④

---

① Thomas Roscoe, *The Tourist in Italy*, 1832, p. 41.
② Thomas Roscoe, *The Tourist in Italy*, 1832, p. 80.
③ Thomas Roscoe, *The Tourist in Italy*, 1833, p. 1.
④ Thomas Roscoe, *The Tourist in Italy*, 1833, p. 1.

正是因为这不朽的精神，罗斯科认为"意大利的历史给人类呈现了深刻的教训，是未来时代的灯塔，值得政治家、哲学家以及各个时代、各个阶层的学生深入地思考"。他进一步赞美意大利旧时共和主义者的自由精神，因为他们时常回望古罗马时期的胜利场景——"在布鲁特斯、西塞罗、但丁、柯西莫、大洛伦佐等成千上万的爱国人士影响之下，也曾将罗马从国外的侵略、国内的暴政和迷信中解救出来"，而当下的意大利人却不以为意，"当代意大利人在旧的政府的恶性影响下，在外国刺刀的强权下，日渐衰弱"。①这也是罗斯科对英国社会现状的思考，他呼吁人们吸取这段历史的教训，勇敢地追求自由的精神。

整体来看，罗斯科的游记有一个重要而有趣的特点：当他想要记叙某个景观时，常常引用某个近代的旅行者对相应景观的描述，如文艺复兴时期欧洲旅行家托马斯·科里亚特（Thomas Coryat）等，并对他们的记叙表示赞同。此外，他很少提及古典时期意大利的学者，而较多介绍文艺复兴晚期的人物，如莎士比亚、弥尔顿、伽利略、约翰·伊夫林（John Evelyn）等。他的怀古情怀中有着浓厚的近代韵味。有学者写道："罗斯科对意大利一个个城邦的记叙都是用历史与美相交融的笔触呈现文艺复兴时期南欧的人文景观。"②每到一个地方，罗斯科总是用华丽的辞藻描绘着映入眼帘的自然风光，紧接着当视线捕捉到某一个建筑物或是其他时，他开始陷入其历史的沼泽，讲述着从古至今的历史。正如《景观年鉴》致读者部分写的："最鼓舞人心的美景，随处可见许多城市和时代的遗迹，都为这位艺术家的笔头提供了题材。这些作品都经过了一定程度的精心制作，希望这能代表作者和画家的最高信誉。"③历史的遗迹很少带给罗斯科消极的情绪，即便欣赏拜伦等浪漫主义诗人的浪漫刻画，他也丝毫没有感伤的心态。相反，罗斯科尤其钟情于体验意大利各个城邦文艺复兴盛期的那段历史，在那扇近代的大门周围徘徊，感受近代文人自由的气息，以逃离工业化时代利物浦上空的浓烟。对他来说，意大利"有着绝无仅有的魅力，也就是说，在其风景中有着千差万别的特点，在其历史中又蕴含着多样而精彩的细节"④。

---

① Thomas Roscoe, *The Tourist in Italy*, 1833, pp. 3-4.
② 周春生：《心态史比较视野下的文艺复兴虚影与实景——以罗杰斯、罗斯科、西蒙兹意大利游记诗文为线索》，《上海师范大学学报（哲学社会科学版）》2021年第1期。
③ Thomas Roscoe, *The Tourist in Italy*, 1832, "To the Reader", p. i.
④ Thomas Roscoe, *The Tourist in Italy*, 1832, pp. 2-3.

（二）艾略特的近代人文情怀与书写

英国维多利亚时代小说家乔治·艾略特（George Eliot，1819—1880）本名玛丽·安妮·埃文斯（Mary Ann Evans），乔治·艾略特是她惯用的笔名。艾略特出生于纽迪盖特（Newdigate）家族地产所属的一个农场，位于英格兰中部沃里克郡的努尼顿。她父亲罗伯特·埃文斯（Robert Evans，1773—1849）是富有的房地产经纪商，为纽迪盖特家族打理地产，母亲克里斯蒂安娜·埃文斯（Christiana Evans，1788—1836）是罗伯特的第二任妻子，因此艾略特有不少兄弟姐妹，这也影响了她之后在作品中关于家庭人物的刻画。艾略特在这个农场长大，一方面见识了富有的土地贵族，另一方面也接触在农场干活的底层人士，而他父亲的工作职责促使他充当着地主阶级和底层人士的联络员，这种中间人的角色和所属阶层为艾略特今后的创作注入了重要的元素。艾略特虽其貌不扬，但天资聪颖，父亲罗伯特十分注重对她的教育投资。因父亲的关系，她常常出入纽迪盖特家的图书馆，在那里习得了古典知识，在学校期间学习成绩优异，还掌握了多门外语，尤其精通意大利语和拉丁语。

在早期教育中，因深受福音派教师的影响，艾略特皈依福音派，传记作者南希·亨利（Nancy Henry）表述了那段时期艾略特的宗教痴迷："鞭打和流血的图像——在基督受难记的传统中——在她的宗教信件中经常出现。在她的作品中，她也不回避切割和折磨的暴力图景，把这些作为精神痛苦的隐喻。"[1]然而，当他们举家搬迁至考文垂后，艾略特结识了一些新的朋友，她在宗教信仰上发生了重大的变化，逐渐对宗教产生了怀疑。她和新的朋友们阅读非宗教文献，接触到了先进的知识分子和社会思想，尤其是结识了激进思想家查尔斯·布雷（Charles Bray）的圈子。在这个过程中，她追求真理和知识以及个人幸福的强烈愿望使她与家人、朋友以及过去的自己越走越远。有学者说："这确立了她在思想和道德上的诚实，她明白这种诚实会受到社会的误解和惩罚，她需要通过宗教服务来挽回自己非传统思想所带来的后果。"[2]她一边留在父亲家中做女仆，一边继续思想的革新。她带着科学、理性的方法去研究基督教经文，将

---

[1]　Nancy Henry, *The Cambridge Introduction to George Eliot*, Cambridge: Cambridge University Press, 2008, p. 3.
[2]　Nancy Henry, *The Cambridge Introduction to George Eliot*, p. 4.

德国神学家大卫·弗雷德里希·施特劳斯（David Friedrich Strauss）的神学著作《耶稣传》翻译为《耶稣的一生，批判地审视》①，此书旨在揭示《新约》中关于耶稣的一生是起源于神话而非基于历史真相，对大众来说是极为震撼之作。

1849 年，父亲去世后，艾略特与布雷一家游历欧洲大陆，这是她一生中第一次踏足意大利。他们造访了意大利北方城市热那亚、米兰等地之后回国，艾略特选择独自留在日内瓦，在那里停留了一年之久。回国后，她发现自己根本无法融入自己的家庭，于是一个人搬到伦敦开启了写作生涯，以笔名玛丽安·埃文斯（Marian Evans）进行创作。她寄宿在激进的出版商约翰·查普曼（John Chapman）家中，在为其购入的杂志《威斯敏斯特评论》撰写了一些评论之后，被查普曼聘为助理主编。这本杂志在推动自由主义思想方面已有悠久的历史，艾略特的评论反映了她对下层人士的同情，她深刻地揭示了当时社会存在的种种问题。1848 年欧洲革命爆发时，艾略特也深深同情人民的遭遇，希望意大利人民能把奥地利军队驱逐出去，展现出了民族主义的精神。

在此期间，艾略特结识了才华横溢的记者、剧作家兼小说家乔治·亨利·刘易斯（George Henry Lewes）。刘易斯的家庭关系相当复杂，妻子与自己共事的好友存在不正当关系，最后刘易斯离开了家庭。而此时艾略特也从查普曼家搬离，并从杂志社辞职，帮助刘易斯打理他创办的杂志《领袖》（The Leader）。1854 年，艾略特和刘易斯携手赴德国旅行，他们决心走在一起。在刘易斯的鼓励之下，艾略特真正走上了小说创作之路。刘易斯把艾略特的作品以匿名的形式介绍给苏格兰出版商约翰·布莱克伍德（John Blackwood），布莱克伍德非常欣赏这位匿名作者的才能。1857 年开始，艾略特改用笔名乔治·艾略特进行创作，先后出版了小说代表作《亚当·比德》《弗洛斯河上的磨坊》②。之后还有讲述社会和政治问题的小说《菲力克斯·霍尔特》和《米德尔马契》，以及长诗《西班牙吉卜赛》。③1878 年，刘易斯病逝。两年后，艾略特嫁给了小他 20 岁的约翰·沃尔特·克罗斯（John Walter Cross）。同年 12 月，艾略特因肾病辞世。

---

① David Friederich Strauss, *The Life of Jesus, Critically Examined*, trans. by George Eliot, 3 Vols. London: Chapman, Brothers, 1846.

② George Eliot, *Adam Bede*, 3 Vols. London: William Blackwood and Sons, 1859; George Eliot, *The Mill on the Floss*, 3 Vols. London: William Blackwood and Sons, 1860.

③ George Eliot, *Felix Holt, the Radical*, 3 Vols. London: William Blackwood and Sons, 1866; George Eliot, *Middlemarch, a Study of Provincial Life*, 8 Vols. London: William Blackwood and Sons, 1871-1872; George Eliot, *The Spanish Gypsy*, London: William Blackwood and Sons, 1868.

1. 艾略特与意大利

乔治·艾略特是 19 世纪中叶现实主义的代表人物之一，也是一个典型的保守派的中产阶层人士。面对宗教与科学的革命，思想与技术的进步，艾略特对国家的未来持有谨慎与怀疑的态度，既充满希望又时而感到绝望。宗教、国内的社会与政治、科技的革新、帝国主义与民族主义、现实主义等主题充斥于艾略特的作品。她的作品中的人物以及相关的事件实际上是对社会问题的诊断，深刻反映着现实生活，又以她自己的方式加以揭示和剖析。面对工业化时代的英国社会，艾略特的现实主义又与狄更斯有所区别：狄更斯相信改革可以解决社会问题，在现实中带着理想化的抒发；艾略特更注重在改革的时代重新审视人的道德、价值和信仰，并强调这些思想和心理对于时代的意义。在这些思想的背后，艾略特与意大利有着深厚的渊源。

意大利古典文学、民族人士对艾略特产生了重要的影响。早在 19 世纪 40 年代，艾略特就请了老师专门学习意大利语，并阅读意大利作者的书籍，其中包括积极参与意大利统一运动的作家西尔维奥·佩利科（Silvio Pellico）的《我的囚禁》①。佩利科是一名爱国人士，加入了意大利民族解放组织烧炭党，后被奥地利军队囚禁，身陷囹圄 15 年，出狱后创作了此书。这本书引起了艾略特对佩利科遭遇的同情以及对奥地利的强烈谴责，也激发了她的民族主义情结。与此同时，艾略特不断前往意大利以获得新的灵感。意大利在情感上和理智上都激发了艾略特。她不仅创作了以意大利为背景的小说，也撰写了意大利旅行日志与书信。第二任丈夫克罗斯将艾略特的传记与作品集一同出版，共有 20 卷，其中有三卷为《乔治·艾略特一生中的书信与日志》②。艾略特研究学者戈登·海特（Gordon S. Haight）将艾略特一生中的书信整理成《乔治·艾略特的信》③出版，其中包含艾略特的意大利游记书信。学者玛格丽特·哈里斯（Margaret Harris）等又专门编写了《乔治·艾略特的日志》④。

艾略特一生中曾先后六次造访意大利，她与刘易斯在 19 世纪 60 年代的意

---

① Silvio Pellico, *The Imprisonments of Silvio Pellico*, Edinburgh: William and Robert Chambers, 1839.
② John Walter Cross, eds., *George Eliot's Life as Related in Her Letters and Journals*, 3 Vols. Edinburgh and London: Blackwood & Sons, 1885.
③ Gordon S. Haight, eds., *The George Eliot Letters*, 9 Vols. London: Oxford University Press, 1954-1978.
④ Margaret Harris and Judith Johnston, eds., *The Journals of George Eliot*, Cambridge: Cambridge University Press, 1998.

大利之旅见证了意大利的重要时刻，他们不仅忧心于英国国内社会存在的种种问题，也心系意大利当下的政治前景，支持意大利的民族复兴运动。然而在游历过程中，艾略特又时刻回望文艺复兴那段历史，发现 15 世纪佛罗伦萨的政治挣扎与当下意大利民族人士为国家统一的挣扎之间有相似之处，她进而从文艺复兴时期人文主义者身上寻找自由的精神。此外，艾略特在文艺复兴时期的意大利，尤其是佛罗伦萨，探究世俗化进程中基督教信仰与人文主义的冲突，试图以此解答英国社会的信仰危机问题。这两点集中反映了艾略特意大利旅行书信、日记以及小说创作中的历史心态。

2. 艾略特的文艺复兴体验

艾略特和刘易斯于 1860 年 3 月 24 日第一次共同前往意大利，一直到 7 月初才回到英国。艾略特曾在 3 月 22 日的信中向布莱克伍德表达了写完《弗洛斯河上的磨坊》之后内心的一种空虚与悲伤感，并表示"是时候去感受新的生命，吸收新鲜的主意"[1]。显然，意大利对于艾略特来说，其强大的生命力能激发新的创作灵感。艾略特在返回英国之后，撰写了一篇相当长的日记来回忆意大利之旅。[2] 她在日志中记录了这次意大利之旅的路线："罗马—那不勒斯—佛罗伦萨—博洛尼亚—帕多瓦—威尼斯—维罗纳—米兰—科莫，再途经瑞士返回英国。"[3] 初到意大利，艾略特即刻感受到了意大利的生命力与大自然风光："清新的空气强烈地增添了一种新奇感：我们已把日常的常规世界远远抛在脑后，置身于一个崭新的世界，在大自然的家园感受着自然。"[4] 紧接着她对都灵的印象又是：

> 一条美丽的街道，建筑细节清晰地展现在我的眼前，风景的尽头是雪山，两侧都有柱廊，色彩鲜艳的旗帜挥舞着，象征着政治上的愉悦，这是一提起都灵，就会浮现在我眼前的形象……阿尔菲耶里就是在这个地方度过了他年轻时的许多愚昧生活，终于厌倦了它，因为它曾是皮德蒙人的中心。如今 80 年后，它是不断扩大的生命的中心，最

---

① Margaret Harris and Judith Johnston, eds., *The Journals of George Eliot*, p. 84.
② John Walter Cross, eds., *George Eliot's Life as Related in Her Letters and Journals*, vol. Ⅱ, pp. 164-251.
③ Margaret Harris and Judith Johnston, eds., *The Journals of George Eliot*, p. 84.
④ John Walter Cross, eds., *George Eliot's Life as Related in Her Letters and Journals*, vol. Ⅱ, p. 165.

终将成为复兴的意大利的生命。①

此时意大利的民族复兴运动如火如荼，对于向来主张自由与民族主义的艾略特来说，她忧思当下意大利的政治命运，支持民族战士的革命活动。艾略特还特别提到了在火车站遇到卡米洛·本索·加富尔（Camillo Benso Cavour）的情景，加富尔时任皮埃蒙特－撒丁尼亚首相。当时，加富尔与拿破仑三世签订了秘密条约。该条约协定，法国将协助其重新统一意大利北部。在加富尔的努力下，托斯卡纳等地正式与皮埃蒙特－撒丁尼亚王国统一。艾略特所指的"扩大的生命""复兴的意大利"就是指意大利北部赢得统一后的新生命。她对都灵的评论与表述都体现着她作为自由派知识分子渴望自由和民族主义的心态。

到达罗马后，艾略特和乔治一入住酒店就迫不及待地游览整座城市，却表现出了失望，"我们从马车的窗口看到了它，心里不免有一种相当沉重的失望。经过一段令人厌倦的肮脏、乏味的街道，我们看到了圣彼得大教堂的圆顶，它并不引人注目，看上去像是临时搭建起来的。圣安杰洛城堡似乎只是一座残缺的雕塑。"②她在与英国哲学家理查德·康格里夫（Richard Congreve）的妻子通信时以告诫的口吻写道："我提醒你，刚到罗马的话，别期待有多么美好的印象……我相信如果从那不勒斯入关的话，印象可能会大不相同：可以从那里一瞥破碎的宏伟以及文艺复兴的光辉，人们原本总把这些印象与'罗马'这个词相联结。"③文艺复兴是维多利亚时期英国人游历意大利的主题，艾略特亦是如此。她曾期待一到罗马就能体验"文艺复兴的光辉"，渴望流淌在文艺复兴的历史河流中，因此对现代化的街道毫无兴致，直到深入罗马的腹地，才感觉到"渐渐从彻底的失望到陶醉在喜悦之中"④，在古建筑中望见了过往的精神与力量。提到古罗马遗址，艾略特将其表述为"这就是想象中废墟间的宏伟与当代生活的结合体"⑤。对于古建筑，艾略特带着敬畏与喜爱的心态，在写给布莱克伍德的信中说："这使我很想待在这里学习，直到我把罗马的一切熟记于心，除

---

① John Walter Cross, eds., *George Eliot's Life as Related in Her Letters and Journals*, vol. Ⅱ, p. 167.
② John Walter Cross, eds., *George Eliot's Life as Related in Her Letters and Journals*, vol. Ⅱ, pp. 173-174.
③ Gordon S. Haight, eds., *The George Eliot Letters*, vol. Ⅲ, p. 286.
④ Gordon S. Haight, eds., *The George Eliot Letters*, vol. Ⅲ, p. 286.
⑤ John Walter Cross, eds., *George Eliot's Life as Related in Her Letters and Journals*, vol. Ⅱ, p. 175.

了这些丑陋的现代街道——它们足以泯灭所有萦绕于心头的过去的精神。"①在艾略特的罗马旅行心态中，也少了一份对于当下罗马之境况的同情与哀伤，她对当下罗马的景象持批判的态度，这种批判指向愚昧的意大利人、罗马天主教、统治者。在她眼里，如今意大利的景物失去了往日的风采，她的内心寻找的是过往的精神，渴望在这股精神中追溯生命的力量。在梵蒂冈，与拉斯金等艺术家的欣赏视角不同，艾略特直白地表达对文艺复兴盛期艺术家米开朗琪罗和拉斐尔的喜爱："既然去西斯廷教堂我就是为了壁画而去的，我更应该把它列为我最喜欢的画作而不是最值得纪念的建筑。毫无疑问，米开朗琪罗的这幅创作是世界上最美妙的壁画。就罗马而言，之后是拉斐尔的《雅典学院》和《嘉拉提亚的凯旋》。"②

总的来说，这对夫妇后悔把他们的罗马之行选在了圣周（Holy Week）。在艾略特看来，这些宗教仪式是"一种阴暗的、空洞的事情"③。当教皇经过人群时，艾略特也走出来跪下接受他的祝福，但她在信中风趣地写道："我今天早上有点感冒和头痛，而且在其他方面我并没有感受到来自教皇的祝福啊。但想想撒丁尼亚的国王也并没有因为教皇的诅咒而变得更糟，我至少算是自我安慰了。"④针对庇护九世因撒丁尼亚国王维克多·伊曼纽尔二世（Victor Emmanuel Ⅱ）加入了民族战士朱塞佩·加里波第（Giuseppe Garibaldi）的政变而将其逐出教会，并接受了对教皇管辖区（Romagna）的吞并这一事件，艾略特讽刺地写道："逐出教会的公告张贴在圣约翰拉特兰教堂，谁都不挡路，有警察看守着，真是太可笑了。"⑤她抑制不住内心的愤怒，激情地表述了自己的心情："当我看到罗马街道上到处是红色的裤袜时，我自己也感到了一些起义的精神在激荡。"⑥在这些游记书信与日记中，艾略特的民族主义、渴望自由的心态与反罗马天主教的宗教心态形成了统一，既是对意大利民族统一的支持，又表达了对罗马天主教和教皇的强烈不满。当然，艾略特内心也充分意识到，她与刘易斯此次游览意大利恰逢这个国家获得重生的重要时刻。

---

①　Gordon S. Haight, eds., *The George Eliot Letters*, vol. Ⅲ, p. 284.
②　John Walter Cross, eds., *George Eliot's Life as Related in Her Letters and Journals*, vol. Ⅱ, p. 183.
③　Gordon S. Haight, eds., *The George Eliot Letters*, vol. Ⅲ, p. 288.
④　Gordon S. Haight, eds., *The George Eliot Letters*, vol. Ⅲ, p. 288.
⑤　Gordon S. Haight, eds., *The George Eliot Letters*, vol. Ⅲ, pp. 288-289.
⑥　Gordon S. Haight, eds., *The George Eliot Letters*, vol. Ⅲ, p. 288.

　　乔治夫妇在罗马停留了一个月之久，先赴那不勒斯尽情享受南部旖旎的风光，再返程前往佛罗伦萨。此时的佛罗伦萨在艾略特看来是"政治精神最为高涨的时刻"[1]。然而，艾略特表示面对当下的政治动荡，他们决定暂时回避政治情绪，而尽情去欣赏艺术，"第一次到达最伟大的艺术中心，必须让公共精神去沉睡一会儿，更应该去关心乔托和布鲁内列斯基"[2]。显然，佛罗伦萨浓厚的文艺复兴艺术气息使艾略特产生了全然不同的心态：

　　　　对于我来说，一看到遥远的过去曾创造的伟大事物，我羞愧地陷入了一种毫无抵抗力的状态——似乎生命没有足够长的时间去学习，又似乎与我自己的活动如此相形见绌以至于我将没有勇气去进行更多的创造。只有一件事有着一种相反又刺激的影响，那就是，即便在这里，伟大而真实的艺术也是相对罕见的，却有着大量拙劣的模仿与造假。在这个世界上，到处都需要一双能做一些真实、真诚工作的手。[3]

　　艾略特看到了佛罗伦萨过往的创造力，赞扬艺术家真诚的创造，实际也是对自己与他人创造活动的鼓舞。她看到了曾经的活力，试图在这伟大的事物间寻求新的力量。在日志中，艾略特尽情地记叙了佛罗伦萨城中文艺复兴时期的建筑、壁画、墓穴等。佛罗伦萨的艺术与有关艺术的历史让艾略特在旅行中体会到了真正的愉悦，而"艺术的历史"就是指文艺复兴时期辉煌的艺术，对艾略特来说，是充满着快乐的源泉。在圣克罗齐，除了壁画之外，艾略特沉迷于米开朗琪罗、但丁、维托里奥·阿尔菲耶里（Vittorio Alfieri）和马基雅维利的墓穴，她在信中写道："一看到但丁墓碑上的题词——'敬最高诗人'（Onorate l'altissima poeta），我每每感到内心有一丝震颤。"[4]对于艾略特来说，这几位文艺复兴时期的灵魂人物与当下意大利民族复兴运动的精神紧密相连，尤其是但丁，作为文艺复兴早期佛罗伦萨政治斗争中的牺牲者，他发出了对理想政治制度的强烈呼喊，极大地唤醒了意大利民族的觉醒并鼓舞了意大利人民为自由而

① Gordon S. Haight, eds., *The George Eliot Letters*, vol. Ⅲ, p. 294.
② Gordon S. Haight, eds., *The George Eliot Letters*, vol. Ⅲ, p. 294.
③ Gordon S. Haight, eds., *The George Eliot Letters*, vol. Ⅲ, p. 294.
④ John Walter Cross, eds., *George Eliot's Life as Related in Her Letters and Journals*, vol. Ⅱ, p. 219.

战的斗志。当艾略特以历史的心态回望但丁的经历，她无疑看到了自由精神的源流。

在威尼斯，林立于艺术与宫殿等地之间的叹息桥和监狱又激起了艾略特民族主义与自由主义的心态，艾略特评论道："我们从富丽堂皇的宫殿里走过叹息桥，来到了监狱，看到了那些可怕的、阴暗的、潮湿的牢房，在自由的光线和空气中，即使是最悲惨的生活也会显得明亮而令人向往。"①圣马可广场的这座监狱是奥地利对意大利侵略与压迫的象征，艾略特欣赏威尼斯从古至今所散发的自由气息，又对当下的民族解放寄予信心与希望，这释放了她内心深处的自由精神。她继而又提到了夜色中的叹息桥："沿着在叹息桥下面黑暗的运河望去——到处都有煤气灯，照亮了黑暗，漆黑的平底船的船桨扑打着水面，慢慢地向前推进。"②艾略特暗示自由与解放的希望就在眼前。

离开威尼斯之后，乔治夫妇在维罗纳、米兰等地短暂停留，后返回英国伦敦。她在与友人的通信中总结了意大利之旅："我们经历了一段难以言喻的愉快之旅——这段旅程似乎把一个人的生活一分为二，因为其激发了一些新思想的同时开辟了一些新的兴趣。"③意大利的解放为艾略特注入了新的思想源流。亲历意大利当下的民族解放运动、体验文艺复兴时期意大利的自由精神，由此，在艾略特的游记书信与日记中，民族主义的情结和自由主义的心态展露无遗。

第二年（1861年）4月，艾略特和刘易斯再次前往意大利，而此行的主要目的是为历史小说《罗莫拉》④搜集素材。而从艾略特的旅行书信与游记来看，她更多的是忧心于英国社会的信仰危机，试图在15世纪文艺复兴时期的佛罗伦萨追溯宗教信仰、世俗政权与道德价值的平衡。

宗教是艾略特重要的人生主题与创作主题。在她的家庭里，父亲和兄弟姐妹都信仰英国国教的正统教义，而艾略特在成长过程中，先后受到了福音派和其他非正统教派的影响，迎合了她非正统的思维方式和强烈的道德和精神需求。南希写道："尽管她仍留在英国教会，但她被一种激进的、加尔文派的基督教

---

① John Walter Cross, eds., *George Eliot's Life as Related in Her Letters and Journals*, vol. Ⅱ , p. 239.
② John Walter Cross, eds., *George Eliot's Life as Related in Her Letters and Journals*, vol. Ⅱ , p. 245.
③ Gordon S. Haight, eds., *The George Eliot Letters*, 9 Vols. vol. Ⅲ , p. 311.
④ George Eliot, *Romola*, 3 Vols. London: Smith, Elder and Co., 1863.

吸引。"①到了 19 世纪 40 年代，维多利亚时代的人们爆发了信仰危机，艾略特对于宗教的态度也发生了改变，她摒弃了基督教信仰，认为除了服从上帝或是害怕上帝的惩罚之外，人们更有理由去做有道德的事。同时，艾略特将德国哲学家费尔巴哈（Ludwig Andreas Feuerbach）的《基督教的本质》翻译成英文。②费尔巴哈以人类学的方法来分析基督教，主张宗教是人内在本性的外在投射，"宗教从根本上说是人性而不是神性，是为了满足人类的需要，并将人的理想投射为崇拜的神……基督教的本质应该在于人类关系当中"③。南希认为"这对艾略特思想中的宗教人文主义（religious humanism）或'人文宗教'（religion of humanity）影响很大"④，这个术语源自法国哲学家奥古斯特·孔德（Auguste Comte）。艾略特与刘易斯之后也阅读了达尔文的书籍，她十分赞同达尔文的观点。从福音派的影响，再到对上帝的抛弃，这是艾略特在时代的影响之下在宗教思想上的自我探索。艾略特的宗教观对她的小说创作与意大利旅行心态有着直接的影响。

意大利之旅又为艾略特的宗教思想与宗教心态打开了一扇明窗，当她沉浸在佛罗伦萨的古迹、图书文献时，她以历史的心态回望 15 世纪佛罗伦萨的政治与宗教斗争，找寻到了道德伦理的源流。这种心态的交织凝聚在她的游记之中，同时也伴随着她的历史小说《罗莫拉》的素材搜集过程。乔治夫妇第一次造访佛罗伦萨的时候，刘易斯曾在日记里记录："今天早上当我阅读萨沃纳罗拉时，我突然想到他的一生和所处的时代为一部历史小说提供了很好的素材。波莉立刻激情地接受了这一想法。这个话题将使她投入大量研究和共情，也让我们对佛罗伦萨产生了新的兴趣……"⑤意大利道明会修士吉罗拉莫·萨沃纳罗拉（Girolamo Savonarola）在 15 世纪佛罗伦萨的短暂统治时期和维多利亚时代的英格兰有着相似性，都是哲学、宗教和社会动荡的时代。在笔者看来，并不是萨沃纳罗拉勾起了他们对 15 世纪文艺复兴那段历史的兴趣，而是他们对当下英国社会的宗教、政治等问题的关注与忧思激发了他们对那段历史的研究兴致。

---

① Nancy Henry, *The Cambridge Introduction to George Eliot*, p. 18.
② Ludwig Feuerbach, *The Essence of Christianity*, trans. by Marian Evans, London: John Chapman, 1854.
③ Nancy Henry, *The Cambridge Introduction to George Eliot*, p. 7.
④ Nancy Henry, *The Cambridge Introduction to George Eliot*, p. 7
⑤ Gordon S. Haight, eds., *The George Eliot Letters*, vol. Ⅲ, p. 295.

据艾略特在日志中记录，他们在佛罗伦萨停留了一个月之久，从 1861 年 5 月 4 日至 6 月 7 日。[①]乔治夫妇在与儿子查理[②]的通信中介绍了两人在佛罗伦萨的主要安排，大致是早上七点左右起床，享用英式早茶，抽雪茄和阅读，等一支雪茄抽完，夫妻两人出门参观教堂、艺术馆、书店或是探一探佛罗伦萨老城，然后去佛罗伦萨中央图书馆[③]安静而舒适地阅读、查文献，一直到下午两点。[④]他们全身心倾注于小说项目，对此艾略特曾在与布莱克伍德的信中郑重地表示不希望自己的创作受到干扰："我绝对不会去写违背我整个心灵、思想或是良知的东西，因此我感觉这是我要为这个世界所做的事情，尽管是渺小的，而我只是那个微不足道项目的器官。"[⑤]从中可以鲜明地看出艾略特对当下英国社会思想状况感到忧虑的心态。刘易斯曾在信中提到艾略特在佛罗伦萨的沉浸式阅读：

> 　　她"陶醉于"佛罗伦萨，只要她能重建往昔的生活——我相信她一定能重建起来，只要天才能凭着那种奇妙的直觉投身于各种形式的生命。我经常告诉她，她的作品中的大部分场景和特征对于她直接的个人经历来说，就像十五世纪的佛罗伦萨那样具有历史性；她对萨沃纳罗拉的了解远远超过了对西拉斯（Silas）的了解，而且她对这位革命性的老牧师有着深切的同情，而对守财奴是没有的。[⑥]

但事实上，在回望文艺复兴的历史心态中，不仅是对萨沃纳罗拉的同情，在历史的重建过程中，艾略特发现了文艺复兴时期世俗政治、传统的基督教宗教秩序、人文主义思想与艺术之间存在的冲突以及由此展现出的道德价值问题。这与艾略特所忧心的维多利亚时代英国人的精神困境有着极大的相似之处，正如她创作这部小说最大的艺术目的——在那个与现在有如此多相似之处的奇怪时代，追溯自由文化与更具激情的基督教信仰之间的冲突。艾略特的素材搜集之旅也是一段精神探索的旅程，不仅投射了艾略特自己在宗教上的思想斗争，

---

① Margaret Harris and Judith Johnston, eds., *The Journals of George Eliot*, p. 89.
② 查理全名查理·李·刘易斯（Charles Lee Lewes），由刘易斯与第一任妻子所生。
③ 刘易斯在日志中称之为马利亚贝基图书馆（Magliabecchian Library），是由学者安东尼奥·马利亚贝基（Antonio di Marco Magliabechi）于 1714 年捐赠的一所博物馆，后于 1885 年更名为佛罗伦萨中央图书馆。
④ Gordon S. Haight, eds., *The George Eliot Letters*, vol. Ⅲ, p. 414.
⑤ Gordon S. Haight, eds., *The George Eliot Letters*, vol. Ⅲ, p. 417.
⑥ Gordon S. Haight, eds., *The George Eliot Letters*, vol. Ⅲ, p. 420.

她更是在文艺复兴历史中追溯现代型社会人类道德价值问题的源流，试图呼吁自由主义思潮下人的道德体系的建构。

在搜集材料的同时，艾略特和刘易斯又极为关切地注视着意大利的事态发展："我急切地盼望着下一次战争的爆发——盼望着事态的转机，使可怜的威尼斯免受那些可怕的奥地利军队的轰击。"①艾略特的这段话语表达了她对威尼斯现状的担忧。他们原计划于 5 月底回国，但是因托马斯·特罗洛普建议乔治夫妇再多停留一星期以便能够在星期天见证复兴后意大利举行的大型全国性节日，然后在周一远足至卡马尔多利（Camaldoli）和拉维尼亚（La Vernia）等地参观修道院。②于是夫妇俩确实在意大利见证了这个历史性时刻并近距离观察了庆典活动。

刘易斯在与儿子的通信中记叙了他与艾略特在圣克罗齐教堂参加的仪式，该仪式是为了纪念在 1848 年为自由而战乃至英勇牺牲的年轻士兵：

> 安杰利科神父，是一位著名的布道者，以令人感动的口才和最令人深刻的演讲方式，开展了一场政治宗教布道。他年迈又眼瞎，极其吸引着妈妈，你能够想象，她坐下来看着他的脸，倾听他对佛罗伦萨人说着勇敢而睿智的话语。这是我最感兴趣的宗教仪式。③

这场"有些令人厌烦，但整体上十分宏大，且很有气氛"④的仪式，在他们看来，是一场纯粹的政治、宗教庆典，也是他们二人多年来一直积极支持的事业，集中反映了他们面对当下意大利的政治心态——从同情与担忧到看到成功时的喜悦。而艾略特对这场宗教庆典的兴致也直接反映在了《罗莫拉》中萨沃纳罗拉的布道上。艾略特在 15 世纪佛罗伦萨的政治斗争和意大利统一运动之间建立了一个跨越几个世纪的纽带，她在文艺复兴这段历史中追溯到了自由的源流。

艾略特的书信和日记都流露出了对这个国家的强烈同情和情感参与，并传

---

① Gordon S. Haight, eds., *The George Eliot Letters*, vol. Ⅲ , p. 418.
② Gordon S. Haight, eds., *The George Eliot Letters*, vol. Ⅲ , p. 421.
③ Gordon S. Haight, eds., *The George Eliot Letters*, vol. Ⅲ , p. 422.
④ Gordon S. Haight, eds., *The George Eliot Letters*, vol. Ⅲ , p. 422.

达出一种目睹这个国家伟大时刻的兴奋感，这是他们当下游历意大利的心态。而作为自由派的知识分子，艾略特时刻忧心英国社会的信仰危机，因此她的意大利游记又体现了追溯文艺复兴时期佛罗伦萨人类道德价值问题的历史心态。在生命的最后几年，艾略特回到了意大利，与当时的丈夫克罗斯重读但丁的作品，她游历意大利总离不开对自由精神的探索。

意大利人为自由和民族统一而战的困境，以及对统一后诸多困境的积极应对吸引了维多利亚人，激发了他们的同情、政治辩论和各种创造性的努力。不难发现，意大利的文化，无论是过去还是当下，都散发着持久的魅力。意大利的旅行经历使英国旅行者从意大利尤其是文艺复兴历史、艺术和文学中找到了兴趣与灵感。如前文所述，罗斯科在意大利旅行时，时刻回望文艺复兴那段中世纪与近代交替的历史，以优美的笔触抒写着历史，散发着浓厚的近代情怀；而身处维多利亚时代中期的艾略特，对于社会、政治、宗教等问题有着更为复杂的心态，在游历意大利时，她不仅在当下的意大利民族解放运动的精神中找到了共鸣，更是在文艺复兴的历史中追溯人类道德与信仰问题的源流。到了维多利亚时代晚期，英国文人、艺术家又抒发着不同的意大利游历心态。

三、探究新精神

对于很多维多利亚时代的旅行者来说，在意大利这个国度，宗教或是社会的进步都无法压制生活的精神力量。在那里，既有感官和肉体的欢庆，也能体验人类本质中神奇的力量与自然元素中的力量在无意识状态之下的相互联结。意大利的生命力和精神的力量，像是一种指南，深深吸引着英国有识之士。

一个自由的民族吸引着维多利亚时代的英国人。工业革命时代的英国旅行者向往意大利的宁静与优美，而后工业革命时代越来越多的英国人旅居在意大利。吸引他们的不再是意大利的古迹，而是文艺复兴时期喷涌而出的自由精神。对于维多利亚时代的人们来说，尽管当下帝国萎靡的精神与扭曲的道德观、价值观同文艺复兴时期相距甚远，却激发着他们寻找精神的源流——无论是文学艺术还是宗教思想。

（一）西蒙兹对意大利文艺复兴近代精神的追问

约翰·阿丁顿·西蒙兹（John Addington Symonds，1840—1893）是英国诗人、文学批评家和传记作家，也是一位文化史家，以文艺复兴史学研究见长。他出生于布里斯托，是医生兼散文作家老西蒙兹（John Addington Symonds，Sr. 1807—1871）的独子。父亲经常带他全国各地游走，在一次次的旅途中，西蒙兹发现"自然事物中表现出的质朴、纯洁和优雅，艺术所表现出的力量和坚实"[①]，正是他的性格所需要的。因此，他从小就培养起了对自然与艺术的热爱。西蒙兹的母亲在其 4 岁时就去世了，父亲对于西蒙兹的一生有着重要的影响。而在西蒙兹的成长过程中，这种影响既有积极的成分，也有着消极的一面。黑尔在《英国与意大利文艺复兴》一书中讲到家庭对于西蒙兹的影响：

> 帮助照顾西蒙兹一家的亲戚都是阴沉的、清教徒式的。他们的反对，或者西蒙兹医生的谨慎和宽容的劝说，一个接一个地击退了孩子的探索欲和热情。异类和低人一等的感觉从一个沮丧的中心蔓延到另一个沮丧的中心。他意识到精神上的无能，同时又为自己的外表感到羞愧。他深信自己是可憎的，他梦想着希腊青年的理想之美，当他的父亲亲切地指出其中的病态成分时，图画书就关上了，图像就变成了白日梦。他为自己的名字和家庭的社会地位感到羞耻。白日梦变得更加频繁，更加强烈；有时他对他们的现实感到困惑。然而，如果说他对父亲的敬仰是这一切的主要原因，那也阻止了他完全退回到梦境中。他父亲善于探究、耐心而透彻分析的习惯深深地影响了他。[②]

到了上学年龄，他们搬到了克里夫顿山别墅（Clifton Hill House），就读哈罗公学。但西蒙兹小时候性格十分内向，在校期间从不参与校园活动。

小时候的西蒙兹经常做噩梦，有一次甚至梦游到在河边差点溺水身亡。据西蒙兹自述，是一位金发碧眼的天使叫醒了他并把他带到安全的地方。这个天

---

① Horatio F. Brown, *John Addington Symonds: A Biography Compiled from His Papers and Correspondence*, 2 Vols. London: John C. Nimmo, 1895, vol. I, p. 8.
② John Rigby Hale, *England and the Italian Renaissance*, p. 130.

使之后经常出现在他的梦境中，却也潜在地唤醒了西蒙兹内心深处的同性恋倾向，这是少年西蒙兹第一次发觉这个秘密。1858 年，西蒙兹在朋友阿尔弗雷德·普雷托尔（Alfred Pretor）的来信中得知对方与学校校长存在同性私情，他对此极为震惊。但这时候，西蒙兹也越发意识到自己的情感倾向。到了秋季，西蒙兹进入牛津大学贝利奥尔学院（Balliol College）学习。同时，他爱上了小他 3 岁的布雷斯托唱诗班男孩威廉·费尔·戴尔（William Fear Dyer），他们交往了一年即宣告分手。之后西蒙兹专心投入学习，开始展现了他的学识能力。1860—1863 年，他不仅在牛津考试中获得第一，创作的诗歌和散文也斩获了不少奖项。1862 年，他进入了莫德琳学院。其间又结识了另一位男孩并把他收为学生。好景不长，由于西蒙兹拒绝帮助他入读莫德琳学院，对方向学校领导告状，声称："西蒙兹支持我追求唱诗班男孩古尔登，我和他有相同的习惯并下决心要走同一条路。"① 虽然此事不了了之，但西蒙兹承受了巨大的心理压力，身体也每况愈下，于是他选择离开学校，前往瑞士疗伤。

在瑞士，他遇到了珍妮特·凯瑟琳·诺斯（Janet Catherine North），1864 年两人回国后结为夫妻。珍妮特正是前文提及的博物学家玛丽安娜·诺斯的妹妹。婚后西蒙兹回到了克里夫顿，在当地大学和女子学校教书，于 1872 年出版《但丁研究入门》②，这部作品使西蒙兹开始在文坛崭露头角；紧接着，他创作了两卷本的《古希腊诗人研究》③。1868 年，他又与另一位准备入读牛津的青年诺曼·摩尔（Norman Moor）坠入爱河。他们之间保持了四年的恋情，甚至结伴赴意大利和瑞士旅行。其间西蒙兹创作了一些诗作，收入 1880 年出版的《新与旧：一卷诗作》④。

与此同时，西蒙兹开始创作《意大利文艺复兴》系列作品，在 1875—1886 年先后出版了七卷。自从他的文艺复兴研究论文获牛津论文奖后，他就计划对文艺复兴做更深入的研究，尤其强调欧洲范围内艺术与文学的复兴，文艺复兴也成了他之后的研究作品的主题。但此时西蒙兹身体每况愈下，不得不中断研

① Phyllis Grosskurth, eds., *The Memoirs of John Addington Symonds*, Chicago: University of Chicago Press, 1986, p. 131.
② John Addington Symonds, *An Introduction to the Study of Dante*, London: Smith, Elder, & Co., 1872.
③ John Addington Symonds, *Studies of the Greek Poets*, London: Smith, Elder, & Co., 1873; 1876.
④ John Addington Symonds, *New and Old: A Volume of Verse*, London: Smith, Elder, & Co., 1880.

究。1877 年，他甚至一度生命垂危。于是，他再次前往瑞士疗养身体，最终在瑞士东部达沃斯村（Davos Platz）渐渐得到恢复，而这也让他相信达沃斯是唯一能享受生命的地方。他甚至在达沃斯安了家，和女儿玛格丽特合著旅居游记《我们在瑞士高地的生活》①。此外还创作了不少其他作品，如撰写雪莱、米开朗琪罗等人的传记，翻译了《切利尼传记》②，并在那里完成了文艺复兴研究。西蒙兹长期饱受身体和心灵的折磨，一方面是肺病的困扰，源自母亲家族的遗传病，黑尔曾写道："西蒙兹的一生大多数时候是作为病人度过的，寻找一种能缓解肺部症状的气候。"③另一方面是承受着性压抑，使他陷入一种焦虑。最终，西蒙兹病逝于罗马，被葬在雪莱墓地附近，年仅 52 岁。

西蒙兹一生与意大利有着特殊的情缘。从 1862 年行至威尼斯到 1893 年病逝于罗马，西蒙兹一生中多次前往意大利。他对这个国家及其历史和文学相当熟悉，在瑞士的岁月，他都会在秋天到意大利旅居，住在朋友霍肖拉·布朗（Horatio Robert Forbes Brown）家中。布朗也是一位专注于研究意大利，尤其是威尼斯的苏格兰史学家。西蒙兹将论文、文件、传记笔记等留给了布朗，布朗整理出版了《约翰·阿丁顿·西蒙兹：一部传记》④。布朗还将西蒙兹的书信整理成《约翰·阿丁顿·西蒙兹的信件与文章》⑤出版。西蒙兹的另一友人埃德蒙·戈斯（Edmund Gosse）后来也将西蒙兹的自传遗稿出版，却删除了西蒙兹有关同性恋的内容。有意思的是，布朗和戈斯都是性倒错者。后来又有学者出版了西蒙兹的信件《约翰·阿丁顿·西蒙兹的信件》⑥，共三卷。《意大利文艺复兴》的一个特征便是经常提及一些意大利的小城镇。此外，西蒙兹还在游历意大利的过程中写下了三部游记作品，分别是《意大利希腊游记》《意大利游记与研究》和

① John Addington Symonds and Margaret Symonds, *Our Life in the Swiss Highlands*, London and Edinburgh: Adam and Charles Black, 1892.
② Benvenuto Cellini, *Autobiography of Benvenuto Cellini*, trans. by John Addington Symonds, London: Penguin, 1887.
③ John Rigby Hale, *England and the Italian Renaissance*, pp. 134-135.
④ Horatio F. Brown, *John Addington Symonds: A Biography Compiled from His Papers and Correspondence*, 2 Vols. London: John C. Nimmo, 1895.
⑤ Horatio F. Brown, *Letters and Papers of John Addington Symonds*, London: John Murray, 1923.
⑥ Herbert M. Schueller and Robert L. Peters, *The Letters of John Addington Symonds*, 3 Vols. Detroit: Wayne State University Press, 1967.

《意大利侧记》①，后以《意大利、希腊游记和研究》②结集出版。从地理和历史角度来看，西蒙兹的游记主题从当下的威尼斯到美第奇家族和佛罗伦萨，再到卡布里岛，可以说贯穿了整个意大利。西蒙兹的这些书信和游记是窥探其意大利游记心态的重要历史文献。

1. 探究文艺复兴近代精神

从 1863 年文艺复兴研究的论文获得牛津大学论文奖，到 1893 年最后一篇文章《新精神——对 14、15、16 世纪知识分子解放的分析》发表在《双周评论》③，西蒙兹的文艺复兴研究持续 30 年之久。黑尔引用了西蒙兹在 1865 年阅读了一些以文艺复兴为主题的著作后的感言："我想要专注于那段欧洲历史。"④后来西蒙兹决定致力于文艺复兴文化史研究。西蒙兹是一位诗人历史学家，也是一位性倒错者。他在撰写意大利游记时的心态更加复杂。西蒙兹在三部游记中分别呈现了他在不同时间段游历意大利的心态，记叙的内容与风格也有所不同。最早的《意大利希腊游记》以地区来展开记叙，而其他两部游记则把地区与主题相结合，尤其是《意大利游记与研究》，将游记与历史研究同时呈现，集中展现着西蒙兹当下游历意大利的心态和历史研究心态，其主题如"卢克莱修""佛罗伦萨和美第奇""文艺复兴时期的意大利流行诗歌"等⑤，是极具历史性的游记。也有学者认为其"笔下的游记成了真正意义上的历史、文化'巡游记'"⑥。西蒙兹没有花太多笔墨去勾勒自然人文景观，但其独到的历史追怀使那些景物带着新的意蕴呈现在读者面前。

意大利孕育着文化和思想的自由，西蒙兹热爱这种自由的气息。西蒙兹曾指出文艺复兴时期的意大利致力于个人主义的价值观、思想上的自由主义、世界大同主义、异教等等⑦。西蒙兹的意大利旅行缘由不仅在于追踪历史问题，特别是文艺复兴史研究，更多的乃是解答自己的人生问题。因此，西蒙兹的意大

① John Addington Symonds, *Sketches in Italy and Greece*, London: Smith, Elder, & Co., 1874; John Addington Symonds, *Sketches and Studies in Italy*, London: Smith, Elder, & Co., 1879; John Addington Symonds, *Italian Byways*, London: Smith, Elder, & Co., 1883.
② John Addington Symonds, *Sketches and Studies in Italy and Greece*, 3 Vols. London: Smith, Elder, & Co., 1898.
③ John Rigby Hale, *England and the Italian Renaissance*, p. 141.
④ John Rigby Hale, *England and the Italian Renaissance*, p. 139.
⑤ John Addington Symonds, *Sketches and Studies in Italy*, "Contents".
⑥ 周春生：《心态史比较视野下的文艺复兴虚影与实景——以罗杰斯、罗斯科、西蒙兹意大利游记诗文为线索》，《上海师范大学学报（哲学社会科学版）》2021 年第 1 期。
⑦ John Addington Symonds, *Renaissance in Italy: The Revival of Learning*, London: Smith, Elder, 1897, p. 10.

利游记既包含了文艺复兴史学研究的心态，探究文艺复兴精神，又包含了寻找人生答案的心态。对于种种问题的困惑，他在旅行中融入当地各个阶层，以解惑的心态游历意大利。

在宗教领域，维多利亚时代后期，英国社会不仅面临着人们的道德观和价值体系的崩塌，还呈现出了帝国精神的萎靡，而作为中产阶层的代表人物，西蒙兹也陷入了宗教问题的困顿。他不接受任何教会或是社会的准则。对他来说，人类的价值在于寻找自我。布朗在西蒙兹传记中对此作了阐释："对他来说，所有的现象，都值得进一步研究，都不容忽视，人性要被深沉地聆听，生命就该'醉到酒糟'一般。"[1]黑尔进一步指出："在惠特曼、马可斯·奥勒留和歌德的帮助下，他将'坚定地活在完整、善、美之中'。"[2]在宗教、道德理念上，西蒙兹主张每一个人都应该探索自我，寻找道德与价值的平衡，认为人应该追求真、善、美。西蒙兹带着这样的宗教心态游历意大利，正如黑尔认为的，"在意大利的文艺复兴时期，人们生活得最完整，并且第一次开始以真、善、美为信条生活"[3]，西蒙兹在文艺复兴时期的意大利寻找道德精神的源流。西蒙兹以近代的眼光来审视文艺复兴时期的宗教现象，因此对中世纪的道德捆绑提出了反抗：

> 那些中世纪关于性罪恶的谎言，那些纯洁禁欲的愚蠢的赞美诗，那些卑鄙的牧师的卑鄙的暗示……我们可以简单准确地说，文艺复兴为人类带来了肉体的真正复活，自异教世界被摧毁以来，肉体就被裹在发衫和石榴裙里，躺在中世纪修道院的坟墓里。[4]

西蒙兹反对中世纪天主教对人们道德的干涉与禁锢，鲜明地看到了文艺复兴时期人性的解放。由此，他进一步思考宗教的真谛。西蒙兹在《在意大利关于圣诞节的思考》（"Thoughts in Italy About Christmas"）开篇提到，当他站在佛罗伦萨的圆顶教堂时，他发出了疑问："我们英国圣诞节的含义是什么呢？是什么让它变得如此具有北方的、民族的形式，让我们不喜欢按照这个海岸民族

---

[1] Horatio F. Brown, *John Addington Symonds: A Biography Compiled from His Papers and Correspondence*, vol. II, p. 25.
[2] John Rigby Hale, *England and the Italian Renaissance*, p. 136.
[3] John Rigby Hale, *England and the Italian Renaissance*, p. 137.
[4] John Rigby Hale, *England and the Italian Renaissance*, p. 137.

的节日形式来举办？"①在圣诞夜，西蒙兹又来到了罗马感受圣诞节的气氛，第二天在圣彼得大教堂参加圣诞庆典，他不惜笔墨地描绘了教皇主持的仪式，不时地产生对比的心态：

> 我的思绪又回到了英格兰，我想起了所有的乡村教堂和各地教堂里正在进行的圣诞节仪式——他们所熟悉的古老的赞美诗，他们的亨德尔赞美诗，他们陈腐而又令人昏昏欲睡的布道。这两个节日多么不同啊：罗马的圣诞节与英格兰的圣诞节——意大利和北方——拉丁的精神和日耳曼的基督教精神。②

他进而阐释是什么因素导致了两者的不同，揭示出整个基督教世界的宗教思想源自希伯来民族，表明宗教起源的同一性，并指出各个民族在基督教的传承过程中逐渐发生了变化。③西蒙兹以科学、中立的态度看待基督教在不同民族的发展，实则是在唤醒英国社会的宗教精神。

在文艺复兴史学研究心态上，西蒙兹深受布克哈特近代观的影响。布克哈特在《意大利文艺复兴时期的文化》中指出："最高尚的政治思想和人类变化最多的发展形式在佛罗伦萨的历史上结合在一起了，而在这个意义上，它称得起是世界上第一个近代国家。"④而针对其近代性，布克哈特进一步写道："我们现在并不是要写这座著名的城市国家的历史，而只是对佛罗伦萨人得之于这个历史的精神上的自由和独立做一些说明。"⑤西蒙兹也十分赞同这个观点，在其文艺复兴研究著作和游记中，皆以近代的心态去看待那一段历史时期。西蒙兹首先看到了意大利提供给近代以来的英国文人的精神源流：

> 事实上，英国从来都不是意大利卑屈的模仿者，但意大利确实是英国人的梦想之地，启发着诗人以最愉悦的方式思考，给他们补充话题，把南部美的情感种植在他们心中，丰富了我们北方人本性中激情

---

① John Addington Symonds, *Sketches and Studies in Italy*, p. 28.
② John Addington Symonds, *Sketches and Studies in Italy*, p. 31.
③ John Addington Symonds, *Sketches and Studies in Italy*, pp. 31-32.
④ 布克哈特：《意大利文艺复兴时期的文化》，何新译，北京：商务印书馆，1979 年，第 72 页。
⑤ 布克哈特：《意大利文艺复兴时期的文化》，第 73 页。

四射的想象力。这方面的鲜活例子就有乔叟、斯宾塞、马洛、莎士比亚、弥尔顿以及我们这个时代的诗人的作品。①

在整个意大利，敏感的旅行者都能找到一些地方以浸润自己的创作灵魂，对此西蒙兹又评论：

> 作为能最真切地感受文字的诗人，我们英国人活着是对意大利赋予同情的。需要用磁铁式的接触才能点燃北方人的想象，这都源于意大利。英语歌曲中的夜莺能使春天的栎树和山毛榉树间响起悠扬而纯粹的旋律，而它们都是迁徙之鸟，它们的灵魂浸润着来自南方富有美感的灵魂，却以自己的调子啼鸣着。②

需要高度重视的是，西蒙兹所指向的这种影响，并不是指其文明，也不是它早期天主教艺术的道德品质，而是源于其氛围中超脱道德却激励人心的那部分。

当然，西蒙兹也在文艺复兴时期的意大利寻找自由的精神。在每个地方他都试图唤起该地方的精神来展示充满魔幻色彩的方方面面，在这里人们能够身临其境地感受过去且被鼓舞着以观察者的意念去想象。例如，在陶尔米纳（Taormina），西蒙兹感慨"眼睛所能停留的每一处都满是回忆"：

> 我们说，正是在那儿向北眺望着海峡，尤利西斯两面受敌。在那儿，转向埃特纳火山的侧面，他遇到了独眼巨人波吕斐摩斯（Polyphemus），在战舰与巨人对抗。阿西斯（Acis）从远处积雪覆盖的鹰巢抛出了岩石。沿岸一路上，珀尔赛福涅（Persephone）消失后，手持火炬的得墨忒耳（Demeter）由于无法在西西里村庄找到女儿而失声痛哭。③

---

① John Addington Symonds, *Sketches and Studies in Italy and Greece*, Second Series, London: Smith, Elder & Co., 1914, pp. 256-257. 转引自：Bonnie Jill Borenstein, *Perspectives on British Middle Class Pleasure Travel to Italy and Switzerland, 1860–1914*, p. 29.
② John Addington Symonds, *Sketches and Studies in Italy*, p. 185.
③ John Addington Symonds, *Sketches in Italy and Greece*, pp. 204-205.

　　在西蒙兹的笔下，意大利的过往是富有生命力的，它不再是对残留废墟的一种思考。相反，西蒙兹主张接触大量的生命中最美好的品质——往往来源于意大利最富创造力的景点，从而给自己的精神充电。

　　西蒙兹就佛罗伦萨专门撰写了一篇历史色彩浓厚的游记《佛罗伦萨和美第奇家族》（"Florence and the Medici"）[1]。西蒙兹首先将佛罗伦萨的历史娓娓道来，从当地人口的组成到两个党派的抗争，再到共和国的建立，最终着重讲述美第奇家族统治下的佛罗伦萨。这则游记俨然是一部佛罗伦萨简明史。西蒙兹指出了共和政体中加重税收等不当措施导致市民遭受破产等问题，精辟地解说了美第奇家族是如何脱颖而出并走上权力的巅峰。同时，西蒙兹还对美第奇家族成员的性格特征加以评论。在洛伦佐的身上，西蒙兹看到了文艺复兴的精神，指出"意大利文艺复兴精神中最辉煌的东西似乎都在洛伦佐身上得到了体现"，对此他进一步解释："他构建了将古代文明的精神注入现代生活的理想，并看到艺术家在各自领域的创作对社会带来的影响。既保留了佛罗伦萨人固有的天才特征，又注入了古典形式的优雅，他的品位和本能引导着他带有这样的目的。"[2]他以历史追怀和历史评论的心态回望佛罗伦萨历史，自述"我想描述一下这个家族是如何设法把自己拴在意大利这个最自由、最富有教养的政体之上的"[3]，他认为这与美第奇家族对待艺术、对待文人的态度以及对文艺复兴的贡献是密不可分的。从西蒙兹的论断可以看出，洛伦佐是文艺复兴时期引领人文主义思想的重要人物，人文主义者从古典文明中寻求道德的本质、生命的真谛因而在艺术、文学等领域博采众长，焕发着意大利人固有的精神。这正是西蒙兹在意大利追问文艺复兴历史的意义所在。也可以看出，西蒙兹既以19世纪自由主义的心态来审视文艺复兴时期佛罗伦萨的共和政体、自由状况，也思考当时英国的自由主义思潮、帝国发展之势。

　　与维多利亚时代大部分保守派的中产阶层文人不同的是，西蒙兹为自己的中产阶层出身感到羞愧。黑尔认为西蒙兹向往"一个天生的贵族种族，不受习俗的约束，自由地成为他们想要的人，对畜群漠不关心——这些是他的英雄，

---

[1]　John Addington Symonds, *Italian Byways*, "Florence and the Medici", pp. 118-172.
[2]　John Addington Symonds, *Italian Byways*, "Florence and the Medici", p. 144.
[3]　John Addington Symonds, *Italian Byways*, "Florence and the Medici", p.171.

他在文艺复兴时期的意大利找到了他们的元素"①。西蒙兹肯定文艺复兴时期意大利人性的解放，因而反对中世纪对个性的否定。他对历史的兴趣在于人和人的活动。因此，他热爱意大利各个阶层的人们，包括农民、贡多拉船夫、搬运工等等，试图融入他们的生活，与他们成为朋友。在西蒙兹的游记中，处处体现着他融入当地人民的生活场景，而即便是善于表达的浪漫主义旅行者也很少真正将自己与意大利人联系在一起。西蒙兹以同情心来聚焦于意大利普通的生活，字里行间完全不像 18 世纪旅行者那样，普遍对意大利人持轻蔑的态度。他在《意大利侧记》所收的一篇散文《贡多拉船夫的婚礼》②中赞扬威尼斯平常百姓家庭经历某个事件时的幸福和愉悦，揭示了他对威尼斯社区生活的积极参与以及对意大利人精神本质的第一手了解。他讲述了一个船夫的婚礼，而船夫的妹妹就是新娘，因而他也是婚礼参与者之一。西蒙兹在自己的住所举办了一场婚前晚餐派对，当他为厨房人员安排不顺利而感到沮丧时，却很快发现他的这种情绪是多余的，宾客都泰然处之：

> 如果不包括女仆卡蒂娜的话，两个穿深蓝色衬衫的船夫到了之后，人就齐了。卡蒂娜笑着在桌边走来走去，她也一起唱歌，间或坐下来喝她的那份酒。穿过花园可以看到大运河的那间大房间已经准备好吃晚饭了；大家都被安排在小一点的房间里，房间前面有一块很好的朝南的空地。但当客人到达时，他们似乎发现了厨房的一切都让人难以抗拒。卡蒂娜似乎因为吃了太多墨鱼、奶油、蛋糕、鸡和肉排而变得无脑。因此，楼下一阵喧闹。我清清楚楚地听到所有的客人都在做准备。客人在去餐厅的路上自己做饭，这似乎是一个很新奇的安排，但很有可能使他们对宴会感到满意。谁也不能对大家的事情表示不满。③

在他的叙述中，女仆在桌子旁走来走去，笑着加入歌唱，并不时坐下，这在英国被认为是有损礼节的行为，在威尼斯却是完全被接受的行为。对西蒙兹来说，文艺复兴意味着自由的新生，文艺复兴时期的人文主义者是从宗教的桎

---

① John Rigby Hale, *England and the Italian Renaissance*, p. 138.
② John Addington Symonds, *Italian Byways*, pp. 231-252.
③ John Addington Symonds, *Italian Byways*, p. 231.

梏中解放出来的第一批自由人士。他以文化史家的身份考察意大利文艺复兴时期的精神，试图传递这种自由的精神所孕育的生命力能给当下的人们带来希望。

前文提及，罗斯科以近代的情怀回望文艺复兴历史，因此他的意大利游记有很强的历史性，而西蒙兹更是将游记与历史研究放在一起，其游记文本中的历史性又超越了罗斯科，仿佛走到了文艺复兴的实景之中。

2.性倒错者的自我解疑心态

翻开西蒙兹游记《意大利游记与研究》的第一页，插图是古罗马时期的雕塑，两位赤身裸体的男性搭肩倚靠着，这样的设计实在耐人寻味。加之书名中有"研究"二字，西蒙兹或许是想揭开意大利历史中隐晦的情感之流，从而观照他内心的同性情愫。

同性恋一直是西蒙兹内心隐隐作痛的话题，在其人生中经历了直面与否定的反复过程。对于西蒙兹来说，自由和力量可以通过自我发现来获得，他越是接受自己的同性恋身份，他就越发健康和充满活力。这种心理效应是毋庸置疑的：他在宣告这种身份的每一个连续阶段都经历了一种强烈的解放感，但都是在经历了一段痛苦的自我分析之后实现的。他内心对肮脏的行为感到厌恶，不能轻易接受他理想中的对爱情的性表达。当然，许多维多利亚时代的英国人也有同感，但西蒙兹似乎因此形成了人格分裂，因为他试图过上双重生活，而不是调和现实与理想。他在一生中升华了他的大部分经历，或许是为了把它们塑造成他父亲会认可的美德。

在年轻时与戴尔相处期间，西蒙兹曾向父亲坦白自己的同性倾向。他的父亲是一个正直和真诚的人，也是西蒙兹的知己，关心儿子的健康。西蒙兹每次向父亲坦白时，他父亲认为这种爱情不会有结果，理由是他们的社会背景不同，而且认为他们的爱情建立在令人怀疑的情感基础之上。西蒙兹被说服，逐渐结束了这段恋情。因此，在很短的时间内，西蒙兹既发现了他的真实自我，又否认了他的真实自我。这种方式在他往后的生活中反复出现。以至于在父亲死后，西蒙兹意识到"这样说似乎不孝，几乎是大不敬的，但确实，我现在所获得的独立为我的精神成长增加了一个决定性的刺激。我一直尊敬并服从于父亲，他强大的个人影响使我处于一种孩子气般的屈从状态”①。

在父亲的建议下，他甚至允许自己通过尿道灼烧以减轻性器官的刺激，也因此患上性压抑的心理疾病。婚后，他无法改变自己的性癖好，妻子凯瑟琳也因此变得忧郁，西蒙兹利用一些诗作来折磨他的神经，释放内心的压抑。后来，美国诗人沃尔特·惠特曼（Walt Whitman）的诗作又对西蒙兹的性观念产生了重要的影响。对此黑尔写道：“惠特曼成了西蒙兹一生中最伟大的老师：他教他接受自己的本性，西蒙兹尊崇他为大师，他的体力、精神活力和勇气使西蒙兹激动不已。”②在惠特曼的鼓励下，他从性的困境中走出了一条生路。1868 年，他与摩尔发展了婚外情。西蒙兹与妻子凯瑟琳进行了长时间的讨论，最终达成一致意见，即他们保持婚姻的关系，但允许他低调地保持同性关系。从欺骗的负罪感中脱离出来之后，西蒙兹变得健康和精力充沛。尤其是在 1877 年定居瑞士之后，西蒙兹对男性的性幻想彻底得到了释放与满足。③

作为一名性倒错者，意大利相对宽容的同性恋环境以及同性恋圈子尤其使西蒙兹神往。他的性压抑得到了释放，能够轻松地面对自己的同性心态。在西蒙兹生活的年代，同性恋在英国社会是不被接受的，因此有不少英国人自我放逐到意大利，他们在文学创作中尽情地描绘意大利的美与肉欲情感。学者伯伦斯坦指出：“维多利亚时代的希腊主义（Hellenism）是由 19 世纪初发展而来的，后来通常被学者称为古希腊运动（Greek movement）。”④维多利亚时代后期的学者受文艺复兴研究热潮的影响而沉迷于古希腊文化，尤其是古希腊文化中对于“少年之爱”（Paiderastia）的态度，引发了他们的浓厚兴趣。⑤阿拉斯泰尔·布兰沙德（Alastair J. L. Blanshard）评论说：“正是 19 世纪对柏拉图和文艺复兴的双重的重新发现极大地刺激了对古希腊之爱（Greek love）的研究热潮。”⑥因此，西蒙兹不仅在文艺复兴研究中寻求自由的精神，更是从中探寻自

---

① Horatio F. Brown, *John Addington Symonds: A Biography Compiled from His Papers and Correspondence*, vol. Ⅱ, p. 71.
② John Rigby Hale, *England and the Italian Renaissance*, p. 133.
③ Sean Brady, *John Addington Symonds and Homosexuality: A Critical Edition of Sources*, Basingstoke: Palgrave Macmillan, 2012.
④ Bonnie Jill Borenstein, *Perspectives on British Middle Class Pleasure Travel to Italy and Switzerland, 1860–1914*, p. 29.
⑤ Sean Brady, *John Addington Symonds and Homosexuality: A Critical Edition of Sources*, pp. 13-14.
⑥ Alastair J. L. Blanshard, *Sex: Vice and Love from Antiquity to Modernity*, Oxford: Blackwell Wiley, 2010, p. 143. 转引自：Sean Brady, *John Addington Symonds and Homosexuality: A Critical Edition of Sources*, p. 16.

身同性恋情愫的渊源。这种复杂的内心活动充分体现在西蒙兹的游记中，其既是自我释放的心态，又是自我解疑的心态。

西蒙兹在意大利文艺复兴研究中、在古典的复兴中追溯古希腊同性恋的历史，以捍卫当下同性恋群体的尊严。肖恩·布雷迪（Sean Brady）甚至认为"西蒙兹对意大利文艺复兴的兴趣就源于 1453 年君士坦丁堡陷落后佛罗伦萨城对柏拉图的接纳和对古希腊之爱的了解"①。由此可见，西蒙兹把文艺复兴研究作为自己的专长，有一个重要原因是他可以找到大量关于同性恋和男性裸体庆祝活动的参考，这些都是他的人生主题。他认为文艺复兴在感官释放方面发挥的作用不亚于其对学术的推动作用，但他很清楚有关同性恋的作品在英国无法出版，因此《古希腊伦理学的一个问题》和《近代伦理学的一个问题》这两篇文章分别于 1883 年、1891 年隐秘地出版。②根据学者布雷迪的阐述，前者对古希腊时期"古希腊之爱"进行了历史分析，而后者着眼于批判 19 世纪学者把同性恋归为病态的论断。③在研究过程中，西蒙兹惊喜地发现意大利的出版商和传记作者都隐秘地掩盖了米开朗琪罗的同性欲望，正如他们也试图掩盖本韦努托·切利尼（Benvenuto Cellini）因鸡奸罪而入狱的文献。在他的传记中，他自身的性倾向允许自己相当清晰地阐述了米开朗琪罗的同性恋问题，而这个主题在较早之前的关于米开朗琪罗的传记中是被忽略或者不发声的。在文艺复兴的绘画中，最吸引他的是卢卡·西尼奥雷利（Luka Signorelli）、米开朗琪罗等人的男性裸体画。

在里米尼，最先吸引西蒙兹的是他的马车夫菲利波·维斯孔蒂（Filippo Visconti）。这位马车夫的名字与文艺复兴时期意大利维斯孔蒂家族同名，西蒙兹风趣地写道："当我听到他的回答时，我愣了一下，满是意大利文艺复兴时期最黑暗的记忆。"④然而马车夫高大帅气的外形丝毫没有暴君的影子，让西蒙兹渐渐打消了心理预设。一路上，西蒙兹反而对其心生好感。尤其当他和妻子看见这位马车夫从车厢跳出来用马鞭抽打一个在路边虐待小男孩的歹徒时，他更是从这位男性身上看到了意大利的热血精神。他在游记中写道：

---

① Sean Brady, *John Addington Symonds and Homosexuality: A Critical Edition of Sources*, p. 16.
② Sean Brady, *John Addington Symonds and Homosexuality: A Critical Edition of Sources*, p. 2.
③ Sean Brady, *John Addington Symonds and Homosexuality: A Critical Edition of Sources*, p. 1.
④ John Addington Symonds, *Italian Byways*, "The Palace of Urbino", p. 129.

这种意大利人，长得像一尊古铜色的雕像，具有现代绅士的气质，以及一个有着古老文化的民族所天生的那种智慧，是一个令人着迷的人……他所展现出来的优雅与淡定在伦敦会客厅里都是少有的。通过他对游览过的城市的精辟评论，可以看出他对美的事物具有天生的鉴赏力。他在讲话时经常使用古老的谚语，几个世纪的智慧浓缩在了他紧张的话语中。当情感在他们的大脑中燃烧时，他们就会迸发出雄辩的口才，或用充满想象力的辞藻暗示诗歌的动机。①

从西蒙兹大段的溢美之词来看，他欣赏这位马车夫身上流淌的意大利血液，尤其是它折射的对美的欣赏、古老的智慧、雄辩的口才、诗意的语言等意大利精神特质。然而从中也不难看出西蒙兹对于意大利男性的情义，是赞美意大利精神和展露自我同性恋心态的隐秘抒发。19 世纪英国游记作者所欣赏的意大利人文景观在西蒙兹的笔下都消失了，取而代之的是意大利的年轻男子那矫健的身姿。

威尼斯对于西蒙兹来说，能激发一种"近乎狂喜"②的情绪，也是他能够最彻底地接纳自我的地方。在威尼斯，他与贡多拉船夫、搬运工共度时光。他喜欢在布朗房子的阁楼上望着运河："海军陆战队的水兵、士兵、穿蓝色背心和拖网的渔民、昂首阔步的贡多拉船夫。我几乎可以看到他们的脸。只要我稍稍从椅子上走下来，就能得到这些陌生面孔的回应。"③在《威尼斯杂记》（"A Venetian Medley"）开篇，西蒙兹的同性情感就已隐秘地流露出来："迷宫般的黑暗造就了爱情和犯罪之谜。"④西蒙兹被威尼斯这种犯罪般的同性爱情氛围深深吸引。他颂扬同性恋情的崇高使命感，认为这给了他生命的力量。在去基奥贾（Chioggia）的路上，西蒙兹吩咐仆人安排四位会唱歌的贡多拉船夫，一路上沉浸于他们的歌声之中：

我们的四个威尼斯人有着训练有素的嗓音和源源不断的音乐记忆。

---

① John Addington Symonds, *Italian Byways*, "The Palace of Urbino", p. 130.
② John Addington Symonds, *Italian Byways*, "A Venetian Medley", p. 194.
③ Herbert M. Schueller and Robert L. Peters, *The Letters of John Addington Symonds*, vol.3, "Letter to Edmund Gosse. 1890, 11. 09", p. 516.
④ John Addington Symonds, *Italian Byways*, "A Venetian Medley", p. 194.

水波荡漾在我们船只的龙骨上，他们的歌声传到国外，与即将消逝的白昼混在一起。威尼斯特有的船歌和小夜曲，当然，与当下的场景相协调。但是这些古典歌剧的一些剧本更有吸引力，因为这几位船夫赋予了它们尊严。他们独特的处理方式——以韵律产生了庄严之感，使它从陈腐变为古典，让我明白了有教养的音乐是如何从自然的、无意识的状态过渡到流行旋律的意境之中的。①

西蒙兹看似在欣赏船夫美妙的歌声，事实上真正吸引他的还是船夫本身。"尊严""庄严""古典"便是他对意大利年轻男性以及这份迷恋的诠释，也是他对同性之爱的定义，这无疑是他内心真正想要表达的情思与心态。

在威尼斯之行中，西蒙兹详细地表述了对威尼斯画派艺术家丁托列托及其作品的看法。事实上，综观西蒙兹的意大利游记，他很少细细描绘意大利城市中的景点，也很少去评论教堂、博物馆、宫殿中的建筑或艺术作品，唯独花了不少笔墨描述丁托列托的房子、丁托列托之墓以及他的画作。前文已经提及，罗杰斯、拉斯金皆钟情于丁托列托的画作，而西蒙兹呈现的视角有所不同。他从菜园圣母院（Santa Maria dell'Orto）的画作中看到了丁托列托不同的心态，有"悲剧的激情""不可能性""纯洁和宁静的感伤"，并认为"这种激情才是艺术的本质，富有想象力的大胆和真诚"②。除此之外，西蒙兹独到地认为丁托列托在呈现"怪诞"与"神秘"方面的能力凌驾于其他意大利艺术家之上。他写道：

> 在《基督的诱惑》这幅画中，只有丁托列托能够唤来恶魔。这是一个难以形容的雌雄同体的天才，一个充满肉体魅力的天才，他展开了玫瑰般柔软的翅膀，健壮而又满是肌肉的手臂上戴着火红的手镯，他跪在地上，举起巨大的石头，向坐在崎岖的沙漠棚屋下悲伤、阴郁的基督微笑。③

---

① John Addington Symonds, *Italian Byways*, "A Venetian Medley", p. 201.
② John Addington Symonds, *Italian Byways*, "A Venetian Medley", pp. 202-203.
③ John Addington Symonds, *Italian Byways*, "A Venetian Medley", p. 205.

从西蒙兹对丁托列托的欣赏与表述中，不难发现他的同性心理的蛛丝马迹。他所诠释的丁托列托画作中的心态正好印证了他自己的心态——对于自身性取向心态中的激情、感伤、不可能性、怪诞，以及对男性肉体的渴望。在丽都，他又尽情欣赏潟湖边上四位边喝酒边吃烤鱼的男子，描绘着他们健硕的身姿，包括肌肉的线条、臀部、脚踝、肌肤、穿着等。当其中一位男子与他四目相对时，西蒙兹描绘其"眼睛有着蛋白石般的透明度，仿佛威尼斯水域的颜色般，他的眼睛里充满了活力。这个引人注目的人有着粗糙、沙哑的嗓音，就像是海神一般，可能在暴风雨中发出尖叫，或者从巨浪尖头以嘶哑的声音传递着信息"[①]。这些男性的体魄对于西蒙兹来说有着振奋人心的力量，让他病弱的躯体、无奈挣扎的心灵又得到了复苏，因此他继续写道：

> 当我望着这里，至少对我来说，我感到潟湖上的古老神话诗歌变得活灵活现；咸水湖上的精灵出现在我面前；我最终接触到了孕育于大自然的生命。我很满足；因为我曾是一首诗。[②]

这些男性的躯体铸成了美好的画面，把西蒙兹带入了诗的意境，也让他体味到了生命的本真。这是他男性迷恋心态的展露。后来，西蒙兹在给詹姆斯·威廉·华莱士（James William Wallace）的信中写道：

> 在我自己最亲密的朋友中，有一名马车夫、一名装卸工、一名贡多拉船夫、一名农场佣人、一名旅馆搬运工。我在与他们交谈和交流中获得了最大可能的解脱和休憩。他们的单纯和男子汉气质给我带来了很大的好处。他们的真实生活与那个奇怪的思想世界形成了鲜明的对比，在这个世界里，我刻苦钻研的时间——意大利文艺复兴、希腊诗人、艺术、哲学、诗歌——我的全部文化单元，已经成为过去了。事实上，我最感激沃尔特的是他彻底打开了我的眼界，让我认识到同志情谊，使我相信人与人之间是绝对平等的。我的这类朋友认为我是

---

① John Addington Symonds, *Italian Byways*, "A Venetian Medley", p. 224.
② John Addington Symonds, *Italian Byways*, "A Venetian Medley", pp. 224-225.

世界上其他一类人的一个例外。但是，在赢得了她们的信任之后，我看到她们是多么地欣赏一个男人在社会上的兄弟般的爱。我坚信，只要大多数有钱人和有教养的人有我这样的想法和行动，社会问题就会找到解决的办法。①

西蒙兹的同性爱恋跨越了阶层的界限，也是他对英国社会阶级性和等级制的无视。他甚至与农民保持友好的关系，可以说，西蒙兹在不同的社会圈子穿梭，他的内心得到了满足。当浪漫诗人拜伦描绘着意大利农村妇女美丽的双眸时，西蒙兹却因意大利农夫而欣喜若狂：

> 噢，农夫们多么美丽的眼睛
>
> 噢，他们的声音响彻山坡
>
> 噢，他们的引力，是古老运动的优雅
>
> 驾着犁，跨过秋天的玉米地
>
> 在装满谷物的车轴上，如雕塑般保持着姿势
>
> 由行动迟缓却雄伟的公牛牵引着回家
>
> 你充满着多么伟大的旋律，你们这些尊贵的年轻人
>
> 是否遇到了古老荷马史诗的英雄？②

从西蒙兹的文字中很难判断他是想把同性恋的事实理想化，还是希望将同性恋的理想现实化，以至于他在写作中产生模棱两可的意味。在笔者看来，他希望把同性恋升华为理想化的状态使之被人们接受；如此一来，他既能从中获取愉悦与享受，又不会有愧疚之感。正如他在卡布里岛描绘的：

> 卡布里岛，完美的岛屿——男孩、女孩们行动如春天花儿般自由、直率、美丽，音乐在他们的眼里、披散的卷发中，希腊的青年仍在他们心中徘徊；他们的双脚放下来就像柏树亲吻着草地和松树根的影子；

---

① Herbert M. Schueller and Robert L. Peters, *The Letters of John Addington Symonds*, vol.3, "Letter to James W. Wallace, 1893.03.02", p. 825. 其中沃尔特是指美国诗人沃尔特·惠特曼。

② John Addington Symonds, *New and Old: A Volume of Verse*, London: Smith, Elder, & Co., 1880, p. 179.

他们在天真无邪的空气中绘制着爱与欢笑。①

他时常绘制这样美好的图景，使同性恋的情思徘徊在大自然中、在古典的想象中，传递出爱与希望。一如他在给女儿玛格丽特的人生总结中写的："我生来就有一种气质，这种气质在我的一生中给了我巨大的忧愁和痛苦。幸运的是，它又混杂着强大的能力来享乐和保持愉悦。"②然而，西蒙兹从未公开袒露过自己的性取向，最终鼓舞了他在 1889 年撰写回忆录。在给布朗的信中，他写道：

> 这份自传是如此富有激情又非同寻常地写了出来。我认为这是一本非常独特的著作——或许是独一无二的，它揭露了一种尚未被归类的人。因此我很焦虑这些资料会被毁掉。值得怀疑的是不知何时或者是否有人能像我一样能以普通的方式呈现给世界，又能坦率地表达他内心的想法。我希望死后能使其免于被毁，但又希望等到不再对我的家庭造成伤害之后安排出版。我不知该如何解决这个困难。等你来了，我们再作商讨。③

为了确保西蒙兹在英国文坛的名声，在他死后，他的家人和文学作品执行人布朗都没有出版西蒙兹关于男性之间性爱的作品和文字片段。④而他的回忆录《约翰·阿丁顿·西蒙兹的回忆录》⑤也是在西蒙兹过世后近一个世纪由菲莉丝·格罗斯库特（Phyllis Grosskurth）编撰出版。

总的来看，在西蒙兹的游记中，他很少谈论意大利城市的自然人文景观：在佛罗伦萨，他讲述美第奇家族的历史；在罗马，他反思圣诞节的精神；在威尼斯，他忽略衰败的景象而看重城市永存的天资，传达出了意大利的内在精神，激发人们前往探究自由精神的愿望。但在笔者看来，在他文艺复兴的作品中，

---

① John Addington Symonds, *Many Moods: A Volume of Verse*, London: Smith, Elder, & Co., 1878, p. 4.
② Herbert M. Schueller and Robert L. Peters, *The Letters of John Addington Symonds*, vol. 3, "Letter to Margaret Symonds", pp. 713-714.
③ Herbert M. Schueller and Robert L. Peters, *The Letters of John Addington Symonds*, vol. 3, "Letter to Horatio Forbes Brown, 1892.07.16", p. 642
④ Sean Brady, *John Addington Symonds and Homosexuality: A Critical Edition of Sources*, p. 32
⑤ Phyllis Grosskurth, eds., *The Memoirs of John Addington Symonds*, Chicago: University of Chicago Press, 1986.

尽管他的同情之心比拉斯金要广阔得多，但他的影响力却小得多。拉斯金善于提出一些基本的问题而激发读者去思考超越那些艺术或建筑作品的东西，而西蒙兹就缺乏这种张力和智慧层面的严谨。西蒙兹试图通过研究古典学识、艺术、古代历史和近代性学来阐述与性相关的问题，因此他的游记既是对当下社会关于性问题的评论，也是对他内心困惑的解答，探究文艺复兴近代源流的心态在他的意大利游记中体现得淋漓尽致。西蒙兹对文艺复兴的追问也影响了维多利亚时代晚期另一位艺术评论家——西蒙兹的女性友人弗农·李。

（二）弗农的文艺复兴新美学探索

英国美学家弗农·李（Vernon Lee，1856—1935）原名维奥莱特·佩吉特（Violet Paget），弗农·李是她的笔名，她曾写道："我深知没有人会阅读一个女人创作的有关艺术、历史或是审美的作品，甚至是全然蔑视的。"因此当她打算在杂志上发表有关 18 世纪意大利的文章时，就使用了自己的小名"弗农·李"。[1]弗农出生在不同寻常的中产家庭，一家人过着游牧式的生活，大概每两年就会搬家，她在欧洲不同的国家长大。她在《多愁善感的旅行者》中记录道："我们每半年就会转移阵地，凭着这些年的搬迁，横跨了欧洲大陆，在多个国家停留。"[2]弗农的哥哥尤金·李－汉密尔顿（Eugene Lee-Hamilton）曾在外交部工作，后以诗人为名，是弗农母亲与第一任丈夫所生，但与弗农私交甚好，在弗农小时候充当她的家庭教师，之后也经常在信中给她学习的建议。母亲在兄妹俩的教育中起了关键的作用，引导弗农学习语法、欧几里得几何学、修辞以及理性主义哲学。[3]

1. 弗农与意大利

弗农与意大利的情缘要追溯到她 10 岁那年。当时弗农一家人在法国尼斯过冬，遇到了萨金特一家，两家人变得亲密无间，小弗农与之后成为美国著名

---

[1]　Irene Cooper Willis, *Vernon Lee's Letters with a Preface by Her Literary Executor*, "Letter to Mrs. Jenkin (18 December 1878)", London: privately printed, 1937, p. 59. 转引自：Catherine Maxwell, "Vernon Lee and the Ghosts of Italy," in Alison Chapman and Jane Stable, eds., *Unfolding the South: Nineteenth-Century British Women Writers and Artists in Italy*, p. 202.

[2]　Vernon Lee, *The Sentimental Traveller: Notes on Places*, London: John Lane, 1908, p. 6.

[3]　Vernon Lee, *The Handing of Words and Other Studies in Literary Psychology*, London: John Lane, 1923, pp. 297-301.

画家的约翰·辛格·萨金特（John Singer Sargent）也成为好朋友，两人保持了一生的友谊。两家人相约到罗马过冬，这段罗马的经历恰恰成了弗农人生中的转折，罗马唤醒了弗农的审美灵感，也开启了她的早期创作。在罗马，萨金特家里总是有不同的艺术家造访，弗农也因此熟悉了罗马的艺术家圈子。之后她开始大量阅读有关意大利艺术的书籍。在成长岁月里，弗农经常回到罗马，她曾写道："对 18 世纪的人和事充满了激情，尤其是 18 世纪的意大利……我真正找到了通向那个时间段的道路，也实实在在地融入其中；我只关注那个时间段的东西，对其他事物丝毫不关心。"① 这些经历为她撰写关于意大利音乐和文化的艺术批评著作《18 世纪意大利研究》② 奠定了基础。1872 年，他们又造访博洛尼亚，当地音乐学院的画作激发了弗农以幽灵（ghost）为主题的小说灵感。一年后，因哥哥尤金身体抱恙，一家人决定定居佛罗伦萨。弗农的余生都在此度过，她因此也精通托斯卡纳方言。

在佛罗伦萨安家后，弗农经常独自前往伦敦，她在《少年读物》中写道："意大利让人想起过去，而英格兰则不可避免地让人思考未来。"③ 她在伦敦融入文学圈以便推广她的作品，逐渐建立了身为作家和评论家的名声。弗农与佩特私交甚笃，也因此融入了伦敦唯美主义美学思想的圈子。当然，弗农在当时的佛罗伦萨文化圈也是一位关键性的人物，她还是当地"老佛罗伦萨城保护协会"（Associazione per la difesa di Firenze antica）的成员，主张在城市现代化改造中尽可能保护古典遗产。④ 作为新女性，她关注整个社会，尤其是文化圈对女性的态度，她批判当时的婚姻制度以及社会对女性的性束缚、对女性性道德的绑架。但弗农又是一位女同性恋者，她的创作间接地表达着她的同性欲望。伯德特·加德纳（Burdett Gardner）在谈论弗农的同性之恋时指出："弗农是同性恋，但是她从来都不敢面对这一事实……她对女性充满了幻想，但是一切都恰到好处。她回避身体上的接触。"⑤ 她恋慕的女性就有诗人玛丽·罗宾逊（Agnes

---

① Vernon Lee, *Juvenilia: Being a Second Series of Essays on Sundry Aesthetical Questions*, 2 Vols. London: T. Fisher Unwin, 1887, vol. 1, "Rococo", pp. 136-137.
② Vernon Lee, *Studies of the Eighteenth Century in Italy*, London: W. Satchell, 1880.
③ Vernon Lee, *Juvenilia: Being a Second Series of Essays on Sundry Aesthetical Questions*, vol. 1, "Introduction", p. 13.
④ Catherine Maxwell, "Vernon Lee and the Ghosts of Italy," in Alison Chapman and Jane Stabler, eds., *Unfolding the South: Nineteenth-Century British Women Writers and Artists in Italy*, p. 212.
⑤ Burdett Gardner, *The Lesbian Imagination (Victorian Style): A Psychological and Critical Study of "Vernon Lee"* New York and London: Garland, 1987, p. 85.

Mary Frances Robinson），后来罗宾逊嫁人，给了弗农巨大的精神打击。弗农又与苏格兰艺术家克莱门蒂娜·安斯特拉瑟-汤姆森（Clementina Anstruther-Thomson）关系亲密，两人结成恋人关系，并且一起进行创作。根据学者斯特凡诺·埃万杰利斯塔（Stefano Evangelista）的说法，"弗农作为女性和女同性恋的身份使她在同时期的文化生活中处于一种'双重边缘化的地位'"①。

　　弗农一生中大部分时间都生活在意大利，她的作品中融合着意大利的艺术、文化和风景：翻译的《托斯卡纳神话故事》是意大利民间故事集；《贝尔卡洛》是评论音乐、雕塑和艺术本质的审美哲学作品；散文集《欧福里翁》是关于莎士比亚、意大利文艺复兴和中世纪文化史等的艺术批评著作；《文艺复兴想象与研究》是关于文艺复兴时期的艺术和文学的作品。②国内青年学者符梦醒指出："在传统的男性把持话语权的领域，如历史写作，特别是艺术史写作，也有一些女性作家和学者崭露头角，女性也开始在艺术批评和历史批评这样的职业领域与男性学者展开竞争。"③弗农就是这一类女性的代表人物。除此之外，弗农在欧洲旅行过程中也写下了不少游记，尤其是对于意大利的记叙，包括意大利游记散文《地狱边境，以及其他散文》。其他游记作品如：法国、德国、意大利游记散文《土地保护神：关于地方的记录》；法国、意大利、瑞士和德国游记《魔法森林》；历史游记散文《罗马的精神》；欧洲各地游记集《伤感的旅行者》；《镜子之塔》涉及广阔，写到了罗马、比萨、阿诺河、阿尔夸、拉文纳等地。此外还有《金钥匙，以及关于土地保护神的其他散文》。④

---

① Stefano Evangelista, "Vernon Lee and the Gender of Aestheticism," in Catherine Maxwell and Patricia Pulham, eds., *Vernon Lee: Decadence, Ethics, Aesthetics*, pp. 91-111.

② Vernon Lee, *Tuscan Fairy Tales. Taken Down from the Months of the People, with Sixteen Illustrations by J. Stanley, Engraved by Edmund Evans,* London: W. Satchell and Co., 1880; Vernon Lee, *Belcaro: Being Essays on Sundry Aesthetical Questions*, London: W. Satchell and Co., 1883; Vernon Lee, *Euphorion: Being Studies of the Antique and the Mediaeval in the Renaissance*, 2 Vols. London: Satchell, 1884; Vernon Lee, *Renaissance Fancies and Studies: Being a Sequel to Euphorion*, London: Smith, Elder, & Co., 1895.

③ 符梦醒：《幽灵叙事的反叛：弗农·李〈奥克赫斯庄园的奥克〉中的皮格马利翁神话》，《英美文学研究论丛》2019 年第 30 期。

④ Vernon Lee, *Limbo and Other Essays*, London: John Lane, 1897; Vernon Lee, *Genius Loci*, London: John Lane, 1898; Vernon Lee, *The Enchanted Woods, and Other Essays*, London: John Lane, 1905; Vernon Lee, *The Spirit of Rome: Leaves of a Diary*, London: The Bodley Head, 1906; Vernon Lee, *The Sentimental Traveller: Notes on Places*, London: John Lane, 1908; Vernon Lee, *The Tower of Mirrors and Other Essays on the Spirit of Places*, London: John Lane, 1914; Vernon Lee, *The Golden Keys, and Other Essays on the Genius Loci*, London: John Lane, 1925.

2. 文艺复兴审美与弗农的"幽灵"意象

19 世纪末，英国国内传统的价值伦理体系崩塌，文人艺术家对中产阶层盛行的功利主义、极端个人主义心存不满，他们试图摆脱此种思潮的束缚。同时，随着现代社会的发展，原有的艺术形式无力应对审美的现代性，因此在艺术领域出现了唯美主义（aestheticism）的流派。国内学者周雪滢指出："唯美主义绝非惯性思维中意境梦幻优美的画面，而是以戈蒂耶'为艺术而艺术'的核心理念，源于现代艺术对传统艺术观的反叛，力图摆脱道德说教对艺术的绑架。"[①]这种反叛就如同近代历史中意大利文艺复兴与中世纪的观念、神学统治和压抑的道德观的对抗，因此这一时期的文人艺术家对于意大利和意大利文艺复兴展现着浓厚的兴趣。自 1860 年以来，对于英国艺术家来说，意大利与审美主义相联结。雷顿指出："文艺复兴的理念赋予维多利亚唯美主义一个关键的、反复出现的形象，那就是一个复活的躯体……维多利亚时代后期的美学家发现，意大利的形象几乎是为了自身的目的而塑造的，是不具人格的、非人性的，因此，这是一种唯物主义美学的标志，它颠覆了维多利亚时代的许多价值。"[②]文艺复兴作为近代的开端，拥有着反叛精神，崇尚个人主义、思想的解放，强调对美的欣赏，这正符合了维多利亚时代晚期唯美主义审美思想的主旨。

作为意大利和文艺复兴的评论员，弗农是唯美主义艺术流派的重要一员。作为文艺复兴史学研究的女性代表，弗农认为文艺复兴是"摸不着头脑的历史学家绘制的神秘图景"[③]。拉斯金主张艺术和宗教道德的联结，而弗农强调艺术上的道德要通过阅读去寻找艺术中超自然的体验。与此同时，弗农提倡以更多的能量和色彩把过往带回现实生活，同时能够真实地进行情感体验。在"历史是否只能从科学的角度来对待"这个问题上，弗农斩钉截铁地认为："当然不是这样。过去能带给我们，也应该带给我们情感而不仅是思想：健康的愉悦使我们更具精神的光芒，痛苦也使我们有更认真的心态。在我看来，两者对我们的个人价值都是至关重要的。"[④]她强调在历史中的真实的情感体验。对她来说，

① 周雪滢：《沃尔特·佩特对蒙娜丽莎的颓废主义形塑与审美的现代性》，《外国语言与文化》2020 年第 4 期。
② Angela Leighton, "Resurrections of the Body: Women Writers and the Idea of the Renaissance," in Alison Chapman and Jane Stabler, eds., *Unfolding the South: Nineteenth-Century British Women Writers and Artists in Italy*, p. 223.
③ Vernon Lee, *Euphorion: Being Studies of the Antique and the Mediaeval in the Renaissance*, vol. I, p. 29.
④ Vernon Lee, *Euphorion: Being Studies of the Antique and the Mediaeval in the Renaissance*, vol. I, p. 12.

文艺复兴不仅是艺术和文学的复兴，而是代表了一个时代的精神，因此她创设了幽灵的意象以代表意大利文艺复兴精神。她在《多愁善感的旅行者》序言中写道：

> 由于对当地的热情，与土地、建筑物的形状、历史，甚至空气和土壤的质量有关的好奇情绪，就像所有强烈的和渗透的感觉一样，产生于我们自己的灵魂，而不是外在的东西。它们是梦中的东西，必须在安静和空虚中沉思。我们所热爱的地方，在我们看到它们之前，是通过我们的愿望和幻想而形成的；我们认识它们，而不是在现实世界发现它们。[1]

对她来说，幽灵、记忆、联想总是与意大利和意大利的历史有着千丝万缕的联系：

> 我们所说的幽灵并不是指在传说中或是书面神话故事中看到或听到的庸俗的幽灵；我们指的是逐渐浮现于我们心里的幽灵，不是在走廊和楼梯上，而是在我们的幻想中出现的……幽灵是明亮的月光，在它的映衬下，柏树像黑色的灵车，枯落的灰色橄榄和多节的无花果树像奇异的、打结的、向人打招呼的手指，以及意大利城镇郊区的废弃别墅，鸟儿在没有玻璃的窗户里飞进飞出，显得白茫茫、阴沉沉的；幽灵是一个死了很久的人那封闭的房间，是枯萎的花朵淡淡的气味，是长期未动的窗帘的沙沙声，是发黄的纸和褪色的丝带，是长期未读的信……所有这些事物，哪怕再列举一百样，从我们的本质来看，都是幽灵，这种模糊的感觉我们几乎无法描述，某种开心的又是可怕的感觉侵占了我们整个意识，它混杂地呈现在我们身后，我们有点害怕看到它，如果环顾四周，我们不知道它是什么形状。[2]

---

[1]　Vernon Lee, *The Sentimental Traveller: Notes on Places*, p. 4.
[2]　Vernon Lee, *Belcaro: Being Essays on Sundry Aesthetical Questions*, "Faustus and Helena: Notes on the Supernatural in Art", pp. 93-94.

弗农把拉文纳这一篇游记起名为《拉文纳和她的幽灵》，在她的笔下，拉文纳是幽灵般的存在："其他地方在夕阳下变得庄严、悲伤或是美丽。但对我来说，拉文纳变得幽灵一般；过往顷刻间浮现出来，幽灵显现。"[1]学者雷顿指出："随着历史上的过往成为心理层面的过往，意大利这个异域国家开始躺在心里面，从中所召唤出来的幽灵们，又成为我们死去的，但或许可以复活的自我。"[2]这句总结道出了弗农的创作中幽灵的真谛。她看到了维多利亚时代帝国萎靡的精神，试图在文艺复兴中寻找精神的力量，这给她自己以及整个社会都能带来一种复活的能量。就像她在《关于现代旅行》一文中指出的："在人的躯体出发赴各国旅行之前，我们应该在精神层面访问它们；否则我想我们不妨还是待在家里。"[3]幽灵就代表着过往的复兴，在她看来，现代与过往之间并不存在明显的界限，幽灵的浮现延伸到了现代社会的边界。当她在意大利时，她时常感受到文艺复兴就在当下。当她在某个意大利小教堂时，她会想到"文艺复兴时期的教士的鬼魂一定在寒意袭人的黎明做弥撒"[4]。

弗农生活在世纪转型期，她深刻体会到了现代社会中的矛盾与人们内心的困惑，而"幽灵"的想象使他们游离于现实社会、经济、政治等问题之外，这种无形的超自然存在取代了现实社会的心理危机。在尤根尼亚山时，她记录了眼前的景象：

在小路的拐弯处，我对政治和经济的兴趣突然消失了；我们处在浪漫之中，在意大利诗歌的仙境里。（我似乎处于想象的状态而不是在现实中行走）想象着斯卡利格斯家族（the Scaligers）的中世纪城堡，完美的城垛墙，像它的岩石般是圆形的，但是一座城堡神奇地变成了像邓南遮（d'Annunzio）别墅一样的建筑，因而变得不朽……从这个角度看，所有的事物都绘制成了一幅完美的画卷；塔楼、城垛、柏树、雕塑，这一切不仅是为了视觉，而是为了想象。让每个人都回到那个迷

---

① Vernon Lee, *Limbo and Other Essays*, "Ravenna and Her Ghosts", p.176.
② Angela Leighton, "Resurrections of the Body: Women Writers and the Idea of the Renaissance," in Alison Chapman and Jane Stabler, eds., *Unfolding the South: Nineteenth-Century British Women Writers and Artists in Italy*, p. 233.
③ Vernon Lee, *Limbo and Other Essays*, "On Modern Travelling", p. 92.
④ Vernon Lee, *The Tower of Mirrors and Other Essays on the Spirit of Places*, p. 152.

人的圈子，以至于在想象中埃泽利诺的城堡和阿尔米达的花园相互交换、交织在一起，就像一段微妙的音乐中主题与主题之间的切换，在充满浪漫和美丽的迷宫中包裹着灵魂并制服它。[①]

弗农将现实问题抛之脑后，沉浸于想象之中。同时，她活跃在以男性为主导的美学圈子，幽灵这种边缘化、不可见的存在又很好地展现了她对男性主导权的抗争心态。在回溯意大利历史的同时，她积极探索与找寻自我，这尤其体现在游记《罗马的精神》当中。弗农小时候在罗马度过了 5 年的时光，后来在1895 年至 1905 年又多次回到罗马，旅行期间的日记最终铸就了这部历史散文式的游记，其凝聚着罗马给弗农的思想与情感再次带来的影响。[②]弗农在"附言"部分总结道：

> 昨天早上，我翻阅过去 18 年的罗马笔记，我发觉在写下这些的时候，我是一个异常生动的我，带着痛苦又带着希望的一个多面的我。更重要的是，我感觉到了我所爱的人的存在，他们在我各个阶段的罗马记录中没有提到，甚至没有提及过。他们都变了；有些人死了，而有些人没有真正活过。但当我翻阅这些笔记本的时候，他们又回来了……这地方已历经两千年的历史，或许还能再屹立两千年，这些山坡和道路上充满了世界的传奇——他们出现了，清晰可见，由我自己的生命所投射出的阴影；那些已经改变、逝去或是死去的人的形态和面孔，还包括我自己。[③]

这些文字体现了弗农作为历史学家，从自己过去的文字记录中探索罗马带给自己的精神力量。总的来说，她在罗马这个文明古国，找寻到了最真实的自我与情感。

正因为弗农是一位如此多才多艺的新女性，凯瑟琳·马克斯韦尔（Catherine

---

①   Vernon Lee, *The Enchanted Woods, and Other Essays*, "In the Euganean Hills", pp. 190-191.
②   Bonnie Jill Borenstein, *Perspectives on British Middle Class Pleasure Travel to Italy and Switzerland, 1860–1914*, pp. 42-43.
③   Vernon Lee, *The Spirit of Rome: Leaves of a Diary*, pp. 204-205.

Maxwell）等在传记中写道："艺术史、思想史、女同性恋和男同性恋研究、女性研究、美学、文学理论、音乐学、政治、游记、维多利亚时代晚期文学和向现代主义的转型领域的批评家都开始发现弗农值得受到广泛的关注和加以细致的研究。"[①]弗农以"幽灵"的意象游走于过去和现实之间，正因为幽灵是无形的、边缘化的超自然存在，其承载着弗农在文化圈的境遇和找寻自我的愿望。她以现代审美思想探索文艺复兴精神，这既是自我探索的过程，也时刻彰显着独立的精神。

小　结

　　作为 19 世纪主流的意识形态，本章也围绕自由主义展开一系列问题的探寻：自由主义思潮与当时英国社会的矛盾关系如何？各种矛盾究竟在人们的心灵深处引发何种深层次的困惑与问题？又是什么问题需要人们如此关心文艺复兴那段历史现象？意大利旅行最终使学人明白了什么？

　　对于这一时期的旅行者来说，他们不仅在意大利体验到了感官的愉悦，更在那里找寻到了增益人生的品质。如弗农所述，在意大利，"最普通的物品就如最稀有的东西一样可爱，关注大海、天空、赫斯珀里得斯（Hesperides）的植被，继续过着并赞美着美好的生活"[②]。源自意大利的原始生命的强烈意识、那种与万物合一的感觉、与古代异教世界的接触、对生命本原形式的庆祝、热心的人们、艺术家富有创造力的天赋，等等，都铸就了维多利亚时代旅行者心中的意大利。这些元素凝聚成意大利的精神，其震撼着维多利亚时代旅行者的身心灵，对他们来说，内心深沉的悲伤和对于世界的失落感也渐渐消失在他们的生活当中。

　　因此，他们的游记中没有对古典遗迹的详细描述，也没有对壮丽景色的情感主义式抒发，但他们的游记唤起了一个时代的精神——那时世界很年轻，充满了生活的美好品质，然而现代人过度文明的意识反而使他们走进（近）了那

---

① Catherine Maxwell and Patricia Pulham, eds., *Vernon Lee: Decadence, Ethics, Aesthetics*, "Preface and Acknowledgements", p. xi.
② Vernon Lee, *Genius Loci*, p. 196.

个生机盎然的世界。对于英国人尤其如此，毕竟他们成长于欧洲最高度工业化的国家。对于维多利亚时代的人来说，异域的、原始的世界刺激了创造力和想象力，他们以追溯文艺复兴近代源流的历史心态来游历意大利，这也是对文明化社会的应对。而这种心态视角下的游记研究也为文艺复兴史研究提供了新的视角与素材。

第五章

史学领域对意大利游记
研究的再思考

19 世纪英国的意大利游记心态

无论如何，那些不能根据自己的意愿来塑造生活的人，活得并不容易，他们的环境也永远有着沉闷的骚扰。独自一人安安静静地，我听见了海浪的冲刷；我看到了夜幕降临或云雾缭绕的埃特纳，闪烁的灯光映入眼帘，照向锡拉和卡津布狄斯；当我最后一次看向爱奥尼亚海的时候，我希望我无尽地徘徊在寂静的古代世界中，今天和它所有的声音都被遗忘。①

　　19世纪英国旅行者在意大利游记中书写的所见所闻、所观所想、体验与思辨在给读者带来文本体验的同时，也无疑触动了史学研究者的神经。我们在细细品味游记背后的文学和文化意义的同时，不妨回到它的历史书写现场。游记不仅是旅行者行旅体验的记述与表达，它本身也涵盖着历史书写的特征。故游记与史学的关联，大可深究。19世纪英国人撰写的意大利游记横跨百年，不仅呈现了百年之中各个时期的社会历史画面，这些游记作者还回溯了古典文明时期、文艺复兴时期的历史，如此一来，游记文本又是历史镜像。旅游史研究学者沈祖祥指出："游记著作是旅游活动全部成果的集中体现，是旅游史研究的另一个重点。"②然而在史学界，有学者关注旅游史，考察旅游作为一种历史活动在史学研究中的重要地位，却很少关注游记。事实上，作为旅游活动的记叙，游记与史学也有着密切关联。19世纪英国人撰写的意大利游记种类繁多，在各个时期层出不穷，是一部精彩的游记史，值得学人从史学领域对其作进一步思考。

---

①　George Gissing, *By the Ionian Sea*, p. 168.
②　沈祖祥：《旅游史学科建设的若干构想》，《社会科学》1990年第7期。

一、心态分析介入游记研究的史学价值与回响

从前文的心态分析可见，19 世纪英国人的意大利游记书写背后有着不同的心态因素。从 19 世纪这一段历史时期来看，在不同心态的驱使下，英国旅行群体看待意大利方方面面的视角不同，因而游记所专注的内容也存在差异。综观他们的意大利游历与游记书写心态，所共享的是对意大利自然风光与人文景观的热爱。与此同时，各种心态又深受他们所处时期的社会背景和个人生活的影响，使他们游历意大利时有着不同的即时心态，而当他们回望作为文明古国的意大利的历史时，又呈现出不同的历史心态。这印证了笔者在前文所述的，意大利游记的心态包含了游记作者心系个体命运以及英国现状的心态、身处意大利游历当下的心态以及看待意大利过往的历史心态，是三重心态的交织。浪漫主义游记作者心怀中世纪的意大利，也有一批文人在文艺复兴历史中寻找近代源流，而古典学者钟情于古代意大利，这些都是笔者所分析观察到的历史心态因素。因此，尽管游记长久以来作为重要的历史文献立足于史学界，但由于心态分析的介入，其史学价值得到了进一步的提升，也给史学研究者带来启发。

（一）史学价值探析

游记作为一种文学体裁，向来是文学界、文化界、史学界等领域重要的研究内容。在史学界，游记通常作为史料，在史学研究中充当辅助性的作用。年鉴学派的史学家无一不在研究中运用跨学科的研究方法。勒高夫曾指出："心态史的特征表现在方法上，而不是资料上，所以什么资料都可以用，文学、艺术方面的资料对心态研究举足轻重，因为它有助于了解某个时期的心态和情感。"[1]因此，游记是心态史研究的重要对象，使游记成为史学研究的主角，心态分析的介入能帮助研究者考察特定时期某个群体的心态，从而管窥社会文化历史的演变，以及个体在这一过程中起到的能动作用。

其一，随着心态分析介入游记研究，游记文本的撰写者成了心态史研究的主要对象。游记作者的心态，包括情感、态度、思想等心理因素都将得到全面

---

[1] 雅克·勒戈夫、皮埃尔·诺拉：《史学研究的新问题新方法新对象》，第 276—278 页。

的、历史性的剖析，并与游记撰写的客体共同成为重要的历史镜像，使读者反观历史背景与历史问题。这印证了学者的论断："心态史学注重反思性和问题性，表现在历史问题的再思考，对传统理论的元研究。"①

从心态史的视角，19 世纪英国人撰写的意大利游记不仅体现了他们游览意大利的自然风光、人文景观时所释放的即时心态，还饱含着他们睹物思史的情怀。到处是古老建筑、古典遗迹的意大利时刻把游者带回其往昔岁月，他们向往哪一段历史、他们又是如何看待那段历史，都呈现为历史心态，有着群体性的、无意识的特点。由此来看，游记不仅成为历史研究对象，更成了带有历史心态的主体。譬如，在 19 世纪早期，仍有一群"古典的旅行者"参考"大旅行"时期的贵族精英旅行方式，唯一的不同之处在于他们是中产阶层，在这一类游记中散发着浓厚的古典历史心态。他们对古罗马历史情有独钟，仿佛要把自身从小所学的古典知识在实景中尽情展现出来，他们化身历史学家来重现某些历史场景、叙述历史事件。有些历史片段甚至从未在历史书籍中出现过，同时又带着他们的态度，但总体都是以赞美、钦佩为心态主轴。诚如李欢指出的："心态史进一步拓宽了历史学研究的领域，是对政治史、经济史、文化史的必要补充。它从另一个角度观察历史，为我们更好地诠释了历史的真相。"②心态分析介入游记研究为观察历史提供了另一个视角。

其二，游记研究以群体性、整体历史性展开。从心态史的重要内涵出发，游记研究打破了研究个体的窠臼，转而专注于游记创作群体。心理学研究曾表明："某种思想、观念、态度一旦渗透到群体心理之中，便具有支配群体的'无穷力量'，这种力量具有摧枯拉朽之势。"③针对游记群体的研究无疑增加了心态的比较维度，尤其有助于历史心态的差异化呈现。

从近代旅游业来看，旅游群体涉及范围广阔，还有职业、阶层、性别等范畴的区分，因而游历心态与游记书写心态颇不相同。这当然又牵涉心态史所强调的历史整体性。年鉴学派第二代代表人物布罗代尔认为"历史学之所以有别

① 李先军、陈琪：《心态史学及其对教育史学方法论的启示》，《宁波大学学报（教育科学版）》2017 年第 6 期。
② 李欢：《论〈蒙塔尤〉中所体现的新史学观》，《齐齐哈尔大学学报（哲学社会科学版）》2012 年第 2 期。
③ 勒庞：《乌合之众——大众心理研究》，语娴编译，呼和浩特：远方出版社，2016 年，第 49—50 页。转引自：李先军、陈琪：《心态史学及其对教育史学方法论的启示》，《宁波大学学报（教育科学版）》2017 年第 6 期。

于其他社会科学，主要体现在时间概念上"①。与群体性相对应的就在于游记研究的时间段问题。短时间内的游记既无法囊括群体性的游记，更无法体现并解释心态的变化。从 19 世纪来看，英国历经战争的洗礼、工业革命的发展与胜利、维多利亚时代的辉煌与衰落，而旅游目的地意大利也面临着拿破仑军队的洗劫、奥地利等国的干涉、民族解放运动至最后获得胜利等命运，游记心态必然随着历史的发展而呈现诸多差异。再如意大利游记中的浪漫主义心态，笔者在书中以浪漫主义诗人拜伦、雪莱等人为代表进行浪漫主义心态的剖析。而事实上，这种浪漫主义心态不仅体现在那一段时期的某些代表性人物身上，更是贯穿了 19 世纪游记心态的始终。一直到 19 世纪末，仍有小说家诸如吉辛等人在意大利游记中有着浪漫主义的抒情："我不敢读有关罗马的书，它让我产生如心绞痛般的疼痛，这是一种肉体的疼痛；我去那里的欲望如此强烈。"②他把对意大利南部的向往之情形容为一种肉体的折磨。诸如此类的游记比比皆是，更需要从整体的历史视角、中时段或长时段的历史时间维度去探究。因此，心态分析的介入拓宽了游记研究的历史维度。诚如学者赖国栋写的："心态史家总抱着总体史的雄心，结合社会科学的方法追寻历史的潜在模式，讨论人类及其实践与社会环境之间的辩证关系，从而深化了传统政治史和文化史的路数，丰富了历史研究的主题。"③

其三，心态分析介入游记研究又调动了其他史学领域的研究。首先就是心态史与社会文化史之间的联结。借用历史学者王晴佳的话来说，"心态史与社会史、文化史等研究有着水乳交融的关系"④。由于心态史研究对象与研究内容的特殊性，它本身就涉及"社会文化的一系列基本层次：人们对生活、死亡、爱情与性、家庭、宗教、政权等的基本观念、态度及行为方式"⑤。在游记研究过程当中，心态研究的介入关乎游记作者对意大利社会生活、家庭、宗教等诸多社会文化层面的思考与态度，有效地调动了特定历史时期内社会史文化史的研究与反馈。而反过来说，社会文化史本身就是以年鉴学派、西方马克思主义学

① 王晴佳：《年鉴学派对我们研究历史的启迪》，《社会科学》1986 年第 5 期。
② Algernon Gissing and Ellen Gissing, *Letters of George Gissing to Members of His Family*, London: Constable, 1927, p. 173.
③ 赖国栋：《心态史的发展及其时代意蕴》，《光明日报》2020 年 11 月 16 日，第 14 版。
④ 王晴佳：《为什么情感史研究是当代史学的一个新方向》，《史学月刊》2018 年第 4 期。
⑤ 姚蒙：《文化·心态·长时段——当代法国文化史研究一瞥》，《读书》1986 年第 8 期。

派为代表的新史学浪潮下盛行的新的史学研究范式。有学者指出："以勒华拉杜里和勒高夫为代表的年轻一代年鉴学派史学家更是反对把文化和心态看作影响历史进程的次要因素，并将研究重心由社会—经济史为主转向以研究人们的心态为主要内容的社会—文化史。"①可以说，心态研究本身也是社会文化史研究的内容之一。国内学者李长莉曾指出社会文化史的研究领域：

> 社会文化史更注重研究那些社会与文化因素相互重合、相互渗透、相互交叉的领域，如社会生活（日常生活、生活方式）、习俗风尚、礼仪信仰、大众文化（大众传播、公共舆论）、民众意识（社会观念）、社会心理（心态）、集体记忆、社会语言（公共话语、知识）、文化建构与想象、公共领域（公共空间）、休闲（娱乐）文化、身体文化、物质文化、区域社会文化等等，其研究领域也是多样而开放的。②

心态史与社会文化史的研究有交叉重叠的成分，二者可谓具有异曲同工之妙。游记作者所记载的内容涉及意大利的方方面面，不仅包括对自然风光的审美描绘和历史事件的叙述，也包括对意大利民众的观察与描绘，而群体以及群体的社会生活本身也是社会文化史研究的重要领域。这就与传统的只关注帝王将相的政治军事史相区分，成为社会史研究的广阔场景。当心态史以群体的游记为研究对象，深入大众群体的精神与思想领域，它就成为文化史的开掘传播渠道，体现了历史与文化本质性的联系。这是社会文化史将社会史、文化史两者相结合的意义所在，其有助于揭开"历史上人们社会生活方式与思想观念之间的相互联系"③，使游记书写彰显独特的社会文化价值。

游记是一种文学体裁，因此心态史视角的研究对文学史也有一定的启示作用。国内学者曾引用丹麦文学史家的论断："文学史，就其最深刻的意义来说，是一种心理学，研究人的灵魂，是灵魂的历史。"④而心态的研究更加契合了心理或灵魂层面的研究。

---

① 李欢：《论〈蒙塔尤〉中所体现的新史学观》，《齐齐哈尔大学学报（哲学社会科学版）》2012 年第 2 期。
② 李长莉：《交叉视角与史学范式——中国"社会文化史"的反思与展望》，《学术月刊》2010 年第 4 期。
③ 李长莉：《社会文化史的兴起》，《天津师范大学学报（社会科学版）》2003 年第 4 期。
④ 勃兰兑斯：《19 世纪文学主流》第一分册，张道真等译，北京：人民文学出版社，1980 年，第 2 页。转引自：宁宗一：《心态史研究与文学史建构——一个层面的考察》，《东方丛刊》2006 年第 2 期。

（二）游记心态的进一步挖掘

在笔者看来，若要进一步踏进 19 世纪英国的意大利游记心态领地，尚有其他层面的心态值得学人进行横向与纵向的对比与挖掘。

1.关注不同城市间的游历心态差异

19 世纪英国人撰写的意大利游记纷繁复杂，但从游记的目录来看，绝大多数是以意大利地理或城镇为穿引的游记。笔者已在第一章提及，英国人游历意大利基本按照常规的路线，无论是从瑞士还是法国入境，意大利北部如米兰、威尼斯、热那亚等地往往是旅行者的第一站；中部的佛罗伦萨、罗马等地则是旅行者的必经之地；当然也有不少旅行者如霍尔、吉辛等人对那不勒斯、西西里岛等南部地区情有独钟。因此我们不妨关注这些不同城市间的游历心态差异。

罗马是宗教朝圣者的必经之地。作为古老帝国和基督教圣城的所在地，罗马承载着历史的胜利与失败，过往的光荣和当下的衰败之对比使得旅行者在颓废之景中看到了别样的美，这成了 19 世纪早期普遍流行于游记作者的罗马游历心态。19 世纪的文人从小接受古典教育，对古典文学、古典人文景观颇为熟悉。但 19 世纪的罗马已是一幅荒凉、残缺之景，罗马代表了共和的美德和帝国的衰落。它的废墟既象征着所有人类成就的幻灭，也证明了它的坚固。罗马既代表着基督教的胜利，也象征着异教文化的权威。这些都呈现在旅行者的游记中，无疑是一种复杂交错的心态。黑兹利特抱怨，到罗马的旅行者绝大部分都只是迷失在了华丽而又令人生厌的寻常之地：

> 脏乱之地和宫殿间的对比，这种新旧间鲜明的差别是我抱怨之处；我反对这种明显的对比，以及狭窄、看上去粗俗的街道毫不间断，大蒜的味道掩盖了古迹的气氛，有着昏暗、沉郁的现代式房子。庄严的拱门下的粪堆、厕所和生长着的野草并没有使我不快，但一个蔬果商贩的摊位，一家愚蠢的英式瓷器商店，散发腐味的饮食店，发廊的广告，一家旧衣店、一家旧画店或一座哥特式宫殿，有两到三个侍从穿着现代制服候在大门口，这一切又与古罗马有何相干？①

---

① Michael Liversidge and Catharine Edwards, eds., *Imagining Rome: British Artists and Rome in the Nineteenth Century*, p. 26.

相反，他更欣赏费拉拉的如画美景，认为那里"古典的遗迹并没有降级，不像罗马那样以一种自命不凡的方式被改进，更没有陶器和油店"①。19 世纪的罗马象征着意大利的种种对比之态，也最能激发英国旅行者的想象。城市本身就完整凸显着一系列的对比：古代与现代历史性的对比、异教和基督教的对比、废墟和自然景观的对比。从古典之地到 19 世纪旅行者的视角，罗马持续地吸引并打动着英国旅行者。

佛罗伦萨则是另一番风景，其作为文艺复兴的故乡，引发了 19 世纪艺术家、史学家的关注。它的美、它的魅力和它的快乐吸引着英国旅行者。19 世纪文人对中世纪和文艺复兴的兴趣颇浓，这种审美、政治上的心理倾向把他们的注意力由罗马转向了佛罗伦萨。这个城市的伟大和创造性的潜力不再使中产阶层旅行者局限在古典主义的观念与心态之中。他们带着不同的视角在佛罗伦萨实景中感受文艺复兴那段历史，其间有着关乎道德、政治等问题的思考与批判，也有对其艺术的分析与批判，对美第奇家族的爱憎心态，等等。而威尼斯往往激起旅行者的政治心态，尤其是当他们目睹奥地利军队在威尼斯的所作所为时，都本能地产生了他们作为世界公民的愤慨。此外，威尼斯独特的地理位置与交通方式都给他们的心灵带来震撼，激起情感的抒发。

意大利的南部城镇成了探寻自然奇观的理想之境。据旅行者对庞贝古城、赫库兰尼姆、帕埃斯图姆等的挖掘，西西里岛的阿格里真托改变了南部的风景，也成了 18 世纪末和 19 世纪深受旅行者喜爱的名胜古迹。19 世纪的旅行者在南部游记中呈现更多的是审美的心态。神学家卡米洛·马佩（Camillo Mapei）在庞贝评论道："能够走进 2000 年前的神殿、剧院以及当时人们的私人空间简直太神奇了；随意地走在城市安静的街道上，仿佛置身于这段历史中，成了那个时代的人。"② 19 世纪的旅行者大都沉浸在废墟的审美之中，这源于它们浓重的历史感及其有力迸发出的庄严之感。正如格温塔尔写的："废墟的吸引力不单是审美层面的，但确实是伤感的、灾难性的；被侵占后的模样深深吸引了旅行者。

①　Michael Liversidge and Catharine Edwards, eds., *Imagining Rome: British Artists and Rome in the Nineteenth Century*, p. 26.
②　Camillo Mapei, *Italy, Classical, Historical and Piccturesque, Illustrated in a Series of Views from Drawings by Stanfield, Roberts, Harding, Prout, Leitch, Brockedon, Barnard with Descriptions of the Scenes Preceded by an Introductory Essay on the Recent History and Present Conditions of Italy and the Italians*, Glasgow: Blackie, 1847, pp. 103-104.

岁月的痕迹却慢慢地同时显现出沮丧与愉悦。"①确实，废墟筑成了意大利自然风景，彰显着过去的辉煌和如今的衰败之间历史性的对比，同时又散发着壮丽之美。过去与现在、美感与衰败的对比鼓舞了诗人、画家等大众旅行者前往意大利，他们还以特有的历史方式来阐释意大利的风景，创造古代与现代的连续性和整体性。

　　不同的城市勾起了旅行群体不同的游历心态，也深刻影响着他们对意大利文化、政治、宗教等问题的解读。英国作家奥古斯都·黑尔（Augustus John Cuthbert Hare）就创作了许多以城市为题的意大利游记。他出生于罗马，是出版商默里的搭档，他的意大利游记有《行走在罗马》《意大利北方的城市》《意大利北方和中部的城市》《意大利南部的城市》《意大利中部的城市》《在罗马附近的日子》②，这些作品主要是为旅行者提供指南。而当学人去解读他们的心态时，不妨以城市心态为线索，把不同城市间的游记心态做一比较，这对意大利城市史研究也有一定的启示意义。

2. 关注女性旅行者的游历心态

　　传统的"大旅行"是贵族精英的专属活动，将女性旅行者拒之门外。一方面，这是由于当时旅行活动本身存在一定的危险性；另一方面，当时的男性认为阻止女性旅行可以确保女性的贞洁。对此安内格雷特·佩尔兹（Annegret Pelz）曾写道："性别化、道德危机和不可控的自由……都是长久以来阻止女性旅行的道德层面的缘由。"③一直到 18 世纪末，女性才得以与家人、雇主或丈夫一同出行。④在法国大革命期间，越来越多受教育的女性开启了旅行。在革命的势头中，女性解放运动也为女性开展旅行注入了新的动力：

> 法国大革命后，社会和政治的变化浪潮席卷了欧洲和英格兰，产生了一种加剧了的抱负。女性看到了改革的可能性，并见证了世界上

---

① David Lowenthal, *The Past is a Foreign Country*, Cambridge: Cambridge University Press, 1985, p. 173.
② Augustus J. C. Hare, *Walks in Rome*, 2 Vols. London: Strahan & Co., 1871; Augustus J. C. Hare, *Cities of Northern Italy*, 2 Vols. London: Smith, Elder & Co., 1884; Augustus J. C. Hare, *Cities of Northern and Centural Italy*, 3 Vols, London: Daldy, Isbister & Co., 1876; Augustus J. C. Hare, *Cities of Southern Italy and Sicily*, London: George Allen, 1891; Augustus J. C. Hare, *Cities of Central Italy*, 2 Vols. London: Smith, Elder & Co., 1884; Augustus J. C. Hare, *Days Near Rome*, 2 Vols. London: Daldy, Isbister & Co., 1875.
③ Barbara Korte, *English Travel Writing: From Pilgrimages to Postcolonial Explorations*, p. 111.
④ Jeremy Black, *The British Abroad: The Grand Tour in the Eighteenth Century*, p. 283.

的重大事件。在这一时期，中产阶层的女性开启旅行……女性绝不满足于厨房和市场。他们在欧洲政局震荡时期旅行，她们自己也卷入其中。她们的经历增加了她们的力量，这远远超过传统的教育带给她们的影响。①

随着近代旅游业的兴起，越来越多的女性旅行者加入了欧陆旅行的队伍。她们作为探险者、传教士或单纯为了休闲娱乐展开独自旅行。史蒂文森写道：

> 在 19 世纪，由于滑铁卢战役后长久的和平以及英国的强盛，越来越多的女性发现，甚至不需要男性的陪伴便可以独自到欧洲大陆旅行……但欧洲无法长久满足维多利亚时代爱冒险的女性旅行者的需求，于是她们周游世界（布拉西夫人），在南太平洋加入法国军舰（康斯坦斯·戈登－康明斯），骑越阿拉伯半岛（安妮·布伦特夫人），渡尼罗河（艾米利亚·爱德华和露西·达芙·戈登），行至美洲（芬妮·特罗洛普和哈利特·马迪诺），有的甚至还到达遥远的东方（伊莎贝拉·伯德·毕晓普和安妮·泰勒）。到了世纪末，女性旅行者的指南大胆宣称"如今数百个女性赴一个曾需要被保护的地方"。②

纵观整个 19 世纪，女性旅行者写下了许多脍炙人口的意大利游记。有大量的研究开始关注女性的游记著作。可以说，游记作为一种边缘性的体裁，尤其吸引了女性作家，游记研究学者认为："它的混杂性使得它不能从严格意义上算为文学，同时也不存在标准的体裁规则，因此有更广阔的试验的自由。怪不得它成了女性写作的一种热门文体。"③而从心态史的视角看，女性的意大利游记心态值得学人探究。

---

① Sandra Adickes, *The Social Quest: The Expanded Vision of Four Women Travelers in the Era of the French Revolution*. New York: Lang, 1991, pp. 3-5.
② Catherine Barnes Stevenson, *Victorian Women Travel Writers in Africa*, Boston: Twayne, 1982, p. 2,
③ Manfred Pflister, "Introduction," in Manfred Pflister, eds., *The Fatal Gift of Beauty: The Iatlies of British Travellers: An Annotated Anthology*, p. 13.

有学者写道："通常认为，19 世纪意大利的重新发现始于女性。"①前文提及的斯塔尔夫人的意大利游记小说率先提供了令人信服的指南，激发了女艺术家的情感、野心和行动。同时，她将意大利刻画为女性，同充满男性力量的德国形成一种对立。对此游记研究学者布扎德写道："《科琳娜》把 18 世纪男性作者抒写的性别层面的经历同 19 世纪作者把欧洲划分为两个性别对立的区块联结了起来，而阿尔卑斯山恰好就是男性化的北方和女性化的南方的分界线。"②以此为切入点，这种把意大利与女性的形象对等起来的心态有待进一步研究。到了 19 世纪 20 年代，有一批爱尔兰女性的游记也值得关注，如前文提及的摩根夫人的《意大利》、詹姆森的《倦怠女人的日记》、玛格丽特·布莱辛顿（Margaret Blessington）的《意大利闲逛者》等等③。意大利是罗马天主教的中心，对爱尔兰人来说，意大利旅行唤起了他们内心不同的心理反应：有好奇心，有虔诚之心，也有厌恶与嘲笑。除了倾心于艺术、建筑、历史和风景之外，这几位爱尔兰女性的游记作品皆离不开一个中心主题，那就是宗教。19 世纪正逢爱尔兰宗教宗派紧张的局面，意大利成了爱尔兰宗教辩论的冲突之地，因此读者能够清晰地辨别游记中的宗教心态。

意大利旅行大大拓宽了旅行者的物理空间，这种空间对女性旅行者来说尤为珍贵，因为在英国国内她们的日常空间相对于男性来说受到一定的限制，旅行对她们来说无疑是一种解放。她们在游记中不约而同地表达着冒险、发现、征服、逃避的心态。④游记研究学者玛丽亚·弗劳利（Maria H. Frawley）曾对此解释："总体来看维多利亚时代的文学，旅行通常发挥着一种功能，即表达出英国女性在英国以外地区的女性力量和控制。"⑤其中，公然反叛针对女性的限制的作品就有女性旅行家海伦·埃米莉·洛（Helen Emily Lowe）匿名发表的作品

① Angela Leighton, "Resurrections of the Body: Women Writers and the Idea of the Renaissance," in Alison Chapman and Jane Stabler, eds., *Unfolding the South: Nineteenth-Century British Women Writers and Artists in Italy*, p. 222.
② James Buzard, *The Beaten Track: European Tourism, Literature, and the Ways to Culture, 1800–1918*, p. 134.
③ Lady Morgan, *Italy*, 2 Vols. London: Henry Colburn and Co., 1821; Anna Jameson, *Diary of an Ennuyee*, London: H. Colburn, 1826; Margaret Blessington, *The Idler in Italy*, 3 Vols. London: H. Colburn, 1839.
④ Bonnie Jill Borenstein, *Perspectives on British Middle Class Pleasure Travel to Italy and Switzerland, 1860–1914*, p. 45.
⑤ Maria H. Frawley, *A Wider Range: Travel Writing by Women in Victorian England*, Cranbury: Associated University Presses, 1994, p. 18.

《在西西里、布拉布利亚和安泰山顶峰未受保护的女人们》①，这是她同母亲一道在欧洲南部旅行的记叙。她在游记中以高昂的语气描述了西西里人对没有男性做伴的女性旅行者的反应：

> 在马车内，没有人会相信我们在西西里开启了独自的旅行，就如同在挪威一样。一个当地人会对这样女性流露出惊讶："竟然没有同伴来旅行！！！"就像是一种恐惧。对于一个意大利女性来说，陪同就如同金钱一样不可或缺，否则就走不出20英里。从山上到山下，他们这种难以置信的感觉一路伴随我们。②

海伦·埃米莉·洛在游记中力证只要做充分的准备，女性同样可以在旅行中免除危险：

> 一个草编的篮子中装满了凉的鸡肉、蛋糕、酒和到巴勒莫所需要准备的一些细物，两个防水的袋子，以及一些温暖的披肩；我们的衣服都是棉质的（经常洗也耐用），有着衬裙；由于坐马车戴着帽子不太方便，妈妈有一顶塑料草编式的软帽。而在我这一边又挂着一个不容易掉下来的防卫的东西以免被肮脏的乞讨者和小孩触碰，是一个玩具式的狐狸的头，有着智慧又狡猾的眼睛，也有一个口袋能装我的颜料……③

通过游记叙述，海伦·埃米莉·洛向女性发出呐喊："所以，冒险的女士们，勇敢地跟随你自己的脚步，别害怕！"④她呼吁女性读者去争取属于自己的领地，毫无畏惧地挑战女性旅行中过度的保护与限制。

而到了世纪中期，维多利亚时代的女性旅行者更加关注意大利政治统一运动。作家伊丽莎白·布朗宁、社会改革家科布等一大批知识女性都强烈支持意大

---

① Helen Emily Lowe, *Unprotected Females in Sicily, Calabria, and on the Top of Mount Aetna*, London: G. Routledge & Co., 1859.
② Helen Emily Lowe, *Unprotected Females in Sicily, Calabria, and on the Top of Mount Aetna*, p. 41.
③ Helen Emily Lowe, *Unprotected Females in Sicily, Calabria, and on the Top of Mount Aetna*, pp. 41-42.
④ Helen Emily Lowe, *Unprotected Females in Sicily, Calabria, and on the Top of Mount Aetna*, p. 148,

利统一，怀着渴望自由的政治心态。总之，19 世纪英国女性旅行者的意大利游历心态各异并且有其独特性，值得学人挖掘。

3. 关注"反旅游业"（anti-tourism）的游记心态

19 世纪，随着旅游业的不断拓展，人们大多参照拜伦等人创作的具有代表性的游记或是默里等人撰写的旅行指南出行。因此，意大利的各个景点似乎都已经为人熟知，不仅是透过游记被呈现出来，而且都通过图册和照片被展示在不同地方。如此一来，英国人的意大利旅行方式就显得千篇一律。然而，以游记创作为目的的旅行者试图以自己的方式打破这种局面，他们以独特的方式开展旅行，以不同的身份来包装自己，更加强调自身独特的旅行经历。因而在游记创作中逐渐出现了"旅行者"（traveller）和"游客"（tourist）的二元对立概念，这在布扎德看来主要是由于"存在于现代文化二元对立的根本与特征"[1]。当术语"游客"在 18 世纪末首次出现在英语当中时，它是"旅行者"的近义词，但不久之后它开始被冠上了负面的意义。[2]这些游客是纯粹的观光客，按照约定俗成的旅行线路展开旅行，所到之处皆参照游记指南。因此，在旅行群体当中出现了反旅游业（anti-tourism）的现象。[3]这看似是一种旅行行动，但也是情感上的、精神上的活动，完全反映了旅行者想要与众不同、追求个体化旅行的愿望，并且无不体现在他们的旅行方式以及游记文本之中。[4]

对于约翰·巴雷尔（John Barrell）来说，旅行作者就应该将"有关一个国家的记叙通过自己的判断呈现出来，其通常是'个人的印象'"[5]。这时候产生了一系列游记作品，怀着寻找自我的心态，标榜着与众不同的意蕴。安东尼·特罗洛普的《游记》[6]主要就是针对中产阶层中兴起的旅游业而写。作为一个商业性的作家，路易莎·斯图亚特·科斯特洛（Louisa Stuart Costello）也考虑到在如此多

---

① James Buzard, *The Beaten Track: European Tourism, Literature, and the Ways to "Culture", 1800–1918*, p. 18.
② Zoe Kinsley, "Travellers and Tourists," in Carl Thompson, eds., *The Routledge Companion to Travel Writing*, p. 238.
③ James Buzard, *The Beaten Track: European Tourism, Literature, and the Ways to "Culture", 1800–1918*, p. 7. anti-tourism，翻译成"反旅行主义"，指一个旅行者或文化评论员公开讽刺一些劣等人群（在他们看来）的旅行活动和影响，这些人被他们贴上了"观光游客"（tourist）的标签。参见：Carl Thompson, *Travel Writing*, p. 199.
④ Zoe Kinsley, "Travellers and Tourists," in Carl Thompson, eds., *The Routledge Companion to Travel Writing*, p. 240.
⑤ John Barrell, "Death on the Nile: Fantasy and the Literature of Tourism 1840–1860," *Essays in Criticism*, 1991, p.100. 转引自：Barbara Korte, *English Travel Writing: From Pilgrimages to Postcolonial Explorations*, p. 97.
⑥ Anthony Trollpoe, *Travelling Sketches*, London: Chapman and Hall, 1866.

的意大利游记作品中如何使自己的游记作品成为一部独特之作。当时，旅行作家的意大利游记开始强调个体的经历、个人旅行的目的并发出自己独特的声音。科斯特洛在 1846 年出版了《威尼斯旅行》①，以她独特的视角，将威尼斯塑造成了"威尼斯女神"（Venezia La Bella）：一个愉悦且富有诗意的女神，并赋予了彼特拉克式的诗性意蕴。莱斯利·史蒂芬（Leslie Stephen）曾在 1869 年 8 月的《康西尔杂志》（*The Cornhill Magazine*）发表了题为"旅行"的文章，表达了对那些英国旅行者无法在旅途中找寻属于自己的快乐而产生的怀疑与讽刺：

> 让任何一个有智慧的人参与库克先生的旅行团队，来研究他们是如何度过的。可以看到他们出现在画廊、教堂或令人赞叹的风光当中，然后试着判断他们这种愉悦感是否真实，或仅仅是一种常规的游记。一个普通的旅行者没有独立的判断；他欣赏着绝对可靠的默里建议他欣赏的事物……游客不曾偏离他的前辈们的足迹。②

在这段文字中，史蒂芬表达了他的不满，给旅行者冠上了"库克的旅行者"的标签，也讥讽了那些遵照默里、贝德克尔旅行手册的游客。在笔者看来，想要追求独树一帜的"反旅游业"的游历心态与当时近代旅游业的深化发展有很大的关联。此外，这也离不开英国当时自由主义思潮的影响，追求个体的自由影响了旅行心态，这些都是心态研究的切入口。

19 世纪英国意大利游记心态无不受当时整个历史背景的影响，纵观百年历程，历经战争、工业革命下的大变革、维多利亚时代的辉煌与衰落等等，人们的意大利游记心态不可谓不复杂，尤其是意大利对他们来说有着重要的意义。除了以上有待开掘的游记心态之外，尚有帝国主义心态、"画境游"的审美心态等呈现在游记中，有待进一步研究。

总之，心态史研究不仅从文化的层面研究游记的内容，比如 19 世纪的意大利有着怎样的自然、人文面貌，路线该怎么走，哪些景点值得关注，又有什么有趣的事情正在发生，等等，而且尤其关注并探讨游记创作者的心理状态：首

---

① Louisa Stuart Costello, *A Tour to and from Venice by the Vaudois and the Tyrol,* London: Ollivier, 1846.
② Heidi Liedke, *The Experience of Idling in Victorian Travel Texts, 1850–1901,* p. 43.

先，他们如何看待英国的现状，又如何审视自己的人生；其次，这些心理状态又是如何影响他们在意大利的旅行行为和旅行心理；最后，他们又是如何回应意大利客观存在的历史感。心态分析介入游记研究扩大了历史研究的视野，具有重要的史学价值。

二、建构游记史学的思考

历史是在文明的各种交往中前行的，而旅游是文化交流中直接又生动的体验形式，它所传达的意蕴是其他交流形式难以传递的。游记则是历史文化体验的一种记叙。就其文本形式而言，乔纳森·拉班（Jonathan Raban）做了生动的比喻：

> 游记就像是一所开放而又臭名昭著的房子，不同的体裁很有可能最终都躺在同一张床上。它能招待私人日记、散文、短故事、散文诗、记录，还擦亮桌子，与它们进行交谈，而不会带有任何偏见，反而相当热情好客。[①]

可见游记形式多样，而游记作者也来自各个领域，囊括了朝圣者、征服者、探险家甚至是背包客，也涵盖了职业作家、艺术家等等。马克·考克曾写道："旅行是通向人类自由最伟大的门之一，游记书籍则是一种媒介，人类由此来庆祝自由。"[②] 游记深刻反映了作者感悟历史、体验文化、体悟自我的过程及其内涵。作为一种备受欢迎的体裁，几十年来正是见证了一股"游记热"。心态史介入游记研究的这一研究视角表明，历史学的研究范式可有效地应用到游记研究之中，同时也揭明游记是历史的另一种书写，值得对建构游记史学做一思考。

---

① Jonathan Raban, *For Love and Money: Writing-Reading-Travelling 1968–1987*, London: Picador, 1988, pp. 253-254.

② Mark Cocker, *Loneliness and Time: British Travel Writing in the Twentieth Century*, London: Secker and Warbury, 1992, p. 260.

（一）游记研究的代兴

游记长久以来在文学界并未得到重视。直到 20 世纪末，游记研究逐渐得到西方学界的关注。各个学科，如文学、历史、地理和天文等领域都开始注重旅行写作，并开始建构跨学科的体系来展开研究，从而使这种文学体裁的历史复杂性得以充分展现出来。库恩和斯梅瑟斯特总结了 20 世纪末游记研究发展的势头："1980 年反传统热潮席卷了人文学科。游记从边缘地带进入了重要的资源中心，它很好地适应并回应了在跨文化研究、反殖民主义研究、性别研究和跨文化研究领域的应用。文化历史学家、地理学家、文学家、人类学家、社会学家都在游记文本中发现了历史的、跨国文化的价值。"[1]

20 世纪末以来，西方学界掀起了文化批评的热潮，西方学者对西方文化中的传统文本做了大量研究，尤其是殖民地时期文学作品的思想内容，文学、历史、政治等因素的关系以及殖民话语本身的复杂性。受后殖民主义理论[2]的影响，爱德华·萨义德（Edward Said）[3]和福柯的理论主要分析殖民地时期游记中的种族主义和欧洲中心论。由此，游记这一曾经被学术界忽视的文体成为关注的焦点。他们对游记的研究并不在于其文学价值，而在于探究与揭示文学历史与社会、政治、经济、种族和性别历史之间的内在联系。随着英帝国主义的崛起，在后殖民主义研究者看来，英国旅行者的游记表达了殖民化进程中相伴相随的价值观。

20 世纪 70 年代兴起的第二波女权主义运动是游记研究热潮的另一股强大动力。游记研究被应用到了女性文学研究之中，很多历史学家和文化评论家开始研究女性的游记作品。学者詹姆斯·布特勒（James A. Butler）曾指出："玛丽·沃斯通克拉夫特是女权主义批判学者当中最被热烈讨论的女性游记作者，尤其是其详细记述法国大革命的几卷本《写于法国的信》。"[4]研究者发现"旅行"这个词保留了与西方、白人、中产阶层以及男性的、享有特权的运动之间的历

---

[1] Julia Kuehn and Paul Smethurst, "Introduction," in Julia Kuehn and Pual Smethurst, eds., *New Directions in Travel Writing Studies*, Basingstoke: Palgrave Macmillan, 2015, p. 1.
[2] 后殖民主义（postcolonial studies）是跨诸多人文社科学科的研究，关注欧洲帝国主义的复杂行径和后果。参见：Carl Thompson, *Travel Writing*, p. 204.
[3] Edward Said, *Orientalism*, New York: Random House, 1978. 萨义德的理论主要体现在其代表作《东方学》中，它通常被认为是后殖民主义研究的奠基之作。
[4] James A. Butler, "Travel Writing," in Duncan Wu, eds., *A Companion to Romanticism*, p. 397.

史渊源。① 在殖民主义的内外环境之下，女性旅行者的游记写作与男性旅行者的游记文本"是否存在不同"以及"有哪些不同点"成了研究的中心问题。②

此外，旅行文学也提供了一些历史信息，尤其是游记文本中对工业革命及其影响的种种阐述。因此，新历史主义批判学者试图在游记文本中重现当时的经济、政治状况。例如，阿瑟·扬（Arthur Young）的游记《英格兰北部的六个月之旅》的主要标题就有"几种肥料的使用、消费和利润"以及"穷人的状况和数量，以及他们的利率、收入等"。③ 当新历史主义批判者转向更具创造力的旅行文学时，这些细节描述成为主要研究对象，包括谁拥有土地、谁获得了土地以及主要的社会结构。④

因此，学术界达成的共识是：受后殖民主义和女权主义的影响，游记获得了持续性的关注，游记研究成为一个独特的研究领域。旅行文学本身就包含着文化、事实的记录，有意识或无意识地投射出作者对"他者"的态度，因此，这些作品尤其成为后殖民主义、女权主义和新历史主义批判学者的有用素材。与此同时，游记研究在其他学术领域也得到了广泛的应用。除了文化研究、文学研究、妇女研究，与游记关联最密切的三门学科便是人类学、历史学和地理学。⑤ 就历史学来说，笔者以心态史的视角展开了史学领域的游记研究，为开凿游记史学的新领地迈出了重要的一步。

（二）对游记成为独特史学门类的思考

谈及史学研究的范式与要素，有学者指出："历史学研究的主要范式在于依托时间维度，在时间背景下探讨各种社会经济现象，因此历史学研究的基本要素就是现象和变化。"⑥ 那么，从时间、现象、变化这几个关键词来看，游记也与史学研究有着重要的关联。如果以特定时期、特定的创作群体、旅行目的地等作为研究维度去分析游记，其无不体现着一定时期内社会文化的演变、国家

---

① Karen R. Lawrence, *Penelope Voyages: Women and Travel in the British Literary Tradition*, New York: Cornell University Press, 1994, p. xii.
② Peter Hulme and Tim Youngs, eds., *The Cambridge Companion to Travel Writing*, p. 8.
③ Arthur Young, *A Six Months Tour Through the North of England*, 4 Vols. London: W. Strahan, 1770. 转引自: James A. Butler, "Travel Writing," in Duncan Wu, eds., *A Companion to Romanticism*, p. 398.
④ James A. Butler, "Travel Writing," in Duncan Wu, eds., *A Companion to Romanticism*, p. 398.
⑤ Peter Hulme and Tim Youngs, eds., *The Cambridge Companion to Travel Writing*, p. 10.
⑥ 章杰宽、张萍：《历史与旅游：一个研究述评》，《旅游学刊》2015 年第 11 期。

区域政治的变迁、旅行主体认知的变化等各个层面的内容，皆是现象和变化的体现。因此，从这一点来看，历史学与游记研究有着某种共性，游记研究可以更好地融入历史学研究。

1. 游记与历史：史学研究的推敲

前文论述，游记研究主体集中在文化批评、文学领域。论及游记史学的建构，游记与史学的结合还是有一定的研究基础的。国内学者指出："完整的理论体系是一个学科能够建立的基础。"① 之所以提出游记史学的概念，在于其扎实的理论根基。在游记史学理论研究方面，英国诺丁汉特伦特大学教授扬斯是一位标志性的学者。早在 20 世纪 90 年代，扬斯就研究了 1850 年至 1900 年英国人的非洲游记。在这本著作中，扬斯关于游记史学的基本范式初步形成。

之后，扬斯教授还与其他学者合作，对游记开展更加深入的研究。休姆和扬斯合编的《剑桥游记导论》②，纳入了重要的游记研究文章，以多维视角对英国人撰写的游记展开述评。该书的前半部分编年体式地叙述了自中世纪至今的游记，其余的章节则展示游记的不同范式，其中专门呈现了女性的游记，为接下来女性的游记研究铺展了道路。之后，有关游记的导论、指南性的书籍相继问世。扬斯的《剑桥游记入门》③ 以一个世纪为分界，分时段地对游记进行了历史回顾；近两年，扬斯又与其他学者共同编著了《剑桥游记史》和《劳特利奇游记研究指南》④，前者考察了历史对于理解游记的作用以及游记研究中的历史视角，并以此讨论了自古典世界以来各个时期的游记。而后者以跨学科的方法探视游记文本，并区分不同的主题来讨论游记作品，共 25 篇小论文，集中展示了不同作者对于游记的述评，为未来的研究提供了较完整的参考。扬斯还纲领性地考察了游记史研究的基本方法论，他认为游记史研究应注重全球化情境下的游记、不同的游记文本形式等研究资料。其关于游记与多学科的研究方法等无疑奠定了之后游记史学研究的基础。

---

① 章杰宽、张萍：《历史与旅游：一个研究述评》，《旅游学刊》2015 年第 11 期。
② Peter Hulme and Tim Youngs, eds., *The Cambridge Companion to Travel Writing*, Cambridge: Cambridge University Press, 2002.
③ Tim Youngs, *The Cambridge Introduction to Travel Writing*, Cambridge: Cambridge University Press, 2013.
④ Nandini Das and TimYoungs, *The Cambridge History of Travel Writing*, Cambridge: Cambridge University Press, 2019; Alasdair Pettinger and Tim Youngs, eds., *The Routledge Research Companion to Travel Writing*, London and New York: Routledge, 2019.

此外，英国萨里大学的汤普森教授也专注于游记研究。在《游记》一书中，汤普森探源了旅行与旅行写作的根本，那就是所有的旅行都会面临他异性（alterity）的问题。也就是说，任何旅行都会遇见"自我"与"他者"的碰撞。游记既是对旅行目的地作为"他者"的客观记录，却也蕴含了旅行者作为"自我"的思考。[1]2016 年，汤普森出版了另一著作《劳特利奇游记指南》[2]，不仅对自古以来不同时期的游记做了梳理，还介绍了游记的不同风格与主题。此外，其没有把目光停留在欧洲的游记，而是纳入世界各地的游记。然而，与探讨游记的大多数论著不同的是，汤普森重点关注与探讨的并不是作为文学体裁的游记，而是游记中作者真正的意图。此外，他认为学术界对游记的兴趣开始涉及文化、政治和历史角度的争议，而这种趋势与后殖民主义研究密切相关。[3]这一层面的论述对于西方旅游史或游记史学的研究具有开拓性的意义，后殖民主义研究的目标就是争论 19 世纪和 20 世纪初欧洲帝国主义行径带来的致命后果，而游记恰好是重要的历史文献。

在历代学者的努力下，无论是研究对象还是研究范式，都表明在西方学术界，对游记成为独特史学门类的设想已经具备了一定的理论基础。诸如扬斯、汤普森等人的一系列研究成果，对于游记史学的建构具有重要的奠基和推动作用。

2.其他史学理论的支撑

一直以来，游记在史学研究中无法占有一席之地，只是边缘化的位置，若要建构属于游记的史学门类，必然需要其他史学理论的支撑。

在 20 世纪之初，意大利史学家贝奈戴托·克罗齐（Benedetto Croce）打破了 19 世纪史学家一味追求历史客观性、历史真相的史学理念以及以文献史料的审查考订为基础的史学方法，他认为这类历史缺乏思想与精神：

> 这类历史确乎具有一副尊严和科学的外貌，但不幸的是很不充分，没有精神上的联结。归根结底，它们实际上什么也不是，只是一些渊

---

① Carl Thompson, *Travel Writing*, p. 9.
② Carl Thompson, eds., *The Routledge Companion to Travel Writing*, 2016.
③ Carl Thompson, *Travel Writing*, p. 2.

博的或非常渊博的"编年史"，有时候为了查阅的目的是有用的，但是缺乏滋养及温暖人们的精神与心灵的字句。①

克罗齐认为历史也包含着历史学家的主观因素。在此基础上，他提出"一切真历史都是当代史"②的论断，把历史与现实这两个概念置于模糊的关系之中。对此王晴佳解释认为："历史学的生存活力，克罗齐认为并不在于对过去的认识，而在于现在的生活。"③也就是说，历史学家不仅要回望历史，也要对现实有所感应，现实生活与过去发生的事是相互联系着的。克罗齐也因此解析了他对当代史的定义：

　　当代史通常是指被视为过去五十年的、十年的、一年的、一月的、一日的，以及过去一小时或一分钟的。但是，如果我们严密地思考和精确地叙述，则"当代"一词只能指那种紧跟着某一正被做出的活动而出现的，作为对那一活动的意识的历史。④

克罗齐认为"当代史"强调一种意识，他继而解释了真历史的概念："这种我们称之为或愿意称之为'非当代史'或'过去'史的历史已形成，假如真是一种历史，亦即，假如具有某种意义而不是一种空洞的回声，就也是当代的，和当代史没有任何区别。"⑤因此，一段历史只要具有意义，它就是当代史。克罗齐强调久远的历史在历史学家内心的回响，从而更加强调历史学家对当下的感受，在现实中碰到的问题促使人们在过往的历史中去追溯问题的源流。如此一来，尽管史学家走进了过去的历史，但还是在研究当代史的问题。

因此，在细细理解了克罗齐的这一史学论断之后，笔者认为，游记史学就是带着审美意蕴的当代史。这一论点为游记史学的建构建立了史学理论的支撑。一方面，游记文本凝聚着旅游者对现实生活的思考，这来源于社会动态、来源于家庭、来源于个体的成长问题等；另一方面，游记文本是旅游者对旅游目的

① 贝奈戴托·克罗齐：《历史学的理论和实际》，傅任敢译，北京：商务印书馆，1982年，第16页。
② 贝奈戴托·克罗齐：《历史学的理论和实际》，第2页。
③ 王晴佳：《历史的精神　精神的历史——评克罗齐〈历史学的理论和实际〉》，《读书》1986年第6期。
④ 贝奈戴托·克罗齐：《历史学的理论和实际》，第1页。
⑤ 贝奈戴托·克罗齐：《历史学的理论和实际》，第2页。

地的即时思考，自然风光、人文景观、历史建筑给旅游者以冲击，当他们进行以上思考的同时，不由得回望历史，在过往的历史中探寻问题的答案或寻求心灵的慰藉。这正印证了克罗齐的说法："只有现在生活中的兴趣方能使人研究过去的事实。"①因此，游记史学需要游记史学家走进历史时期中游记的现实，通过游记中现实与历史的联系，去呈现游记的主体，也就是人的思想与精神。

此外，海登·怀特对文史的研究也为游记史学的建构提供了重要视角。游记无论在文学还是史学领域都是重要的研究素材、研究对象、研究内容，相较于其他学科门类，它与文学与历史的渊源最深。而海登·怀特就专长于研究文学和史学间千丝万缕的联系，引领了新历史主义潮流，自 20 世纪 80 年代以来活跃在西方史学界和文学理论界。新历史主义深刻揭示了文学文本的历史内涵。怀特对文学叙事和历史叙事也有着独到的见解，他主张深究叙事的意图、目的，认为历史叙述和文学叙述一样，有着虚构的成分与意蕴。事实上，游记本身就是历史叙事和文学叙事的统一体。因此怀特的史学思想为游记史学的建构提供了重要的视角，扩大了游记史学的研究视域，具有一定的史学支撑意义。

3. 游记史学研究路径思考

旅游史学者沈祖祥在给旅游概念下定义时曾指出："旅游是一种文化现象，一个系统；是旅游者这一旅游主体借助旅游媒介等外部条件，通过对旅游客体的能动的活动，为实现自身某种需要而作的非定居者的旅行的一个动态过程的复合体。"②他把握住了旅游者的主体意志与精神这一主线，认为这对旅游史研究具有重要的指导意义。而游记与旅游活动有着不可分割的联系。学界对于游记的定义比较宽泛，普遍认为是指以真实的旅游活动或想象的旅游行为基础而创作的不同文体形式的文学和非文学文本。因此，游记是由旅游动机、游记思想和游记精神等组成的依存于旅行的有机的、动态的整体系统。这为游记史的研究指明了方向。

赵世瑜在《再论社会史的概念问题》一文中曾清晰地指明各个史学门类的研究内容：

---

① 贝奈戴托·克罗齐：《历史学的理论和实际》，第 2 页。
② 沈祖祥：《旅游史学科建设的若干构想》，《社会科学》1990 年第 7 期。

政治史主要研究历史上的政治事件、政治制度、政治思想、政治人物，甚至可以包括外交史和军事史；经济史研究历史上的经济发展、经济制度、经济思想，以及部门经济和区域经济；思想文化史则多研究各不同门类（哲学、宗教、文学、艺术等）的学术思想、人物、作品；史学史研究历史学科学术的起源、发展和成就，史家、史著、史学思想和观念；民族史研究历史上不同民族的起源、发展过程和民族关系。①

那么游记史学研究什么呢？历史学是旨在研究"人类社会发展过程及其规律，着重考察具体历史发展过程中的社会各种现象的总和"②。笔者认为，游记史学应当以已经面世的游记为出发点，以其历史先后顺序作为参照和线索，通过对游记内部、外部相关联的结构的演变过程展开系统性的研究，阐述集文学和文化现象于一体的游记产生与发展的历史演变。具体可从以下几个方面展开：

其一，进一步扎根游记史理论研究。史学家于沛指出："没有理论就没有历史科学。"③游记离不开旅游活动，而旅游活动又离不开特定的社会文化背景，与经济、政治状况息息相关。例如，18世纪英国的意大利游记与19世纪相比在各个方面都有着很大的区别，无论是创作主体还是写作的目的。因此，游记的概念应当从广大的历史背景中去演绎。游记史学要着重于历史分期与区域的划分，把不同历史时期、不同创作地、不同目的地呈现出的社会经济、政治、文化背景对游记的历史影响作为研究的重要模块，同时体现游记各要素的历史演变。更加完整的理论体系是游记走进史学主流的基础，因此尤其要注重研究资料、研究方法、研究范式。

其二，游记史学要关注围绕游记主体而发生的历史变化。游记创作者是游记中最为关键的主体，通过经历特定的旅行活动而创作了游记文本。所属阶层、职业差别因素皆影响游记主体的思想表达，包括对旅行目的地的认知、对相关历史事件的看法等。因此，游记史学需要研究历史上的游记创作者的生平事迹、

---

① 赵世瑜：《再论社会史的概念问题》，《历史研究》1999年第2期。
② 沈祖祥：《旅游史学科建设的若干构想》，《社会科学》1990年第7期。
③ 于沛：《没有理论就没有历史科学》，《史学理论研究》2000年第3期。

旅行动机、个人思想与精神等。

其三，横向与纵向地拓展游记史研究。从纵向的角度，应当以历史先后顺序为主线，可划分为古代游记史研究、近现代游记史研究、当代游记史研究。古罗马帝国时期的宗教朝圣游记、历史时期地中海游记都是值得挖掘的研究领域。以横向的视角来看，一是以区域为脉络拓展区域游记史研究。中国自古也是一个盛产游记的大国，《百丈山记》《大唐西域记》以及《徐霞客游记》等皆可成为游记史研究的重要内容，从中可以探究历史时期游记与旅游心理、旅游环境等因素之间的联系。在此基础上，中外游记史比较研究也值得关注。二是从游记书写来看，可分为根据亲身旅行经历撰写的游记与虚构的游记，而这两者可作为专题游记史研究。游记书写从表面上看是游记作者的意识表现，然而其书写动机又有一定的复杂性。那些根据自身经历撰写的游记表达了作者内心的情感，而创作者想象、虚构的游记也是作者思想与情感的真实反映。如从心态史的视角，这种虚构的内容或许恰恰是某种心态的真实反映。游记史研究若能将这两种书写纳入研究范畴，将能有效地拓展研究深度。

当然，学科交叉的发展也有利于拓展研究外延。前文提及，游记研究主要集中在文学、文化批评界，那么史学领域所要建构的游记史学也应当跳出文化研究的圈子。一方面，应当引用与史学相关的一些学科及其理论，如城市史、环境史、历史地理学等等；另一方面，适当拓展研究分支，如游记通史、游记思想史等。

小　结

19 世纪英国人的意大利游记成为一幅连续性的历史画面。心态分析的介入，使游记历史画卷显得更加生动与真实。本章探讨了心态的介入研究与游记的史学价值之间的关联。笔者认为，从心态史的视角出发，游记心态研究尚有其他方面值得进一步研究与拓展。陈新在总结海登·怀特的史学观念意义时指出：

这些学科的近代发展，以及它们为自己划定、收缩、扩张的边界，过去束缚了我们，而怀特所要达成的就是冲破这种束缚。事实上任何时候、任何学科的边界，都是人们在意识领域里吐出的作为"自我认同"的丝，能够产生作茧自缚的功效。[①]

诚然，游记长期以历史文献的角色游离在史学界的边缘，也应当冲破原有的界限，寻求这种"自我认同"。本章也试探了游记史学的建构，包括它所涉及的研究基础、史学理论的支撑以及研究的思路。总之，随着多元化研究视角的探索，游记史研究的学科定位、学科框架、研究范式将日渐明晰。2020 年新冠疫情席卷全球，对全世界旅游业来说是重创，而疫后旅游业的恢复势必使旅游与游记成为热点话题，也将进一步得到史学界的重视。此外，游记史学完全符合新时代全球史的发展趋势，笔者呼吁史学研究者积极投入游记史学研究。

---

① 陈新：《文学理论与史学理论——海登·怀特研究在中国（1987—2018）》，《世界历史评论》2019 年第 1 期。

结　语

　　如今我们生活在全球化的时代，对于大多数人来说，旅行、空间的移动、跨文化的交际与联系已是日常生活必不可少的环节。而旅游业，也成了当今世界范围内最大的产业之一。同时，从实际情况来看，全球有相当一部分人口的移动并不是出于自身的意愿或是休闲娱乐的目的，而是受国家形势、经济问题、环境灾难等因素所迫。在这样的世界背景之下，游记在学术界的地位逐步上升。作为一种文学体裁，游记提供了关于世界诸多领域的重要信息与看法，如不同文化间的碰撞与交流、对异域的认知与重新审视、意识形态领域的变化等等。学者诺曼·道格拉斯（Norman Douglas）提出，理想的游记应当呈现真性情的旅行，并且是与外部的世界相碰撞的，能让读者有机会探索"作者的思想"以及"我们读者的思考"。[1]总之，学术界对于游记的兴趣也有了戏剧性的提升。利德克指出："对于旅行和旅行文学、旅游业和休闲领域的研究在过去的25年已获得了相当广泛群体的关注。"[2]不同领域和不同学科的学者都认为这一体裁关联到文化层面、政治领域以及历史角度的大量争论。笔者也顺势看到了游记与历史学之间千丝万缕的联系，尝试从史学的视角来打破游记研究的尴尬局面，并将视野聚焦于19世纪英国的意大利游记热。

　　自文艺复兴以来，一代又一代人赴意大利旅行，从各个层面汲取其文化养分。毫不夸张地说，从那时起，意大利对于各个国家的文化生活之重要性，非其他国家能及。因此有关意大利的信件、记述、散文等形式的游记遍布欧美国家的图书馆。尤其对于英国人来说，意大利在他们的心目中是独特的。佩波尔

---

①　Norman Douglas, *Expeirments*, London: Chapman, 1925, "Arabia Deserta", p. 11.
②　Heidi Liedke, *The Experience of Idling in Victorian Travel Texts, 1850–1901*, p. 3.

这样描述在意大利的英国人："高级文明的魅力由英国人自主学习而不是被动传授，在这里英国人把自己当作学生而不是老师。"①因此有学者认为这些意大利游记形成了"近现代文明最重要的记录之一"②。笔者将 19 世纪英国的意大利游记纳入史学研究范畴，以心态史为切入口，探寻游记作者的意大利游记心态，将心态与 19 世纪的时代背景、社会思潮相交融，窥探这一时期社会、历史、文化的变迁。

　　本书的研究与该领域的国内外研究成果相比，具备一定的创新力。首先表现在选题的创新。学界已有大量的研究关注流行于 16 世纪至 18 世纪的"大旅行"，而 19 世纪的意大利旅行很少得到关注，本书聚焦 19 世纪这个重要的历史转型时期，并融合了当时的社会思潮来探讨英国人的意大利旅行与游记。其次是研究视角与方法的创新。西方文化批评界研究游记与殖民地话语的关系，探讨游记的文化价值，但游记很少成为历史研究的主要对象，只是充当着历史文献的功能。本书跳出了对游记的文本分析、文化分析以及相关史料的追踪，从游记心态的视角来认识历史时期旅行者对意大利当下与过往、对英国的看法与情感，以心态史为研究手段，为历史与游记的融合做了先导性的研究。本书抛开了历史事件、历史信息的平铺直叙，对旅行群体的心态进行深入的解读。通过挖掘旅行群体的心态，揭示不同人群在特定时期的思想体系，侧面反映这一历史时期人与历史背景、社会环境间的辩证关系，丰富了历史研究的主题。同时，这对于我们认识当今大变局时期中国和世界的文化心路历程、处理好各种具体的社会矛盾均有现实的借鉴意义。此外，笔者选取了 12 位具有不同社会背景的旅行者，以他们的意大利游记文本作为支撑，这也是本书的亮点。

　　本书把游记作为史学研究的主要对象，为游记史学的建构做了奠基。历史是人的历史，游记作者是游记史学的主体。基于前文在史学领域对意大利游记研究的再思考，笔者认为当务之急是对心态史视角下的游记研究做进一步拓展。国内学者在谈及法国史学研究范式的转型原因时写道："处于快节奏时代的当今社会，精神文明远远滞后于物质文明，人们思想浮躁、空虚，悲观。死亡也日

---

① John Pemble, *The Mediterranean Passion: Victorians and Edwardians in the South*, p. 60.
② Camillo Von Klenze, *The Interpretation of Italy During the Last Two Centuries*, Chicago: The University of Chicago Press, 1907, p. xiv.

趋社会化。探寻过去人们的思想、文明、文化、心态、信仰、习俗等有助于慰藉现世人们空荡的心灵。"[1]当今世界正处于百年未有之大变局，对于新时代的史学研究者来说，此种史学研究方法与视角值得进一步借鉴与发扬，探寻人的精神与内心有助于发挥史学的重要力量。因此，心态史的应用是必要的史学研究范式。而游记成为独特史学门类的探索正是本项研究应在将来进一步拓耕的领地。

---

[1]　李先军、陈琪：《心态史学及其对教育史学方法论的启示》，《宁波大学学报（教育科学版）》2017 年第 6 期。

参考文献

一、原始文献（游记原著）

[1] ALLEN C. Grant Allen's Historical Guides: Florence[M]. London: Grant Richards, 1897.

[2] ALLEN C. Grant Allen's Historical Guides: Venice[M]. London: Grant Richards, 1898.

[3] BAEDEKER K. Italy, Handbook for Travellers. First Part, Northern Italy[M]. Leipsic: Karl Baedeker, Publisher, 1869.

[4] BAEDEKER K. Italy, Handbook for Travellers. Second Part. Central Italy and Rome[M]. 4th ed. Leipsic: Karl Baedeker, 1875.

[5] BAEDEKER K. Italy, Handbook for Travellers. Part Third, Southern Italy, Sicily, the Lapari Islands[M]. Coblenz: Karl Baedeker, 1867.

[6] BAEDEKER K. Handbook for Travellers: Baedeker's Switzerland and Adjacent Portions of Italy, Savoy and Tyrol[M]. Leipsic: Karl Baedeker, 1881.

[7] BATTY E F. Italian Scenery[M]. London: Rodwell & Martin, 1820.

[8] BLESSINGTON M. The Idler in Italy[M]. 3 Vols. London: Henry Colburn, 1839.

[9] BROWNING R. Pippa Passes[M]. New York: Duffield & Company, 1909.

[10] BROWNIN E B. Casa Guidi Windows. A Poem[M]. London: Chapman & Hall, 1851.

[11] BROWNIN E B. Poems Before Congress[M]. London: Chapman and Hall, 1860.

[12] BROWNIN E B. Last Poems[M]. London: Chapman and Hall, 1862.

[13] BYRON G G. Childe Harold's Pilgrimage. Canto the Fourth[M]. London: John Murray, 1818.

[14] BYRON G G. Beppo: A Venetian Story[M]. London: John Murray, 1818.

[15] BYRON G G. Hours of Idleness, a Series of Poems Original and Translated[M]. London: S. and J. Ridge, 1807.

[16] COBBE F P. Italics[M]. London: Trübner and Co., 1864.

[17] COLSTON M.Journal of a Tour in France, Switzerland, and Italy[M]. 3 Vols. London: G. and W. B. Whittaker, 1823.

[18] COSTELLO L S. A Tour to and from Venice by the Vaudois and the Tyrol[M]. London: Ollivier, 1846.

[19] COXE H. A Picture of Italy; Being a Guide to the Antiquities and Curiosities of that Interesting Country[M]. London: Sherwood, Neely & Jones, 1815.

[20] CUNNINGHAM J W. Cautions to Continental Travellers[M]. London: Ellerton and Henderson, 1818.

[21] DICKENS C. American Notes[M]. London: Chapman and Hall, 1842.

[22] DICKENS C. American Notes for General Circulation and Pictures from Italy[M]. London: Chapman & Hall, 1875.

[23] DICKENS C. Pictures from Italy[M]. London: Bradbury & Evans, 1846.

[24] DICKENS C. Pictures from Italy, Edited with an Introduction and Notes by Kate Flint[M]. London: Penguin, 1998.

[25] DISRAELI B. Contarini Fleming: A Romance[M]. Leipzig: Bernh. Taughnitz Jun., 1846.

[26] EATON C A. At Home and Abroad[M]. 3 Vols. London: John Murray, 1831.

[27] EATON C A. Continental Adventures. A Novel[M]. 3 Vols. London: Hurst, Robinson & Co., 1826.

[28] EATON C A. Rome in the Nineteenth Century[M]. 3 Vols. Edinburgh: James Ballantyne and Company, 1820.

[29] ELLIOT F M. Diary of an Idle Woman in Italy[M]. 2 Vols. London: Chapman and Hall, 1871.

[30] ELLIOT G. Romola[M]. London: Smith, Elder & Co., 1863.

[31] EUSTACE J C. A Tour Through Italy, Exhibiting a View of Its Scenery, Its Antiquities and Its Monuments, Particularly as They are Objects of Classical Interest and Elucidation: With an Account of the Present State of Its Cities and Towns; and Occasional Observations on the Recent Spoliations of the French[M]. 2 Vols. London: J. Mawman, 1813.

[32] EUSTACE J C. A Classical Tour Through Italy[M]. 4 Vols, London: J. Mawman, 1815.

[33] FORSYTH J. Remarks on Antiquities, Arts and Letters, During an Excursion in Italy in the Years 1802 and 1803[M]. London: T. Cadell and W. Davies, 1813.

[34] GILPIN W. Observations on the River Wye and Several Parts of South Walses Relative Chiefly of Picturesque Beauty; Made in the Summer of the Year of 1770[M]. 3 Vols. London: R. Blamire, 1791.

[35] GISSING G. By the Ionian Sea[M]. London: Thomas B. Mosher, 1901.

[36] GOLDICUTT J. Antiquities of Sicily[M]. London: John Murray, 1819.

[37] GOLDICUTT J. Specimens of Ancient Decorations from Pompeii[M]. London: Rodwell & Martin, 1825.

[38] GRAHAM M. Three Months Passed in the Mountains East of Rome, During the Year 1819[M]. London: Longman, Hurst, Rees, Orme & Brown, 1820.

[39] HAKEWILL J. A Picturesque Tour of Italy, from Drawings Made in 1816–1817[M]. London: John Murray, 1820.

[40] HARDING J D. Seventy-Five Views of Italy and France, Adapted to Illustrate Byron, Rogers, Eustace, and All Works on Italy and France[M]. London: A. H. Baily and Co., 1834.

[41] HARE A J C. Cities of Northern Italy[M]. 2 Vols. London: Smith, Elder & Co., 1884.

[42] HARE A J C. Cities of Northern and Centural Italy[M]. 3 Vols. London: Daldy, Isbister & Co., 1876.

[43] HARE A J C. Cities of Southern Italy and Sicily[M]. London: George Allen,

1891.

[44] HARE A J C. Cities of Central Italy[M]. 2 Vols. London: Smith, Elder & Co., 1884.

[45] HARE A J C. Days Near Rome[M]. 2 Vols. London: Daldy, Isbister & Co.,1875.

[46] HARE A J C. Walks in Rome[M]. 2 Vols. London: Strahan & Co., 1871.

[47] HARRISON W H. The Tourist in Portugal[M]. London: Robert Jennings, 1839.

[48] HAZLITT W. Notes of a Journey Through France and Italy[M]. London: Hunt and Clarke, 1826.

[49] HEAD G. Rome, a Tour of Many Days[M]. 3 Vols. London: Longman, Brown, Green, and Longmans, 1849.

[50] HILLARD G S. Six Months in Italy[M]. 2 Vols. London: John Murray, 1853.

[51] HOARE R C. A Classical Tour Through Italy and Sicily; Tending to Illustrate Some Districts, Which Have Not Been Described by Mr. Eustace, in His Classical Tour[M]. 2 Vols. London: J. Mawman, 1819.

[52] HOARE R C. Hints to Travellers in Italy[M]. London: John Murray, 1815.

[53] HOARE R C. Recollections Abroad, During the Years 1785, 1786, 1787[M]. Bath: Richard Cruttwell, 1815.

[54] HOARE R C. Recollections Abroad, During the Years 1790: Sicily and Malta[M]. Bath: Richard Cruttwell, 1817.

[55] HOARE R C. Tour Through the Island of Elba[M]. London: John Murray, 1814.

[56] HOLMAN J. The Narrative of a Journey Undertaken in 1819, 1820 and 1821 Through France, Italy, Savoy, Switzerland, Parts of Germany Bordering on the Rhine, Holland and the Netherlands[M]. London: G. B. Whittaker, 1822.

[57] HOWELLS W D. Venetian Life[M]. New York: Hurd and Houghton, 1867.

[58] JAMESON A B. Diary of an Ennuyée[M]. London: Colburn, 1826.

[59] JAMESON A B. Private Galleries of Art in London[M]. London: Saunders & Otley, 1844.

[60] KELSALL C. Classical Excursion from Rome to Arpino[M]. Geneva: Magret and Cherbuliez, 1820.

[61] LASSELS R. An Italian Voyage, or, a Compleat Journey Through Italy[M]. London: Richard Wellington and B. Barnard Lintott, 1697.

[62] LAURENT P E. Recollections of a Classical Tour Through Various Parts of Greece, Turkey and Italy Made in the Year 1818 & 1819[M]. London: G. and W. B. Whittaker, 1821.

[63] LEAR E. Illustrated Excursions in Italy[M]. London: Thomas M' Lean, 1846.

[64] LEAR E. Journals of a Landscape Painter in Southern Calabria[M]. London: Richard Bentley, 1852.

[65] LEAR E. Views in Rome and Its Environs[M]. London: Thomas M' Lean, 1841.

[66] LEE V. Genius Loci[M]. London: John Lane, 1898.

[67] LEE V. Limbo and Other Essays[M]. London: John Lane, 1897.

[68] LEE V. The Enchanted Woods, and Other Essays[M]. London: John Lane, 1905.

[69] LEE V. The Golden Keys, and Other Essays on the Genius Loci[M]. London: John Lane, 1925.

[70] LEE V. The Sentimental Traveller: Notes on Places[M]. London: John Lane, 1908.

[71] LEE V. The Spirit of Rome: Leaves of a Diary[M]. London: The Bodley Head, 1906.

[72] LEE V. The Tower of Mirrors and Other Essays on the Spirit of Places[M]. London: John Lane, 1914.

[73] LOWE H E. Unprotected Females in Sicily, Calabria, and on the Top of Mount Aetna[M]. London: G. Routledge & Co., 1859.

[74] MACAULAY T B. Lays of Ancient Rome[M]. London: Longman, Brown, Green, and Longmans, 1847.

[75] MAPEI C. Italy, Classical, Historical and Picturesque, Illustrated in a Series of Views from Drawings by Stanfield, Roberts, Harding, Prout, Leitch, Brockedon, Barnard with Descriptions of the Scenes Preceded by an Introductory Essay on the Recent History and Present Conditions of Italy and the Italians[M]. Glasgow: Blackie, 1847.

[76] MATTHEWS H. The Diary of an Invalid: Being the Journal of a Tour in Pursuit of Health in Portugal, Italy, Switzerland and France in the Years 1817, 1818 and 1819[M]. London: John Murray, 1820.

[77] MORGAN L. Italy[M]. 2 Vols. London: Henry Colburn and Co., 1821.

[78] MURRAY J. A Hand-Book for Rome and Its Environs[M]. London: John Murray, 1856.

[79] MURRAY J. A Hand-Book for Travellers on the Continent, Being a Guide Through Holland, Belgium, Prussia and Northern Germany[M]. London: John Murray, 1836.

[80] MURRAY J. Handbook for Travellers in Central Italy[M]. London: John Murray, 1843.

[81] OLIPHANT M. The Makers of Venice: Doges, Conquerors, Painters, and Men of Letters[M]. London: Macmillan, 1887.

[82] OLIPHANT M. The Makers of Florence[M]. London: Macmillan, 1876.

[83] OLIPHANT M. The Makers of Modern Rome[M]. London: Macmillan, 1895.

[84] PROUT S. One Hundred and Four Views of Switzerland and Italy, Adapted to Illustrate Byron, Rogers, Eustace and Other Works on Italy[M]. 2 Vols. London: Jennings and Chaplin, 1833.

[85] PROUT S. Sketches in France, Switzerland, and Italy[M]. London: Hodgson & Graves, 1839.

[86] ROGERS S. Italy, a Poem[M]. London: T. Cadell & E. Moxon, 1830.

[87] ROSCOE T. Belgium: In a Picturesque Tour[M]. London: Longman, Orme, Brown, Green, and Longmans, 1841.

[88] ROSCOE T. Legends of Venice[M]. London: Longman, Orme, Brown, Green, and Longmans; New York: Appleton and Co., 1841.

[89] ROSCOE T. The Tourist in Italy[M]. London: Jennings and Chaplin, 1831.

[90] ROSCOE T. The Tourist in Italy[M]. London: Jennings and Chaplin, 1832.

[91] ROSCOE T. The Tourist in Italy[M]. London: Jennings and Chaplin, 1833.

[92] ROSCOE T. The Tourist in Spain: Granada[M]. London: Robert Jennings and

Co., 1835.

[93] ROSCOE T. The Tourist in Spain: Andalusia[M]. London: Robert Jennings and Co. 1836.

[94] ROSCOE T. The Tourist in Spain[M]. London: Robert Jennings and Co., 1837.

[95] ROSCOE T. The Tourist in Spain and Morocco[M]. London: Robert Jennings and Co., 1838.

[96] ROSCOE T. The Tourist in Switzerland and Italy[M]. London: Robert Jennings, 1830.

[97] ROSCOE T. Wanderings and Excursions in North Wales[M]. London: C. Tilt, and Simpkin and Co., 1836.

[98] ROSCOE T. Wanderings and Excursions in South Wales: With the Scenery of the River Wye[M]. London: C. Tilt, and Simpkin and Co. 1837.

[99] RUSKIN J. Guide to the Principle Pictures in the Academy of Fine Arts at Venice[M]. 2 Vols. Venice: [s. n.], 1877.

[100] RUSKIN J. Modern Painters[M]. London: Smith, Elder and Co., 1843.

[101] RUSKIN J. Modern Painters Ⅱ[M]. London: George Allen, 1846.

[102] RUSKIN J. Praeterita: Outlines of Scenes and Thoughts Perhaps Worthy of Memory in My Past Life[M]. 3 Vols. London: George Allen, 1885-1889.

[103] RUSKIN J. St. Mark's Rest[M]. Kent: George Allen, 1877–1884.

[104] RUSKIN J. The Seven Lamps of Architecture[M]. London: Smith, Elder & Co. 1849.

[105] RUSKIN J. The Stones of Venice[M]. 3 Vols. London: Smith, Elder & Co. 1851-1853.

[106] SALA G A. Rome and Venice: With Other Wanderings in Italy in 1866–7[M]. London: Tinsley Brothers, 1869.

[107] SHELLEY M. History of a Six Weeks' Tour Through a Part of France, Switzerland, Germany, and Holland; with Letters Descriptive of a Sail Round the Lake of Geneva and of Glaciers of Chamouni[M]. London: T. Hookham; and Charles and James Ollier, 1817.

[108] SHELLEY M. Rambles in Germany and Italy in 1840, 1842 and 1843[M]. 2 Vols. London: Edward Moxon, 1844.

[109] SHELLEY M. The English in Italy[J]. Westminster Review, 1826, Ⅵ(10): 325.

[110] DE STAEL, G. Corinne; or, Italy[M]. trans., BILL I. London: Richard Bentley, 1833.

[111] STARKE M. Letters from Italy, Between the Years 1792 and 1798, Containing a View of the Revolutions in That Country, from the Capture of Nice by the French Republic to the Expulsion of Pius Ⅵ[M]. 2 Vols. London: Philips, 1800.

[112] STARKE M. Information and Directions for Travellers in the Continent [M]. Paris: Galigani, 1824.

[113] STARKE M. Travels in Europe; for the Use of Travellers on the Continent and Likewise in the Island of Sicily, Where the Author Had Never Been Until 1834 to Which is Added an Account of the Remains of Ancient Italy and Also of the Roads Leading to Those Remains[M]. Paris: Galignani, 1836.

[114] STARKE M. Travels on the Continent: Written for the Use and Particular Information of Travellers[M]. London: John Murray, 1820.

[115] SYMONDS J A, SYMONDS M. Italian Byways[M]. London: Smith, Elder, & Co., 1883.

[116] SYMONDS J A. Our Life in the Swiss Highlands[M]. London and Edinburgh: Adam and Charles Black, 1892.

[117] SYMONDS J A. Sketches and Studies in Italy[M]. London: Smith, Elder, & Co., 1879.

[118] SYMONDS J A. Sketches and Studies in Italy and Greece[M]. 3 Vols. London: Smith, Elder, & Co., 1898.

[119] SYMONDS J A. Sketches in Italy and Greece[M]. London: Smith, Elder, & Co., 1874.

[120] SYMONDS M. Days Spent on a Doge's Farm[M]. London: T. Fisher Unwin, 1893.

[121] SYMONDS M, GORDAN L D. The Story of Perugia[M]. London: J. M. Dent

& Co., 1898.

[122] TAYLOR C. Letters from Italy to a Younger Sister[M]. London: John Murray, 1840.

[123] TROLLOPE A. Travelling Sketches[M]. London: Chapman and Hall, 1866.

[124] TROLLOPE T G. Social Aspects of the Italian Revolution, in a Series of Letters from Florence[M]. London: Chapman and Hall, 1861.

[125] WALDIE J. Sketches Descriptive of Italy[M]. 4 Vols. London: John Murray, 1820.

[126] WHITESIDE J. Italy in the Nineteenth Century, Contrasted with Its Past Condition[M]. 3 Vols. London: Longman, Green and Roberts, 1860.

[127] WILLIAMS H W. Travels in Italy, Greece and the Ionian Islands[M]. 2 Vols. Edinburgh: Archibald Constable and Co., 1820.

[128] WORDSWORTH W. Memorials of a Tour on the Continent[M]. London: Longman, Hurst, Orme, and Brown, 1822.

[129] YOUNG D. Rome in Winter, and the Tuscan Hills in Summer[M]. London: H. K. Lewis, 1886.

二、游记研究文献

（一）英文文献

[1] BADIN D. Lady Morgan's Italy: Anglo-Irish Sensibilities and Italian Realities in Post-Restoration Italy[M]. Bethesda: Academica Press, 2007.

[2] BLACK J. The British Abroad: The Grand Tour in the Eighteenth Century[M]. London: Macmillan, 1992.

[3] BLACK J. The British and the Grand Tour[M]. London: Croom Helm, 1985.

[4] BLACK J. Italy and the Grand Tour: The British Experience in the Eighteenth Century[J]. Annali d'Italianistica, 1996.

[5] BORENSTEIN B J. Perspectives on British Middle Class Pleasure Travel to Italy and Switzerland, 1860–1914[D]. Montreal: McGill University, 1997.

[6] BRAND C P. A Bibliography of Travel-Books Describing Italy Published in England, 1800–1850[J]. Italian Studies, 1956, 11(1): 10817.

[7] BRAND C P. Italy and the English Romantics[M]. Cambridge: Cambridge University Press, 1957.

[8] BRISTER L N. Looking for the Picturesque: Tourism, Visual Culture, and the Literature of Travel in the Long Nineteenth Century[D]. Washington: the George Washington University, 2015.

[9] BURGESS A. The Age of the Grand Tour[M]. New York: Crown Publishers, 1967.

[10] BUZARD J. The Beaten Track: European Tourism, Literature, and the Ways to "Culture", 1800–1918[M]. Oxford: Clarendon Press, 1993.

[11] CHAPMAN A, STABLER J. Unfolding the South: Nineteenth-Century British Women Writers and Artists in Italy[M]. Manchester: Manchester University Press, 2003.

[12] CHARD C. Pleasure and Guilt on the Grand Tour: Travel Writing and Imaginative Geography[M]. Manchester: Manchester University Press, 1999.

[13] CHARD C, LANGDON H. Transports: Travel, Pleasure, and Imaginative Geography, 1600–1830[M]. New Haven: Yale University Press, 1996.

[14] CHURCHILL K. Italy and English Literature 1764–1930[M]. London and Basingstoke: The Macmillan Press, 1980.

[15] COCKER M. Loneliness and Time: British Travel Writing in the Twentieth Century[M]. London: Secker and Warbury, 1992.

[16] COLBERT B. Shelley's Eye: Travel Writing and Aesthetic Vision[M]. Aldershot: Ashgate, 2005.

[17] COX E G. A Reference Guide to the Literature of Travel; Including Voyages, Geographical Descriptions, Adventures, Shipwrecks and Expenditures[M]. Seattle: University of Washington, 1935.

[18] DAS N, YOUNGS T. The Cambridge History of Travel Writing[M]. Cambridge:

Cambridge University Press, 2019.

[19] EASTLAKE E. Lady Travellers[J]. Quarterly Review, 1845, 76(151): 98-137.

[20] FRASER H. The Victorians and Renaissance Italy[M]. Cambridge: Blackwell, 1992.

[21] FRAWLEY M H. A Wider Range: Travel Writing by Women in Victorian England[M]. Cranbury: Associated University Presses, 1994.

[22] FUSSELL P. Abroad: British Literary Traveling Between the Wars[M]. New York and Oxford: Oxford University Press, 1979.

[23] FUSSELL P. The Norton Anthology of Travel[M]. New York: Norton, 1987.

[24] HALE J R. England and the Italian Renaissance[M]. London: Blackwell Publishing Ltd., 2005.

[25] HALE J R. The Italian Journal of Samuel Rogers[M]. London: Faber and Faber, 1956.

[26] HALE J R. Samuel Rogers and the Italy of Italy: A Rediscovered Journal[J]. Italian Studies, 1995, 10 (1): 43-46.

[27] HIBBERT C. The Grand Tour[M]. New York: Putnam, 1969.

[28] HOLCOMB A M. Turner and Rogers' *Italy* Revisited[J]. Studies in Romanticism, 1988, 27 (1): 63-95.

[29] HORNSBY C. The Impact of Italy: The Grand Tour and Beyond[M]. Rome: British School at Rome, 2000.

[30] HULME P, YOUNGS T. The Cambridge Companion to Travel Writing[M]. Cambridge: Cambridge University Press, 2002.

[31] HULME P, YOUNGS T. Talking About Travel Writing: A Conversation Between Peter Hulme and Tim Youngs[M]. Leicester: English Association, 2007.

[32] KLENZE C V. The Interpretation of Italy During the Last Two Centuries[M]. Chicago: The University of Chicago Press, 1907.

[33] KORTE B. English Travel Writing: From Pilgrimages to Postcolonial Explorations[M]. trans., MATTHIAS C. New York: Palgrave, 2000.

[34] KUEHN J, SMETHURST P. New Directions in Travel Writing Studies[M].

Basingstoke: Palgrave Macmillan, 2015.

[35] LIEDKE H. The Experience of Idling in Victorian Travel Texts, 1850–1901[M]. Cham: Palgrave Macmillan, 2018.

[36] LIVERSIDGE M, EDWARDS C. Imagining Rome: British Artists and Rome in the Nineteenth Century[M]. London: Merrell Holberton, 1996.

[37] LYTTON E B. England and the English[M]. 2 Vols. London: J. & J. Harper, 1833.

[38] MANDAL A. Cardiff Corvey: Reading the Romantic Text[M]. Cardiff: Cardiff University, 2004.

[39] MAUGHAM H N. The Book of Italian Travel (1580–1900)[M]. London: Grant Richards, 1903.

[40] MAURA O'Conner. A Political Romance: The English Middle Class and Italy, 1815 to 1864[D]. Berkeley: University of California, 1992.

[41] MEAD, W E. The Grand Tour in the Eighteenth Century[M]. Boston: Houghton Mifflin Company, 1914.

[42] MILSON A. John Chetwode Eustace, Radical Catholicism, and the Travel Guidebook: The Classical Tour (1813) and Its Legacy[J]. Studies in Romanticism, 2018, 57(2): 221-231.

[43] MULLIGAN M. Women's Travel Writing and the Legacy of Romanticism[J]. Journal of Tourism and Cultural Change, 2016, 14(4): 323-338.

[44] PEMBLE J. The Mediterranean Passion: Victorians and Edwardians in the South[M]. Oxford: Oxford University Press, 1988.

[45] PETTINGER A, YOUNGS T. The Routledge Research Companion to Travel Writing[M]. London and New York: Routledge, 2020.

[46] PFISTER M. The Fatal Gift of Beauty: The Italies of British Travellers: An Annotated Anthology[M]. Amsterdam: Rodopi, 1996.

[47] PINE-COFFIN R S. Bibliography of British and American Travel in Italy to 1860[J]. La Bibliofilía, 1981, 83(3): 237-261.

[48] POWELL C. Turner in the South Rome, Naples, Florence[M]. New Haven: The

Paul Mellon Centre for the British Art, 1987.

[49] PRATT M L. Imperial Eyes: Travel Writing and Transculturation[M]. London and New York: Routledge, 1992.

[50] RABAN J. For Love and Money: Writing-Reading-Travelling 1968–1987[M]. London: Picador, 1988.

[51] REDFORD B. Venice and the Grand Tour[M]. New Haven: Yale University Press, 1996.

[52] SEED D. Nineteenth-Century Travel Writing: An Introduction[J]. The Yearbook of English Studies, 2004, 34: 1-2.

[53] STEVENSON C B. Victorian Women Travel Writers in Africa[M]. Boston: Twayne, 1982.

[54] SWEET R. Cities and the Grand Tour: The British in Italy, c. 1690–1820[M]. Cambridge: Cambridge University Press, 2012.

[55] THOMPSON C. Journeys to Authority: Reassessing Women's Early Travel Writing, 1763–1862[J]. Women's Writing, 2017, 24(2): 50-131.

[56] THOMPSON C. The Routledge Companion to Travel Writing[M]. London and New York: Routledge, 2016.

[57] THOMPSON C. The Suffering Traveler and the Romantic Imagination[M]. Oxford: Clarendon Press, 2007.

[58] THOMPSON C. Travel Writing[M]. London and New York: Routledge, 2011.

[59] TOWNER J. The European Grand Tour, c. 1550–1840: A Study of Its Role in the History of Tourism[D]. Birmingham: University of Birmingham, 1984.

[60] TOWNER J. The Grand Tour: A Key Phase in the History of Tourism[J]. Annals of Tourism Research, 1985, 12(3): 297-333.

[61] TREVES G A. The Golden Ring[M]. London: Longmans, Green and Co., 1956.

[62] VESCOVI A, VILLA L, VITA P. The Victorians and Italy: Literature, Travel, Politics and Art[M]. Milano: Polimetrica, 2009.

[63] WALCHESTER K. "Our Own Fair Italy": Nineteenth Century Women's Travel Writing and Italy 1800–1844[M]. Bern: Peter Lang, 2007.

[64] WATSON N J. Literary Tourism and Nineteenth-Century Culture[M]. Hampshire: Palgrave Macmillan, 2009.

[65] WITHEY L. Grand Tours and Cook's Tours: A History of Leisure Travel, 1750 to 1915[M]. New York: William Morrow & Co., 1997.

[66] YOUNGS T. The Cambridge Introduction to Travel Writing[M]. Cambridge: Cambridge University Press, 2013.

（二）中文文献

[1] 付有强."大旅行"观念的起源：理查德·拉塞尔斯的《意大利之旅》评介[J]. 史学理论研究，2009（2）：148-153.

[2] 付有强."大旅行"研究述评[J].西华师范大学学报（哲学社会科学版），2010（4）：38-43.

[3] 付有强.17—19 世纪英国人"大旅行"的特征分析[J].贵州社会科学，2012（3）：124-128.

[4] 付有强.英格兰教育旅行传统探析[J].贵州文史丛刊，2013（4）：115-120.

[5] 庞荣华.毛姆异域游记研究[D].上海：华东师范大学，2011.

[6] 王小伦.文化批评与西方游记研究[J].国外文学，2007（2）：56-63.

[7] 阎照祥.英国贵族史[M].北京：人民出版社，2000.

[8] 阎照祥.17—19 世纪初英国贵族欧陆游学探要[J].世界历史，2012（6）：74-84.

[9] 张德明."帝国的怀旧"与罗曼司的复兴：论维多利亚时代"新浪漫主义"的创作倾向[J].绍兴文理学院学报（哲学社会科学版），2012（4）：39-45.

[10] 张德明.英国旅行文学与现代性的展开[J].汉语言文学研究，2012（2）：108-112.

[11] 张德明.英国旅行文学与"现代情感"结构的形成[J].浙江大学学报（人文社会科学版），2011（2）：12-19.

[12] 周春生.心态史比较视野下的文艺复兴虚影与实景：以罗杰斯、罗斯科、西蒙兹意大利游记诗文为线索[J].上海师范大学学报（哲学社会科学版），2021（1）：146-147.

三、心态史文献

（一）英文文献

[1] BURKE P. Strengths and Weakness of the History of the Mentalities[J]. History of European Studies, 1986, 7(5): 439-451.

[2] GOFF J L. History and Memory[M]. trans., RENDALL S, CLAMAN E. New York: Columbia University Press, 1977.

[3] HUTTON P H. The History of Mentalities: The New Map of Cultural History[J]. History and Theory, 1981, 20 (3): 237-259.

（二）中文文献

[1] 埃马纽埃尔·勒华拉杜里. 蒙塔尤：1294—1324 年奥克西坦尼的一个山村[M]. 许明龙，马胜利，译.北京：商务印书馆，2007.

[2] 彼得·伯克.法国史学革命：年鉴学派，1929—1989[M]. 刘永华，译. 北京：北京大学出版社，2006.

[3] 布罗代尔. 菲利普二世时代的地中海和地中海世界[M].（上）唐家龙，曾培耿，译；（下）吴模信，译.北京：商务印书馆，1996.

[4] 岑红.1909 年中国社会各阶层的政治心态[J].江海学刊，1994（6）：126-131.

[5] 程伟礼.唯物史观与心态史学[J].探索与争鸣，1990（5）：35-40.

[6] 冯永刚，李良方.论心态史视角下的教育史研究[J].山西大学学报（哲学社会科学版），2018（3）：77-82.

[7] 黄庆林.论 19 世纪末年的社会心态[J].燕山大学学报（哲学社会科学版），2007（4）：71-74.

[8] 黄长义. 儒家心态与近代追求：曾国藩经世思想简论[J].求索，1996（3）：114-117.

[9] J.勒高夫，P.诺拉，R.夏蒂埃. 新史学[M]. 姚蒙，编译.上海：上海，译文出版社，1989.

[10] 江秀平.李鸿章的心态与洋务运动的得失[J].中国社会科学院研究生院学报，

1994（6）：64-68.

[11] 杰弗里·巴勒克拉夫. 当代史学主要趋势[M]. 杨豫，译. 上海：上海译文出版
社，1987.

[12] 赖国栋. 心态史的发展及其时代意蕴[N]. 光明日报，2020-11-16（14）.

[13] 勒戈夫，诺拉. 史学研究的新问题新方法新对象[M]. 郝名玮，译. 北京：社
会科学文献出版社，1988.

[14] 李欢. 论《蒙塔尤》中所体现的新史学观[J]. 齐齐哈尔大学学报（哲学社会
科学版），2012（2）：101-102.

[15] 李先军，陈琪. 心态史学及其对教育史学方法论的启示[J]. 宁波大学学报
（教育科学版），2017（6）：18-20.

[16] 吕西安·费弗尔. 十六世纪的无信仰问题[M]. 闫素伟，译. 北京：商务印书馆，
2012.

[17] 吕一民. 从地窖到顶楼：法国心态史学探析[J]. 学术研究，1993（1）：106-
110.

[18] 吕一民. 法国"新史学"述评[J]. 浙江社会科学，1992（5）：62-65.

[19] 吕一民. 法国心态史学述评[J]. 史学理论研究，1992（3）：138-148.

[20] 闵凡祥. 心态史视野下的西欧资本主义文明的兴起[J]. 学海，2013（1）：179-
188.

[21] 宁宗一. 心态史研究与文学史建构：一个层面的考察[J]. 东方丛刊，2006
（2）：25-39.

[22] 潘红涛. 18 世纪英国粮食骚乱中的民众心态研究[D]. 济南：山东大学，2013.

[23] 彭卫. 历史的心境：心态史学[M]. 郑州：河南人民出版社，1992.

[24] 彭卫. 心态史学研究方法评析[J]. 西北大学学报（哲学社会科学版），1986
（2）：25-37.

[25] 苏全有，陈岩. 对近代中国心态史研究的回顾与反思[J]. 洛阳师范学院学报，
2013（10）：69-76.

[26] 苏全有. 从自是到崇洋：近代国人社会文化心态的转型[J]. 河南师范大学学
报（哲学社会科学版），2003（6）：117-120.

[27] 王晴佳. 历史的精神　精神的历史：评克罗齐《历史学的理论和实际》[J]. 读

书，1986（6）：42-50.

[28] 王晴佳. 年鉴学派对我们研究历史的启迪[J]. 社会科学，1986（5）：54-56.

[29] 王晴佳. 为什么情感史研究是当代史学的一个新方向[J]. 史学月刊，2018（4）：5-10.

[30] 吴建华. 从伏维尔看法国心态史研究动向[J]. 国外社会科学情况，1989（9）：40-44.

[31] 徐浩. 探索"深层"结构的历史：年鉴学派对心态史和历史人类学研究述评[J]. 学习与探索，1992（2）：121-130.

[32] 雅克·勒高夫.《年鉴》运动及西方史学的回归[J]. 刘文立，译. 史学理论研究，1999（1）：125.

[33] 雅克·勒高夫. 心态史和科学史[J].张雷，译.国外社会科学情况，1987（2）：42-45.

[34] 姚蒙. 法国的新史学范型：读《新史学》[J].读书，1989（6）：39-44.

[35] 姚蒙. 文化·心态·长时段：当代法国文化史研究一瞥[J].读书，1986（8）：109-118.

[36] 张驰.心态、社会结构与社会变迁：乔治·勒费弗尔的心态史[J].史学史研究，2021（3）：71-80.

[37] 张广智.西方史学史[M]. 4 版.上海：复旦大学出版社，2019.

[38] 周兵. 心理与心态：论西方心理历史学两大主要流派[J]. 复旦学报（社会科学版），2001（6）：51-55.

[39] 周启琳.模糊而又清晰的心态史[J].世界文化，2006（9）：4-6.

四、其他文献

（一）英文文献

[1] ABRAMS M H. The Norton Anthology of English Literature[M]. 4th ed. 2 Vols. New York: W. W. Norton and Co., 1979.

[2] ADICKES S. The Social Quest: The Expanded Vision of Four Women Travelers in the Era of the French Revolution[M]. New York: Lang, 1991.

[3] Anonym, The Necessity of Atheism[M]. Worthing: C. and W. Phillips, 1811.

[4] BENNETT B T. The Letters of Mary Wollstonecraft Shelley[M]. 3 Vols. London: Johns Hopkins University Press, 1980-1988.

[5] BLACKSTONE B. Byron and Islam: The Triple Eros[J]. Journal of European Studies, 1974, 4 (4): 325-363.

[6] BOCCACCIO G. The Decameron[M]. trans., PAYNE J, ALDINGTON R, et al., Florence: Filippo and Bernardo Giunti, 1886.

[7] BOYLE E B, MURIEL S. Mary Boyle, Her Book[M]. London: John Murray, 1901.

[8] BRADLEY J A. Ruskin and Italy[M]. Michigan: UMI Research Press, 1987.

[9] BRADLEY J L. A Ruskin Chronology[M]. Hampshire and London: Macmillan Press, 1997.

[10] BRADLEY J L. Ruskin's Letters from Venice, 1851–1852[M]. New Haven: Yale University Press, 1955.

[11] BRADY S. John Addington Symonds and Homosexuality: A Critical Edition of Sources[M]. Basingstoke: Palgrave Macmillan, 2012.

[12] BROWN H F. John Addington Symonds: A Biography Compiled from His Papers and Correspondence[M]. 2 Vols. London: John C. Nimmo, 1895.

[13] BROWN H F. Letters and Papers of John Addington Symonds[M]. London: John Murray, 1923.

[14] BYRON G G. Don Juan. Cantos I[M]. London: John and H. L. Hunt, 1819.

[15] BYRON G G. Manfred[M]. Leipzig: F. A. Brockhaus, 1819.

[16] BYRON G G. The Complete Poetical Works of Lord Byron[M]. New York: Macmillan, 1907.

[17] CAMPBELL J D. Samuel Taylor Coleridge: A Narrative of the Events of His Life[M]. London: Macmillan and Co., 1896.

[18] CANNAN E. An Inquiry into the Nature and Causes of the Wealth of Nations[M].

Chicago: University of Chicago Press, 1970.

[19] CELLINI B. Autobiography of Benvenuto Cellini[M]. trans., SYMONDS J A. London: Penguin, 1887.

[20] CHESTERTON G K. Charles Dickens[M]. Ware: Wordsworth, 2007.

[21] CLEGG J. Ruskin and Italy[M]. London: Junction Books, 1981.

[22] COGHILL H. Autobiography and Letters of Mrs. Margaret Oliphant[M]. Leicester: Leicester University Press, 1974.

[23] COHEN J R. Charles Dickens and His Original Illustrators[M]. Columbus: Ohio State University Press, 1980.

[24] COLLINGWOOD W G. The Life of John Ruskin[M]. London: Methuen & Co. Ltd. 1911.

[25] COOK E T. The Life of John Ruskin[M]. 2 Vols. New York: Macmillan, 1911.

[26] COOK E T, WEDDERBURN A. The Works of John Ruskin[M]. 39 Vols. London: George Allen, 1903-1912.

[27] CROSS J W. George Eliot's Life as Related in Her Letters and Journals[M]. 3 Vols. Edinburgh and London: Blackwood & Sons, 1885.

[28] CURRAN S. The Cambridge Companion to British Romanticism[M]. 2nd ed. Cambridge: Cambridge University Press, 2010.

[29] DICKENS C. The Posthumous Papers of the Pickwick Club, Containing a Faithful Record of the Perambulations, Perils, Travels, Adventures and Sporting Transactions of the Corresponding Members[M]. London: Chapman and Hall, 1836.

[30] DOUGLAS N. Experiments[M]. London: Chapman, 1925.

[31] ELIOT G. Adam Bede[M]. 3 Vols. London: William Blackwood and Sons, 1859.

[32] ELIOT G. Felix Holt, the Radical[M]. 3 Vols. London: William Blackwood and Sons, 1866.

[33] ELIOT G. Middlemarch, a Study of Provincial Life[M]. 8 Vols. London: William Blackwood and Sons, 1871-1872.

[34] ELIOT G. Romola[M]. 3 Vols. London: Smith, Elder and Co., 1863.

[35] ELIOT G. The Mill on the Floss[M]. 3 Vols. London: William Blackwood and Sons, 1860.

[36] ELIOT G. The Spanish Gypsy[M]. London: William Blackwood and Sons, 1868.

[37] EUSTACE J C. Answer to the Charge Delivered by Lord Bishop of Lincoln to the Clergy of That Diocese[M]. London: J. Mawman, 1813.

[38] EVANS J, WHITEHOUSE J H. The Diaries of John Ruskin[M]. 3 Vols. Oxford: Clarendon Press, 1956-1959.

[39] EVEREST K, MATTHEWS G. The Poems of Shelley[M]. 2 Vols. London: Longman, 1989-2000.

[40] FELDMAN P R, SCOTT-KILVERT D. The Journals of Mary Shelley[M]. Baltimore and London: Johns Hopkins University Press, 1995.

[41] FEUERBACH L. The Essence of Christianity[M]. trans., EVANS M. London: John Chapman, 1854.

[42] FLETCHER S. Roscoe and Italy: The Reception of Italian Renaissance History and Culture in the Eighteenth and Nineteenth Centuries[M]. Abingdon: Ashgate Publishing, 2012.

[43] FLINT K. Dickens[M]. Brighton: Harvest Press, 1986.

[44] FORSTER J. The Life of Charles Dickens[M]. 2 Vols. London: Chapman and Hall, 1892.

[45] GARDNER B. The Lesbian Imagination (Victorian Style): A Psychological and Critical Study of "Vernon Lee"[M]. New York: Garland, 1987.

[46] GISSING A, GISSING E. Letters of George Gissing to Members of His Family[M]. London: Constable, 1927.

[47] GORDAN N P J. The Murder of Buondelmonte: Contesting Place in Early Fourteenth-Century Florentine Chronicles[J]. Renaissance Studies, 2006, 20(4): 459-477.

[48] GROSSKURTH P. The Memoirs of John Addington Symonds[M]. Chicago: University of Chicago Press, 1986.

[49] HAIGHT G S. The George Eliot Letters[M]. 9 Vols. London: Oxford University

Press, 1954-1978.

[50] HALE J R. Samuel Rogers the Perfectionist[J]. Huntington Library Quarterly, 1961, 25(1): 61-67.

[51] HALE J R. England and the Italian Renaissance[M]. Malden: Blackwell, 2005.

[52] HALSBAND R. The Complete Letters of Lady Mary Wortley Montagu[M]. Oxford: Clarendon Press, 1967.

[53] HARRIS M, JOHNSTON J. The Journals of George Eliot[M]. Cambridge: Cambridge University Press, 1998.

[54] HAYMAN J. Letters from the Continent, 1858[M]. Toronto: University of Toronto Press, 1982.

[55] HAYWOOD I. Romanticism and Illustration[M]. Cambridge: Cambridge University Press, 2019.

[56] HAZLITT W. Traveling Abroad[J]. New Montly Magazine, 1828 (22): 526.

[57] HENRY N. The Cambridge Introduction to George Eliot[M]. Cambridge: Cambridge University Press, 2008.

[58] HOARE R C. The Ancient History of North Whitshire[M]. 2 Vols. London: Lackington, Hughes, Harding, Mavor & Jones, 1819.

[59] HOARE R C. The Ancient History of South Wiltshire[M]. 3 Vols. London: William Miller, 1812.

[60] HOARE R C. The History of Modern Wiltshire[M]. 11 Vols. London: John Nichols and Son, 1822-1844.

[61] HOLCOMB A M. Turner and Rogers' *Italy* Revisited[J]. Studies in Romanticism, 1988, 27(1): 63-95.

[62] HUTCHINSON T. Shelley: Poetical Works[M]. Oxford: Oxford University Press, 1970.

[63] INGPEN R. The Letters of Percy Bysshe Shelley[M]. 2 Vols. London: G. Bell and Sons, 1914.

[64] JOHNSON P. The Birth of the Modern World Society, 1815–1830[M]. London: Weidenfeld and Nicolson, 1991.

[65] JONES F L. The Letters of Percy Bysshe Shelley[M]. 2 Vols. Oxford: Clarendon Press, 1964.

[66] KENYON F G. The Letters of Elizabeth Barrett Browning[M]. 2 Vols. London: Macmillan & Co., 1897.

[67] LANSDOWN R. Byron's Letters and Journals: A New Selection[M]. Oxford: Oxford University Press, 2015.

[68] LAWRENCE K R. Penelope Voyages: Women and Travel in the British Literary Tradition, Ithaca[M]. New York: Cornell University Press, 1994.

[69] LEE V. Belcaro: Being Essays on Sundry Aesthetical Questions[M]. London: W. Satchell and Co., 1883.

[70] LEE V. Euphorion: Being Studies of the Antique and the Mediaeval in the Renaissance[M]. 2 Vols. London: Satchell, 1884.

[71] LEE V. Juvenilia: Being a Second Series of Essays on Sundry Aesthetical Questions[M]. 2 Vols. London: T. Fisher Unwin, 1887.

[72] LEE V. Renaissance Fancies and Studies: Being a Sequel to Euphorion[M]. London: Smith, Elder, & Co., 1895.

[73] LEE V. Studies of the Eighteenth Century in Italy[M]. London: W. Satchell, 1880.

[74] LEE V. The Handing of Words and Other Studies in Literary Psychology[M]. London: John Lane, 1923.

[75] LEE V. The Tower of Mirrors and Other Essays on the Spirit of Places[M]. London: John Lane, 1914.

[76] LEE V. Tuscan Fairy Tales. Taken Down from the Months of the People, with Sixteen Illustrations by J. Stanley, Engraved by Edmund Evans[M]. London: W. Satchell and Co., 1880.

[77] LOWENTHAL D. The Past is a Foreign Country[M]. Cambridge: Cambridge University Press, 1985.

[78] MARCHAND L A. Byron's Letters and Journals[M]. 12 Vols. London: John Murray, 1973-1982.

[79] MAXWELL C, PULHAM P. Vernon Lee: Decadence, Ethics, Aesthetics[M]. Houndmills: Palgrave Macmillan, 2006.

[80] MAZZEO T J. Producing the Romantic "Literary": Travel Literature, Plagiarism, and the Italian Shelley/Byron Circle[D]. Washington: University of Washington, 1999.

[81] MOORE T. Letters and Journals of Lord Byron: With Notices of His Life[M]. 2 Vols. London: John Murray, 1830.

[82] PATER W H. Studies in the History of the Renaissance[M]. London: Macmillan and Co., 1873.

[83] PELLICO S. The Imprisonments of Silvio Pellico[M]. Edinburgh: William and Robert Chambers, 1839.

[84] PIMLOTT J A R. The English's Holiday: A Social History[M]. London: Faber and Faber, 1947.

[85] PORTER C, CLARKE H A. Sonnets from the Portuguese[M]. New York: Thomas Y. Crowell Co., 1933.

[86] POTTLE F A. Boswell on the Grand Tour: Germany and Switzerland[M]. New York: McGraw-Hill, 1953.

[87] POWELL C. Turner in the South Rome, Naples, Florence[M]. New Haven: The Paul Mellon Centre for the British Art, 1987.

[88] PROTHERO R E. Works of Lord Byron: Letters and Journals[M]. 12 Vols. New York: Octagon Book, 1966.

[89] QUENNELL P. Byron. A Self-Portrait. Letters and Diaries, 1798–1824[M]. Oxford: Oxford University Press, 1990.

[90] QUILL S. Ruskin's Venice: The Stones Revisitied[M]. Aldershot: Ashgate, 2000.

[91] REED H. The Complete Poetical Works of William Wordsworth[M]. Philadelphia: Troutman & Hayes, 1854.

[92] REID T W. The Life, Letters and Friendships of Richard Monckton Milnes[M]. London, Paris & Melbourne: Cassell & Company, 1890.

[93] REIMAN D H, POWERS S B. Shelley's Poetry and Prose[M]. New York: W. W.

Norton, 1977.

[94] RIO A. De la Poésie Chretienne[M]. Paris: Debécourt, Libraire-éditeur, 1836.

[95] ROGERS S. Human Life, a Poem[M]. London: John Murray, 1819.

[96] ROGERS S. The Pleasures of Memory[M]. London: J. Davis, 1792.

[97] ROSCOE H. The Life of William Roscoe[M]. 2 Vols. London: T. Cadell, 1833.

[98] ROSCOE H. Historical View of the Literature of the South of Europe[M]. London: H. Colburn and Co., 1823.

[99] ROSCOE H. Memoirs of Benvenuto Cellini, a Florentine Artist[M]. London: H. Colburn and Co., 1822.

[100] ROSCOE H. The German Novelists[M]. 4 Vols. London: Henry Colburn, 1826.

[101] ROSCOE H. The History of Painting in Italy, from the Period of the Revival of the Fine Arts to the End of the Eighteenth Century[M]. 6 Vols. London: W. Simpkin and R. Marshall, 1828.

[102] ROSCOE H. The Italian Novelists[M]. 4 Vols. London: Septimus Prowett, 1825.

[103] ROSCOE H. The Spanish Novelists: A Series of Tales, from Earliest Period to the Close of the Seventeenth Century[M]. 3 Vols. London: Richard Bentley, 1832.

[104] ROSCOE W. Life of Lorenzo de'Medici, Called the Magnificent[M]. 2 Vols. Liverpool: J. McCreery, 1795.

[105] ROSCOE W. The Life and Pontificate of Leo the Tenth[M]. 4 Vols. Liverpool: J. McCreery, 1805.

[106] SAID E. Orientalism[M]. New York: Random House, 1978.

[107] SCHMIDT A A. Byron and the Rhetoric of Italian Nationalism[M]. New York: Palgrave Macmillan, 2010.

[108] SCHUELLER H M, PETERS R L. The Letters of John Addington Symonds[M]. 3 Vols. Detroit: Wayne State University Press, 1967.

[109] SHAPIRO H I. Ruskin in Italy: Letters to His Parents 1845[M]. Oxford: Clarendon Press, 1972.

[110] SHARPE S. The Poetical Works of Samuel Rogers[M]. London: G. Routledge, 1867.

[111] SHAW P. Waterloo and the Romantic Imagination[M]. London: Palgrave, 2002.

[112] SHELLEY M. Essays, Letters from Abroad, Translation and Fragments, by Percy Bysshe Shelley[M]. London: Edward Moxon, 1845.

[113] SHELLEY M. The English in Italy[J]. Westminster Review, 1826, 5(10): 325-341.

[114] SHELLEY M. The Poetical Works of Percy Bysshe Shelley[M]. Philadelphia: Crissy & Markley, 1847.

[115] SHELLEY M. The Works of Percy Bysshe Shelley[M]. London: Edward Moxon, 1847.

[116] SHELLEY P B. Alaster, or, the Spirit of Solitude: And Other Poems[M]. London: Baldwin, Cradock and Joy, 1816.

[117] SHELLEY P B. Original Poetry; by Victor and Cazire[M]. London: J. J. Stockdale, 1810.

[118] SHELLEY P B. Queen Mab; a Philosophical Poem: With Notes[M]. London: P. B. Shelley, 1813.

[119] SHELLEY P B. St. Irvyne; or, The Rosicrucian: A Romance[M]. London: J. J. Stockdale, 1811.

[120] SHELLEY P B. Zastrozzi, a Romance[M]. London: G. Wilkie and J. Robinson, 1810.

[121] STEDMAN E C. A Victorian Anthology, 1837–1895[M]. Boston: Houghton Mifflin Company, 1895.

[122] STRAUSS D F. The Life of Jesus, Critically Examined[M]. trans., ELIOT G. 3 Vols. London: Chapman, Brothers, 1846.

[123] SYMONDS J A. An Introduction to the Study of Dante[M]. London: Smith, Elder, & Co., 1872.

[124] SYMONDS J A. New and Old: A Volume of Verse[M]. London: Smith, Elder, & Co., 1880.

[125] SYMONDS J A. Renaissance in Italy[M]. 7 Vols. London: Smith, Elder and Co., 1875-1886.

[126] SYMONDS J A. Studies of the Greek Poets[M]. London: Smith, Elder, & Co., 1873; 1876.

[127] SYMONDS M. A Child of the Alps[M]. London: T. Fisher Unwin, 1920.

[128] SYMONDS Mrs. J A. Recollections of a Happy Life Being the Autobiography of Marianne North[M]. 2 Vols. London: Macmillan and Co., 1892.

[129] SYMONDS Mrs. J A. Some Further Recollections of a Happy Life Selected from the Journals of Marianne North[M]. London: Macmillan and Co., 1893.

[130] TENNYSON A. Poems[M]. 2 Vols. London: Edward Moxon, 1842.

[131] TOMKO M. British Romanticism and the Catholic Question: Religion, History and National Identity, 1778–1829[M]. Basingstoke: Palgrave Macmillan, 2011.

[132] TREVELYAN G O. The Life and Letters of Lord Macaulay[M]. 2 Vols. London: Longmans, Green, and Co., 1876.

[133] WILLIAMS R. Keywords[M]. London: Fontata, 1976.

[134] WU D. A Companion to Romanticism[M]. Oxford: Blackwell Publisher, 1999.

[135] VILJOEN H G. The Brantwood Diary of John Ruskin, Together with Selected Related Letters and Sketches of Persons Mentioned[M]. New Haven and London: Yale University Press, 1971.

（二）中文文献

[1] 拜伦. 拜伦旅游长诗精选[M]. 袁湘生，译. 北京：文津出版社，1991.

[2] 彼得·伯克. 欧洲近代早期的大众文化[M]. 杨豫，等译. 上海：上海人民出版社，2005.

[3] 陈新. 文学理论与史学理论：海登·怀特研究在中国（1987—2018）[J]. 世界历史评论，2019（1）：102-135.

[4] 丹尼斯·谢尔曼，索尔兹伯里. 全球视野下的西方文明史（中册）[M]. 陈恒，洪庆明，钱克锦，等译校. 上海：上海三联书店，2011.

[5] 符梦醒.幽灵叙事的反叛：弗农·李《奥克赫斯庄园的奥克》中的皮格马利翁神话[J].英美文学研究论丛，2019（30）：121-137.

[6] 胡潇.深度休闲观在消遣性旅游中的应用：智能信息技术应用学会会议论文集[C].多伦多：[出版地不详]，2019.

[7] 江枫.雪莱全集（第二卷），长诗（上）[M].江枫，王科一，金发燊，等译.石家庄：河北教育出版社，2000.

[8] 江枫.雪莱全集（第七卷），书信（下）[M].江枫，章燕，黄宗达，等译.石家庄：河北教育出版社，2000.

[9] 江枫.雪莱全集（第一卷），抒情诗（上）[M].江枫，译.石家庄：河北教育出版社，2000.

[10] 克罗齐.历史学的理论和实际[M].道格拉斯·安斯利，英译.傅任敢，译.北京：商务印书馆，1982.

[11] 李长莉.交叉视角与史学范式：中国"社会文化史"的反思与展望[J].学术月刊，2010（4）：125-133.

[12] 李长莉.社会文化史的兴起[J].天津师范大学学报（社会科学版），2003（4）：30-36.

[13] 刘春芳.英国浪漫主义诗歌情感论[M].天津：天津大学出版社，2011.

[14] 罗素.西方哲学史（下卷）[M].马元德，译.北京：商务印书馆，2018.

[15] 马可·波罗.马可·波罗游记[M].苏桂梅，译.北京：中译出版社，2019.

[16] 玛里琳·巴特勒.浪漫派、叛逆者及反动派[M].黄梅，陆建德，译.沈阳：辽宁教育出版社，1998.

[17] 钱乘旦.英国通史·第五卷　光辉岁月：19世纪英国[M].南京：江苏人民出版社，2016.

[18] 沈祖祥.旅游史学科建设的若干构想[J].社会科学，1990（7）：76-79.

[19] 吴芙蓉，丁敏.文化旅游：体现旅游业双重属性的一种旅游形态[J].现代经济探讨，2003（7）：67-69.

[20] 萧莎.如画[J].外国文学，2019（5）：71-84.

[21] 雅各布·布克哈特.意大利文艺复兴时期的文化[M].何新，译.北京：商务印书馆，1979.

[22] 于沛. 没有理论就没有历史科学[J]. 史学理论研究，2000（3）：5-20.

[23] 章杰宽，张萍. 历史与旅游：一个研究述评[J]. 旅游学刊，2015（11）：122-130.

[24] 赵世瑜. 再论社会史的概念问题[J]. 历史研究，1999（2）：4-21.

[25] 周雪滢. 沃尔特·佩特对蒙娜丽莎的颓废主义形塑与审美的现代性[J]. 外国语言与文化，2020（4）：24-35.

附 录

19 世纪英国的意大利游记作品简录

1800

Starke, M. (1800). *Letters from Italy Between the Years 1792 and 1798*. 2 Vols. London: T. Gillet.

1802

Stolberg, F. L. (1802). *Travels Through Germany, Switzerland, Italy and Sicily*. 4 Vols. London: G. and R. Robinson.

1805

Beckford, P. (1805). *Familiar Letters from Italy, to a Friend in England*. 2 Vols. Salisbury: J. Easton.

Wilkes, J. (1805). *The Correspondence of the Late John Wilkes*. 2 Vols. London: Richard Phillips.

1806

Lemaistre, J. G. (1806). *Travels ... Through Parts of France, Switzerland, Italy, and Germany*. 2 Vols. London: J. Johnson.

1807

Semple, R. (1807). *Observations on a Journey Through Spain and Italy to Naples*. London: C. and R. Baldwin.

1808

MacGill, T. (1808). *Travels in Turkey, Italy, and Russia.* London: John Murray.

1813

Eustace, J. C. (1813). *A Tour Through Italy, Exhibiting a View of Its Scenery, Its Antiquities and Its Monuments, Particularly as They Are Objects of Classical Interest and Elucidation: With an Account of the Present State of Its Cities and Towns; and Occasional Observations on the Recent Spoliations of the French.* 2 Vols, London: J. Mawman.

Forsyth, J. (1813). *Remarks on Antiquities, Arts and Letters, During an Excursion in Italy in the Years 1802 and 1803.* London: T. Cadell and W. Davies.

1814

Hoare, R. C. (1814). *Tour Through the Island of Elba,* London: John Murray.

1815

Coxe, H. (1815). *A Picture of Italy; Being a Guide to the Antiquities and Curiosities of that Interesting Country.* London: Sherwood, Neely & Jones.

Hoare, R. C. (1815). *Hints to Travellers in Italy.* London: John Murray.

Hoare, R. C. (1815). *Recollections Abroad, During the Years 1785, 1786, 1787.* Bath: Richard Cruttwell.

Engelbach, L. (1815). *Naples, and the Campagna Felice.* London: R. Ackermann.

Eustace, J. C. (1815). *A Classical Tour Through Italy.* 4 Vols. London: J. Mawman.

1817

Hoare, R. C. (1817). *Recollections Abroad, During the Years 1790: Sicily and Malta.* Bath: Richard Cruttwell.

Shellley, M. (1817). *History of a Six Weeks' Tour Through a Part of France, Switzer-land, Germany, and Holland; with Letters Descriptive of a Sail Round the Lake of Geneva and of Glaciers of Chamouni.* London: T. Hookham; and Charles and James Ollier.

1818

Bramsen, J. (1818). *Letters of a Prussian Traveller*. London: Henry Colburn.

Byron, G. G. (1818). *Childe Harold's Pilgrimage. Canto the Fourth*. London: John Murray.

Cunningham, J. W. (1818). *Cautions to Continental Travellers*, London: Ellerton and Henderson.

Milford, J. (1818). *Observations, Moral, Literary and Antiquarian Made During a Tour Through the Pyrennees, South of France, Switzerland, the Whole of Italy, and the Netherlands in the Year 1814 and 1815*. London: Longman, Hurst, Rees, Orme and Brown.

1819

Baillie, M. (1819). *First Impressions on a Tour Upon the Continent in the Summer of 1818*. London: John Murray.

Carter, H. W. (1819). *A Short Account of Some of the Principal Hospitals of France, Italy, Switzerland, and the Netherlands...*London: T. & G. Underwood.

Goldicutt, J. (1819). *Antiquities of Sicily*. London: John Murray.

Hoare, R. C. (1819). *A Classical Tour Through Italy and Sicily*. 2 Vols. London: J. Mawman.

Rose, W. S. (1819). *Letters from the North of Italy*. 2 Vols. London: John Murray.

1820

Cadell, W. A. (1820). *Journey in Carniola, Italy, and France in the Years 1817, 1818*. 2 Vols. Edingburgh: Archibald Constable and Co.

Callcott, M. (1820). *Three Months Passed in the Mountains East of Rome*. London: Longman, Hurst, Rees, Orme, and Brown.

Eaton, C. A. (1820). *Rome in the Nineteenth Century*. 3 Vols. Edinburgh: James Ballantyne and Company.

Galiffe, J. (1820). *Italy and Its Inhabitants; an Account of a Tour of that Country in*

1816 and 1817. 2 Vols. London: John Murray.

Graham, M. (1820). *Three Months Passed in the Mountains East of Rome, During the Year 1819*. London: Longman, Hurst, Rees, Orme & Brown.

Hakewill, J. (1820). *A Picturesque Tour of Italy, from Drawings Made in 1816–1817*. London: John Murray.

Kelsall, C. (1820). *Classical Excursion from Rome to Arpino*. Geneva: Magret and Cherbuliez.

Matthews, H. (1820). *The Diary of an Invalid: Being the Journal of a Tour in Pursuit of Health in Portugal, Italy, Switzerland and France in the Years 1817, 1818 and 1819*. London: John Murray.

Monson, W. I. (1820). *Extracts from a Journal*. London: Rodwell and Martin.

Starke, M. (1820). *Travels on the Continent: Written for the Use and Particular Information of Travellers*. London: John Murray.

Turner, W. (1820). *Journal of a Tour in the Levant*. London: John Murray.

Uwins, T. (1820). *A Memoir of Thomas Uwins, R. A.* London: John Murray.

Waldie, J. (1820). *Sketches Descriptive of Italy*. 4 Vols. London: John Murray.

1821

Brydges, E. (1821). *Letters from the Continent*, Kent: Lee Priory.

Craven, R. K. (1821). *A Tour Through the Southern Provinces of the Kingdom of Naples*. London: Rodwell and Martin.

Friedlander, H. (1821). *Views in Italy*. London: Sir Richard Phillips and Co.

Laurent, P. E. (1821). *Recollections of a Classical Tour Through Various Parts of Greece, Turkey and Italy Made in the Year 1818 & 1819*. London: G. and W. B. Whittaker.

Morgan, L. (1821). *Italy*, 2 Vols. London: Henry Colburn and Co.

1822

Holman, J. (1822). *The Narrative of a Journey Undertaken in 1819, 1820 and 1821*

Through France, Italy, Savoy, Switzerland, Parts of Germany Bordering on the Rhine, Holland and the Netherlands. London: G. B. Whittaker.

Eaton, C. A. (1822). *Rome, in the Nineteenth Century.* 3 Vols. Edingburgh: Archibald Constable and Co.

Williams, H. W. (1822). *Travels in Italy, Greece and the Ionian Islands.* 2 Vols. Edinburgh: Archibald Constable and Co.

Wordsworth, W. (1822). *Memorials of a Tour on the Continent,* London: Longman, Hurst, Orme, and Brown.

1823

Colston, M. (1823). *Journal of a Tour in France, Switzerland, and Italy.* London: G. and W. B. Whittaker.

1824

Gouion, C. H. (1824). *Venice; Appendix Venice Under the Yoke of France and Austria with Memoirs of the Courts, Governments, and People of Italy Including Original Anecdotes of the Buonapart Family by a Lady of Rank.* 2 Vols. London: G. and W. B. Whittaker.

Vasi, M. (1824). *A New Picture of Rome and Its Environs.* London: Samuel Leigh.

1825

Daubeny, C. G. B. (1825). *Narrative of an Excursion to the Lake Amsanctus and to Mount Vultur in Apulia in 1834.* Oxford: Ashmolean Society.

Goldicutt, J. (1825). *Specimens of Ancient Decorations from Pompeii.* London: Rodwell & Martin.

Pennington, T. (1825). *A Journey into Various Parts of Europe.* 2 Vols. London: George B. Whittaker.

1826

Beste, J. R. D. (1826). *Transalpine Memoirs.* Bath: Richard Cruttwell.

Eaton, C. A. (1826.) *Continental Adventures. A Novel*. 3 Vols. London: Hurst, Robinson & Co.

Hazlitt, W. (1826). *Notes of a Journey Through France and Italy*. London: Hunt and Clarke.

Jameson, A. (1826). *Diary of an Ennuyée*. London: Henry Colburn.

1827

Webb, W. (1827). *Minutes of Remarks ... Made in a Course Along the Rhine, and During a Residence in Switzerland and Italy*. 2 Vols. London: Baldwin, Cradock, and Joy.

Wilson, D. (1827). *Letters from an Absent Brother*. London: George Wilson.

1828

Angelo, H. (1828). *Reminiscences*. London: Henry Colburn.

Woods, J. (1828). *Letters of an Architect from France, Italy, and Greece*. 2 Vols. London: John and Arthur Arch.

Anonymous. (1828). *A Spinster's Tour in France, the States of Genoa, etc.* London: Longman, Rees, Orme, Brown, and Green.

Martin, S. (1828). *Narrative of a Three Years' Residence in Italy 1819–1822*. London: John Murray.

Simond, L. (1828). *A Tour in Italy and Sicily*. London: Longman, Rees, Orme, Brown and Green.

1829

Morton, H. (1829). *Protestant Vigils; or Evening Records of a Journey in Italy in the Year of 1826 and 1827*. 2 Vols. London: R. B. Seeley.

Sinclair, J. D. (1829). *An Autumn in Italy*. Edinburgh: Constable and Co.

1830

Cobbett, J. P. (1830). *Journal of a Tour in Italy*. London: Mills, Jowett, and Mills.

Elwood, A. K. (1830). *Narrative of a Journey Overland from England*. London: Henry Colburn.

Gordon, P. L. (1830). *Personal Reminiscences of Men and Manners at Home and Abroad During the Last Half Century with Occasional Sketches of the Author's Life*. 2 Vols. London: Colburn and Bentley.

Romney, J. (1830). *Memoirs of the Life and Works of George Romney*. London: Baldwin and Cradock.

Rogers, S. (1830). *Italy, a Poem*. London: T. Cadell & E. Moxon.

Roscoe, T. (1830). *The Tourist in Switzerland and Italy. By Thomas Roscoe. Illustrated from Drawings by S. Prout*. London: Robert Jennings.

1831

Darnell, W. N. (1831). *The Correspondence of Isaac Basire, D. D.* London: John Murray.

Eaton, C. A. (1831). *At Home and Abroad*. 3 Vols. London: John Murray.

Roscoe, T. (1831). *The Tourist in Italy*. London: Jennings and Chaplin.

1832

Tobin, J. J. (1832). *Journal of a Tour ... Through Styria, Carniola, and Italy*. London: W. S. Orr.

1833

Prout, S. (1833). *One Hundred and Four Views of Switzerland and Italy, Adapted to Illustrate Byron, Rogers, Eustace and Other Works on Italy*. 2 Vols. London: Jennings and Chaplin.

1834

Beckford, W. (1834). *Italy, with Sketches of Spain and Portugal*. Paris: Baudry's European Library.

Boddington, M. (1834). *Slight Reminiscences of the Rhine, Switzerland, and a Corner of Italy*, London: Longman, Rees, Orme, Brown, Green, and Longman.

Harding, J. D. (1834). *Seventy-Five Views of Italy and France, Adapted to Illustrate Byron, Rogers, Eustace, and All Works on Italy and France*. London: A. H. Baily and Co.

1835

Thompson, W. (1835). Two Journeys Through Italy and Switzerland. London: John Macrone.

1836

Murray, J. (1836). *A Hand-Book for Travellers on the Continent, Being a Guide Through Holland, Belgium, Prussia and Northern Germany*, London: John Murray.

1837

Standish, F. H. (1837). *The Shores of the Mediterranean*. London: Edward Lumley.

Walpole, H. (1837). *Correspondence of Horace Walpole*. London: Henry Colburn.

1838

An Accurate Observer. (1838). *Reminiscences of Half a Century*. London: J. Hatchard & Son.

1839

Blessington, M. (1839). *The Idler in Italy*. 2 Vols. London: Henry Colburn.

Harrison, W. H. (1839). *The Tourist in Portugal*. London: Robert Jennings.

Prout, S. (1839). *Sketches in France, Switzerland, and Italy*. London: Hodgson & Graves.

1840

Copleston, E. (1840). *Letters of the Earl of Dudley to the Bishop of Llandaff*. London: John Murray.

Taylor, C. (1840). *Letters from Italy to a Younger Sister*. 2 Vols. London: John Murray.

1841

Davis, C. (1841). *Eleven Years' Residence in the Family of Murat, King of Naples*. London: How and Parsons.

Lear, E. (1841). *Views in Rome and Its Environs*. London: Thomas M' Lean.

White, T. H. (1841). *Fragments of Italy and the Rhineland*. London: William Pickering.

De Géramb, F. (1841). *A Journey from La Trappe to Rome*. London: C. Dolman.

1842

Emily, F. A. (1842). *Narrative of a Visit to the Courts of Vienna, Constantinople, Athens, Naples, etc.* London: Henry Colburn.

Strutt, A. J. (1842). *A Pedestrian Tour in Calabria and Sicily*. London: T. C. Newby.

Trollope, F. (1842). *A Visit to Italy*. 2 vols. London: Richard Bently.

1843

Clarke, A. (1843). *Tour in France, Italy, and Switzerland, During the Years 1840 and 1841*, London: Whittaker and Co.

Murray, J. (1843). *Handbook for Travllers in Central Italy*, London: John Murray, 1843.

Waring, G. (1843). *Letters from Malta and Sicily*. London: Harvey and Darton.

1844

Shelley, M. W. (1844). *Rambles in Germany and Italy in* 1840, 1842 *and* 1843. 2 Vols. London: Edward Moxon.

1846

Costello, L. S. (1846). *A Tour to and from Venice by the Vaudois and the Tyrol*. London: Ollivier.

Dickens, C. (1846). *Pictures from Italy*. London: Bradbury & Evans.

Disraeli, B. (1846). *Contarini Fleming: A Romance.* Leipzig: Bernh. Taughnitz Jun.

Lear, E. (1846). *Illustrated Excursions in Italy.* London: Thomas McLean.

1847

Francis, J. G. (1847). *Notes from a Journal Kept in Italy and Sicily.* London: Longman, Brown, Green, and Longmans.

Gardiner, W. (1847). *Sights in Italy.* London: Longman, Brown, Green, and Longmans.

Macaulay, T. B. (1847). *Lays of Ancient Rome.* London: Longman, Brown, Green, and Longmans.

Mapei, C. (1847). *Italy, Classical, Historical and Piccturesque, Illustrated in a Series of Views from Drawings by Stanfield, Roberts, Harding, Prout, Leitch, Brocke-don, Barnard with Descriptions of the Scenes Preceded by an Introductory Essay on the Recent History and Present Conditions of Italy and the Italians.* Glasgow: Blackie.

Vicary, M. (1847). *Notes of a Residence at Rome in 1846.* London: Richard Bentley.

1848

Buxton, C. (1848). *Memoirs of Sir Thomas Fowell Buxton.* London: John Murray.

Terry, C. (1848). *Scenes and Thoughts in Foreign Lands.* London: William Pickering.

1849

Head, G. (1849). *Rome: A Tour of Many Days.* London: Longman, Brown, Green, and Longmans.

1850

Trollope, T. A. (1850). *Impressions of a Wanderer in Italy, Switzerland, France, and Spain.* London: Henry Colburn.

1851

Guylforde, R. (1851). *The Pilgrimage of Sir Richard Guylforde to the Holy Land, A. D.*

1506. London: J. B. Nichols and Son.

Robertson, J. (1851). *Lights and Shades on a Traveller's Path; or, Scenes in Foreign Lands.* London: British Library.

Townsend, G. (1851). *Journal of a Tour in Italy ... with an Account of an Interview with the Pope.* London: Francis and John Rivington.

Trench, F. (1851). *A Ride in Sicily. By Oxoniensis.* London: Longman, Brown, Green and Longmans.

1852

Lear, E. (1852). *Journals of a Landscape Painter in Southern Calabria.* London: Richard Bentley.

Smith, A. R. (1852). *Pictures of Life at Home and Abroad.* London: Richard Bently.

1853

Hillard, G. S. (1853). *Six Months in Italy.* 2 Vols. London: John Murray.

Uwins, T. (1853). *A Memoir of Thomas Uwins, R. A.* London: Longman, Brown, Green and Roberts.

John, J. A. (1853). *There and Back Again in Search of Beauty.* London: Longman, Brown, Green & Longmans.

Stillman, H. G. (1853). *Six Months in Italy.* 2 Vols, London: John Murray.

1854

White, W. (1854). *To Mont Blanc and Back Again.* London: George Routledge and Co.

1855

Aveling, T. W. B. (1855). *Voices of Many Waters; or, Travels in the Lands of the Tiber, the Jordan, and the Nile: With Notices of Asia Minor, Constantinoples, Athens, etc.* London: John Snow.

1856

Montaran, M. C. A. (1856). *Fragmens, Rome et Florence*. Paris: H. Delloye.

Montaran, M. C. A. (1856). *Fragmens, Naples et Venise*. Paris: Jules Laisné.

Murray, J. (1856). *A Hand-Book for Rome and Its Environs*. London: John Murray.

White, W. (1856). *On Foot Through Tyrol*. London: Chapman and Hall.

1858

Forester, T. (1858). *Rambles in the Islands of Corsica and Sardinia*. London: Longman, Brown, Green, Longmans, and Roberts.

1859

Lowe, H. E. (1859). *Unprotected Females in Sicily, Calabria, and on the Top of Mount Aetna*. London: G. Routledge & Co.

1860

Whiteside, J. (1860). *Italy in the 19th Century, Contrasted with Its Past Condition*. 3 Vols. *Italy in the Nineteenth Century*. London: Longman, Green and Roberts.

1861

Bennet, J. H. (1861). *Mentone and the Riviera as a Winter Climate*. London: John Churchill.

Bunbury, S. S. (1861). *Life and Letters of Robert Clement Sconce*. London: Cox & Wyman.

Trollope, T. G. (1861). *Social Aspects of the Italian Revolution, in a Series of Letters from Florence*. London: Chapman and Hall.

1862

Mendelssohn-Bartholdy, F. (1862). *Letters from Italy and Switzerland*. London: Longman, Green, Longman, and Roberts.

Nicholls, S. (1862). *A Selection from the Letters of the Late John Ashton Nicholls*.

Manchester: printed for private circulation only.

Sewell, E. (1862). *Impressions of Rome, Florence, and Turin*. London: Longman, Green, Longman and Roberts.

1863

Eliot, G. (1863). *Romola*. London: Smith, Elder & Co.

Mendelssohn, F. (1863). *Letters from Italy and Switzerland*. *Philadelphia*: Frederick Leypoldt.

Staley, F. (1863). *Autumn Rambles: Or, Fireside Recollections of Belgium, the Rhine, the Moselle, German Spas, Switzerland, the Italian Lakes, Mont Blanc, and Paris*. Rochdale: E. Wrigley and Son.

1864

Cobbe, F. P. (1864). *Italics*. London: Trübner and Co.

Power, M. C. (1864). *Selections from the Letters of Caroline Frances Cornwallis*. London: Trübner.

1866

Berry, M. (1866). *Extracts from the Journals and Correspondence of Miss Berry*. London: Longmans, Green, and Co.

Trollpoe, A. (1866). *Travelling Sketches*. London: Chapman and Hall.

1867

Baedeker, K. (1867). *Italy, Handbook for Travellers. Part Third, Southern Italy, Sicily, the Lapari Islands*. Coblenz: Karl Baedeker.

1869

Baedeker, K. (1869). *Italy, Handbook for Travellers. First Part, Northern Italy*. Leipsic: Karl Baedeker, Publisher.

Sala, G. A. (1869). *Rome and Venice: With Other Wanderings in Italy in 1866–7*. London: Tinsley Brothers.

1870

Aminoff, M. J. (1870). *Letters of Sir Charles Bell*. London: John Murray.

1871

Berkeley, G. (1871). *Life and Letters of George Berkeley*. Oxford: Clarendon Press.

Elliot, F. M. (1871). *Diary of an Idle Woman in Italy*. 2 Vols. London: Chapman and Hall.

Hare, A. J. C. (1871). *Walks in Rome*. 2 Vols. London: Strahan & Co.

1874

Symonds, J. A. (1874). *Sketches in Italy and Greece*. London: Smith, Elder, & Co.

1875

Baedeker, K. (1875). *Italy: Handbook for Travellers*. Second Part. Central Italy and Rome. Leipsic: Karl Baedeker.

Hare, A. J. C. (1875). *Days Near Rom*. 2 Vols. London: Daldy, Isbister & Co.

Pollock, F. (1875). *Macready's Reminiscences*. London: Macmillan & Co.

Rennie, J. (1875). *Autobiography of Sir John Rennie, F. R. S.* London: E. & F. N. Spon.

1876

Hare, A. J. C. (1876). *Cities of Northern and Centural Italy*. 3 Vols. London: Daldy, Isbister & Co.

Oliphant, M. (1876). *The Makers of Florence*. London: Macmillan.

1877

Hanna, W. (1877). *Letters of Thomas Erskine of Linlathen*. Edinburgh: David Douglas.

Lindesay, H. H. (1877). *Memorials of Charlotte Williams-Wynn*. London: Longmans, Green & Co.

1879

Symonds, J. A. (1879). *Sketches and Studies in Italy*. London: Smith, Elder, & Co.

1881

Baedeker, K. (1881). *Handbook for Travellers: Baedeker's Switzerland and Adjacent Portions of Italy, Savoy and Tyrol*. Leipsic: Karl Baedeker.

1882

Butler, S. (1882). *Alps and Sancturies of Piedmont and the Canton Ticino*. London: David Bogue.

1883

Symonds, J. A. (1883). *Italian Byways*. London: Smith, Elder, & Co.

1884

Hare, A. J. C. (1884). *Cities of Northern Italy*. 2 Vols. London: Smith, Elder & Co.

Loftie, W. J. (1884). *Oldest Diarie of Englysshe Travel … the Pilgrimage of Sir Richard Torkington to Jerusalem in 1517*. London: Field & Tuer.

1885

Ruskin, J. (1885). *Præterita: Outlines of Scenes and Thoughts Perhaps Worthy of Memory in My Past Life*. 3 Vols. London: George Allen

1886

Byron, G. G. (1886). *The Letters and Journals of Lord Byron*. London: Walter Scott.

Young, D. (1886). *Rome in Winter, and the Tuscan Hills in Summer*. London: H. K. Lewis.

1887

Oliphant, M. (1887). *The Makers of Venice: Doges, Conquerors, Painters, and Men of Letters*. London: Macmillan.

1890

Lyell, K. M. (1890). *Memoir of Leonard Horner, F. R. S., F. G. S.* 2 Vols. London: privately printed.

1891

Hare, A. J. C. (1891). *Cities of Southern Italy and Sicily*. London: George Allen.

Madden, T. M. (1891). *The Memoirs...of Richard Robert Madden*. London: Ward & Downey.

Gower, R. (1891). *Stafford House Letters*. London: Kegan Paul.

1892

Gray, J. M. (1892). *Memoirs of the Life of Sir John Clerk*. Edinburgh: Edinburgh University Press.

1893

Symond, J. C. (1893). *Some Further Recollections of a Happy Life Selected from the Journals of Marianne North*. London: Macmillan and Co.

Symonds, M. (1893). *Days Spent on a Doge's Farm*. London: T. Fisher Unwin, 1893.

1895

Oliphant, M. (1895). *The Makers of Modern Rome*. London: Macmillan, 1895.

1896

Gibbon, E. (1896). *Private Letters of Edward Gibbon*. London: John Murray.

Hare, A. J. C. (1896). *The Story of My life*. London: George Allen.

1897

Allen, C. (1897). *Grant Allen's Historical Guides: Florence*. London: Grant Richards.

Lee, V. (1897). *Limbo and Other Essays*. London: John Lane.

1898

Allen, C. (1898). *Grant Allen's Historical Guides: Venice*. London: Grant Richards.

Lee, V. (1898). *Genius Loci*. London: John Lane.

Symonds, M., Gordon, L. D. (1898). *The Story of Perugia*. London: J. M. Dent & Co.

1900

Langton, T. (1900). *Letters of Thomas Langton to Mrs. Thomas Hornby*. Manchester: J. E. Cornish.

1901

Gissing, G. (1901). *By the Ionian Sea*. London: Thomas B. Mosher.

1902

Garnett, R. (1902). *Journal of Edward Ellerker Williams, Companion of Shelley and Byron in 1821 and 1822*. London: Elkin Mathews.

人名索引

B

G

H

J

L